SELINA KISSMANN

BETWEEN

black and white

FANTASY-ROMAN

Impressum

Bibliografische Information der Deutschen Nationalbibliothek:
Die Deutsche Nationalbibliothek verzeichnet diese Publikation in
der Deutschen Nationalbibliografie; detaillierte bibliografische
Daten sind im Internet über dnb.dnb.de abrufbar.

© Selina Kissmann – Alle Rechte vorbehalten
1. Auflage 08.2024
autorinselinakissmann@gmx.de
Verlag: BoD • Books on Demand GmbH, In de Tarpen 42,
22848 Norderstedt
Druck: Libri Plureos GmbH, Friedensallee 273, 22763
Hamburg
Cover: Pallasdesign
Lektorat: Katharina Loska – Sprachmagie
ISBN: 978-3-7597-5910-8

Autorinnenporträt

Selina Kissmann

Um sich von dem Alltag eine Pause zu verschaffen, setzt sich Selina vor den Laptop und fängt zu tippen an. Von großen Romanzen, dramatischen Intrigen, tödlichen Gefahren und einer Menge Fantasie lässt sie sich in andere Welten ziehen und hofft, andere mitnehmen zu können. Die Between-Reihe ist ihr Herzstück, der Beginn einer Reise, die sie mit jedem Atemzug genießt. Gerade ist sie fleißig dran den dritten und finalen Teil veröffentlichungsreif zu machen und danach – nun, bleibt gespannt, sie plant Großes.

>»Es ist besser, ein einziges kleines Licht anzuzünden,
als die Dunkelheit zu verfluchen.«
~ Konfuzius

Prolog

Es hieß, Menschen trügen zwei Seiten in sich: eine gute und eine böse. In der Filmbranche bekämpften sich Gut und Böse häufig, wobei es klare Abgrenzungen gab: Helden als die eindeutig Guten, Schurken als die eindeutig Bösen.

In der chinesischen Philosophie glaubte man an das Modell von Yin und Yang. Auch hier fanden sich solch starke Gegensätze wie Gut und Böse, jedoch bekämpften sie sich nicht, sondern standen im Einklang miteinander. Zudem sah man das Gute im Bösen und das Böse im Guten. Doch was sollte das bedeuten?

Heutzutage ging man davon aus, dass jeder Mensch, mochte er noch so perfekt erscheinen, eine böse Seite in sich trug. Etwas Dunkles, was er zu verschleiern wusste. Vielleicht zeigte es sich nur in sporadischen Gedanken, doch diese Seite konnte jederzeit erweckt werden.

Andere Menschen wurden als böse angesehen, aufgrund von Taten und Prinzipien, doch jeder Mensch, der noch so grausam erschien, war einst ein Kind. Ein Baby, unschuldig und mit weißer Weste, oder nicht? Einige gingen davon aus, dass ein Neugeborenes weder gut noch böse sein konnte, da Gedanken und Handlungen, die zu einer Klassifikation führen könnten, noch nicht bestünden. Das Bewusstsein hierfür fehlte.

In vielen Religionen hieß es: ›Sei gut und du wirst dafür belohnt‹ – etwa mit dem Paradies nach dem Tod, mit einem besseren nächsten Leben oder mit sofortigen Momenten des Glücks. Was einfach klang, war nicht so einfach getan. ›Gut‹ war nichts Greifbares. Es war ein von Menschen erschaffenes Konzept, welches erst bestimmt werden musste. Allerdings gestaltete sich diese Definition bereits seit Jahrhunderten als äußerst schwierig. Jede Religion, jede Ethnie, jede Epoche und jedes einzelne Individuum hatten eine eigene Vorstellung von dem, was gut sein sollte, und von dem, was böse sein sollte. Götter repräsentierten in Religionen zumeist das absolut Gute und wer ebenso zu sein versuchte, musste sich an die geltenden Regeln und Gebote halten. Diese dienten als Wegpfeiler, um das Gute zu definieren und von dem Bösen abzugrenzen.

Die Frage blieb jedoch, ob es möglich war, ein Wesen zu erschaffen, das, wenn auch nach dem Tod, in seinem Zustand absolut war. Ganz und gar von Gutherzigkeit oder Boshaftigkeit durchtrieben. Bei einem lebenden Menschen war ein solcher Zustand kaum vorstellbar. Diese Person dürfte niemals einen bösen oder aber niemals einen guten Gedanken gehabt haben. Allein durch die Variationsbreite der Definitionen schien dies unmöglich.

Doch was, wenn diese Unmöglichkeit vorausgesetzt wurde? Engel hatten absolut gut zu sein, so wie Dämonen absolut böse zu sein hatten. Wenn jedoch in jeder gesunden Seele beide Seiten schlummerten, war es nur eine Frage der Zeit, bis sie geweckt wurden. Gut zu sein, war schließlich kein ewiger Zustand. Man entschied sich dafür, so wie man den Entschluss für das Gegenteil fasste – so die Theorie. Wenn nun ein Engel beschloss, seinen Trieben Folge zu leisten, auch wenn diese nicht als ›gut‹ erachtet wurden, oder wenn ein Dämon den Entschluss fasste, sich für das Richtige einzusetzen, anstatt für das, was von ihm erwartet wurde: Was passierte dann? War das System in diesem Falle kaputt oder funktionierte es dann erst richtig?

Denn so wie jede Seele zwei Seiten aufwies, die einander ausglichen, besaß fast alles auf der Welt einen Gegenpol, den es brauchte. Was wäre schon die Kälte, wenn man Wärme nie gefühlt hatte? Was wäre Freude, wenn man nicht wüsste, wie sehr Leid schmerzen konnte? Was wäre Licht, wenn man die Dunkelheit nicht kennen würde?

Das Gute, das man sich oft als rein und weiß vorstellte, und das Böse, oft als unheimlich und schwarz dargestellt, waren zwei Gegensätze, die einander anzogen, die einander benötigten, um zu existieren, um ein Gleichgewicht in der Welt zu schaffen.

Wenn man beides gleichermaßen in sich trug, wohin gehörte man dann? Zu den Engeln? Oder zu den Dämonen? Die Seele war nicht länger absolut.

Sie war irgendetwas zwischen Schwarz und Weiß.

Kapitel 1
~ Aritana ~

Wie ein Schrei in tiefster See.

Man tat sein ganzes Leben lang – und noch länger – das Richtige. Man befolgte alle Regeln, bewahrte stets ein freundliches, hilfsbereites Wesen, stellte sich selbst immer hinten an und plötzlich war das alles egal. All die guten Taten, die netten Worte, die Mühe, die hinter dieser Perfektion steckte, hatten sich wie in Luft aufgelöst und waren für immer verschwunden.

Wie ein Schrei in tiefster See.

Und weshalb das alles? Wegen eines Fehlers. Ein kleiner Impuls, nur ein Funken in der Dunkelheit, der zu einem gewaltigen Feuer ausgeartet war und alles zerstört hatte. Nichts war übrig geblieben. Ein Fehler und alles, was zuvor gewesen war, wurde Geschichte.

Wie ein Schrei in tiefster See.

Ein Fehler, welcher nichts zu bedeuten hatte. Ein schwacher Moment in dem Rauch des Chaos, der sie umgab. Eine einmalige Sache, doch man konnte ihr nicht verzeihen. Man wollte ihr nicht verzeihen.

Sie hörten ihren Schrei und tauchten sie unter Wasser.

Es wäre so einfach gewesen. Nur einmal über den eigenen Schatten springen und die Vernunft walten lassen. Sie waren gewarnt worden, dass Konsequenzen folgen würden, doch sie entschieden sich, die Gefahr in Kauf zu nehmen. Bezahlen mussten die Menschen. War es all das wirklich wert gewesen?

Aritana stellte sich diese Fragen jeden einzelnen Tag, doch an keinem fand sie eine Antwort. Es gab kaum jemanden, dem sie diese Fragen hätte stellen können, denn niemand konnte sie hören. Niemand außer Loras. Ein Glühwürmchen in der Dunkelheit. Ein Trost in dieser misslichen Lage, aber mit wenig Tragweite. Die Ungewissheit machte sie fertig. Die Machtlosigkeit machte sie krank. Die Unsichtbarkeit machte sie einsam.

Loras gab sein Bestes, sie bei Laune zu halten und ihr gut zuzureden, doch Aritana merkte selbst, dass er genauso litt. Wie war es auch anders möglich? Sie waren beide wie Geister. Allein und ohne Sinn und Zweck in der Welt. Sie konnten nichts tun, außer dem Untergang stillschweigend zuzusehen und sich ihren Teil hinzuzudenken.

»Es muss Elaas gewesen sein.« Loras lief vor ihr auf und ab, mit seinen Armen auf dem Rücken verschränkt. Hinter ihnen lag einer der wenigen halbwegs friedlichen Orte, die noch geblieben waren. Ein Park am Rande von der Kleinstadt Aniles, wo der langsam dicker werdende Schnee die Asche auf den Bäumen und Wiesen versteckte und so den Anschein gab, als wäre nie etwas vorgefallen. Den Menschen jedoch konnte man es ansehen. Jedem einzelnen. Sie alle trugen das gleiche hoffnungslose blasse Gesicht. Manche verbargen die Mund- und Nasenpartien mit einer Sturmhaube oder einer Halbgesichtsmaske, doch konnten nicht verhüllen, was sich darunter für ein Ausdruck verbarg. Kein Augenpaar traute sich, vom Boden aufzuschauen. Die Brauen zusammengezogen und die Haltung geknickt, als hätten sie alle einen Buckel bekommen.

In manchen Ortschaften funktionierte das Leben noch halbwegs normal, doch von diesen gab es nicht viele, seit

Luzifer befreit worden war und seine Armee ihr Unwesen trieb. Weshalb diese wenigen Orte halbwegs verschont blieben, wusste keiner, doch es sorgte für ein Gefühl der Ungerechtigkeit unter den Menschen, welches zunehmend in Chaos ausartete. Überall herrschte Chaos.

»Er war es. Nur so macht es Sinn«, murmelte Loras vor sich hin.

»Was war er denn diesmal? Wir hatten schon ›Elaas war ein Urdämon, der uns ausspioniert hat‹ und ›Elaas ist in der Mitte und versteckt sich bei Tyron‹. Mein Favorit bisher: ›Elaas war ein Engel, dessen Aura von Rakaan verschleiert wurde‹.« Jeden Tag kam Loras mit einer neuen Theorie zu Elaas, Tyron und bezüglich des Rituals an. Er konnte wohl nicht verkraften, dass er die Antworten nicht kannte und vermutlich niemals erfahren würde.

»Ich glaube nicht länger, dass er ein Urdämon war, doch er hat uns ganz sicher verraten! Überleg doch mal. Im Tempel habe ich den echten Nubibus-Kristall an Maarau übergeben. Bei ihm war er sicher. Der Einzige, der außer uns davon wusste, war Elaas. Er kam nie in die Unterwelt zurück, weil er Maarau verfolgt hat. Es muss so gewesen sein.«

»Loras, hör auf. Elaas hat uns gerettet. Er hat seinesgleichen umgebracht, um uns zu retten. Außerdem hat Tyron ihm vertraut. Er hat uns nicht verraten.« Es machte Aritana allmählich wahnsinnig, ständig diese Anschuldigungen und wirren Vermutungen zu hören. Zumal sie ziemlich sicher zu wissen glaubte, was passiert war. Die Dämonen brauchten für das Ritual auch ein Opfer ihrer eigenen Gattung. Sie waren ihnen auf die Schliche gekommen und hatten sich deshalb Elaas geschnappt. Als Frischling, der sich für sie und Tyron eingesetzt hatte, war er ein leichtes Opfer gewesen. Er war tot. Gestorben für sie. Dass Loras dies nicht wahrhaben wollte, konnte Aritana verstehen, doch es schmerzte, ihn so reden zu hören.

»Wir kannten dieses Wesen doch kaum. Er war immerhin ein Dämon. Und nur weil er seinesgleichen umgebracht hat, sollten wir ihm glauben? Das hat er doch nur getan, um an uns und den Kristall zu kommen. Für die ist sowas doch überhaupt nicht schlimm. Sie haben kein Gewissen!«

Aritana war zu erschöpft, um erneut eine solche Diskussion zu führen. Sie hatte seit ihrem Fall vor drei Monaten nichts zu tun, nirgendwo zu sein, und trotzdem fühlte sie sich ausgelaugt wie nie zuvor. Es waren die ständigen Gedanken und Sorgen, die in ihrem Kopf tobten und sie nicht zur Ruhe kommen ließen.

»Wir müssen wieder zu dem Lagerhaus.« Endlich blieb Loras stehen.

Sie waren so oft dort gewesen. Zu Beginn hatten sie es kaum verlassen. Irgendwann kamen sie nur noch alle zwei Tage, doch inzwischen sahen sie keinen Sinn mehr darin. Nicht, dass es irgendwo anders besser wäre, doch wenn sie es betraten, dann in der Hoffnung, Tyron würde kommen – und jedes Mal wurden sie enttäuscht. Immer wieder aufs Neue realisieren zu müssen, dass er nicht kommen würde, und sich zu fragen, weshalb, konnte Aritana nicht mehr länger ertragen. Es schmerzte zu sehr.

»Was erhoffst du dir davon?«, fragte sie.

»Tyron weiß mehr über Elaas und womöglich auch, ob er das Zeug dazu hätte, uns alle zu hintergehen. Vielleicht ist er inzwischen da und wartet auf uns. Wir sind jetzt schon länger nicht hingegangen.«

»Und wenn er da ist? Was dann?« Aritanas Stimme wurde etwas lauter, doch wer sollte sich beschweren? Es konnte sie schließlich niemand hören. Nicht einmal, wenn sie aus voller Kehle in der Gegend herumschrie. »Loras, selbst wenn er da wäre, er könnte uns nicht sehen. Er könnte uns nicht hören. Er hätte nicht die geringste Ahnung, dass wir da sind. Es macht keinen Sinn.« Aris Stimme senkte sich wieder ein wenig. Jedes Mal, wenn sie diesen Gedanken zuließ, musste sie mit den Tränen kämpfen. Diesen Gedanken, von dem sie wusste, dass er die Realität war, mit der sie sich abfinden musste. Nie mehr mit Tyron sprechen. Ihn nie mehr sehen. Ein weiterer Kampf mit bewaffneten Dämonen wäre einfacher, als ihr Schicksal zu akzeptieren.

»Woher willst du das wissen?« Loras fuhr sich mit der Hand durch das blonde Haar, als würde es ihm Energie senden, die er wohl genauso benötigte wie Aritana.

»Ich weiß es! Und du weißt es auch.«

Erst jetzt sah Loras zu ihr hin. Sein Blick wurde weicher. Er bemerkte wohl die Tränen in ihren Augen, die sie noch immer zu bezwingen versuchte.

Mit zur Seite geneigtem Kopf setzte er sich neben sie auf die Parkbank. Ohne zu zögern, legte er seine Hand auf ihre. Eine Geste, die sie immer wieder beruhigte, auch wenn sie nichts spüren konnte. Da war nichts. Seine Hand glitt einfach durch ihre hindurch. Doch wenn sie daran dachte, wie er zuvor ihre Hand gehalten hatte, wenn sie drohte in ein endloses schwarzes Loch zu fallen, wie am Tag der ersten Schlacht oder bei den Verhandlungen über ihre Zukunft, konnte sie für einen Moment die Wärme seiner Haut spüren. Sie genoss das Gefühl, welches diese einzige kleine Berührung in ihr auslöste. Sie hoffte, dass sie es niemals vergessen würde.

»Es tut mir leid.« Loras' hellblaue Augen trafen ihren Blick. »Ich weiß, dass es nichts bringt. Selbst wenn ich herausfinden würde, wie das alles hatte passieren können, würde es nichts an den Tatsachen ändern.« Er sah zur Seite, in die Ferne. Seine Stimme begann zu zittern. »Es lässt mich einfach nicht los. Und ehrlich gesagt habe ich Angst davor, wohin meine Gedanken verschwinden werden, wenn ich aufhöre, mir Theorien einfallen zu lassen, und die Hoffnung, Tyron zu finden, aufgebe. Denn denke ich nicht an so etwas, denke ich daran, wie all diese Menschen leiden.« Loras' Stimme wurde brüchig, seine Augen glasig. Er nahm ebenfalls den Kampf mit den Tränen auf. Wieso versuchten sie noch immer, sich zusammenzureißen und stark zu bleiben? Es konnte doch niemand sehen. Diese Tränen waren nur für sie beide bestimmt, unsichtbar für alle anderen. Waren diese salzigen Tropfen bedeutungslos, weil sie nicht zu sehen waren?

Sind wir bedeutungslos, weil wir nicht zu sehen sind?

»Sie alle leiden und ich kann nichts dagegen unternehmen. *Du* leidest und ich kann nichts dagegen unternehmen. Und ich denke, dass auch Tyron leidet, wo immer er stecken mag. Ich kann nichts machen. Aber vielleicht ist es sinnlos, sich weiter damit zu beschäftigen. Vielleicht ist es an der Zeit, sich mit den Tatsachen abzufinden. Er ist weg. Genau wie wir.«

Sie hatte niemals geglaubt, dass es ihm in dieser Situation besser ginge als ihr, doch diese Worte aus seinem Mund zu hören, traf sie wie eine scharfe Klinge in ihr verstorbenes Herz. Loras behielt einen Funken Hoffnung, nicht weil er daran glaubte, sondern weil er ihn brauchte, diesen Funken. Er war alles, was seine kalte Seele wärmen konnte. Der letzte Faden, an dem er noch hing. Vielleicht behielt er ihn auch für Ari. Damit dieser Funken auch ihr ein wenig Licht in der Dunkelheit spenden konnte.

»Vielleicht sollten wir doch nochmal hingehen. Es schadet schließlich nicht und wenn Tyron da ist, wird er zwar wahrscheinlich nichts von unserer Anwesenheit merken, doch wir haben dann Gewissheit darüber, dass es ihm gut geht.«

»Bist du sicher?«, fragte Loras.

Aritana zwang sich zu einem Lächeln und stand mit nickendem Kopf langsam auf.

Die Straßen, welche sie durchqueren mussten, waren verlassen und vereist. Der Winter kam schneller als gewöhnlich und deutlich heftiger. Windböen, Schneeflocken so groß wie Tischtennisbälle und von Dächern fallende spitze Eiszapfen belasteten die Menschen hier täglich. Die wenigsten schafften es in die Arbeit, da kaum ein Auto mehr funktionierte. Und selbst wenn, war von den Straßen kaum mehr etwas übrig. Der Alltag war zu einer immer wiederkehrenden Schlacht geworden und nicht einmal die dicksten Winterjacken konnten genügend Schutz bieten. Lange war es her, seit der Winter Freude mit sich gebracht hatte. Alles, was für die Menschen an Normalität grenzte, war ihnen vor drei Monaten entrissen worden.

Die Tage vergingen langsamer und dauerten länger – zumindest fühlte es sich so an. Aufgrund der unaufhörlichen Wolkenschicht konnte man den Tag kaum mehr von der Nacht unterscheiden. Nur der weiße Schnee, wenn seine Menge auch erdrückend war, spendete einen Anblick, den man nicht gleich verabscheute. Das einzig Helle, was in dieser Welt verblieben war.

Innerhalb kürzester Zeit waren so viele globale Krisen entstanden, dass die Leute unmöglich alles verarbeiten konnten. Diejenigen, die noch draußen zu finden waren und sich nicht in ihren Häusern verbarrikadierten, funktionierten wie Roboter. Sie taten das Nötigste, schauten nicht nach links oder rechts, liefen direkte Wege und bauten Mauern um alle Gedanken herum, die sich mit dem befassten, was sie entweder nicht verkraften oder aber nicht verstehen konnten. Sie hatten die Unterwelt erlebt, ohne zu wissen, dass es womöglich noch immer eine Oberwelt gab.

Der Vernichtungsschlag allerdings blieb aus. Seit Monaten waren die Menschen aus aller Welt am Leiden, doch ihr Peiniger zeigte sich nicht. Was immer Luzifer plante, es schien zu dauern. Und mit jedem Tag wuchs die Sorge, dass er aus seiner Versenkung treten und alles Leben vernichten würde. Vielleicht hatte er das bei den Engeln bereits getan.

Aritana hatte nichts mehr erfahren, von allem, was oben passierte. Seit jenem Tag der Verhandlung und des Aufstiegs Luzifers hatten sie keinen Engel mehr zu Gesicht bekommen. Weder tot noch lebendig. Sie gingen davon aus, dass es kaum mehr Engel gab, da sie sich den Menschen nicht präsentierten, um ihnen einen letzten Hoffnungsschimmer zu geben. Natürlich stellte dies einen Regelverstoß dar, doch in ihrer Lage ... Wen scherten noch Regeln? Regeln hatten dieses Unglück in die Wege geleitet. Sie waren der Zündstoff des Unterganges. Die Menschen brauchten Hoffnung. Sie brauchten das Vertrauen in eine bessere Zukunft im Paradies. Selbst die noch so regelversessensten Engel sollten dies verstanden haben, doch es folgte kein Zeichen. Sie hatten gewartet und gewartet, doch nichts kam. Die Engel waren weg.

Nachdem sie ein wenig durch den Schnee gewandert waren, liefen sie an dem kleinen Café am Anfang der Straße vorbei. Kein Licht schien mehr darin. Diesem Laden war es wie vielen in dieser Umgebung ergangen. Er hatte der endlosen Abfolge von Krisen nicht standhalten können. Die Besucherzahlen fielen rapide, ständig kamen neue Schäden auf, während es ewig dauerte, bis sich jemand darum kümmern konnte, und so musste man ihn irgendwann aufgeben. Aritana wollte am liebsten wegsehen, doch es schien ihr unmöglich. Sie konnte nicht anders, als in den leeren, vermüllten Raum zu starren, der einst so voller Leben gewesen war. Sie dachte an den aromatisch-süßen Geruch von Zimtschnecken in der Theke, an lachende Gäste mit brummenden Mägen. An die Besitzer des Cafés, die einen beim Eintreten mit einer solchen Herzlichkeit empfingen, wie sie in der Oberwelt schon lange keiner mehr kannte.

An der Ecke zu ihrer wohl bekannten Seitenstraße erreichten sie endlich das Lagerhaus. Anders als der Rest der Welt hatte sich dieser Ort nicht verändert. Er war schon vorher leer, kaputt und dreckig gewesen. Hier hatte es nie wirklich Leben gegeben, und doch machte Aritanas Herz jedes Mal einen Sprung, wenn sie über die Türschwelle trat.

Ähnlich wie bei dem Café, wo sie sich nicht vom Hinsehen abhalten konnte, schaffte sie es hier nicht, sich selbst davon abzubringen, sich Hoffnungen zu machen. Der Wunsch, Tyron zu treffen, war so groß, dass die Sehnsucht nach dessen Erfüllung automatisch aufkam. Und infolgedessen die Enttäuschung.

Doch dieses Mal, so schien es, blieb Letztere aus.

In diesem eiskalten Lagerhaus, welches nie jemand betrat, da die meisten Fenster kaputt waren und ein Großteil der Türen fehlte, wodurch auch der Boden im Innenraum stellenweise von Schnee bedeckt war, vernahm Aritana plötzlich Geräusche. Loras musste sie auch gehört haben, so abrupt wie er stehenblieb und in die Richtung starrte, welche auch Aritana im Blick hatte.

Etwas war hier – oder jemand.

Tyron?

Kapitel 2
~ Elaas ~

Ruhig atmen. Tief ein und aus. Schritte zählen. Nicht nervös sein. Nicht auffällig. Einfach ruhig bleiben. Tief ein und aus. Es wird nichts passieren. Schritte zählen. Nichts wird passieren.

Mit jeder vorsichtigen Bewegung wiederholte Elaas diese Worte. Es lenkte ihn ab.

Das hier ist wichtig. Du tust das Richtige. Schritte zählen. Du schaffst das. Nichts wird dir passieren, wenn du einfach weiterläufst. Alles nach Plan.

Seine Schritte waren klein und langsam, doch er blieb nicht stehen. Sein Blick wich nicht nach links und rechts. Er war starr geradeaus gerichtet. Fokussiert auf sein Ziel.

Immer weiter. Immer weiter. Halte dich an den Plan und dir wird nichts passieren. Nichts wird passieren. So hat er es gesagt. Was er sagt, meint er auch so. Meistens jedenfalls. Nein. Ruhig atmen. Es wird funktionieren. Tief ein und aus.

Elaas näherte sich den lodernden Flammen der großen Schlucht. Um ihn herum waren hauptsächlich Frischlinge, kaum älter als er selbst, die meisten sogar jünger. Ob er noch immer ein Niemand war? Eine Existenz, von der keine Notiz genommen wurde? Oder hatte sich das Blatt inzwischen gewendet und er war Bestandteil unzähliger Geschichten und Gerüchte? Natürlich wusste er, worauf er hoffte, doch es gab keine Garantie.

Erst als er den Rand der Schlucht erreicht hatte – den wohl bestbesuchten Ort der Unterwelt –, tippte ihm jemand auf die Schulter.

»Elaas?«

Er drehte sich herum. Der Frischling, der vor ihm stand, war ihm völlig unbekannt. Vermutlich noch sehr jung. Die Quote der täglichen Neuzugänge stieg kontinuierlich an, seit Luzifer befreit worden war und fortan sein Werk an der Menschheit vollzog.

»Entschuldige, du musst mich wohl verwechseln.« Elaas drehte sich wieder weg, doch der Frischling gab sich nicht zufrieden.

»Auf keinen Fall. Hey! Hey! Leute, kommt!«

Panik schoss mit einem Mal durch seinen Körper. Er hatte nicht erwartet, so schnell entdeckt zu werden. Während die anderen Anwesenden ihre Blicke zu ihnen warfen, fing Elaas zu rennen an. Er konnte seine Beine nicht davon abhalten, konnte ihnen keine Befehle geben, nicht einmal die Richtung bestimmen. Sein Körper befolgte nur einen einzigen Befehl und der lautete: weg. Egal wohin, Hauptsache weg. Und wie zu erwarten, erweckte sein Verhalten Aufmerksamkeit. Es vergingen kaum Sekunden, da war bereits eine ganze Horde von Dämonen hinter ihm her. Eines hatte er ihnen allerdings voraus: Er kannte sich in den Höhlen aus, welche nicht weit entfernt waren und deren Richtung er nun einschlug.

Immer weiter. Einfach weiter.

Zum Glück war der Großteil aller Dämonen in der Mitte aktiv. Nur diejenigen, welche noch zu jung und schwach waren, um sich zwischen den Welten bewegen zu können, und vereinzelte andere verblieben in den Tiefen der Unterwelt. Dennoch waren es genug, um Elaas ins Schwitzen zu bringen.

Auf dem Weg in die Höhlen musste er zunächst einen verhältnismäßig großen Platz durchqueren. Der Großteil der dort anwesenden Dämonen begriff erst, was passierte, als Elaas bereits an ihnen vorbeigehechtet war, weshalb sie sich seiner Verfolgergruppe anschlossen, doch manche konnten die Situation deutlich schneller analysieren und stellten sich ihm in den Weg.

Als der erste plötzlich vor ihm erschien, schrak Elaas zurück und landete auf dem steinigen Untergrund. Er hatte sich zu sehr auf seine Verfolger konzentriert und dabei nicht bemerkt, was vor seiner Nase geschah. Die anderen kamen in einem rasanten Tempo näher und der Dämon vor ihm, diesmal kein Frischling, versperrte ihm nach wie vor den Weg. Mit einem gekonnten Tritt gegen das Schienbein und einer schnellen Rolle auf die linke Seite schaffte Elaas es, wieder aufzustehen und weiterzurennen, doch der Abstand zwischen ihm und seinen Verfolgern war deutlich verkürzt. Nur ein weiterer Fehltritt und sie hatten ihn.

Mithilfe einiger gewagter, teilweise nur knapp gelingender Ausweichbewegungen schaffte er es schließlich in die Umgebung, welche er besser kannte als jeden anderen Ort in allen Welten.

Zwischen den steinernen Mauern war es, wie immer, dunkel und für die Verhältnisse der Unterwelt auch recht kühl. Bloß vereinzelte Fackeln an den Wänden sorgten für ausreichend Licht und Wärme, sodass Elaas sich orientieren konnte. Er rannte und rannte, mit Dutzenden Dämonen im Schlepptau.

Immer weiter. Nur nicht stehenbleiben.

Es war fast komisch, wie lebendig sich Elaas während dieser Jagd fühlte. Natürlich begleitet von Nervosität und Aufregung, doch er spürte förmlich, wie sein Kopf klarer wurde, und hätte er es nicht besser gewusst, hätte er schwören können, dass sein Herz wieder zu schlagen begann, wie es nur zu seinen Lebzeiten der Fall gewesen war. Er fühlte sich frei. Er fühlte sich wie ein Erdling. Und es fühlte sich verdammt gut an.

Im Zickzackkurs schaffte er es, außer Sichtweite zu geraten, schließlich kannte er in den vorderen Höhlenbereichen jede einzelne Ecke und Kurve nahezu auswendig. Das war seine Chance. Ein Schlenker nach rechts, in eine kleinere Höhle, und alle anderen liefen vorbei.

Doch zu seinem Unglück musste Elaas feststellen, dass er nicht allein an diesem Schutzort versteckt war.

»Ähm ...« Der Kleine vor ihm bekam kaum ein Wort heraus.

Da die anderen Dämonen teilweise noch an ihnen vorbeiliefen, zeigte Elaas dem Frischling mittels eines Handzeichens, er sollte leise sein, bis die Gefahr vorübergezogen war.

»Du bist neu hier, oder?« Mit einer einfachen Frage versuchte Elaas, den zwei Köpfe kleineren Mann – wenn man ihn so bezeichnen konnte – hinzuhalten. »Was treibst du hier allein?«

»Ich ... ich bin hier, weil ... Hier lacht keiner über mich.«

Der Dämon machte einen freundlichen Eindruck. Er erinnerte Elaas an sich selbst.

»Neu sein ist nicht einfach. Du kannst mir glauben. Im Grunde bin ich selbst noch ein Frischling. Nun, wohl eher ein Flüchtling.«

»Du bist Elaas, oder? Der, der sich den Engeln angeschlossen hat?«

Nun hatte er immerhin eine Antwort auf die Frage, ob er und seine Geschichte bekannt waren. Wobei sich vermutlich jeder etwas anderes erzählte.

»Und wenn es so wäre?« Dieser verängstigte Frischling, welcher sich in einer Ecke in der Dunkelheit verkrochen hatte, sorgte nicht gerade für einen Angstanflug, aber er konnte seine Position verraten.

»Wenn dem so wäre, würde ich gerne wissen, warum. Jeder sagt etwas anderes.«

Sein Interesse an Elaas' Motiven erschien erst einmal als ein gutes Zeichen. Vielleicht konnte der Kleine ihm noch nützlich werden. »Das wundert mich kaum. Hier unten zerreißen sie sich die Mäuler über alles und jeden, doch von Wahrheit fehlt zumeist jede Spur.«

»Und deswegen hast du dich den Engeln angeschlossen?«, fragte der Frischling. Sein helles braunes Haar fiel ihm in Locken über die Stirn und gab gerade so seine Augen frei, die Elaas neugierig musterten.

»Nein.« Elaas musste schmunzeln. »Weißt du, ich wurde gleich nach meiner Ankunft hier schikaniert. Ich wurde ausgelacht, mit Steinen beworfen, bespuckt. Und nur einer hat mir geholfen.«

»Tyron«, stellte der junge Dämon fest. »Weißt du, wo er ist?«

Elaas beschloss, die Frage zu ignorieren und sprach stattdessen aus, was ihm schon lange durch den Kopf ging. »Tyron hat mir gezeigt, dass ich die freie Wahl habe. Ich kann entscheiden, wer ich sein möchte. Das liegt allein in meiner Kraft. Und ich entschied mich, das Richtige zu tun. Die Oberwelt und ihre Bewohner sind auch nicht fehlerfrei, doch sie auszulöschen, würde das Gleichgewicht zerstören. Auf lange Sicht profitiert niemand davon.« Elaas suchte in dem Blick seines Gegenübers nach Anzeichen von Abscheu oder Verurteilung, doch er fand nichts. »Auch du hast die Wahl. Weißt du, wer du sein möchtest?«

»Ja, ich denke, das weiß ich.«

Ein Lächeln schlich sich auf Elaas' Lippen. Dieser Dämon war *nur* ein Frischling, doch das war er selbst auch. Nur ein Frischling, der durch ein wenig Vertrauen von Tyron neue Ziele, neue Werte, im Grunde eine ganz neue Identität erhalten hatte. Seinem Gegenüber könnte es genauso ergehen. Und sie brauchten jeden, den sie bekommen konnten, auf ihrer Seite.

»Ich möchte ein Dämon sein, welcher sich nicht ständig in den Höhlen verstecken muss.« Die Miene des Kleinen verzog sich zu einer Fratze.

Alle Alarmglocken in Elaas' Kopf setzten gleichzeitig ein.

»Er ist hier!«, schrie der Frischling aus voller Kehle, dass es an den steinernen Wänden bis in alle Ecken widerhallte.

Damit hatte Elaas nicht gerechnet. Sofort wollte er sich aus dem Staub machen, doch seine vorherigen Verfolger waren bereits in der Nähe. Ohne nachzudenken, schlug er den erstbesten Weg ein, der sich ihm bot, und wie könnte es anders sein, handelte es sich hierbei um eine Sackgasse. Er saß in der Falle.

Auf der Suche nach einem Ausweg sah er sich in der kleinen Höhle um, doch er konnte keinen finden. Durch den einzigen Ein- und Ausgang kam nun seine Horde an Verfolgern getrampelt, die sich vor ihm aufstellten. Das war der einzige große Nachteil der Höhlen: Es gab zwar viele Verstecke, allerdings auch viel zu viele Sackgassen.

»Wenn das nicht Elaas ist. Einst ein Niemand, ein Frischling, welcher in eine Schlucht gefallen war und es nicht alleine rausgeschafft hatte. Nun kennt jeder deinen Namen.« Ein unbekannter Dämon, den Elaas allerdings schon des Öfteren in der Unterwelt wahrgenommen hatte, löste sich von der Gruppe und ging ein paar Schritte auf ihn zu. Er war schon älter, doch fürchten brauchte sich Elaas vor ihm nicht. Jeder Dämon, der etwas zu sagen hatte, war im Moment abwesend, irgendwo in der Mitte beschäftigt. Demnach brauchte er ihm auch keiner Antwort zu würdigen.

»Du hast vielleicht Nerven, in unsere Welt zurückzukehren.«

In diesem Punkt stimmte Elaas dem Unbekannten zu, doch hier war er nun mal.

»Was sollen wir mit ihm machen, Arius? Ihn töten? Ihn zurück in das Torturengebiet schicken?« Die Fragen kamen von einem jüngeren Dämon, dessen Stimme irgendwo aus der Menge kam. Nur ein Echo aus dem Schatten.

»Verschwenden wir keine Zeit an so einen. Wir töten ihn und gut ist. Er ist unsere Mühe doch nicht wert«, rief ein anderer.

»Die dreckigen Flügelviecher sollen zusehen, wie wir ihm den Kopf abreißen.«

Die Vorschläge und Ideen bezüglich des Umganges mit Elaas häuften sich, bis die Stimmen einen einheitlichen, undeutlichen Klang einnahmen. Ruhig blieb Elaas auf seiner Stelle stehen und wartete darauf, dass die Horde sich einig wurde. Konnte ja nur Jahre dauern.

»Es liegt nicht an uns, diese Entscheidung zu treffen.« Die Stimme von Arius war lauter und kräftiger als die der anderen. Sie übertönte das Getuschel und sorgte dafür, dass alle still wurden und zuhörten, was der Alte zu sagen hatte. »Wir nehmen ihn gefangen. Adelphos und ein paar andere kommen morgen früh zurück. Sie sollen entscheiden, wie mit diesem Verräter umgegangen werden soll.«

Adelphos. Der Leiter des Rituals. Der Schöpfer des Untergangs.

Zwei Frischlinge traten hervor und packten Elaas an beiden Armen. Mitsamt der ganzen Eskorte wurde er in den Käfig gebracht, wo vor wenigen Monaten die Opfer des Rituals eingesperrt gewesen waren. Die Tür aus Stahl fiel vor seiner Nase ins Schloss, Sigillen wurden beschworen und die Dämonenbande machte einen Abgang. Nun war Elaas allein. Gefangen.

Alles lief nach Plan.

Kapitel 3
~ Aritana ~

»Tyron!« Aritana schrie durch das Lagerhaus, als wüsste sie nicht genau, dass keiner sie hören konnte. Allein die Tatsache, dass sie nicht, wie sonst, von erdrückender Stille begrüßt wurden, ließ sie hoffen. Und die Hoffnung ließ sie seinen Namen rufen.

»Tyron?« Mit Loras im Schlepptau durchquerte sie die Räume im Erdgeschoss. Der größte Bereich, wo sie Tyron einst kennengelernt hatte, war leer und auch in den wenigen kleinen Nebenräumen wurden sie nicht fündig. Als sie fertig waren, blieben sie stehen und verstummten. In dieser Stille hätte man das Fallen einer Feder hören können. Sie lauschten geduldig. So lange, bis das Geräusch wieder auftauchte. Leise, aber hörbar.

»Es kommt von oben!«, rief Loras und rannte voraus.

Wieso sollte Tyron hochlaufen? Bislang war ihr Treffpunkt immer im Erdgeschoss gewesen, doch das spielte keine Rolle. Aritana würde ohnehin jeden Raum absuchen, nur um ganz sicherzugehen.

Als sie die modrige alte und nun auch noch verschneite Treppe nach oben rannten – denn scheinbar konnten Engel nicht einmal in dieser geisterartigen Gestalt fliegen, was bedeutete, dass die Mythen der Menschen in dieser Hinsicht grundsätzlich falschlagen –, wurde das Geräusch lauter. Sie kamen näher.

Irritiert stellte die Gefallene fest, dass es nicht nach Tyron oder irgendeinem anderen menschenähnlichen Wesen klang. Es war ein hoher, gequälter Ton. Ein Fiepen.

Sofort entstand aus der bedrückenden Erkenntnis eine Flutwelle der Enttäuschung. Es war wie jedes Mal, wenn sie herkamen. Je größer die Hoffnung, desto schlimmer der Schmerz, welcher in ihrer Seele brannte.

Doch die Frage blieb bestehen, was sich oben befand, wenn nicht Tyron. Aritanas Neugierde war geweckt, auch wenn sie nicht finden würde, was sie suchte. Was verbarg sich in diesem Stockwerk in der Kälte? Das Gute an ihrem Fall war, dass sie sich nun nicht mehr schämen musste, wenn ihre Wissbegierde geweckt wurde. Sie konnte ihr ohne schlechtes Gewissen nachgehen. Ein schwacher Trost.

»Sieh nur.« Loras blieb plötzlich vor einem Raum zu seiner Linken stehen und schaute hinein.

Aritana stellte sich neben ihn, um seiner Aufforderung nachzukommen. Ein Hund winselte leise in den durch das offene Fenster strömenden Wind. Ein ausgewachsener Labrador. Kein Halsband zu sehen. Das scheinbar herrenlose Tier lag auf einer zerrissenen alten Decke auf dem Boden. Einzelne Schneeflocken setzten sich auf sein von Natur aus überwiegend weißes Fell. Wären da nicht die hellbraunen Flecken, konnte man ihn fast mit einem Schneehaufen verwechseln, so ruhig und still lag er da.

Einen ähnlichen Hund hatte Aritana sich als Kind gewünscht. Es zerbrach ihr das Herz, den armen Kerl in dieser Kälte zu sehen. Allein. Ungeliebt. Sofort wollte sie zu ihm, ihn streicheln und wärmen, doch als sie sich neben dem Hund niederließ und ihre Hand auf sein verdrecktes Fell legte, glitt diese einfach hindurch.

Es schien nur eine Kleinigkeit zu sein. Nichts verglichen mit dem, was sonst in der Welt und bei Aritana und Loras los war. Etwas, woran man sich inzwischen gewöhnt haben sollte. Sie wusste schließlich, dass sie nichts anfassen und mit niemandem reden konnte, nicht einmal mit einem Hund, doch trotz dieses Wissens war keine Gewöhnung in Sicht. Aritana konnte sich nicht vorstellen, dass es je so sein könnte. Sie würde es niemals als normal empfinden, unsichtbar und bedeutungslos durch die Welt zu irren. Wie alles um sie herum den Bach runterging und wie sie unbeteiligt mitfloss, in Erwartung, dass bald ein großer Wasserfall direkt vor ihr auftauchen würde. Sie würde sich nicht wehren. Sie hatte keine Wahl. Sie würde dem Wasser folgen und mit ihm in die Tiefe stürzen.

Solche Gedanken waren keine Seltenheit mehr und sie konnten in noch viel dunklere Ecken geraten. Loras wusste davon nur zum Teil. Aritana glaubte zwar, dass auch er diese Gedanken in sich trug, doch anders als die Gefallene, welche sich mit glasigen Augen auf den Boden neben den Labrador legte, bewahrte ihr Freund stets ein tapferes Gesicht.

»Vielleicht sollten wir gehen«, schlug er nach ein paar Minuten der Stille vor.

Aritanas Herz verkrampfte sich bei dem Gedanken. Sie wollte den Hund nicht allein lassen, doch ihr blieb auf Dauer kaum eine andere Wahl.

Was soll ich tun?

Gerade als sie sich abwenden wollte, passierte es: Der Kopf des Labradors erhob sich und seine braunen Augen trafen ihre. Für einen Moment sah er sie direkt an. Dann ließ er seinen Kopf wieder auf den Boden fallen.

»Hast du das gesehen?«, fragte Aritana an Loras gerichtet. Mit offenem Mund starrte sie weiter auf das einsame Tier, das vor ihr lag. Ungläubig, was gerade geschehen war.

»Was meinst du?«

»Er hat mich gesehen! Er hat mich direkt angesehen!« Tränen der Freude bildeten sich in ihren Augen. Zum ersten Mal seit Monaten wurde sie wahrgenommen.

Loras sah sie mitleidig an. »Ari, das bildest du dir ein. Es tut mir leid, ich weiß, wie sehr du es dir wünschst, aber –«

»Nichts *aber*! Ich weiß, was ich gesehen habe!« Sie wandte sich wieder von Loras ab und konzentrierte sich auf den Hund vor ihr. »Komm schon, Kleiner, mach es nochmal, sieh mich an«, flüsterte sie, während sie sich weitere Tränen aus den Augen wischte.

»Wir sollten wirklich gehen.«

Sie traf seinen ausdruckslosen Blick und fand keinerlei Emotion. War ihm das Schicksal dieses Tieres so egal? War ihr beider Schicksal ihm so egal?

»Wir können ihn nicht zurücklassen.« Ihre Worte waren ein einziges Schluchzen, das sie nicht unterdrücken konnte.

»Wir können nichts für ihn tun.«

»Er wird sterben! Wir müssen etwas tun!«, schrie sie ein wenig zu laut. Nicht, dass sie jemanden hätte stören können, doch tief im Innersten wusste sie, dass Loras diesen harschen Umgangston nicht verdient hatte. Wissen und Fühlen waren allerdings zwei gänzlich verschiedene Dinge.

»Ich möchte auch nicht, dass er stirbt, doch mir fällt wirklich nicht ein, wie wir ihm helfen können.« Wie so oft bewahrte Loras die Ruhe.

Aritana beneidete ihn dafür fast so sehr, wie sie ihn dafür hasste. »Dann denk schärfer nach, uns muss etwas einfallen! Er hat mich gesehen, das war ein Zeichen! Es muss etwas geben, was wir tun können.«

»Aritana.«

Die Gelassenheit in Loras' Stimme machte sie wahnsinnig. »Lass mich.«

»Ari, komm schon, wir sollten –«

»Nein!« Ihr Schrei wurde von dem Geräusch eines in Scherben brechenden Glases unterstrichen. Augenblicklich drehten sich beide Gefallenen um. Sogar der Hund schrak auf.

Das Fenster hinter ihnen – eines der wenigen, welches außer viel Dreck und Staub zuvor keine Makel aufgewiesen hatte, war in kleine Einzelteile zersprungen, die nun auf dem Holzboden verteilt lagen. Der kalte Wind zog in den Raum, sodass der Hund wieder zu winseln anfing. Diesmal lauter und gequälter als zuvor. Aufgrund des entstandenen Durchzugs wurde es im Bruchteil einer Sekunde gleich einige Grad kälter.

Aritanas Blick begegnete dem von Loras. Er hatte das gleiche fragende Gesicht aufgesetzt.

Ein Zeichen.

Es musste ein Zeichen sein.

Die meisten für Menschen ›unerklärlichen‹ Dinge waren für die Beobachter der Oberwelt nichts Besonderes, doch hin und wieder wussten auch die Engel nicht weiter. Unerklärliches fand seit dem Anbeginn der Zeit statt. Was, wenn sie die Erklärung hierfür waren? *Sie* – die gefallenen Engel. Das Übernatürliche unter dem Radar.

Wenn es stimmte, wäre dies ein Hoffnungsschimmer in ihrer umgebenden Dunkelheit. Ein Weg, um mit der Außenwelt zu kommunizieren. Ein Weg hinaus aus diesem Elend.

»Ich glaube nicht, dass der Hund dich wirklich gesehen hat, aber ...« Loras fehlten offensichtlich die Worte, während er weiter auf das zerbrochene Fenster starrte.

»Ich weiß schon. Wir müssen los.«

Kapitel 4
~ Elaas ~

»Antworte!«

Nein danke.

»Bist du taub?!«

Schön wärs.

»Ich weiß, dass du mich hören kannst.«

Wieso fragst du dann, ob ich taub bin?

»Sieh dich an. Eingesperrt. Auf den endgültigen Tod wartend. Und in deinen letzten Minuten auch noch schweigend. Wie erbärmlich.«

Dein Atem stinkt bis hierher – darüber könnten wir reden.

»Jetzt bereust du wohl, was du getan hast.«

Oh, wenn du wüsstest, wie falsch du liegst.

Seit er gefangen genommen wurde, schlenderten Frischlinge, die von seiner Geschichte gehört hatten, an seinem Käfig vorbei. Manche hatten ihn bloß viel zu auffällig angestarrt, andere, wie dieser nette Genosse, fingen an, zu reden, zu fragen, zu spekulieren und zu beleidigen. Elaas könnte all das kaum weniger interessieren. Glaubten diese dämonischen Neulinge wirklich, er wäre in die Unterwelt gereist, wenn er noch immer auf der Flucht war? Hielten sie ihn für intelligenztechnisch so eingeschränkt? Er mochte es damals nicht geschafft haben, die Urdämonen mit dem Kristall auszutricksen, doch er war verdammt nah dran gewesen. Und er wollte endlich erfahren, woran der Plan gescheitert war.

»Wer sitzt da drin?«

Elaas saß zur Wand gedreht und konnte daher nicht sehen, wer sich genähert hatte und sich nun mit diesem neugierigen Frischling unterhielt. In dem Käfig seines Vorgängers, des Dämons, welcher dem mörderischen Ritual damals zum Opfer gefallen war, starrte er seit Stunden an die felsige Wand und konzentrierte sich auf die drückende Hitze, welche von den unzähligen Feuern ausging, die außerhalb dieses versteckten Raumes loderten. Er hatte kein Interesse, die Meute zu sehen, die ihn anstarrte wie ein Tier im Zoo. Mit ihnen zu sprechen, schien zwecklos. Alle redeten sie viel und hatten doch nichts zu sagen.

Diese neue Stimme war anders.

Elaas hob den Kopf an und wurde wachsam. Er kannte diese Stimme.

»So ein Frischling. Dieser Elaas, der sich gegen uns gewendet hat«, erklärte die Nervensäge unbeeindruckt, als steckte nicht viel mehr hinter der ganzen Geschichte.

»Mir ist dieser Frischling wohl bekannt. Lässt du mich kurz mit ihm alleine?«

Elaas lauschte den sich entfernenden Schritten, wartete, bis sie weit genug weg waren, um sich umzudrehen.

»Du kennst mich also?«, fragte er mit gerunzelter Stirn und gehobener Augenbraue. Die Stimme klang vertraut, das Gesicht jedoch weckte keine Erinnerungen. Sicher kein Frischling, so viel stand fest. Er trug keine schwarze Uniform, sondern normale, unauffällige Klamotten aus der Mitte. Mitsamt dem blonden, strubbeligen Haar, das ihm ins Gesicht fiel, hätte man ihn sofort für einen Menschen halten können, wenn da nicht seine pechschwarze Seele wäre.

»Wir haben ein paar Mal geredet«, erklärte der Dämon. Seine Miene war finster, doch seine Worte klangen hell und freundlich.

Aus irgendeinem Grund erwartete Elaas diesmal keine Beleidigungen, auch wenn das der Hauptgrund war, weshalb er Besuch erhielt. »Wann soll das gewesen sein?« Elaas stand nun auf, um auf einer Augenhöhe mit dem Fremden zu sein, der gar nicht so fremd zu sein schien.

»Als du in der Schlucht warst. Ich bin Pirok.«

Natürlich!

Tyron war damals der Einzige gewesen, der bereit war, ihm zu helfen, doch neben ihm gab es noch jemand, der sich anders verhielt. Jemand, der in der Nacht, während andere Partys gefeiert hatten, bei ihm gesessen und nette Gespräche mit ihm geführt hatte. Elaas hatte nie herausgefunden, wer dieser mysteriöse Dämon gewesen war. Bis jetzt.

»Das warst du«, murmelte Elaas in sich hinein. »Du hast mir von deinem Muttermal erzählt. Dass man dich als Frischling damit aufgezogen hat, weil es die Form eines Herzens zeigt. Ständig sagtest du mir, es sei nicht fair, was mir widerfahre, doch geholfen hast du mir nicht. Es war Tyron, der mich befreit hat. Wieso hast du nichts getan?« Diese Frage lag Elaas schon lange auf der Zunge. Nun konnte er sie endlich stellen. Er sah Pirok direkt an.

Dieser sah weg. Sein Blick schweifte auf den unebenen Boden, auf dem noch Spuren von dämonischem Blut zu finden waren.

»Tyron ist mutiger als ich. Das war er schon immer. Ich hörte, was die Dämonen über ihn sagten, nachdem sich das Gerücht um deine Rettung verbreitet hatte. Es war absehbar, dass sie es herausfinden und ihn dafür

verabscheuen, und ich wollte nicht an seiner Stelle stehen.«
Pirok scharrte mit dem Schuh auf dem Boden herum und
atmete tief durch. »Es tut mir leid.«

»Bist du deshalb gekommen?« Elaas hegte keinen Groll
gegen Pirok, eine ernst gemeinte Entschuldigung unter
Dämonen war fast genauso selten wie echte Hilfeleistung,
doch so, wie der Dämon auf seine Frage hin aufschaute, lag
ihm noch mehr auf dem Herzen.

»Unter anderem, ja.« Seine schwarzen Augen begegneten
denen von Elaas. Sie waren plötzlich fest entschlossen und
neugierig. »Der andere Grund trägt einen Namen.«

Elaas konnte sich denken, was folgen würde.

»Tyron.«

Die Härchen auf Elaas' Armen richteten sich automatisch
auf. Wusste Pirok etwas? Wie nah hatten sich die beiden
gestanden?

»Wir kamen fast zeitgleich hier an und waren seither
befreundet.«

Eine gute Beziehung also, – falls es stimmt, was er sagt.

»Viele hier sind auf der Suche nach ihm, weil sie ihn
jagen. Ich suche nach ihm, um ihm zu helfen. Hast du auch
nur die geringste Ahnung, wo er ist?«

Er weiß nichts.

»Tut mir leid, nein.«

»Und diese Engel, mit denen er zu tun hatte? Vielleicht
wissen die, wo –«

»Auch von ihnen habe ich seit diesem Tag nichts mehr
erfahren. Es tut mir leid, dich enttäuschen zu müssen.«

Pirok biss sich leicht auf die Lippe und nahm einen tiefen
Atemzug. Natürlich hätte Elaas ihm gerne mehr gesagt,
doch das war leider nicht möglich. Noch nicht.

Pirok drehte sich zum Gehen um, als Elaas etwas einfiel.

»Warte, vielleicht kannst du mir allerdings helfen.«

»So gerne ich auch würde, ich kann dich nicht befreien. Ich habe nicht die nötige Kraft.«

»Darum geht es nicht. Ich brauche nur ein paar Informationen.«

Pirok kam ein paar Schritte zurück. Neugierde durchzog sein Gesicht, als Elaas sich etwas vorbeugte und seine Stimme senkte.

»Ich möchte alles erfahren, was du über den Stand der Dämonen weißt, die noch hier sind.«

Weitere Stunden vergingen. Sie fühlten sich länger an, wenn man nichts mit seiner Zeit anstellen konnte, als zu grübeln. Wenigstens eine Tätigkeit, die er über die Wochen hinweg perfektioniert hatte.

Pirok hatte sich als eine unerwartete Hilfe entpuppt. Elaas hatte nicht mit seinem Auftauchen gerechnet, doch einen guten Nutzen daraus ziehen können. Nun wusste er um die Einstellung der anderen Dämonen.

Viele der übrig gebliebenen in der Unterwelt waren ganz neue Frischlinge, denen der Wechsel zwischen den Welten noch nicht möglich war. Sie waren zu schwach. Alle anderen, die physisch imstande waren, konnten in die Mitte reisen. Etwas, was den jungen Dämonen sonst über einhundert Jahre vorenthalten wurde. Die Frischlinge in der Unterwelt waren größtenteils auf das getrimmt, was ihnen erzählt wurde. ›Luzifer, unser Held, hat es geschafft, wiederaufzuerstehen. Er gibt uns die Freiheit, die wir begehren, er schenkt uns alle Welten. Wer sich gegen ihn stellt, ist ein Verräter.‹ Sowas in der Art vermutlich.

Es gab nur wenige Frischlinge, deren Erinnerung an ihr früheres Leben und die Qualen aus dem Torturengebiet noch so präsent waren, dass sie auf diesen Blödsinn nicht reinfielen. Diese waren wütend auf die Dämonen und ihre Machenschaften. Sie vermissten ihre Lebzeit, doch diese Gefühle würden sich bald legen. Waren sie auch noch so stark, früher oder später fingen sie alle an, zu vergessen. Die älteren Dämonen, welche sich noch immer in der Unterwelt herumtrieben, waren schwieriger zu deuten. Sie versuchten, sich größtenteils herauszuhalten und nicht aufzufallen. Der einfache Grund: Sie alle waren sich der Sinnlosigkeit des Krieges bewusst. Sie mochten ihr Zuhause, die Unterwelt. Alles andere war ihnen zu hell, zu ruhig und zu fremd. Sie gehörten hierher und sahen daher keinen Nutzen in einem Krieg mit den Engeln, um einen Ort einzunehmen, der nicht für sie geschaffen war, den sie nicht besitzen wollten.

So schön es auch war, zu erfahren, dass nicht jeder Dämon hinter Luzifer stand, so war es doch nur eine äußerst geringe Anzahl. Ein Bruchteil. Außenseiter in einer Masse der Gleichheit. Dagegen anzukommen, würde kein Leichtes werden, doch es war nützlich, zu wissen, wo die Dämonen standen und aus welchen Gründen.

»Elaas, habe ich recht?«

Die kräftige, tiefe Stimme war, worauf er gewartet hatte. Er drehte sich wieder zum Gang herum, um den Urdämon ansehen zu können.

»Wir hatten wohl noch nicht das Vergnügen, uns kennenzulernen.« Der Dämon streckte ihm die Hand durch das Gitter, welches zwar stählern aussah, allerdings aus einem Material bestand, welches hundertmal robuster war. Exklusiv aus der Unterwelt.

Elaas ging einen Schritt auf ihn zu und schüttelte entschlossen seine Hand.

»Ich bin Ezmon.«

»Ich weiß. Ich hoffte, dich hier zu finden.«

Sie ließen einander los und traten jeweils einen Schritt zurück. Elaas hatte dieses Risiko auf sich genommen und sich nach allem, was passiert war, wieder in der Unterwelt blicken lassen – und das nur für den Dämon, der nun vor ihm stand. Einen Dämon, von dem er bereits einiges wusste, auch wenn sie einander nie begegnet waren. Tyrons Bezugsperson, als er ein Frischling war, sein engster Vertrauter und die beste Spur, die zu ihm führen könnte.

»Du hast dich absichtlich gefangen nehmen lassen«, stellte Ezmon korrekterweise fest. »Nur um mich zu treffen?«

Elaas nickte.

»Womit glaubst du, kann ein alter Dämon wie ich dir helfen?«

Es mochte stimmen, dass er alt war. Sehr alt sogar. Doch außer den Falten im Gesicht und dem gräulichen Haaransatz sah man ihm optisch nichts an.

Wenn man starb, alterte man zwar, allerdings mit jedem Jahr langsamer. Kinder veränderten sich optisch weiterhin in einem halbwegs normalen Tempo, doch sobald das Erwachsenenalter erreicht wurde, dauerte eine Veränderung viele Jahrzehnte. Ein schleppender, langatmiger Prozess, weshalb die meisten noch genauso aussahen wie an dem Tag, als sie gestorben waren. Eine weitere Gemeinsamkeit zwischen Dämonen und Engeln.

»Ich brauche Antworten. Hast du welche für mich?«

Ezmons dunkle Augenbrauen schossen interessiert in die Höhe, doch seine Haltung blieb starr, wie man es von den Urdämonen kannte. »Das kommt ganz auf die Fragen an.«

»Die Dämonen haben damals einen falschen Kristall von uns erhalten. Ich möchte –«

»Du möchtest wissen, woher sie den echten Nubibus haben«, würgte Ezmon seine Worte ab.

Widerwillig nickte Elaas. »Und wie sie die Täuschung erkannt haben.« Eine der vielen Fragen, welche Elaas seit jenem Tag durch den Kopf schwirrten. Der Plan, den Kristall auszutauschen, war einfach gewesen, vielleicht zu einfach, doch damals erschien er effektiv. Keiner hatte etwas geahnt und doch wussten sie es. Wäre er gleich mit den anderen zurückgereist, säße er nun sicher wieder im Torturengebiet – oder schlimmer.

»Genau kann ich es nicht sagen. Es war Morphos, der uns über den Fehler aufgeklärt hat.«

Morphos. Ein alter Dämon. Ein bekannter Dämon. Doch Elaas war ihm nie begegnet und Tyron hatte nie von ihm erzählt. Was hatte er damit zu tun?

»Er erzählte uns von dir, wie du den falschen Stein an den Engel – Loras – gabst und halfst, den echten zu verstecken. Woher er all das wusste, kam nie heraus. Natürlich wurden einige Gerüchte verbreitet ...« Ezmon räusperte sich, trat einen Schritt näher und wurde nochmal leiser. »Aber wenn du mich fragst, dann gibt es keinen Dämon, der das hätte durchschauen können.«

»Du meinst also ...«

»Ein Engel hat euch verraten.«

Elaas blieb der Atem weg. Mit dieser Wendung hatte er nicht gerechnet – falls sie stimmte. Welcher Engel würde die Oberwelt verraten?

»Es muss dieser Botschafterengel ... Maarau gewesen sein. Ihm wurde der echte Kristall gegeben und er wusste um die Geschichte dazu.«

Ezmon sah bedrückt aus, als der Name Maarau fiel. Ob sie sich gekannt hatten?

»Das wird wohl kaum möglich sein.«

Elaas reagierte mit einem fragenden Gesichtsausdruck, den Ezmon zu verstehen wusste.

»Maarau ist tot.«

Ein Knall in Elaas' Kopf. Ein heller Ton hallte in seinem Ohr nach.

»Er war der gefallene Engel, welcher im Ritual geopfert wurde.«

Das erklärte zumindest, weshalb der Fall von Loras und Aritana zeitgleich mit der Ankunft Luzifers ablief. Erleichterung. Ein Teil von Elaas war ständig in Sorge, dass es einen von ihnen getroffen haben könnte. Wenn Maarau aber tot war, wer sonst hätte es gewesen sein können? Von ihrem Plan wussten sonst nur noch Aritana und Loras. Oder? Zu viele Unklarheiten. Elaas musste noch mehr erfahren. »Gab es sonst noch Opfer?«

»Einen Menschen, den Aaronen, Maarau und Norak.«

Norak war ein Dämon gewesen. Einer von denjenigen, die immer Steine auf ihn geworfen hatten, allerdings ein noch recht junger Dämon. Er war nie in die Mitte zurückgekehrt und würde das auch nie mehr können. »Und Tyron?« Mehr brauchte Elaas nicht zu sagen. Ezmon verstand die Frage, so, wie er den Blick fallen ließ.

»Ich weiß nicht, wo er ist.«

»Doch du weißt, wo er sein *könnte*.« Noch vor wenigen Monaten hätte Elaas sich mit jeder Aussage eines Urdämons zufriedengegeben. Er hätte nichts hinterfragt, nicht weiter nachgebohrt, aus Angst, respektlos zu wirken, doch die Zeiten hatten sich geändert. Er wusste, dass Ezmon unausgesprochene Gedanken hatte, und die würde er verraten.

»Nun, mein erster Gedanke ist, dass er in Bewegung bleibt. Andernfalls könnte er aufgespürt werden. Doch er steckt auch mitten in einer Identitätskrise. Er ist weder Erdling noch Dämon noch Engel. Wo würdest du hingehen, wenn du in einer solchen Krise stecken würdest?«

Elaas überlegte kurz, doch ihm fiel nichts ein. Wo würde er schon hingehen? In einen Wald? In einen Park? In die Berge? Ahnungslos zuckte er mit den Schultern.

»Exakt.«

Verwirrt zog Elaas die Augenbrauen hoch und wartete, bis Ezmon fortfuhr.

»Du weißt es nicht, weil du deine Vergangenheit nicht kennst. Du kennst keinen Ort, der dir etwas bedeutet hat, an welchem du dich wahrhaftig wie du selbst gefühlt hast. Tyron aber kann sich an seine Vergangenheit erinnern. Wo er sich versteckt hält? Ich denke, er ist, wo auch immer seine Erinnerungen ihn hinführen.«

Poetisch, aber wenig hilfreich. Da gab es doch sicher mehrere Orte. So viele Orte – doch Elaas kannte nur einen einzigen. »Der Friedhof!« Dort wurde seine Tochter begraben. Dort hatte er seine Erinnerungen zurückerlangt. Dort hatte er Aritana geküsst.

»Falsch.«

Irritiert riss Elaas seine schwarzen Augen auf.

»Zu eindeutig. Jeder Dämon würde ihn dort zuallererst suchen. Vermutlich bewachen sie diesen Friedhof. Wenn du ihn finden willst, musst du tiefer graben.«

Elaas wollte noch mehr in Erfahrung bringen, doch die Geräusche, die sich näherten, lenkten ihn ab. Es waren die Urdämonen aus der Mitte. Sie kamen zurück.

»Hör zu.« Ezmon riss Elaas aus seinen Gedanken, zurück in das Hier und Jetzt. »Ich kann dich vielleicht befreien, aber dafür brauche ich Hilfe. Weißt du, wo sich Rakaan aufhält?«

»Danke, doch ich komme schon zurecht.« Elaas versuchte möglichst selbstsicher zu klingen, während er bereits die Stimmen der Urdämonen an den Wänden widerhallen hörte. »Du solltest jetzt gehen, bevor sie dich bei mir sehen.«

Ezmon zog die Augenbrauen zusammen und hielt einen Moment inne, bevor er innerhalb von Sekunden verschwand, gerade rechtzeitig, bevor seine Brüder und Schwestern zu Elaas stießen.

Die Dämonenschar blieb vor dem Frischling stehen.

Eine Frau trat weiter vor als alle anderen und sah ihn spielerisch und kalt zugleich an. »Elaas, Elaas. Lässt dich einfach so wieder hier blicken, als wäre nichts gewesen. Was machen wir jetzt bloß mit einem Verräter wie dir?« Yanella war ihr Name. Eine Dämonin mit wild gelockten feuerroten Haaren. Geschätzt wie gefürchtet von jedem unter ihr stehenden Dämon. Selbst Ezmon war, verglichen mit ihr, ein Kleinkind. Sie reckte das Kinn nach oben und strich sich ihr feuerrotes Haar aus dem Gesicht. Dann verschwanden ihre Hände hinter ihrem Rücken.

»Ich habe wenig Ansprüche, doch zu einem Gläschen Wein sag ich nicht nein.« Mittels Humor versuchte Elaas seine Anspannung zu verbergen. Die Dämonen kamen zu früh zurück. Er brauchte mehr Zeit. Nur etwas mehr Zeit und ein Fünkchen Glück vielleicht. Zu viel verlangt?

»Meine Intention war es, dich zu retten. Zurück in das Torturengebiet, bis dir deine Flausen ausgetrieben wurden und du dich erinnerst, wer du wirklich bist und was in dir steckt, sodass du weiterhin ein Teil unserer Gemeinschaft sein kannst.«

Elaas schwieg. Er konnte kaum zuhören, da er mit Sekundenzählen beschäftigt war.

Wieso hängt nirgends eine Uhr?

»Doch nun frage ich mich, ob ich einen Clown unter unseresgleichen gebrauchen kann oder ob du nur Platzverschwendung darstellst.«

Für ihren scharfen Ton war sie berüchtigt. Nun verstand Elaas, wieso. Mit jedem ihrer Worte schaffte sie es, ihm eine Gänsehaut zu bereiten.

»Und bedenke, es ist eine gewisse Kunst, selbst in der Unendlichkeit Platzverschwendung zu sein.«

Zwei Urdämonen, welche Elaas nicht bekannt waren, traten nach vorne. Sie wollten ihn holen, ihn töten. Humor war vielleicht nicht der richtige Weg gewesen.

Zitternd sah Elaas zu, wie einer der beiden Urdämonen anfing, leise Sätze zu murmeln. Einen Spruch, der den Käfig öffnen würde. Elaas musste schwer schlucken.

Dann ein Knall.

Lauter als die Schreie im Torturengebiet. Plötzlich und geheimnisvoll.

Und ein Licht, heller als es in der Oberwelt je sein könnte, strahlte von der Ecke aus zu ihnen rüber. Elaas musste seine Augen verdecken, um nicht zu erblinden, bis es wieder dunkler wurde.

Dann sah er sich um.

Alle Urdämonen, die sich bei ihm befanden, waren wie eingefroren. Bewegungsunfähig und stumm standen sie da. Nicht einmal ihre schwarzen Augen konnten sie durch den Raum schweifen lassen. Doch Elaas wusste, dass sie alles sehen konnten. So sahen sie auch, wie eine dunkle, verhüllte Gestalt mit langsamen Schritten aus dem zuvor so hellen Licht zu ihnen trat.

»Wurde aber auch Zeit, dass du aufkreuzt.«

Kapitel 5

~ Aritana ~

»Sollen wir das wirklich tun? Eine Familie terrorisieren?«
Loras' besorgter Blick wanderte zu Aritana.

»Hast du eine bessere Idee?«

»Nicht wirklich.«

»Dann haben wir keine Wahl.«

Aritana stand mit Loras in dem Zimmer zweier Schwestern. Mit den Füßen auf den Boden tippend. Wartend.

Durch einen glücklichen Zufall hatten sie den heruntergekommenen Laden der Mutter gefunden, in dem ein ganz besonderes Brett ausgestellt war. Es war ein verrückter Einfall, den beide zeitgleich hatten, doch irgendetwas mussten sie probieren. Stunden hatten sie damit verbracht, die Mutter in diesem einsamen Laden zu beobachten, wie sie in einem Schaukelstuhl sitzend, völlig in ihrer Lektüre versank. Der Wind pfiff bedrohlich, peitschte an die Hauswand und ließ die Flammen der weit heruntergebrannten Kerzen, die überall zu finden waren, flackern, bis einige ausgingen. Der ursprüngliche Plan war gewesen, zu warten, bis die Frau ein Verkaufsbuch herausholte, um einsehen zu können, wer sich ein solches Ouija-Brett zugelegt hatte, doch da kam ihre Tochter herein und verlangte von ihrer Mutter, nachhause zu kommen. Solange das kaputte Fenster im Laden nicht repariert werde, sei es dort zu kalt, wie sie erklärte, und mit Kundschaft sei ohnehin nicht zu rechnen. Da hatte das Mädchen nicht unrecht.

Die Gefallenen waren ihnen bis nachhause gefolgt, hatten ihnen beim Verspeisen ihrer Suppe zugesehen und sich mit dem Haus vertraut gemacht. Alles in der vagen Hoffnung, dass sich auch bei ihnen zuhause irgendwo ein Ouija-Brett verstecken könnte. Sie hatten überall gesucht. Im Zimmer der Mutter, welches ein einziges Chaos aus Form und Farbe war, suchten sie besonders gründlich. Schiefe Bilder und selbstgehäkelte Kunstwerke hingen an den Wänden und der Duft von Kräutern und Gewürzen erfüllte die Räume, genau wie in dem Laden zuvor. Das Zimmer spiegelte die Persönlichkeit der älteren Frau mit ihrem bunten Schmuck wider, der so gar nicht zu der tristen Umgebung draußen passte. Und auch der Geruch im Zimmer haftete an der Frau, was bemerkenswert war. Sie hatte ihren eigenen Duft noch nicht an die Kälte verloren.

Auch das beengte Wohn- und Esszimmer und die Abstellkammer hatten sie durchwühlt. Fündig wurden sie schließlich in dem Zimmer der Schwestern. In einer staubigen Ecke befand sich ein solches Brett, identisch mit jenem im Laden. »Das Glück ist wohl endlich wieder mit uns«, hatte Aritana erleichtert ausgerufen, doch Loras teilte ihre Euphorie nicht. Er reagierte lediglich mit einer gerunzelten Stirn.

Seitdem saßen sie in diesem Zimmer und diskutierten nun bereits seit über einer Dreiviertelstunde über Loras' Bedenken. Sie mussten unschuldigen Menschen Angst einjagen, um ihre Aufmerksamkeit zu erregen, was einer eher weniger ehrenwerten Tätigkeit entsprach. Sie würden eines dieser jungen Mädchen in höchst komplizierte Angelegenheiten involvieren, was als ebenso kritisch anzusehen war. Und das alles ohne die Gewissheit, dass es funktionierte.

»Du weißt, die Chancen stehen nicht auf unserer Seite. Mach dir nicht zu große Hoffnungen«, sagte Loras nüchtern. Doch Hoffnung war das Einzige, was ihnen blieb.

»Du bist so negativ. Das sieht dir nicht ähnlich.«

Loras sah Aritana von der Seite an. Sie bemerkte seinen Blick, ignorierte ihn aber. Natürlich wusste auch sie, was ihn verändert hatte, doch es war schmerzhaft mit anzusehen. Sie erkannte ihn kaum wieder.

»Ich will nur, dass du vorbereitet bist, für den Fall, dass unser Plan scheitert.«

»Er wird nicht scheitern!« Aritana atmete tief durch, ignorierte weiter die Blicke, die sich in sie bohrten. »Er darf nicht scheitern. Es gibt keinen Plan B. Wenn es nicht funktioniert, dann ...« Sie suchte das Zimmer ab, nicht wissend, was sie zu finden hoffte. »Wir hätten uns umbringen sollen, als wir noch die Chance dazu hatten.«

Loras holte tief Luft, um zum Protest anzusetzen, doch Aritana unterbrach ihn sofort.

»Ich meine nur, dass das hier schlimmer ist als der Tod. Qualvoller. Wir müssen wieder zu Engeln werden.«

Es hieß immer, eine Umkehrung jedweder Art wäre nicht möglich. Engel konnten nicht zu Dämonen werden, Dämonen nicht zu Engeln und Gefallene blieben ebenso in ihrem Zustand als geisterähnliche Wesen, bis sie irgendwann den endgültigen Tod starben und in das Nichts übergingen. Was auch immer das sein mochte. Doch mit Tyrons Verwandlung hatte sich alles geändert. Vielleicht gab es doch mehr Möglichkeiten, als die alten Sagen und Mythen ihnen weismachen wollten. Doch wenn es möglich war, dann nur mithilfe eines mächtigen Wesens, zu dem sie keinen Kontakt aufnehmen konnten. Noch nicht.

»Ich höre etwas. Jemand kommt.« Aritana richtete ihren Fokus auf die Tür.

»Wir brechen damit so ungefähr tausend Regeln.« Der Ausdruck in Loras' Gesicht war nicht einfach zu deuten. Die Sorge konnte man ihm zwar ansehen, doch Aritana wusste, dass sie ihn nicht stoppen würde. Er wollte es genau so sehr wie sie.

»Ein wenig zu spät, um Regeln zu befolgen, meinst du nicht?«

Loras musste sich offensichtlich kurz überwinden, begab sich dann aber auf seine Position. Mit angehaltenem Atem warteten sie, bis sich die Tür öffnete.

Marie, die jüngere der beiden Schwestern, etwa vierzehn Jahre alt, kam herein. Sie ließ sich auf ihr Bett fallen, und spielte dabei an ihrem kaputten Handtelefon herum. Dabei bewegten sich ihre Finger schneller, als man gucken konnte. Aritana bekam beinahe Kopfschmerzen, allein vom Zusehen, auch wenn sie wusste, dass Marie in dieser Hinsicht keine Ausnahme war. Das verstaubte Ouija-Brett lag auf ihrer Seite des Zimmers. Es gehörte wohl Marie. Ob sie es je benutzt hatte?

Aritana beobachtete, wie Loras seine Hände zu Fäusten ballte und Marie ins Visier nahm, doch als er, vermutlich um sich abzusichern, zu Aritana hinüberblickte, schüttelte sie den Kopf.

»Nein? Wir haben doch gerade noch darüber gesprochen. Möchtest du es doch nicht mehr durchziehen?«

So war es nicht. Sie wollte nichts dringender, doch Marie sollte es nicht treffen. In ihrem Alter hatte sie genug zu verkraften. Jeder Schicksalsschlag, jede Katastrophe, jedes schlimme oder fordernde Ereignis, an denen es in letzter Zeit nicht mangelte, konnte sie für ihr restliches Leben traumatisieren. Aritana wollte daran keine Schuld haben. »Wir warten auf die Ältere der beiden.« Julia war zwar auch noch jung und hatte genug um die Ohren, das hatte man ihr mit nur einem Blick ansehen können, doch sie machte einen reifen, erwachsenen Eindruck. Sie würde es eher verkraften können und wenn sie sich entscheiden müsste, wem von den beiden diese Last aufzubürden war, hätte sie ebenfalls den Entschluss gefasst, ihre Schwester zu verschonen. Sie brauchte es nicht zu sagen oder zu zeigen. Jede große Schwester wollte ihre jüngeren Geschwister beschützen.

Aritana konnte sich an ihre kleine Schwester erinnern, als wäre es erst ein paar Tage her, seit sie sich zum letzten Mal, an Aris Krankenbett, umarmt hatten.

Sie war ein wunderschönes junges Mädchen gewesen. Schlau, wenn auch etwas naiv. Ihre Ziele waren groß. Sie wollte einen Garten pflegen, einen Arzt aus Liebe heiraten und zwei Kinder bekommen, einen Jungen und ein Mädchen, ganz klassisch, wie es im Buche stand. Was für andere nur eine schöne Geschichte war, hätte bei ihr Wirklichkeit werden können. Das hatte Aritana immer gespürt.

Als sie krank geworden war, wich ihre Schwester nicht eine Sekunde von ihrer Seite. Alles, woran Ari damals denken konnte, war: ›Bitte, ich will nicht sterben. Ich darf nicht sterben.‹ Nicht etwa, weil sie Angst vor dem Tod hatte, sondern weil sie auf ihre Schwester aufpassen wollte. Sie konnte sie nicht alleinlassen. Vor allem nicht, wenn ihr ein so schlimmer Verlust bevorstand. Doch der Tod hatte kein Erbarmen gezeigt. Das Letzte, was sie gespürt hatte, waren die salzigen Tränen der kleinen Schwester, die auf ihre Wangen tropften.

»Mum? Ich laufe rüber zu Jenni!«, rief Marie die Treppe hinunter, während sie eine bereits gepackte Sporttasche zur Hand nahm.

»Du kennst die Regeln. Solange du dort übernachtest, ist das in Ordnung!«, kam als Antwort zurück.

Daraufhin zog sich die Teenagerin Schuhe an und machte sich aus dem Staub. Loras und Ari blieben also wieder zurück.

Das Zimmer war zwar klein, vor allem für zwei Mädchen, doch es beherbergte äußerst viele Dinge. Alte Spielsachen lugten aus einer halb geöffneten, von Staub besetzten Kiste heraus, als seien es ungewollte Überbleibsel eines Umzuges. Größtenteils Puppen und Kuscheltiere. Beide Betten hatten die gleiche Größe und einen ähnlichen Bezug. Grautöne mit Karo-Muster. Doch das Bett auf der linken Seite war aufgeräumt und sauber, während jenes auf der rechten Seite, auf welchem gerade noch Marie gelegen hatte, von Chaos heimgesucht wurde. Klamotten lagen darauf herum, dem Kissen fehlte der Bezug, ein Buch lag auf der zerknäulten Decke – die Hölle für Menschen mit Ataxophobie.

In einer der Ecken stand ein kleiner weißer Schreibtisch. Es gab nur genügend Platz für einen Notizblock, ein paar Stifte und Bilder von Freunden und Familie. Ansonsten war der Tisch leer und aufgeräumt. Es war also nicht schwer zu erraten, welches der Mädchen ihn größtenteils nutzte. An den Wänden hing indessen kein einziges Bild. Sie blieben so kalt und leer wie die Gesichtsausdrücke der Menschen draußen.

Aritanas Blick richtete sich auf Loras, der verstohlen ins Nichts starrte. Sie wollte etwas zu ihm sagen, doch ihr fehlten die Worte. Seit dem Tag des Falles oder der

Auferstehung – je nach Betrachtungsweise – hatte sich alles verändert. Seit jenem Tag lag ein Schweigen zwischen ihnen. Ein Schweigen, das sich auch durch Worte nicht brechen ließ. Oder war es schon vorher so gewesen?

Über ihren Kuss oder Loras' Liebesgeständnis hatten sie nie gesprochen. Sie hatten warten wollen, bis sich das Chaos löste, doch auch nach ihrem Fall schien keiner die Energie für dieses Gespräch aufbringen zu können. Dafür war Aritana dankbar.

Sie wollte ihm erklären, wie sicher sie sich bei ihm fühlte. Dass sie ihn nicht nur geküsst hatte, weil sie in einer schlechten Verfassung gewesen war, sondern weil sie es immer schon hatte tun wollen. Die Regeln hatten sie aufgehalten. Jetzt gab es keine Regeln mehr. Sie konnte ihre eigenen Entschlüsse fassen. Doch sie wusste nicht mehr länger, ob sie das noch wollte.

Wenn sie ein Gespräch mit Loras anfing, konnte es nur in einer Entscheidung enden. Eine Entscheidung, die sie nicht treffen konnte. Nicht, ehe sie überhaupt eine Zukunft hatte, für die ihr Entschluss wichtig sein konnte, und nicht, ehe sie Gewissheit über Tyron hatte. Alles andere wäre nicht fair.

Doch was war schon fair in dieser Welt?

Wieder waren Geräusche vom Flur aus zu hören. Aritana spitzte die Ohren und hielt die Luft an. Als sich die Tür langsam öffnete, schossen beide Köpfe in die Höhe. Es war Julia, welche zur Tür hereinkam und sich an ihren bescheidenen Schreibtisch hockte. Konzentriert schrieb sie vor sich hin. Aritana wollte losgehen und ihr über die Schulter sehen, doch sie unterließ es. Letztendlich war es egal, ob das Mädchen einen Aufsatz für die Schule oder in ihr Tagebuch schrieb.

»Es geht los«, flüsterte Aritana, als könnte Julia sie andernfalls hören.

»Gut.« Loras sah sich etwas irritiert im Raum um, dann zu Ari hinüber. »Und wie genau stellen wir es an?«

»Versuch mal, das Fenster zu öffnen.« Zwar war das Fenster im Grunde bereits geöffnet, jedoch nur bezogen auf den Griff. Es ließ noch keine Lücke zu, durch welche der Wind in das Zimmer wehen konnte. Loras lief unsicher darauf zu und versuchte, es zu berühren, doch seine Hand glitt durch den Hebel hindurch.

»Du musst dich konzentrieren«, riet sie ihm, doch auch das schien nichts zu bewirken.

Loras fokussierte das Fenster mit seinem Blick, es rührte sich aber nicht.

»Du brauchst mehr Emotionen. Sei wütend!«

»Und wenn ich nun aber gar nicht wütend bin?«

»Natürlich bist du wütend! Du bist ein gefallener Engel. Man hat dich aus deiner Heimat verbannt und dir alles genommen, was du hattest. Du müsstest kochen vor Wut!«

Loras schien kurz nachzudenken, doch in seinen Augen war tatsächlich nichts dergleichen zu erkennen. Er zuckte bloß mit den Schultern. »Das frustriert mich, aber ich kann deshalb nicht länger wütend sein. Es ändert doch nichts. Versuch du es.«

Er ging viel zu rational an die Sache heran. Früher war er ständig so gewesen. Er blieb ruhig und gelassen, egal was passierte. Versuchte Hoffnung zu bewahren und vernünftig zu bleiben. Anders als sie.

Aritana lief auf das Fenster zu, schloss ihre Augen und griff danach, doch sie spürte nichts. Sie suchte tief in sich die Wut, welche sie stets begleitete, doch fand nur Angst. Angst, dass sie sich getäuscht hatten. Angst, dass es keinen

Weg zurück gab. Angst, dass sie verdammt war, als Geist eines Tages dem Wahnsinn und anschließend dem endgültigen Tod zu verfallen. Geknickt ließ sie ihren Kopf fallen. Allein schaffte sie es nicht. Sie spürte, dass ihr die Energie fehlte. Loras musste ihr helfen. Er musste sie wütend machen wie im Lagerhaus, doch das würde er nicht übers Herz bringen. Aritana atmete tief durch und drehte sich zu ihm um.

»Es ist zwecklos. Ich bin zu schwach und du bist zu ruhig dafür. So bist du einfach. Du wirst nicht wütend. Du warst nicht einmal sauer auf mich, obwohl du nur meinetwegen in dieser Lage bist. Das alles fing doch auf dem Friedhof an, als ich Tyron geküsst habe. Nur deshalb sind wir hier.« Loras an den Friedhof zu erinnern, war nahezu abscheulich von ihr. Sie hatte das Thema immerzu vermieden, da sie wusste, wie sehr es ihn verletzt hatte, doch sie brauchte seine Wut. Allein würde sie es nicht schaffen und das war wohl das Einzige, was ihm die benötigte Energie entlocken konnte.

»Ich weiß, was du versuchst, Ari. Bitte hör auf. Ich schaffe das auch so, ich muss mich nur mehr konzentrieren.«

So sachlich er auch klang, an seiner monotonen Stimme und den zusammengepressten Lippen erkannte sie, dass es funktionierte. Sie konnte nicht aufhören. »Nein, Loras. Es ist die Wahrheit. Du hast dich damals ein paar Tage zurückgezogen, doch als es darauf ankam, warst du zur Stelle. Du hast mich nie danach gefragt, warum ich es getan habe oder ob es mir gefallen hat, weil du nicht weiter darüber nachgedacht hast, habe ich recht? Du hast es einfach hingenommen, so wie du jetzt unser Schicksal hinnimmst.«

»Ari. Lass es sein.« Loras' Muskeln, insbesondere im Bereich des Kiefers, spannten sich sichtbar an.

Es schmerzte sie in ihrer ganzen Seele, was sie ihm antat, doch sie sah keinen anderen Weg. Er würde ihr verzeihen. Das tat er immer. »Es würde auch nichts ändern, wenn ich dir erzählen würde, wie gut es sich angefühlt hat, nicht wahr? Fast wie bei unserem Kuss, doch diese Aufregung, den eigentlichen Feind zu küssen, hatte gefehlt. Diese Leidenschaft. Ein unvergleichliches Gefühl. Als sich unsere Lippen berührten, wurde mir ganz –«

»Stopp!«

Das Fenster sprang auf. Eisiger Wind trat herein. Da war sie, die Wut. Hoffentlich würde sie ihren Zweck erfüllen.

Julia drehte sich mit fragendem Blick zum Fenster. Sie dachte vermutlich, es wäre ein Windstoß gewesen. Aber das war erst der Anfang.

»Sehr gut! Jetzt ihre Decke!«

Loras' Blick erschütterte Aritana. Voller Leid und Hass. Doch genau das brauchte sie. Ihn so zu sehen, wissend, dass es ihre Schuld war, nicht nur in diesem Moment, sondern seit ihrer Entscheidung auf dem Friedhof, ließ auch bei ihr die Wut hochkochen. Die Wut auf sich selbst. Denn sie hatte mit den Gefühlen von Wesen gespielt, die sie liebte.

Während Loras die ordentlich gemachte Bettdecke ins Chaos stürzte, nahm Aritana ein paar unbeschriebene Papiere von dem kleinen Schreibtisch und warf sie durch die Luft. Julia stockte hörbar der Atem. Während Ari den Lichtschalter der kleinen Lampe mehrfach betätigte, rannte Julia in die Ecke des Zimmers und hockte sich dort auf den Boden. Ihre Arme umklammerten ihre Knie, zogen sie so eng an ihren Körper wie möglich. So traurig es auch war, dem Mädchen all das antun zu müssen, so gut fühlte es sich an, wieder etwas berühren zu können, wenn auch nur für einen kurzen Moment.

Zu guter Letzt nahm Loras das Ouija-Brett und warf es mit viel Schwung in die Mitte des Zimmers. Danach wurden sie still. Beide waren völlig erschöpft von der ganzen Energieausschüttung.

Sie nutzten den Moment, welchen es brauchte, bis Julia ihren Mut zusammennehmen und ihre Ecke langsam verlassen konnte, um sich selbst noch etwas auszuruhen. Unsicher betrachtete sie das vor ihr liegende Objekt.

»Du willst, dass ich es benutze?« Ihr Blick wanderte durch den gesamten Raum. Keiner von beiden hatte mehr genug Energie, um ihr ein Zeichen zu geben, doch sie verstand es auch ohne ihre Hilfe.

»Das ist doch verrückt. Ich bin verrückt.« Julia redete wohl zu sich selbst, während sie ein paar Tränen aus ihrem Gesicht wischte, alles vorbereitete und sich im Schneidersitz, welcher durch ihre enge Jeans nicht gerade gemütlich aussah, vor das Brett auf den Boden setzte. Ihre Finger legte sie zitternd auf die hölzerne Planchette. Ihre Augen schloss sie sichtlich nervös vor dem, was kommen würde.

»Okay, also ... Geist, bist du hier?«

Loras und Aritana setzten sich dem Mädchen gegenüber und sahen einander an. Sie würden ihr jeweils eigenes Leben und jenes dieses Menschen vermutlich für immer verändern. Alles kam auf diesen Moment an. Gemeinsam legten sie ihre Finger ebenfalls an die Planchette. Als sie sich bewegte, öffnete Julia erstaunt ihre Augen, ungläubig, was da vor sich ging.

Das Loch des Holzteiles bewegte sich und heraus kam das einfache Wort ›J a ‹.

Kapitel 6
~ Elaas ~

»Was hast du herausgefunden? Konntest du mit Ezmon sprechen?«

Sie hatten sich kaum unterhalten, seit sie zügig aus der Unterwelt geflohen waren. Den Käfig zu öffnen, war für Elaas' Partner ein Leichtes gewesen, doch alle Dämonen auszuschalten, zumindest für den Moment, das war bemerkenswert mitzuerleben. Elaas wich das Staunen kaum mehr aus dem Gesicht, auch wenn er wusste, dass alles exakt so abgesprochen gewesen war.

Und das Beste an der Sache war, dass niemand auch nur die geringste Ahnung hatte, wer Elaas die Freiheit geschenkt hatte. Keiner hatte ihn gesehen. Wobei ein schlaues Köpfchen darauf kommen könnte, dass es nur einen Dämon gab, welcher stark genug war, um ein solches Manöver durchzuziehen.

Rakaan.

Der berühmt-berüchtigte Urdämon aus den Wäldern. Das Mysterium.

Elaas erzählte ihm im Detail von der überraschenden Begegnung mit Pirok, welcher ihn über die Empfindungen und Einstellungen der übrigen Dämonen aus der Unterwelt aufgeklärt hatte. Über diejenigen, welche nicht dabei waren, die Menschen zu tyrannisieren oder zu manipulieren und zu ermorden. Ja, selbst Letzteres war seit Luzifers Herrschaft möglich. Es gab keine Regeln mehr. Aus einem noch nicht ersichtlichen Grund hielten sich die Dämonen weiterhin größtenteils bedeckt, gaben sich den Menschen noch nicht als das zu erkennen, was sie waren, doch es war nur eine Frage der Zeit, bis sie offen als Anhänger Luzifers durch die Straßen stolzierten. Bis dahin gab es nur Vermutungen seitens der Menschen, welche dafür sorgten, dass sich die Zahl der Verschwörungstheoretiker nahezu verdoppelt und die Zahl der Gläubigen – im Guten wie im Schlechten und in jeder verfügbaren Religion – mehr als verdreifacht hatten. Was keineswegs bedeutete, dass sie sich nun alle artig an die Zehn Gebote hielten und in dem Glauben an die Rettung durch einen Gott, welcher auch immer ihnen beliebte, optimistisch blieben. Ganz im Gegenteil.

Die kriminelle Aktivität war schneller und stärker angestiegen als alles andere. Sogar schneller als die Preise von Lebensmitteln und Luxusartikeln. Und schneller als die Inflation zu sein, war eine ganz schöne Leistung.

Dann kam Elaas zu dem zweiten wichtigen Punkt: zum Nubibus. Er erzählte, dass ein Engel es gewesen sein könnte, Maarau aber durch seine Rolle im Ritual wegfiel.

»Vielleicht war er es doch.« Rakaan runzelte gedankenversunken die Stirn. »Er wollte einen Pakt mit den Dämonen eingehen, übergab ihnen den Kristall und dann haben sie ihn hintergangen.«

Rakaan und Elaas liefen durch den kühlen, von Schnee bedeckten Wald, während sie sich unterhielten. Rakaan hatte sie zurück in die Mitte bringen können, doch selbst er konnte nicht entscheiden, wo er in der Mitte erschien. Es gab einen scheinbar zufällig gewählten Ort, welcher sich niemals veränderte. Von diesem Ort aus musste man selbst zusehen, wie man sich fortbewegte. Tyron hatte erwähnt, dass er stets in einer Seitenstraße inmitten einer Kleinstadt auftauchte. Immer an der gleichen Stelle.

»Unmöglich«, erklärte Elaas, während er einen kleinen Stein vor sich her kickte. »Die Dämonen hätten ihn nicht zu Fall bringen können, dafür muss ein anderer Urengel verantwortlich sein. Ich denke, er wurde überfallen. Er hatte den Kristall bei sich und wollte ihn in Sicherheit bringen. Etwas muss auf dem Weg geschehen sein. Ein Überfall. Er hat es nie zu diesem Erzengel, Sahil oder so, geschafft.«

»Sariel«, korrigierte Rakaan.

Doch Elaas war es ziemlich gleichgültig, wie er hieß. Vermutlich hatten er und seine Brüder das sinkende Schiff längst verlassen. Keine Dummheit, wenn man darüber nachdachte.

»Und Tyron?« Ähnlich wie Elaas zuvor stellte Rakaan die Frage nicht vollständig. Das war nicht vonnöten.

Leider hatte der Frischling keine direkten Informationen zu Tyron herausfinden können, doch die Fährte, welche Ezmon ihm gezeigt hatte, klang vielversprechend.

Elaas war gerade dabei, die Tipps bezüglich Tyrons möglicher Verstecke preiszugeben, als sie die kleine Hütte erreichten.

Es war nicht dieselbe Hütte, die Elaas damals gemeinsam mit Tyron besucht hatte. Als der Krieg ausgebrochen war, hatte Rakaan unverzüglich seine Siebensachen gepackt und sich einen neuen, noch besser versteckten Ort zum Wohnen gesucht. Etwas näher an Aniles, dafür mit deutlich mehr Sigillen als zuvor. Engel wie Dämonen konnten sich nur noch auf etwa hundert Meter Entfernung rund um das kleine Heim herum aufhalten, ohne höllische Schmerzen zu erfahren. Bislang waren Rakaan und Elaas die einzigen Wesen, die den Standort kannten und eintreten konnten. Sollten sie Tyron finden, wollten sie ihn herbringen und

hereinlassen. An diesem Ort war er sicherer als sonst wo –
nun, da alle Dämonen auf der Jagd nach ihm waren.

»Kannst du etwas über seine Vergangenheit
herausfinden? Über seine Lebzeit?« Elaas lief hinter Rakaan
her, welcher die Tür öffnete und über die Türschwelle trat.
Ein Kribbeln durchfuhr Elaas' Bauch, jedes Mal, wenn er
seinen Fuß darüber hob. Tyron hatte in den Höhlen damals
sehr ausführlich erzählt, wie es Loras bei diesem Versuch
ergangen war.

»Wieso hast du Ezmon nicht gleich gefragt? Keiner weiß
dahingehend besser Bescheid.«

»Wie gesagt: Wir hatten keine Zeit mehr. Die Urdämonen
kamen früher als erwartet.«

»Und dieser Pirok?«

Tyron hatte seinen dämonischen Freund nie erwähnt
gehabt. Elaas glaubte zwar nicht, dass er Böses im Schilde
führte, doch er konnte sich nicht sicher sein. Er wollte
niemandem blindlings vertrauen. Nicht, wenn es um so viel
ging.

»Ich wollte ihn nicht wissen lassen, dass ich auf der
Suche nach Tyron bin. Nicht, bevor ich ganz sicher sein
kann, auf wessen Seite er steht. Du sagst doch selbst, dass
man keinem trauen kann.« Elaas blickte scharf zu Rakaan
herüber, welcher an seinem eher improvisierten Schrank
stand, welchen er auf einem Schrotthaufen aufgelesen
hatte, und sich ein Glas Whisky einschenkte.

»Man kann *fast* keinem trauen. Mir zum Beispiel kannst
du trauen.« Rakaan nahm einen Schluck und ließ sich auf
den altbekannten Sessel fallen, den es bereits in der Hütte
zuvor gegeben hatte und den Elaas absolut unbequem fand.
Wenigstens hatten sie das elendig stinkende Sofa

zurückgelassen und ein neues – wenn auch kleineres – ergattert, auf welchem Elaas Platz nahm.

»Das hatten wohl auch Tyron und Loras gedacht, bevor du absichtlich die falsche Dosierung des Trankes nahmst, als du Loras' Aura in der Unterwelt verschleiern solltest.«

»Und nichtsdestotrotz traust du mir.«

»Du hast mich gerettet.« Nichts weckte schneller das Vertrauen in einem als eine Rettung vor dem Tod. Hätte Rakaan nicht gewagt, während der ersten Schlacht in der Oberwelt aufzutauchen und Elaas abzufangen, ehe dieser mit den anderen zurück in die Unterwelt reisen konnte, wäre er nun nicht mehr. Er verdankte dem Urdämon das Fortschreiten seines toten Lebens.

»Ist dies der einzige Grund für deine Hilfe bei meinen eher kritisch angesehenen Unternehmungen?«

Ein netter Ausdruck für etwas absolut Verbotenes und Dämonenfeindliches. Etwas, was einen den endgültigen Tod bringen und damit die Seele kosten konnte. Und die Seele war alles, was einem im Leben unter den Toten noch blieb.

»Nicht nur. Ich tue es auch für Tyron. Und für Loras und Aritana – mögen sie in Frieden ruhen.«

»Du kanntest sie kaum. Tyron eingeschlossen. Wieso diese Aufopferung für quasi Fremde?«

Eine Frage, die man Rakaan ebenso stellen konnte. Was hatte er davon, Tyron zu retten? Sie waren sich ebenso fremd, hatten nur zweimal miteinander gesprochen. Das war in der Ewigkeit nicht einmal ein Wimpernschlag. Und doch riskierte er alles, um ihn zu finden und zu beschützen. Was war seine Motivation?

»Sie haben mir alle drei in Zeiten der Not geholfen, ohne es zu müssen. Sie entschieden sich alle drei, mir – einem quasi Fremden – zu vertrauen. Es spielt keine Rolle, wie lange man sich kennt, wenn man sich auf eine solche Weise kennenlernt. Außerdem ...« Elaas schaute Rakaan direkt an. »Außerdem tue ich es aus demselben Grund wie du. Weil es das Richtige ist.«

Rakaan nickte leicht mit dem Kopf.

Er hatte es nie ausgesprochen, aber Elaas wusste, dass er sich aus allem heraushalten wollte. Er wünschte sich nur seinen Frieden, doch war sich bewusst, dass dieser Krieg nicht gut enden würde. Für niemanden. Nicht einmal für die Dämonen. Er wusste, dass etwas getan werden musste und dass außer ihm niemand dazu bereit war. Er war sich darüber im Klaren, dass die Dämonen einen Weg finden würden, Luzifer zu befreien. Und er wusste, dass wenn der Zeitpunkt gekommen war, er Unterstützung benötigen würde – von jemandem, über den ebenso wenig Wahres bekannt war wie über ihn selbst. Hier kam Elaas ins Spiel.

»Doch das spielt alles keine Rolle. Wir haben nicht die geringste Ahnung, wo sich Tyron aufhält.« Elaas stand auf und lief durch das bescheidene Zimmer. Es gab ein Sofa, einen Sessel, einen Schreibtisch, unter welchem sich ein Safe versteckte, den Elaas immer wieder misstrauisch anstarrte, eine Feuerstelle und eine Küchentheke. Dafür keinerlei Technologie, mit dieser hatte sich Rakaan wohl nie anfreunden können, obwohl er ihre Erfindung miterlebt hatte. Auch von sämtlicher Dekoration hatte er abgesehen. Es hingen keine Bilder an den Wänden und nicht ein einziger Gegenstand wirkte belanglos. Nichts Persönliches, nicht einmal Kissen gab es, die dem Raum ein Gefühl von Gemütlichkeit verleihen konnten.

Schlafen stand nicht auf seinem Programm, doch manchmal, so sagte er, sei es angenehm, sich auf eine gemütliche Matratze zu legen und sich auszuruhen.

»*Noch* nicht.«

Elaas drehte sich mit einem Mal zu Rakaan um.

»Was meinst du?«

»Wir wissen *noch nicht,* wo sich Tyron aufhält.« Rakaan hatte diesen speziellen Blick drauf. Geheimnisvoll, aber entschlossen. Der Urdämon hatte einen Plan und es war bestimmt kein schlechter.

»Und wie finden wir es heraus?«

»Das will ich dir zeigen. Ich muss nur noch etwas holen, dann können wir eigentlich schon aufbrechen. Es wäre eine Schande, würden wir zu spät erscheinen.«

Zu spät wofür?

Elaas sah zu, wie Rakaan an die ›verbotene Truhe‹ ging. Sie war mit einem Siegel belegt, welches nur er durchbrechen konnte, um diese zu öffnen. Elaas durfte nicht einmal hineinsehen. Die Frage, was sich darin aufhielt, quälte ihn, doch er stellte sie nie. Etwas, das so unter Verschluss gehalten wurde, war entweder gefährlich oder persönlich.

Elaas beließ es dabei. Er stellte fürs Erste keine weiteren Fragen. Nicht einmal nach einem einstündigen Marsch durch das Dickicht des Waldes fragte er, wohin sie unterwegs waren, denn trotz aller Zweifel vertraute er Rakaan. Sie hatten das gleiche Ziel vor Augen, mehr brauchte Elaas nicht zu wissen. Er folgte stur und wortlos den Fußabdrücken im Schnee, die Rakaan hinterließ, weil er wie immer ein schnelleres Tempo als Elaas an den Tag legte.

Im Wald war es immerhin schön ruhig. Keine gequälten Menschen, die wegen der ganzen Katastrophen entweder unaufhörlich schrien oder komplett verstummt waren, keine Sirenen von Rettungsdiensten, keine Obdachlosen so weit das Auge reichte, nur Frieden. Eine schöne Abwechslung in der heutigen Welt.

Vogelgezwitscher, das leise Sausen des Windes, der Geruch des vom Schnee nassen Mooses um sie herum – da konnte man fast vergessen, in welcher Zeit man lebte.

Doch die wohligen Gefühle rückten in den Hintergrund, als Elaas begann, die Konstellationen der Bäume wiederzuerkennen. Eine Fichte umringt von drei Buchen, gegenüber ein großer, hohler Baumstamm mit der Rinde einer Eiche, Samen auf dem Boden, welche von einem Eichhörnchen, das in der Nähe der Baumkronen hauste, für den Winter hergebracht wurden. Der schneebedeckte Stein auf der gegenüberliegenden Seite, welcher kaum mehr als solcher zu erkennen war.

»Wieso laufen wir zu deiner alten Hütte?« Der letzte Unterschlupf von Rakaan war von den beiden größtenteils leergeräumt worden. Nichts Wichtiges ließ sich mehr darin finden, dahingehend war sich Elaas zumindest bislang recht sicher gewesen.

»Wir haben dort eine Verabredung«, erklärte der Dämon sachlich, doch für Elaas sorgte diese Aussage für mehr Fragen als Antworten.

»Und mit wem?«

Rakaan reagierte nicht. Er lief einfach weiter vor Elaas her, als hätte er dessen Frage nicht hören können.

»Hör mal, ich vertraue dir ja, aber wenn wir Partner sein wollen, solltest du auch mir ein Stück weit vertrauen, okay? Ich komme doch sowieso mit. Ich sehe doch –«

»Reg dich nicht so auf. Ich möchte lediglich möglichst wenig sprechen. Hier in der Gegend wimmelt es vermutlich von Dämonen.«

Etwas beleidigt schnaubte Elaas, musste sich aber eingestehen, dass es ein valider Grund war. »Und treffen werden wir Ezmon, so hoffe ich zumindest.«

Ezmon? Das ergab keinen Sinn. Woher sollte dieser wissen, wann er an welchem Ort zu erscheinen hatte? »Ich verstehe das nicht. Wenn wir jetzt mit ihm in aller Ruhe sprechen, weshalb sollte ich dann extra in die Unterwelt reisen und mein Leben riskieren, um Informationen von ihm zu erhalten?« Leider konnte Elaas keinerlei Ausdruck in dem Gesicht seines Partners erkennen, da er immer noch wie ein treuer Hund hinter Rakaan herlief, doch seine Stimme ließ auf wenig Überraschung hinsichtlich Elaas' Verstimmung schließen.

»Nur durch dich konnte ich Ezmon hierherlocken. Er wird längst von deinem Verschwinden gehört haben und er weiß, dass nur ich im Stande bin, eine solche Rettungsaktion durchzuführen. Wir kennen uns lange genug. Er wird meine alte Hütte aufsuchen, in der Hoffnung, mich zu finden.« Rakaan nahm einen hörbaren Atemzug. Meistens ließ dieses Geräusch auf eine eher negative Wendung schließen.

»Außerdem musste ich herausfinden, ob ihm zu trauen ist. Unser letztes Gespräch ist eine Weile her und ich wollte nicht das Risiko eingehen, einen potentiellen Feind in meine Nähe zu lassen.«

Elaas' wichtige Mission war demnach nichts als Drecksarbeit für Rakaan gewesen. Er hatte sein Leben riskiert, um Informationen zu erhalten, die keinerlei Relevanz hatten, da Ezmon ihnen nun noch einmal alles sagen konnte. Rakaan hätte ihn selbst aufsuchen sollen, doch das wäre ja ›zu gefährlich‹ gewesen. Lauerte etwa Angst hinter der Fassade des mächtigen Dämons? »Also hast du mich in diese Lage gebracht, mich stundenlang einsperren lassen, um bestätigt zu bekommen, was du eigentlich bereits hättest wissen können? Ist das deine Art –«

Elaas wollte gerade seinem Ärger durch eine erhöhte Lautstärke Ausdruck verleihen, als Rakaan plötzlich stehen blieb. Elaas war dadurch fast in ihn hineingelaufen. Der Urdämon starrte in den Wald mit einem Blick, welcher nichts Gutes verhieß.

»Was ist?«

»Sei still.«

Der typische Rakaan-Charme. »Wieso?«

Wieder keine Reaktion. Rakaan hatte wohl gewisse Schwierigkeiten mit der Beantwortung von Fragen, obwohl er mehr Antworten hatte als jeder andere.

»Wieso zum Teufel soll ich –«

»Weil wir gejagt werden.«

Kapitel 7

~ Aritana ~

»Wie lautet dein Name?« Nach einer kurzen Unterbrechung, in welcher das Mädchen panisch durch den Raum gerannt war, das Ouija-Brett verunsichert angestarrt hatte, ein Kissen danach geworfen und sich die Hand vor den Mund gehalten hatte, war sie nun bereit zu reden. In Anbetracht der Situation und der Bitte, die sie diesem Kind auferlegen mussten, sollte sie sich alle Zeit nehmen, die sie brauchte. Der Schrecken hatte gerade erst begonnen.

»A r i t a n a«, flüsterte Julia, während sich ihre Finger über die einzelnen Buchstaben bewegten. »L o r a s.«

»Es gibt zwei? Zwei Geister sind hier in meinem Zimmer?« Die Panik stand ihr ins Gesicht geschrieben.

Die Planchette bewegte sich auf das Feld, auf welchem ›nein‹ stand. Geister, wie sie die Menschen im Sinn hatten, waren sie nicht. Wenn sie das hier durchziehen wollten, dann ohne zu lügen. Julia musste die ganze Wahrheit kennen beziehungsweise so viel, wie es ihnen auf diese doch sehr beschränkte Weise möglich war, zu vermitteln.

»Aber das verstehe ich nicht.«

Die Planchette bewegte sich wieder: ›E n g e l‹.

Man sah Julia an, dass sie ihren Lauten kaum glauben konnte, als sie die einzelnen Buchstaben aussprach. Etwas dergleichen gab es schließlich nur in Märchen und der Bibel.

»Was wollt ihr von mir?«

Interessant. Aritana hätte mit vielen Fragen gerechnet, doch nicht mit dieser. Zumindest nicht am Anfang. ›H i l f e.‹

Ihr Blick schweifte durch das Zimmer, als erhoffte sie sich, wenigstens einen Schatten zu sehen oder eine Verzerrung in der Luft, die auf die Anwesenheit der Engel deuten ließ. Sie musste sich furchtbar verrückt vorkommen.

»Und wenn ich nicht möchte?«

›T o d.‹

Julia bekam Schnappatmung. Vermutlich hätten sie in diesem Punkt etwas ausführlicher sein sollen, denn so klang es wie eine direkte Drohung an das Mädchen.

›N i c h t d e i n e r.‹ Aritana übernahm die Führung beim Buchstabieren. ›M e n s c h e n w e r d e n s t e r b e n.‹

Es hatte eine gefühlte Ewigkeit gedauert, diesen Satz zu verfassen, doch die Erleichterung in Julias Gesicht war es wert. Sie sollte ihnen nicht aus purer Angst helfen, sondern weil es das Richtige war.

Man sah den inneren Zwiespalt des Mädchens. Umso überraschter war Aritana von ihren nächsten Worten: »Wie kann ich helfen?« Entschlossenheit zeichnete sich in Julias Gesicht, als hätte sie nur auf diesen Moment gewartet. Außer dem leichten Zittern ihrer Hände wirkte sie in diesem Moment furchtlos.

Woher nahm sie ihren Mut, wenn die ganze Welt am Zerbrechen war?

Loras und Aritana tauschten einen schnellen Blick. Sie saßen noch immer nebeneinander auf dem Teppich und hielten ihre Zeigefinger auf der Planchette.

»Du bist dir ganz sicher?« Loras sah sie fragend an.

Julia würde ihnen helfen, das konnte Aritana spüren, doch sie konnten in diesem Moment nicht für ihre Sicherheit garantieren. Sollte ihr etwas zustoßen, waren sie allein dafür verantwortlich. Aritana schaute sich nochmals im Raum um. Sie sah die Bilder von Freunden und Familie auf dem Schreibtisch stehen, die meisten mit der kleinen Schwester. Sie sah selbstgemalte Bilder, teilweise ganz alte aus dem Kleinkindalter, aus einer Schublade linsen, blickte auf die Schultasche, in welcher ein reines Chaos aus losen Blättern und Stiften ohne Deckel herrschte. Ja, es war ein Risiko. Doch solange Luzifer frei war, würde Julia keine neuen Fotos knipsen und keine neuen Bilder malen können. Ihr Leben konnte erst weitergehen, wenn jemand etwas unternahm. Aritana war noch schleierhaft, was sie allein ausrichten konnten, doch sie würden nichts unversucht lassen. Julia musste ihnen helfen. Nur so konnten sie ihr helfen.

Aritana nickte. Dann fingen die Gefallenen an, ihre Finger zu bewegen. Immer weiter und weiter, bis sie ihren provisorischen Plan in seiner Einfachheit erklärt hatten.

Als sie fertig waren, schloss Julia ihre Zimmertür ab und verließ das Haus durch ihr Fenster, wovor ein großer Baum in einem perfekten Abstand wuchs. Vermutlich war sie nicht zum ersten Mal auf diesem Weg rein- und rausgekommen, so wie sie lassig die Beine über den Ast schwang und mit nur drei schnellen Zügen auf dem Boden stand.

Draußen war es inzwischen stockdunkel. Keine gute Zeit, um in diesem Alter vor die Tür zu gehen. Besonders nicht in einer Zeit wie dieser, wo die Kriminalität höher war denn je.

Achtsam folgten die Engel ihr in ein nahegelegenes Feld, auf welchem sie stehenblieb und auf ihre Knie sank. Die Nervosität war ihr anzusehen, doch sie machte keine Anstalten, abzubrechen und schnell wieder das Weite zu suchen. Ihre Hände faltete sie ordentlich, die Augen waren geschlossen und das Kinn reckte sich gen Himmel.

»Ich bete nicht zu dem Herrn, wer er auch sein mag. Ich weiß, dass er mich nicht mehr hört. Ich bete zu den Engeln, denn ich habe, wonach ihr sucht. Ich weiß von Tyron, dem Dämon, und auch, wo er sich zurzeit aufhält. Gerne teile ich meine Informationen, allerdings nur mit einem Engel namens Zuros. Schickt ihn zu mir und ich sage ihm alles, was ich weiß.« Ihre Worte klangen bestimmt, doch ihre zitternden Hände verrieten ihre Angst. Wenn es funktionierte, würde gleich ein echter Engel vor ihr stehen. Einer, den sie sehen und in der Theorie auch anfassen konnte.

»Wir müssen uns wohl etwas gedulden«, murmelte Aritana.

Loras reagierte nicht. Sie hatten den Weg über kein Wort gewechselt. Aritana wusste natürlich, was ihn verstimmt hatte. Ihre Attacke, um ihn wütend zu machen, hatte ein Nachspiel.

»Redest du jetzt nicht mehr mit mir?« Aritana versuchte, Loras' Blick aufzufangen, doch dieser wich ihr aus. »Du weißt, ich habe all das vorhin nur gesagt, damit du genug Energie hast, mir zu helfen. Anders ging es nicht.«

»Ich bin nicht sauer, weil du diese Sachen gesagt hast, Ari.« Er schluckte, dann begegnete er ihr mit finsterem Blick. »Ich bin sauer, weil du so tust, als sei es nicht die Wahrheit gewesen.«

Aritana stockte der Atem. Wie kam er nur darauf? Sie hatten seit ihrem Fall nicht darüber gesprochen und nun war er davon überzeugt, er wüsste alles? »Ich dachte, das habe ich zu entscheiden?« Offensichtlich hatte Loras nicht mehr vorgehabt, sie zu integrieren, indem er sie nach ihren Gefühlen fragte, wofür sie ihm zwar dankbar war, doch das gab ihm nicht das Recht, Schlussfolgerungen zu ziehen.

»Du hast bereits entschieden. Du traust dich nur nicht, es zu sagen.« Loras wandte sich wieder von ihr ab und betrachtete die Sterne. Ausnahmsweise wüteten in dieser Nacht keine tausend Unwetter. Der Himmel war wolkenfrei und klar, als wäre es ein Zeichen, doch sie wusste nicht, wofür.

»Woher willst du das wissen?«

»Weil ich dich besser kenne als du dich selbst.« Loras' Stimme war monoton.

Aritana sah nun ebenfalls hoch in den dunklen Himmel. Sie suchte in den Sternen nach den richtigen Worten, doch brachte nur einen gehauchten Satz heraus: »Du hast keine Ahnung«, flüsterte sie in den leise wehenden Wind hinein. Sie bemerkte, wie sich Loras' Gesichtszüge anspannten, doch er sah nicht weg, als würde er in der Ferne etwas erblicken, was ihm Halt bot.

»Dann sag mir, dass ich falschliege. Sag mir hier und jetzt, dass mehr zwischen uns ist als Freundschaft.« Das letzte Wort kam aus seinem Mund gepresst, als gliche jeder einzelne Buchstabe einem Messerstich in seine Brust.

Sie sah zur Seite und suchte seine Aufmerksamkeit, doch er rührte sich nicht. Eine erschütternde Stille umhüllte die beiden.

Aritana ging auf ihn zu und suchte nach seiner Hand, ehe sie feststellte, dass sie ihn nicht spüren konnte. Stattdessen hielt sie die Handfläche mit gespreizten Fingern vor ihren Körper und wartete darauf, dass Loras es ihr gleichtat. Endlich sah er sie an. Er zögerte, betrachtete ihre Geste für eine Weile, doch sprang dann über seinen Schatten. Nur ein paar Zentimeter trennten ihre Hände voneinander. Aritana stellte sich vor, diese paar Zentimeter existierten nicht. Sie bildete sich ein, sie könnte seine Berührung spüren, ihm jederzeit um den Hals fallen und ihn umarmen. Doch es ging nicht. Sie hatten nur das hier: eine Fast-Berührung.

»Julia Koop?«

Die Gefallenen schraken auf. Es hatte funktioniert, die Engel hörten den Menschen noch immer zu und sie schickten Zuros, der nun vor ihnen stand. Automatisch suchte Aritana nach Anzeichen dafür, dass er sie sehen konnte, doch sein Blick fixierte Julia. Nichts um sie herum schien seine Aufmerksamkeit zu erregen. Aritana wäre wohl enttäuscht gewesen, wäre ihre Freude, dass er überhaupt erschienen war, nicht so groß. Er hätte inzwischen den endgültigen Tod gestorben sein können. Doch ihre Freude war nicht zu vergleichen mit Loras' strahlenden Augen, als er seinen Freund und Ausbilder erblickte.

Julia schien eingeschüchtert von der Gestalt vor ihr, doch Zuros hatte sich im Zeugenstand für Aritana eingesetzt. Er war keine Bedrohung. Julia war nicht in Gefahr.

»Du sagtest, du wüsstest, wo sich Tyron aufhält?«, fragte Zuros sichtlich skeptisch, doch mit einem sanften Ton.

Bei dem Klang seiner Stimme wich Julia kaum merklich einen Schritt zurück. »Ich ... ähm ... nein. Das war nur, damit Sie mich anhören.«

»So? Und um was geht es?« Zuros legte den Kopf schief und verengte seine Augen. »Und wie kann es sein, dass du diesen Namen kennst?«

Er sah unversehrt aus. Seine Wunde am Beim, die er sich damals im Kampf zugezogen hatte, war vollständig abgeheilt und keine neue war hinzugekommen. Scheinbar schob Luzifer auch die Jagd auf die übrigen Engel noch auf – doch was war der Grund? Wieso zeigte er sich nicht?

»Aritana und Loras. Sie ... ähm ... sind hier. Also wirklich hier, sie stehen gleich neben mir. Sie haben mir gesagt, wenn ich von Tyrons Namen erwähne, werden die ... Engel Sie schicken.« Das Wort Engel kam nur gepresst über ihre Lippen.

Stille. Zuros schien nicht zu wissen, ob er dem Mädchen glauben sollte. Es hieß immerhin, eine Kontaktaufnahme von Gefallenen sei unmöglich. »Wirklich?«

Julia nickte, während Zuros' Blick die Gegend absuchte, wie das Mädchen es zuvor in ihrem Zimmer getan hatte. Für einen kurzen Moment sah er direkt in Aritanas Augen, ohne es zu merken.

»Und was wollen sie?«

»Sie suchen jemanden ... Rakon?«

»Rakaan?«

»Genau! Sie wissen nicht, wo er ist. Scheinbar ist er umgezogen oder so. Sie glauben, *Sie* könnten ihn finden und, nun ja, mit ihm reden. Weil die beiden das ja nicht können.«

»Hast du einen Beweis, dass sie noch hier sind?« Zuros sah sich weiter skeptisch um.

»Woher sonst sollte ich all das wissen?«

»Vielleicht haben die Dämonen es dir erzählt.«

Julia musste schlucken. Von den Dämonen hatten sie ihr noch nichts gesagt. Sie hatten sich auf die nötigsten Informationen beschränken wollen. Die Situation war überfordernd genug.

Zum Glück kannte Loras seinen alten Ausbilder recht gut. Er hatte Julia gesagt, welches Tier Zuros als Kind am liebsten mochte. Ein Detail, welches er nur wenigen Engeln anvertraut hatte. Sie teilte es ihm mit, schien die Sache mit den Dämonen vorerst zu verdrängen und konnte Zuros überzeugen.

»Sie stehen jetzt gerade hier? Sie können mich also hören?« Zuros drehte seinen grauhaarigen Kopf in alle Richtungen, suchend. Und wieder blieb sein Blick an nichts hängen.

»Soweit ich weiß, ja.«

»Loras?« Scheinbar entschied Zuros nun einfach, wo Loras zu stehen hatte, denn sein Blick war fest in ein Gemisch aus nichts und Luft gerichtet.

»Euch beiden ist Unrecht widerfahren. Ich tue alles, was in meiner Macht steht, um dieses Unrecht rückgängig zu machen.«

Das war der Zuros, den Aritana kannte. Das war der Zuros, von dem Loras immerzu schwärmte. Sie hatte zwar keinen Zweifel an seiner Loyalität gehegt, doch seit ihrem letzten Treffen hatte sich viel verändert. Der Krieg gegen die weitaus dezimierten Engel konnte jeden Moment beginnen. Die Dämonen warteten nur auf den Startschuss.

Auch Loras schien bei Zuros' Worten erleichtert – so wie er heimlich lächelte.

»Nur tut mir einen Gefallen.«

Die einstigen Engel schauten gespannt auf.

»Solltet ihr es, entgegen aller Wahrscheinlichkeit, tatsächlich schaffen: Versteckt euch. Wenn sie davon erfahren, werden sie euch jagen, so wie sie Tyron jagen.«

Was im Umkehrschluss bedeutete, dass Tyron noch am Leben war und auch noch kein Gefangener. Zumindest nicht nach Zuros' Stand der Dinge. Eine gute Nachricht. Die Frage verblieb jedoch, wen er meinte, als er sagte: ›wenn *sie* davon erfahren‹. Sie, die Dämonen, oder sie, die Engel?

Vielleicht war es besser, die Antwort vorerst noch nicht zu erfahren.

Julia arrangierte ein erneutes Treffen in exakt vierundzwanzig Stunden, wie sie es besprochen hatten, an genau demselben Platz. Bis dahin sollte es Zuros hoffentlich möglich sein, Rakaans Standort zu lokalisieren.

»Ich wünschte, ich hätte mit ihm sprechen können«, murmelte Loras, nachdem Zuros sich verabschiedet hatte. Nun liefen sie hinter Julia her, zurück zu ihrem Haus. Langsam und stets auf der Hut.

»Ich weiß«, murmelte Aritana zurück. Sie hätte auch gerne mit ihm geredet, ihm für seine selbstlose Unterstützung gedankt und erfragt, wie es ihm und den anderen Engeln ergangen war.

»Wenn es funktioniert, kannst du es nachholen.« Aritana war nicht die Beste im Aufmuntern. Sonst war er es immer, der sie aufbauen musste. Er war die Ruhe in jedem Sturm ihres Lebens.

»*Falls* es funktioniert.« Die Wahrscheinlichkeit stand gegen sie. Es war bloße Theorie. Sie hatte weder Hand noch Fuß. Doch genauso war es bloße Theorie gewesen, einen Dämon zu bekehren, und Loras hatte es trotzdem geschafft. In dieser Hinsicht waren er und Rakaan sich ähnlich. Sie konnten das Unmögliche möglich machen.

»Zuros hilft uns. Das ist gut. Doch Rakaan wollte dich umbringen, als du ihn zuletzt um Hilfe gebeten hast.« Diese Sorge trug Aritana bereits seit Stunden mit sich herum. Sie wollte zwar nichts lieber, als endlich wieder sichtbar und spürbar zu sein, wieder zu existieren, doch die größten Schwierigkeiten standen ihnen noch bevor.

»Diesmal wird es anders sein«, erklärte Loras nüchtern, als gäbe es daran keine Zweifel zu hegen.

»Wie kommst du darauf?«

»Weil es ohnehin keinen anderen Weg gibt. Es wird anders sein, weil es anders sein muss.« So überzeugend seine Stimme auch zu klingen vermochte, in seinen Augen ließen sich die Worte finden, die er nicht auszusprechen wagte: ›Hoffentlich behalte ich recht.‹

Kapitel 8
~ Elaas ~

Wir werden gejagt.

Jeder Muskel in Elaas' Körper war angespannt, dass es fast schon schmerzte. Selbst seine Lippen pressten sich aufeinander, als wäre die Luft giftiges Gas, an dem er starb, sollte auch nur ein winzig kleiner Hauch hindurchgelangen. Seine Hände ballten sich indes zu Fäusten. Kampferfahrung hatte er nicht wirklich. Die Schlacht in der Oberwelt, in welcher er drei Dämonen ausgeschaltet hatte, war eine Ausnahmesituation gewesen, in welcher er im Vorteil gewesen war. Es wusste schließlich keiner, dass er auf der Seite der Engel kämpfte. Er hatte sich von hinten anschleichen und den Moment der Überraschung nutzen können. Doch nun kam der potentielle Gegner direkt auf sie zu. Man hörte bloß das näher kommende Rascheln in den Blättern. Ein bedrohliches, lautes Rascheln.

Ich möchte nicht sterben.

Das Wesen war gleich bei ihnen, da sah Elaas, wie Rakaan eine Klinge zückte, die ihm vorher nicht aufgefallen war. Eine Engelsklinge? Nein. Sie sah zwar ähnlich aus, doch irgendetwas stimmte nicht. Er kannte diese Klinge. Aber das war unmöglich ...

Er konnte den Gedanken nicht zu Ende fassen, denn aus dem Gebüsch wurden die Geräusche – in dem sonst so stillen Abend – erdrückend laut.

Elaas stockte der Atem. Eine Gestalt drängte sich zwischen dem Geäst hervor und kam vor ihnen zum Stehen.

»Mein alter Freund.« Rakaan ging auf Ezmon zu und steckte dabei die Klinge zurück in seinen braunen Ledergürtel, den man unter dem langen schwarzen Mantel nicht hatte sehen können. Vermutlich war das der Gegenstand gewesen, den er aus seiner geheimen Kiste gezogen hatte. Weshalb hielt er die Waffe versteckt? Und was befand sich noch darin? Fragen für einen anderen Tag.

Rakaan und Ezmon umarmten sich zur Begrüßung. Etwas, was man unter Dämonen selten zu Gesicht bekam.

»Ich muss sagen, ich war etwas enttäuscht, nichts über deinen stillen, heimlichen Umzug erfahren zu haben.« Diese Enttäuschung war deutlich in seinem steifen Gesicht zu erkennen, trotz des sanften Lächelns, das er aufgesetzt hatte.

Wann die beiden sich wohl das letzte Mal getroffen haben?

»Lass uns das bald ändern, nun, da ich weiß, auf wessen Seite du stehst.«

»Mich wundert bloß, dass du dich einmischst. Wenn ich mich recht erinnere, bestand dein Plan darin, dich aus allem herauszuhalten.« Ezmon runzelte die Stirn.

Das Gleiche hatte Elaas auch über Rakaan gedacht, doch seitdem war eine Menge geschehen.

»Genau das habe ich mir gewünscht. Ich wollte mich nie entscheiden müssen, doch mit der Befreiung Luzifers und dem Krieg haben mir die Dämonen keine andere Wahl gelassen.«

Schon peitschte ihnen der Wind wieder in die Gesichter. Die Dunkelheit übernahm allmählich die Überhand. Trotz des klaren Himmels schien es eine stürmische Nacht zu werden. Erneutes Rascheln im Gebüsch neben ihnen ließ sie alle aufschrecken.

»Wir sollten in meiner alten Hütte weitersprechen.«
Ein äußerst vernünftiger Plan.

»Wissen sie, dass ich involviert bin?« Rakaan öffnete die Tür und ließ die beiden Dämonen passieren.

Diese Hütte hatte nur eine Abwehrsigille gegen Engel, wodurch sich Elaas unwohl fühlte. Sein Blick huschte von der Tür zu dem halb verdeckten Fenster und wieder zurück. Ständig hatte er das Gefühl, Schatten zu sehen und Stimmen des Waldes zu hören.

»Nein. Sie wissen nichts Genaues.« Ezmons Gesicht verzog sich, als er sich mit einer schnellen Bewegung auf das stinkende Sofa fallen ließ, welches sofort Staub in die Luft freigab, dass man es sogar hatte sehen können. Elaas und Rakaan entschieden sich, zwei Stühle aus dem Küchen- und Essbereich zu besorgen.

»Wieso beschatten sie dann diesen Wald?«, fragte Elaas. Rakaan hatte ihm bei dem Umzug erklärt, dass sie verschwinden mussten, weil es in der alten Hütte nicht sicher sei. Es gab zwar nur wenige Dämonen, die über seinen Wohnort Bescheid wussten, doch es waren mehr als genug, um einen Umzug für sinnvoll zu erachten. Zudem hatte selbst Elaas mitbekommen, dass Gerüchte im Umlauf waren, in welchem Wald der berüchtigtste Dämon hauste.

»Sie wissen, dass ich mit Tyron zu tun hatte, habe ich recht?« Rakaan suchte in Ezmons Blick nach Bestätigung, welche er kurz darauf erhielt.

»Eine gewisse Daria hat es herumerzählt.«

Tyron hatte von ihr erzählt. Sie waren befreundet gewesen, standen sich nahe, bis er Aritana kennengelernt hatte.

»Sie denken wohl, ich wüsste, wo Tyron sich aufhält«, stellte Rakaan fest.

»Bald wird es hoffentlich auch stimmen.« Ezmons Worte klangen vielversprechend, doch wie er gleich darauf nochmal klarstellte, wusste auch er nicht genau, wo Tyron zu finden war. Er hatte aber ein paar Ideen.

Im Grunde hatte Elaas nie wirklich verstanden, weshalb alle einen solchen Aufriss um Tyron machten. Dass ihnen sein ›Verrat‹ nicht gefiel, war wohl verständlich, doch es gab kaum mehr ein Wesen, welches nicht auf der Suche nach ihm war. Wann immer er Rakaan darauf ansprach, wich dieser der Frage aus. Sätze wie ›Es ist kompliziert‹ oder ›Ich werde es dir erklären, wenn es so weit ist‹ und ›Erst einmal müssen wir ihn finden und in Sicherheit bringen‹ kamen dann als Antwort. Luzifer war befreit. Die Welt starb einen langsamen Tod. Die Dämonen hatten längst, was sie wollten. Wozu brauchten sie Tyron?

»Wo fangen wir mit der Suche an?«, fragte Rakaan an den Einzigen gewandt, der einen ungefähren Plan aufweisen konnte.

»›Wir‹ gehen nirgendwohin«, erklärte Ezmon. »Du, mein Freund, bleibst hier. Du bist unser Ass im Ärmel. Sie dürfen nicht wissen, dass wir zusammenarbeiten, das ist aktuell unser einziger Vorteil.«

Rakaan senkte seinen Blick. Ezmon hatte recht, das wussten sie alle, doch damit hatte der alte Urdämon wohl nicht gerechnet. Er hatte sich nie einmischen wollen, aber nun, da er nicht anders konnte, schien es ihm zu missfallen, wenn er die Füße still halten sollte. Was immer für Gedankenstränge in seinem Kopf hausten, er ließ die Worte unausgesprochen.

»Ich kann aber mitkommen, oder?« Elaas' Blick wanderte von Ezmon hinüber zu Rakaan und wieder zurück. Er fühlte sich ein wenig idiotisch – wie ein Kleinkind, das seine Eltern um Erlaubnis fragen musste, bevor es sich mit einem Freund verabredete. Doch er kannte nur Auszüge von Rakaans Plan. Er wusste nicht, ob er in nächster Zeit vor Ort gebraucht werden würde.

Das leichte Nicken seinerseits gab Elaas grünes Licht.

Wieder ein Knacken von Ästen. Leises Pfeifen. Der Wind oder etwas anderes? Keiner von ihnen wollte es herausfinden.

Ohne weitere Worte verließen sie die Hütte wieder. Elaas und Ezmon drehten sich herum, dass sie den kalten Wind im Rücken spürten, doch Rakaan richtete noch einmal das Wort an seinen Freund.

»Ezmon?«

Der Wind pfiff, Kälte ließ Elaas frösteln, doch Rakaans Blick war eisiger, als jedes Wetter es sein könnte.

»Bist du sicher, dass du in all das mit reingezogen werden möchtest? Wenn du jetzt losgehst, gibt es kein Zurück mehr.«

Elaas hielt kurz den Atem an. Er wusste, dass der Weg gefährlich war und Ezmon darüber im Klaren sein sollte, doch allein würde er es niemals schaffen. Sie brauchten ihn.

Der Dämon neben ihm zog eine seiner buschigen Augenbrauen hoch und schaute ernst zu Rakaan herüber, der den finsteren Blick erwiderte.

»Wieso fragst du das?«

War das nicht offensichtlich? Wenn die Dämonen herausfanden, für welche Seite er sich einsetzte, würde er ebenso zum Feind, den sie brennen sehen wollten. Dann könnte er nie mehr zurück in die Unterwelt.

Doch Rakaans Antwort lautete anders: »Weil sie gleich bei uns sind.«

»Was?!« Das Wort entglitt Elaas' Lippen. Zu schnell. Zu laut. Sofort hielt er sich die Hand vor den Mund, selbst überrascht von seiner Reaktion.

»Nimm die hier.« Rakaan holte erneut die seltsam vertraute Klinge hervor und übergab sie, mit dem ledrigen Griff voran, an Elaas.

»Ich werde sie ablenken, sodass ihr beide fliehen könnt. Außer du möchtest noch aussteigen.«

Die letzte indirekte Frage war wieder an Ezmon gerichtet, der bloß ein wenig lächelte, als gäbe es irgendetwas Unterhaltsames in dieser Situation.

»Niemals«, presste er aus seinen schmalen Lippen hervor, drehte sich dabei um und rannte los.

Es dauerte einen kleinen Moment, doch dann schaltete sich auch Elaas' Kopf wieder ein und er rannte, mit einem letzten Blick auf den kampfbereiten Rakaan, hinter Ezmon her. Er brauchte sich keine Sorgen zu machen. Kein Wesen konnte es mit Rakaan aufnehmen, das wusste er, daran glaubte er fest. Sie würden sich sicher bald wiedersehen.

Die Dunkelheit hatte sich schnell zu einer völligen Schwärze entwickelt, welche Elaas einhüllte und sein Sichtfeld mit jeder verstreichenden Minute verminderte. Er folgte schnell und möglichst leise dem Schatten, den er für Ezmon hielt. Den Griff seiner neuen Waffe umklammerte er so fest wie ein kleiner Junge seinen Heliumluftballon bei einer aufkommenden Windböe. Sie gab ihm ein Gefühl von Sicherheit in einer Umgebung voller Gefahren.

Ob es allein die Panik war, die ihn durch die Bäume huschende Gestalten sehen ließ? Oder waren es nur die alten, brüchigen Äste, die ihre Fänge nach ihm auszustrecken schienen – bereit, ihn in die Tiefen des Waldes zu zerren? Elaas schüttelte seinen Kopf und konzentrierte sich wieder auf das, was vor ihm lag. Er brauchte all seine Kraft, um den Anschluss nicht zu verlieren. Er konnte nur rennen und hoffen, dass nichts als Hirngespinste ihm folgten.

Der kalte Nachtwind peitschte dem Frischling so stark ins Gesicht, dass er seine Augen am liebsten zukneifen wollte. Doch er stieß sich selbst mit offenen Augen an schmalen Ästen und unvorteilhaft liegenden Steinen oder lief durch dornige Büsche hindurch. Seine Sehkraft sollte nicht noch stärker vermindert werden. Wegen dieses Umstandes musste er sich auch ständig den einen oder anderen Kraftausdruck verkneifen. Er wollte schließlich nicht das, was auch immer sich im Wald aufhielt, aufscheuchen.

Mit einem Blick zur Seite, bei welchem er den ganzen Kopf drehte und dadurch blind in einen weiteren Dornenbusch rannte, sah er, dass er nichts mehr sehen konnte. Keine Schatten mehr, keine Gestalten der Nacht. Keine Gefahr. Vielleicht hatte seine Wahrnehmung ihm einen Streich gespielt. Automatisch lockerte er den Griff um seine Waffe. Auch Ezmon wurde langsamer, als hätte er soeben die gleiche Erkenntnis gehabt wie Elaas.

»Oh Mann, das war knapp, oder? War doch knapp? Ich hab sie nur kurz beim Wegrennen gesehen, als sie auf Rakaan zuliefen. Wie viele waren das wohl? Denkst du, Rakaan kommt klar?«

So wie Ezmon ihn von der Seite ansah, hatte er entweder zu schnell, zu viel oder völligen Unsinn gesprochen. Möglicherweise auch alles davon.

Folgendes Problem blieb ihnen allerdings noch: Sie waren mitten in der Nacht irgendwo im Wald. Es war inzwischen stockdunkel und sie hatten weder die Möglichkeit, in die Oberwelt zu reisen, noch konnten sie zurück in die Unterwelt, da es dort unten deutlich gefährlicher war als sonst wo in allen Welten. Zumindest für Elaas.

Sie mussten ohne Hilfsmittel aus diesem Wald herausfinden. Zu dumm, dass Dämonen nicht im Dunkeln sehen konnten. Neben all ihren Fähigkeiten wäre diese nun äußerst praktisch gewesen. Zudem wusste Elaas noch immer nicht genau, wo sie überhaupt hinliefen, doch das sollte eine Sorge der Zukunft sein. Alles sollte eine Sorge der Zukunft sein, beschloss Elaas, als er erneut das Rascheln im Gestrüpp hörte.

Bloß ein wildes Tier. Bloß ein wildes Tier.

»Das ist ungünstig.« Ezmons' Stimme war nur ein Flüstern, während er sich mit geballten Fäusten und kleinen Schritten dem Gebüsch näherte, auf das Elaas seinen Blick geworfen hatte. »Ich hatte gehofft, wir hätten sie abgehängt.«

Dann hatte sich Elaas vorhin zumindest nichts eingebildet. Sie waren tatsächlich verfolgt worden. Und nun hatte man sie eingeholt. Der Griff um das Lederband wurde wieder stärker, auch wenn Ezmon es war, der dem Busch immer näher kam, während Elaas an Ort und Stelle verharrte und angespannt zuschaute, was als Nächstes geschah.

Mit einem schnellen Schritt sprang Ezmon mitten in das Gebüsch, sodass Elaas nur noch das kastanienbraue Haar mit dem gräulichen Ansatz zwischen dem weißen Gestrüpp sehen konnte. Doch die Annahme, diese Handlung würde einen sofortigen Kampf nach sich ziehen, war offensichtlich falsch. Es gab keine wilden Bewegungen, keine Schreie, keine Feinde. Bloß ein aufgeschrecktes Eichhörnchen, welches in nervösen Zickzack-Bewegungen davonsauste, als wäre es auf einem Koffeintrip. *Glück gehabt.*

Ein Seufzer der Erleichterung entglitt Elaas, als Ezmon wieder aus dem Gebüsch hervorkam. Diese ständige Aufregung, welche die Nebenwirkung des ›Auf-der-Flucht -Seins‹ war, gefiel Elaas kein Stück.

»Pass auf!«

Gerade, als er sich wieder einigermaßen beruhigt hatte und mit den Füßen wieder auf festem Boden stand, war genau das nicht mehr der Fall. Wortwörtlich. Er lag mit dem Gesicht voraus im kalten Schnee, seine Klinge ein paar Meter entfernt.

Etwas benommen drehte sich Elaas auf den Rücken. Gerade rechtzeitig, um zu sehen, dass sich ein ihm unbekannter Dämon, mit den Fäusten voraus, auf ihn stürzte. Dem ersten Schlag konnte er mit einer schnellen Drehung des Gesichtes ausweichen, der zweite ging auf sein linkes Auge, wobei er kaum zu spüren war. Der dritte tat bereits ein wenig weh. Der vierte noch ein wenig mehr.

Elaas versuchte, sich zu wehren, doch wer auch immer ihn angriff, hatte mehr Todesjahre hinter sich und war dementsprechend deutlich stärker. Der Frischling hatte keine Chance.

Unfähig, sich großartig zu bewegen, um wenigstens so zu tun, als wäre er an diesem Kampf beteiligt, fragte er sich, weshalb Ezmon ihm nicht zu Hilfe kam, doch die Antwort fiel ihm schon im nächsten Moment ein und wurde durch einen schnellen Blick zur Seite bestätigt. Ezmon musste ebenfalls kämpfen. Anders als Elaas war dieser allerdings in der besseren Position. Er verteilte deutlich mehr Schläge, als er kassierte. *Bitte beeil dich.*

»Wo ist er?!«, schrie sein Gegner Elaas an. Spucke schoss aus seinem Mund, die der Frischling sich nicht aus dem Gesicht wischen konnte. Der Angreifer senkte seine Faust, während er auf die Antwort wartete.

»Ich weiß es nicht.« Mehr konnte Elaas nicht zwischen seinen Lippen hervorpressen. Mehr hätte er auch nicht sagen können, denn obwohl er genau wusste, um wen es ging, entsprach seine Aussage der Wahrheit. Ezmon hatte wenigstens Ideen, er selbst hatte nicht die geringste Ahnung, wo Tyron steckte.

Der Dämon, welcher sich mit seinem pechschwarzen Haar und den dazu passenden Augen über ihn beugte, schien wenig zufrieden mit Elaas' Antwort zu sein, denn die nächste Faust küsste die Unterlippe des Frischlings. Der metallische Geschmack des schwarzen Blutes verteilte sich augenblicklich in seinem Mund.

»Nun sag schon, Verräter! Wo ist er?!«

Die Frage zu wiederholen, konnte leider nichts an der Antwort ändern. Und wieder kassierte er hierfür einen Schlag. Er hörte Gelächter in der Ferne. Weitere Verfolger? Es erinnerte an das Lachen von Kindern und klang doch so böse. So viele Stimmen. Sie alle hörten sich an, als wären sie weit entfernt – wie ein Echo, welches nur in seinen Ansätzen zu Elaas hindurchdrang. Dieses Lachen betäubte seine Ohren. *Was ist das? Wo kommt das her?*

Erst die nächste Faust katapultierte ihn zurück in die Wirklichkeit, als wäre er kurzzeitig in Trance gewesen. Er spürte, wie das schwarze Blut aus seiner Nase floss. Der Schmerz war lähmend.

»Ich frage dich noch ein letztes Mal. Wo. Ist. Er?!«

Kapitel 9

~ Aritana ~

Warten.

Eine Qual.

Zuros war bereits eine Dreiviertelstunde zu spät.

Loras' rechtes Bein zuckte unaufhörlich und mit jeder vergehenden Sekunde ein wenig schneller. Aritana konnte dem nur zusehen. Sie wollte gerne ihre Hand auf sein auf und ab hüpfendes Knie legen und ihn damit beruhigen, zeigen, dass sie ihn verstehen konnte, doch wie immer fiel ihr irgendwann wieder ein, dass er ihre Berührung nicht spüren konnte. Sie hatte keinen Nutzen. Vielleicht hätte sie etwas sagen sollen, wenn sie nur gewusst hätte, was. Ihr Knie mochte an Ort und Stelle verbleiben, doch tief in ihrem Innersten zitterte sie genauso wie er.

Wo steckt Zuros nur?

Sie warteten an demselben Platz im Feld, wo sie sich vierundzwanzig Stunden zuvor getroffen hatten. Nun war es bereits nach Mitternacht, Aritana hatte ein flaues Gefühl im Magen, Loras konnte nicht still halten und auch Julia, die nach wie vor als Dolmetscherin der besonderen Art fungierte, zitterte am ganzen Leib. Vermutlich wegen der Kälte der Nacht, vielleicht aber auch aus anderen Gründen.

~ Mitte, vor dreizehn Stunden ~

Nachdem sie von ihrem Treffen mit dem Großengel zurückgekehrt waren, hatte sich Julia erschöpft in ihr Bett fallen lassen und war binnen weniger Minuten eingeschlafen. Aritana und Loras hatten sie die ganze Nacht beobachtet, unwissend, was sie sonst hätten tun sollen, und sich angeschwiegen. Auch am nächsten Morgen ließen sie das Mädchen nicht aus den Augen. Der Tag war mit der Nachricht gestartet, dass ein weiteres Unwetter in der Nacht Schäden an der Schule hinterlassen hatte, die erst repariert werden mussten, ehe der Unterricht fortgeführt werden konnte.

Statt in die Schule zu gehen, blieb Julia also zuhause und die Gefallenen sahen ihr dabei zu, wie sie ein leeres Blatt Papier anstarrte, immer wieder ihren Stift nahm und zum Zeichnen ansetzte, ihn dann aber wieder ablegte und enttäuscht schnaubte.

Mit einem Ruck stand sie von ihrem Schreibtisch auf und kramte ihre dicke Winterjacke aus dem Kleiderschrank. Sie rief ihrer Schwester zu, sie wäre kurz weg, doch durch die Musik, die trotz ihrer Kopfhörer deutlich zu hören war, hatte diese vermutlich kein Wort gehört. Dann verließ Julia das Haus.

»Wo will sie hin?«, fragte Loras, während sie durch das Dorf wanderten.

Da Aritana die Antwort nicht kannte, blieb sie stumm und wachsam. *Was hast du nur vor?*

»Schon fast eine Stunde«, murmelte Loras, als würde Aritana nicht genauso die Sekunden mitzählen.

»Äußerst ungewöhnlich für einen Engel«, merkte sie an, als hätte Loras keine Ahnung von Engeln und ihren Gewohnheiten.

»Bei Engeln kommt das vor, bei Zuros nicht.« Er spielte vermutlich auf Sariel an, der ihn immerzu hatte warten lassen, wenn sie sich für ihre Termine zur Besprechung des

Auftrages getroffen hatten. Ein unpassender Vergleich, denn Erzengel waren nicht im Geringsten mit normalen Engeln gleichzusetzen und auch nicht mit Großengeln wie Zuros. Doch ihre Gedanken ließ Aritana unausgesprochen.

»Etwas stimmt nicht.« Nun fing Loras auch noch an, vor Ari hin- und herzuzugehen, was noch anstrengender mitanzusehen war als das Zucken im Bein.

~ Mitte, vor elf Stunden ~

Aritana und Loras sahen dabei zu, wie das junge Mädchen mit allem, was sie aus ihrem Keller hatte mitschleppen können, versuchte, das Fenster im Laden ihrer Mutter wind- und wetterdicht zu machen. Zuerst klebte sie Zeitungen darüber, die jedoch immer wieder davonflogen. Schließlich vernagelte sie es mit Holzbrettern, die inzwischen, von krummen Nägeln gehalten, kreuz und quer übereinander hingen. Mit dem Hammer hatte sie dabei fast öfter ihren eigenen Kopf getroffen als jenen der Nägel.

Aritana fiel es schwer, dieses Trauerspiel mitanzuschen. Sie hoffte, es würde bald ein Ende nehmen. Trotz dicker Jacke fror das Mädchen am ganzen Leib und obwohl sie immer wieder einen Schrei der Frustration ausstieß, hörte sie nicht auf, ehe nicht der letzte Nagel schief im Brett hing oder am Boden verschollen war.

Mit traurigem Gesichtsausdruck machte sich Julia auf den Weg zurück nachhause, als sie jemand am Arm packte und am Weitergehen hinderte.

»Denkst du, es ist etwas schiefgegangen?«, fragte Loras mit besorgter Stimme.

Aritana wollte antworten, doch kurz bevor die Worte ihren Weg aus ihrem Mund hinausfanden, hielt sie kurz inne. »Nein, das denke ich nicht.«

»Wieso nicht?« Loras war so in seine Verzweiflung vertieft, dass er gar nicht mitbekam, dass Julia sich ein paar Meter von ihnen entfernt hatte.

»Sieh doch.«

Julia hatte gesehen, was die Gefallenen nicht bemerkt hatten. Zuros war angekommen. Freudig sah Aritana mit an, wie Loras endlich ruhig wurde und sich seine Augen vor Freude weiteten, als er seinen Freund und Ausbilder erblickte.

»Entschuldige die Verspätung, es gab ein paar ... Komplikationen«, erklärte der Großengel Julia, die genau vor ihm stand. Er klang ziemlich mitgenommen. Erschöpft.

»Sind sie hier?« Wie beim letzten Mal sah sich Zuros auf dem Feld um, als könnte er sie sehen, wenn er sich nur stark genug konzentrierte. Es versetzte Aritana immer wieder einen Stich, wenn jemand sie suchte, doch nicht finden konnte.

»Ich denke schon, ja.«

»Gut, denn ich glaube, ich habe Rakaan ausfindig machen können.«

Endlich mal gute Nachrichten.

»Seit meiner Aussage bei Aritanas Verhandlung bin ich nicht mehr gerne gesehen bei den älteren Engeln, doch ein paar Freunde sind mir geblieben. Einer von ihnen konnte mir einen Tipp geben. Er hatte wohl einmal mit Rakaan zu tun. Er konnte mir zwar nichts Genaues sagen, denn scheinbar weiß niemand so genau, wo sich dieser Urdämon nun versteckt, doch ich habe vor wenigen Stunden den Wald abgesucht, in welchem sie seinen neuen Unterschlupf vermuten, bis es mich plötzlich umgehauen hat. Schmerzen, die ich mir zuvor nicht hatte ausmalen können, überkamen meinen alten Körper.«

Eine henochische Sigille.

Loras hatte erzählt, dass Rakaan solche nutzte, um Engel fernzuhalten. Auch er hatte ihre Macht zu spüren bekommen, als er einst versuchte, in Rakaans Hütte einzutreten. Daher also die Verspätung.

»Ich habe nichts sehen können, doch ich denke, die Schmerzen waren ein gutes Zeichen für einen Dämon in der Umgebung. Einen mächtigen Dämon, der sich gerne versteckt aufhält. Ich kann euch hinführen, allerdings nicht mitkommen. Die Sigillen erlauben es mir nicht.«

Wie sollten sie Rakaan zeigen, dass sie seine Hilfe benötigten, wenn er nicht wusste, dass sie überhaupt anwesend waren? Zuros hätte ihm alles erklären können, wenn die Sigillen ihn nicht aufhalten würden. Aritana tauschte mit Loras einen Blick aus. Ihre Augen sagten das Gleiche: Julia.

~ Mitte, vor zehn Stunden ~

Aritana hielt den Atem an, als sie bemerkte, was geschah. Ein Mann mit zerrissenen Klamotten und fettigen Haaren hielt Julias Handgelenk fest und funkelte sie mit drohenden Augen an.

»Los, her mit deiner Tasche!«

Er griff nach seinem Ziel, doch Julia zog ihren Besitz weg. Sie versuchte, sich zu befreien, doch der Griff war zu fest. Aritana wurde schwindelig. Sie sah Loras verzweifelt an. Julia wurde bedrängt. Vor ihren Augen. Doch sie konnten nichts tun. Etwas musste möglich sein.

»Lass mich los, ich habe kein Geld.«

»Beweis es, zeig her!«

Der Mann lehnte sich näher an Julia, die ihren Kopf angewidert zurückzog. Der Schreck stand ihr ins Gesicht geschrieben. Aritana konzentrierte sich, sie versuchte, den Mann zu packen und von dem Mädchen zu zerren, doch sie konnte ihn nicht berühren. Tränen liefen ihre Wangen hinunter. Wieso funktionierte es nicht?

»Sei wütend!«, rief Loras ihr zu.

»Glaub mir, ich bin wütend! Es geht nicht, Loras, ich schaffe es nicht!« Ihre Verzweiflung wuchs. Sie musste etwas unternehmen. Da hörte sie den Knall.

Der Mann schlug Julia ins Gesicht. Sie fiel auf den Boden und blieb dort liegen, während der Unbekannte an ihre Tasche ging. Aritana setzte sich zu dem Mädchen auf den Boden, kniff ihre Augen zu, wollte nicht sehen, was als Nächstes passierte, doch es kam nichts.

Als sie aufschaute, sah sie den Mann wegrennen. Die Tasche hatte er zurückgelassen. Loras stand daneben und sah dem Mann nach. Ein Feuer glitzerte in seinen Augen, dass sie bislang nur selten zu Gesicht bekommen hatte. Er musste es geschafft haben, ihm die Tasche zu entreißen. Offensichtlich war er stärker als sie. Er konnte mehr bewirken. Langsam rappelte sich Julia wieder auf, hielt sich die Wange und sah sich um – auf der Suche nach jenen, die sie nie finden konnte. Dann setzte sie ihren Weg nachhause fort.

»Scheint, als würdet ihr mich nochmal brauchen.«

Julia hatte richtig gehandelt. Nachdem Zuros ihnen erklärt hatte, was er wusste, hatte sie ihn auf den nächsten Morgen vertröstet. Vorher wollte sie nachhause, um mit den

Gefallenen den Plan zu besprechen. Und sie war nicht dumm. Sie wusste, ohne sie steckten Loras und Aritana in einer Sackgasse, auch wenn es Aritana widerstrebte, Julia weiterhin zur Erfüllung ihrer Zwecke in Gefahr zu bringen. Andererseits war sie immer und überall in Gefahr, solange Luzifer frei war.

»Ich werde es tun. Ich helfe euch. Aber dafür brauche ich Antworten, egal wie lange es dauert, sie zu buchstabieren.«

Ein fairer Preis für ihre Unterstützung. Es erschien nur natürlich, dass sie wissen wollte, wofür sie überhaupt kämpfte. Wofür sie sich in Gefahr brachte. Mit Engeln zu kommunizieren, war schließlich eine Sache. Mit einem Dämon … das war etwas anderes.

»Warum konnte ich diesen Engel sehen, euch aber nicht?«

Die Gefallenen fingen an, zu buchstabieren. ›K e i n e E n g e l m e h r.‹

»Warum seid ihr keine Engel mehr?«

›K o m p l i z i e r t.‹

»Kompliziert klingt spannend. Ich weiß ja nicht, wie es bei euch aussieht, aber ich habe Zeit.«

Aritana und Loras tauschten einen Blick aus. Wie sollten sie all die Ereignisse über dieses Brett erklären? ›R e g e l n g e b r o c h e n.‹

Etwas veränderte sich in dem Blick des Mädchens. Ein Hauch von Furcht blitzte in ihren Augen auf. »Was für … habt ihr jemanden …?«

… *verraten? Wehgetan? Umgebracht?* Aritana wollte sich nicht ausmalen, was Julia gerade durch den Kopf ging, also übernahm sie die Führung bei den nächsten Worten.

›K u s s m i t D ä m o n.‹

Aritana bemerkte, wie sich Loras' Körper anspannte und Julias Augen zu leuchten begannen. Vielleicht war diese Information ein Fehler gewesen, doch sie wollte Loras und den Grund für seinen Fall fürs Erste aus diesem Gespräch raushalten.

»Ein Kuss? Das ist ja echt spannend! Etwa mit diesem ... Tyron?« Ein breites Lächeln setzte sich auf die Lippen des jungen Mädchens. Sie konnte wohl eins und eins zusammenzählen.

Aritana hingegen wollte schnell das Thema wechseln.

›T y r o n i s t e i n F r e u n d. E r b r a u c h t H i l f e.‹

»Wieso?«

Julia hakte nicht weiter nach, was den Kuss anbelangte, wofür Aritana dankbar war, doch auch diese Frage war nicht leicht zu beantworten. Tyron wurde von allen gesucht, doch auf das ›Warum‹ hatten auch die Gefallenen noch keine eindeutige Antwort. Sie wussten aber, dass Tyron besonders war. Alle wussten das. Er war weder Dämon noch Engel und erst recht kein Mensch. Das letzte Wesen, das zwischen Dämon und Engel stand, war nun frei und schuld an all dem Terror und dem Leid, das die Menschen wie auch die Engel erfuhren. Doch sie konnten all das nicht erklären. Nicht über ein Ouija-Brett. Sie mussten es also auf eine minimale Wortzahl limitieren, sodass es das Herz eines Deutschlehrers mit einem Fetisch für Grammatik zum Bluten gebracht hätte.

›L u z i f e r f r e i. T y r o n v i e l l e i c h t L ö s u n g. D e s h a l b i n G e f a h r.‹

Davon gingen sie zumindest aus. Die Dämonen wollten ihn tot sehen, für seinen Verrat an ihrer Gattung, doch das war sicher nicht alles. Sie hatten Gerüchte aufgeschnappt, dass die Dämonen fürchteten, Tyron könnte durch seine ...

Veränderung eine Gefahr für Luzifer bedeuten – und damit eine Rettung für alle anderen. Doch das waren alles nur Gerüchte.

»Luzifer? Also der Teufel?«

›J a.‹

»Ist er für das alles verantwortlich? Für die Naturkatastrophen, die Krankheiten, die Tode?«

›J a.‹

»Und ihr denkt, ihr könnt ihn aufhalten?«

Ari und Loras tauschten einen weiteren Blick aus. Sie wussten nicht, wie, und sie wussten nicht, warum, doch sie glaubten daran. Sie glaubten fest daran, dass sie einen Weg finden würden. Die beiden würden nicht erneut scheitern. Diesmal würden sie es anders machen. Besser. Daher konnte ihre Antwort nicht anders lauten als ›J a‹.

Kapitel 10
~ Elaas ~

»Raus mit der Sprache! Wo ist er?!« Der fremde Dämon war weit über Elaas gebeugt.

Dieser betete, dass diese hässliche Visage nicht das Letzte sein würde, was er zu sehen bekam. Und seine Gebete wurden erhört.

»Tyron ist nicht hier. Und du solltest besser auch nicht länger hier sein«, ertönte eine tiefe Stimme im Hintergrund.

Der Angreifer schaute auf, folgte Elaas' selbstsicherem Blick.

Ezmon stand mit leicht gespreizten Beinen und einer aufrechten, bedrohlichen Haltung direkt hinter Elaas' Angreifer. Dessen Komplize lag in wenigen Metern Entfernung reglos auf dem Boden. Um ihn herum färbte schwarzes Blut den weißen Schnee.

Der Dämon ließ seine Fäuste locker und stellte sich langsam auf, den Blick stur auf Ezmon gerichtet.

Elaas betrachtete das Spektakel vom Boden aus. Ein Versuch, aufzustehen, schien noch zu riskant. Doch er rechnete damit, dass er nun ohnehin außer Gefahr war. Der Dämon würde fliehen und sie in Ruhe lassen. Das dachte er zumindest.

Ezmon wollte wohl kein Risiko eingehen. Ehe der Feind das Weite suchen konnte, fand er sich am Boden wieder, mit einer dicken Schnittwunde unter seinem Kinn.

Sein Niedergang gab den vollen Blick auf Ezmon preis, der die Klinge fest in der Hand hielt und auf sein Opfer hinabschaute. In seinem Blick lag eine undefinierbare tiefe

Leere. War ihm sein Mord gleichgültig oder verdrängte er nur seine Emotionen? Das war immerhin einer seinesgleichen. Ein Dämon, der nur den Befehlen folgte, die ihm erteilt wurden.

Neben dem Unbehagen und der Unsicherheit, was den Ausgang der Situation anging, machte sich ein weiteres Gefühl breit: Scham. Elaas hatte versagt. Er hatte sich nicht selbst verteidigen können. Er fühlte sich wie ein kleines Kind, das beschützt werden musste, dabei sollte er doch die Hilfe sein. Diese Gefühle musste er herunterschlucken, auch wenn sie schwer zu verdauen waren.

»Hier.« Ezmon wartete, bis Elaas wieder auf den Beinen stand, und händigte ihm anschließend die Klinge wieder aus. Die Klinge, welche gerade zwei Dämonen getötet hatte. Elaas hatte keine Ahnung gehabt, dass es eine Waffe gab, die zu so etwas imstande war, zumindest nicht mit nur einem Schlag. Eine Engelsklinge konnte unter gewissen Umständen auch Dämonen töten, doch ihre Angreifer waren keine Frischlinge mehr gewesen und diese Waffe war bestimmt vieles, aber keine Engelsklinge.

»Was ist das? Eine Art Dämonenklinge? Gibt es sowas?«, fragte Elaas, immer noch den Gegenstand in seiner Hand bewundernd. Er fuhr mit dem Finger über den Griff, bemerkte die Wölbungen, die vielen abgenutzten Stellen. Entweder war sie äußerst alt oder sehr oft in Gebrauch gewesen.

»Es gibt Dämonenklingen, das ist aber keine.« Ezmon setzte sich wieder in Bewegung durch den Wald, diesmal deutlich entspannter als zuvor.

Elaas folgte mit einer Verzögerung von einem Schritt.

»Was du in der Hand hältst, nennt man eine Blutklinge.«

Blutklinge? Von etwas dergleichen hatte Elaas noch nie gehört.

Zugegeben, er besaß durch seine doch sehr begrenzte Zeit in der Unterwelt nur das Grundwissen. Die Infernis-Regeln, das grundsätzliche Verhalten und ein bis zwei förmliche Sachen. Von den Engelsklingen hatte er erst erfahren, als er mit den anderen in die erste Schlacht gezogen war.

»Was weißt du über diese Klinge? Ist sie besonders?« Elaas beschleunigte sein Schritttempo ein wenig, sodass sie nun auf dem schmalen Pfad, den sie entlangwanderten, nebeneinander liefen.

»Besonders ist fast schon eine Untertreibung«, erklärte Ezmon. »Es heißt, es gab einst einen Dämon, der mit einem Engel ein Bündnis fürs Leben eingegangen war. Als natürliche Feinde schworen sie sich, einander niemals zu bekämpfen. Sie schworen es auf ihr Blut.«

Elaas betrachtete die Waffe, konnte aber in der Dunkelheit kaum etwas erkennen. Sie hatte eine ungewöhnlich gebogene Form, wirkte sonst aber recht unauffällig. Weder sprühte sie funken, noch schimmerte sie in Regenbogenfarben.

»Um ihre Loyalität zu untermauern, schufen sie zwei Klingen, geschmiedet mit dem Blut beider Wesen. Sie vertrauten einander so sehr, dass sie sich gegenseitig eine Waffe schenkten, die den jeweils anderen zu töten vermochte.«

Elaas fuhr mit dem Finger vorsichtig an der Kante entlang. Das Metall – falls es sich um dieses Material handelte – war etwas stumpf und an manchen Stellen spürte er leichte Beulen. Sie war bereits benutzt worden. Von wem und wofür? »Wann war das?«

»Das weiß keiner so genau, doch es muss ewig her sein. Zur Zeit der Erzengel, sagen die meisten, doch was sind schon Gerüchte in der Unterwelt?«

Da hatte Ezmon recht. In der Unterwelt wurde viel erzählt, doch wahrheitsgemäß war das wenigste. Trotzdem hatte Elaas das Gefühl, dass dieses Gerücht stimmen könnte. »Dann weiß man wohl auch nicht, wer der Dämon und der Engel waren und ob ihr Pakt erhalten blieb.«

»Niemand weiß es. Nur eine einzige Sache steht fest: Es gibt lediglich zwei existierende Blutklingen und du, mein Freund, trägst eine bei dir. Ich frage mich, wie Rakaan an diese herangekommen ist.«

Elaas hatte da eine Ahnung. In der ersten Schlacht hatte er recht schnell seine Engelsklinge fallen lassen. Er hatte am Boden nach ihr gesucht, sie aber in dem Chaos nicht gefunden. Dafür eine andere, herrenlose Klinge, die genauso aussah wie jene, die er gerade in der Hand hielt. Eine Blutklinge. Elaas hatte sie liegen lassen, als er Aritana als Geisel genommen und Loras den Nubibus heimlich übergeben hatte. Rakaan musste sie dort gefunden haben, bevor er den Frischling mit sich genommen und ihn so vor dessen sicheren Tod gerettet hatte. Doch wieso lag eine so wertvolle Waffe einfach so am Boden? Wer hatte sie zuvor bei sich gehabt?

Für eine Weile liefen sie schweigend weiter. Kurze Gespräche kamen zwischendurch zustande, wurden aber schnell wieder beendet, was so weit auch in Ordnung war, schließlich waren sie nicht mit dem Ziel unterwegs, beste Freunde fürs Leben zu werden. Eine Frage brannte Elaas aber noch unter den Nägeln, und als die ersten Sonnenstrahlen den Nachthimmel erhellten und den

Schnee unter ihren Füßen zum Leuchten brachten, riss sein Geduldsfaden und er stellte sie endlich.

»Ezmon?« Elaas stockte, während der Urdämon ihn fragend ansah. »Verrätst du mir, wo wir hingehen? Oder wenigstens, wie lange es noch dauern wird?« Elaas wusste rein gar nichts. Sie suchten Tyron, das war ihm klar, allerdings hatte er nie erfahren, wo sie die Suche beginnen würden, wie weit sie laufen mussten und wie lange sie fort sein würden. Schließlich war Rakaans Zustand momentan ebenso unbekannt wie jener von Tyron. Elaas glaubte zwar nicht, dass Rakaan sich hatte besiegen lassen, doch Gewissheit wäre ihm lieber.

»Tyron erzählte mir in seiner Anfangszeit, als er sich noch an deutlich mehr erinnern konnte, von dem Haus, in welchem er aufgewachsen ist. Über seinen Heimatort ist kaum etwas bekannt, was bedeutet, dass es ein gutes Versteck darstellt.«

»Er konnte sich noch an seinen Heimatort erinnern?« Elaas forschte in seinem Gedächtnis, doch ihm wollten nichts dazu einfallen. Alle Erinnerungen, die ihm geblieben waren, schienen belanglos. Damals in der Unterwelt war ihm das ganz recht, doch nun wollte er sich erinnern. Er war noch immer ein Frischling, wieso fiel es ihm so schwer?

»Ja, in den ersten Wochen wusste er noch sehr viel von seinem früheren Leben.« Ezmon begegnete Elaas' Blick und schien den Unmut darin zu erkennen, denn er fügte bei: »Mach dir nichts draus. Manche vergessen schneller, andere langsamer. Ich habe nach der Metamorphose nicht mal mehr meinen Namen gewusst.«

»Woran denkst du, liegt das?«, fragte Elaas.

Ezmon zuckte mit den Schultern. »Ich weiß es nicht. Aber ich schätze, wer vieles erlebt hat, das er lieber vergessen möchte, dem fällt es leichter, Erinnerungen loszulassen.«

Ezmons Blick nach zu urteilen wusste er genau, wovon er sprach und auch Elaas hatte das Gefühl, dass es stimmte. Dass er vieles vergessen hatte, weil er vergessen *wollte.*

»Ich finde es übrigens bemerkenswert, dass du alles riskierst, um Tyron zu helfen. Bei mir ist es egal, ich habe nichts zu verlieren, du aber bist ein angesehener Urdämon.«

»Tyron bedeutet mir viel. Und wenn sie ihn zuerst finden, wird er keine Gnade finden. Sie würden sein Überleben niemals riskieren.«

Elaas verlangsamte sein Schritttempo und schaute neugierig zu Ezmon hinüber.

Dieser bemerkte wohl seinen ahnungslosen Blick. »Weißt du, weshalb die Dämonen nach Tyron suchen? Warum jeder nach Tyron sucht?«

Tatsächlich verstand Elaas es nicht. Nicht so direkt. Es gab Andeutungen, doch ihm selbst ging es immer nur darum, seinen Freund, wenn er ihn so nennen durfte, zu beschützen. Darum, das Richtige zu tun. Alles Weitere hatte er nie wirklich hinterfragt. Etwas beschämt schüttelte er den Kopf.

»Tyron ist der Schlüssel. Der Schlüssel zum Ende des Krieges. So glauben sie zumindest. Deshalb wollen sie ihn finden. Sie wollen nicht, dass es einen solchen Schlüssel gibt.« Diese Antwort sorgte für mehr Fragen als zuvor.

»Was meinst du damit? Wie soll er –«

»Er ist kein Dämon mehr, Elaas. Er ist irgendetwas … dazwischen. Genau wie …«

»Luzifer.« Elaas fiel Ezmon ins Wort, was ihn nicht weiter störte, schließlich hatte er zuvor den Frischling unterbrochen.

»Sie glauben wohl, dass Tyron ihm nun so ähnlich ist, dass er ihn aufhalten könnte. Eine Fusion aus Engel und Dämon. So wäre er des Teufels Gegenstück. Luzifer war ein Engel und wurde zum Dämon und bei Tyron läuft es genau andersherum.«

»Doch Tyron ist kein Engel.«

»Noch nicht. Sie glauben allerdings, es wäre im Bereich des Möglichen. Sie wollen das Risiko nicht eingehen. Luzifer will das Risiko nicht eingehen.«

Hieß das etwa, dass sich Luzifer, das mächtigste Wesen aller Welten, vor Tyron fürchtete? Eine Vorstellung, die beinahe lachhaft war, doch genauso hörte es sich an. Wenn all das stimmte, dann wäre Tyron womöglich tatsächlich ihre Rettung. Deswegen setzte auch Rakaan alles daran, ihn ausfindig zu machen. »Du sagst, dass sie daran glauben, die anderen Dämonen. Was glaubst du?«

Ezmon reagierte nicht sofort. Nachdenklich starrte er nach vorne, auf den verschneiten Weg, durch welchen man kaum mehr die Pflanzen des Waldes erkennen konnte. »Ich denke, dass Tyron ein Freund ist, den ich retten möchte. Ganz gleich, ob er so mächtig ist, wie man annimmt. Diese Frage werden die anderen nämlich nicht stellen, wenn sie ihn zu Gesicht bekommen.«

Logisch.

An diesem Punkt konnte sich Elaas nur eine einzige Frage stellen: *Was, wenn wir zu spät sind?* Nun, da er wusste, wie unschätzbar wertvoll Tyrons Existenz war, ging es nicht mehr bloß um die Rettung eines Freundes, die bereits Grund genug wäre, um sich Sorgen zu machen und einen positiven Ausgang zu erbeten. Es ging um die Zukunft der Welten, insbesondere der Mitte. Es ging um alles. Mit etwas beschleunigtem Atem kratzte sich Elaas am Hinterkopf. *Wie lange noch, bis wir da sind? Wie lange noch, bis wir Gewissheit haben?*

Die Antwort lautete: lange. Der Tag war angebrochen und sie wanderten durch den Wald, der Tag ging zu Ende und sie wanderten wieder durch den Wald.

Zwischenzeitlich verließen sie die Heimat der Bäume und durchquerten kleinere Dörfer mit maximal hundert Einwohnern, von denen kaum einer das Haus verließ. Allesamt abgelegene, vergessene Ortschaften mit Menschen, die sich nichts Besseres leisten konnten. Menschen, deren Familien seit Generationen dort lebten und die es nie herausgeschafft hatten aus diesem Nichts. Der nächste Einkaufsladen in sieben Kilometern Entfernung, das nächste Krankenhaus in siebenundzwanzig. Keine Freizeitmöglichkeiten, keine kulturellen Besonderheiten – das reine Überleben. Dafür aber ländlich und familiär. Ohne all die fürchterlichen Umweltkatastrophen könnten diese Menschen unter Umständen sogar sehr glücklich sein in ihrem minimalistischen Leben, doch zurzeit waren es Orte wie diese, die es am schlimmsten traf.

Vermutlich hätten die beiden Dämonen noch viel mehr solcher Dörfer durchqueren und sogar einmal öffentliche Verkehrsmittel nutzen können, doch Ezmon zog es vor, wann immer sich die Gelegenheit bot, durch den Wald zu wandern, um möglichst nie gesehen zu werden. Er sagte, sie würden deutlich länger brauchen, um zu Tyron zu gelangen, wenn sie von Angriffen aufgehalten würden, und Zeitverlust wäre dabei noch der beste Ausgang.

Je länger sie unterwegs waren, desto mehr sehnte Elaas sich nach der Hitze der Unterwelt. Nach allem, was geschehen war, hätte er niemals geglaubt, etwas von dieser Welt könnte ihm jemals fehlen, doch auch wenn die Kälte ein vergleichsweise geringer Preis war, so vermisste er die wohlig warmen Flammen. Das behielt er lieber für sich. Ob es Ezmon genauso erging, brauchte er nicht zu erfahren.

Stattdessen fand er in ihren Gesprächen heraus, wie alt Ezmon war, in welcher Zeit er als Mensch aufgewachsen war und woran er sich noch erinnern konnte. Nicht viel, wie zu erwarten war, bei einer so alten Seele. Doch er wusste noch alles, seit er das Torturengebiet als vollendeter Dämon verlassen hatte. Damals hatte er Rakaan kennengelernt.

Rakaan war bereits ein Dämon gewesen, als Ezmon angekommen war. In seinen Jahren als Frischling führte Rakaan ihn herum, zeigte ihm die Unterwelt, die Vorteile und Nachteile, erklärte ihm, wie man sich anderen Dämonen gegenüber verhielt und von wem man sich besser fernhalten sollte. Seine Hilfsbereitschaft mal beiseitegestellt, war er laut Ezmon zu dieser Zeit ein ganz anderer gewesen. Er trank zu jedem Anlass, war auf jeder Feier zugegen und verhielt sich genauso respektlos, wie man es von einem Dämon erwarten würde. Damals kannte er jeden beim Namen, vermutlich weil er die Unterwelt niemals verließ. Eines Tages veränderte sich alles. Rakaan war plötzlich nicht mehr auf den Veranstaltungen zu finden, redete kaum noch und hielt sich zurück. Fragen zu seinen Veränderungen hatte er damals ignorier. Nicht einmal Ezmon hatte er sich anvertraut.

»Manchmal«, sagte der Urdämon, »habe ich herausgehört, dass Rakaan es in der Unterwelt nicht mehr aushielt, dass er sich fühlte, als müsste er sich täglich verstellen, was er anstrengend fand. Er wollte abhauen, hatte er gesagt, und das tat er auch.«

Es hatte Jahre gedauert, ehe die beiden sich wiedergesehen hatten. Damals lebte Rakaan bereits in seiner Hütte. Dieselbe Hütte, die noch immer mitsamt stinkendem Sofa im Wald stand. Rakaan lud Ezmon schließlich ein, wobei er ihm erklärte, dass er abgeschieden von allen anderen Wesen sein Glück gefunden hatte und endlich aufatmen konnte.

Der Frage, was damals für Rakaans Kehrtwende gesorgt hatte, ging Ezmon aus dem Weg. Elaas glaubte, dass er es in all den Jahren nie erfahren hatte.

Es war spannend, was der Urdämon alles zu erzählen hatte. Wenn sie einmal ins Gespräch kamen, vergingen die Minuten wie im Flug und die Stunden folgten gleich mit. Außerdem lenkte es Elaas von der konstanten Sorge durch die Ungewissheit ab.

Sie waren die gesamte Nacht durchmarschiert. Keine Pause. Immer weiter. Bloß keine Zeit vergeuden – so lautete das Motto. Eineinhalb Tage lang. Eineinhalb Tage und endlich konnten sie in dem leichten Nebel des Tals ein kleines graues Dorf erkennen. Sie hatten weit den Berg hinaufgemusst, wo die Wetterverhältnisse deutlich heftiger waren als im Tal. Vermutlich hatten viele Bewohner die Ortschaft verlassen, als die Stürme angefangen hatten. Einem Dämon auf der Flucht konnte das nur zugutekommen.

»Siehst du das Gebäude?« Ezmon zeigte auf eine große Kirche in der Mitte des Dorfes. »Zwei Häuser rechts davon müsste Tyron groß geworden sein. Er hatte damals von den Erinnerungen an die lauten Glocken am Sonntagmorgen erzählt und davon, dass er zu dieser Zeit bereits wach und angezogen für den Gottesdienst war.«

Das war es also. Tyrons erstes Zuhause. Sie waren angekommen.

In eiligen Schritten durchquerten sie das Dorf um kurz vor zwölf am Mittag, auch wenn es durch die dicke Wolkenschicht, welche jedem Sonnenstrahl den Weg versperrte, noch wie am späten Abend aussah.

Der Wind pfiff ihnen um die Ohren, als sie das kleine Häuschen erreichten. Zu ihrer Überraschung stand die Tür sperrangelweit offen. Vorsichtig schauten sie hinein.

Was sie vorfanden, war Chaos.

Jemand war hier gewesen.

Jemand hatte gekämpft.

Kapitel 11
~ Aritana ~

Der Himmel über ihnen war in Dunkelheit gehüllt. Bis auf den durch die Äste sausenden Wind war der Wald verstummt. Sie wanderten seit einer halben Stunde durch das Dickicht. Bald sollten sie bei Rakaan ankommen.

Julia hatte gefragt, ob sie bis Tagesanbruch warten sollten, doch die Nacht bot mehr Schutz für sie und Zuros, der still vor ihr herlief und dabei auf jedes noch so leise Geräusch hörte. Julia hingegen schaute selten auf. Ihr Blick war starr auf den Waldboden gerichtet. Sie ignorierte die knackenden Äste um sie herum, die Zuros in permanente Alarmbereitschaft versetzten.

Bald ist es vorbei, dachte Aritana mit Blick auf das zitternde Mädchen. *Sie hilft uns noch einmal, dann können wir sie in Frieden lassen. Nur noch diese eine Aufgabe.* Leider war es aber keine einfache. Rakaan war ein berüchtigter, mächtiger Dämon. Seine Reaktion auf einen Menschen, der plötzlich vor seiner Tür erschien, war unvorhersehbar.

Immer wieder versuchte Aritana, sich den Gedanken mit Gewalt aus dem Kopf zu schlagen, dass es ein Fehler war. Dass es egoistisch und falsch war, Julia herzubringen, sie so einer Gefahr auszusetzen. Doch wenn es ein Fehler war, dann ein unwiderrufbarer. Für einen Rückzieher war es längst zu spät. Nur die Hoffnung blieb.

»Alles okay?« Zuros drehte seinen Kopf zu Julia, die versetzt neben ihm lief und kurz zusammenfuhr, als sie seine Stimme hörte.

Sie sagte nichts, doch ihr Nicken wirkte zögerlich, unsicher.

»Du bist sehr mutig, weißt du das?«

Wieder brachte sie nur ein Nicken zustande. Dann kehrte erneut Stille ein.

»Denkst du, es wird funktionieren?«, fragte Aritana, ohne Julia aus den Augen zu lassen.

Loras lief an ihrer Seite, hinter den anderen beiden her. »Es muss.« Er schnappte hörbar nach Luft, um noch etwas zu sagen, doch er wurde von einem leisen Schrei unterbrochen.

Es ist so weit.

Zuros taumelte einige Schritte zurück. Seine Hände presste er an seinen Kopf, als könnten seine Finger die Schmerzen absorbieren. Er schnaubte mehr, als dass er atmete, und kniff dabei fest die Augen zusammen. Julia war bei seinem Schrei ruckartig stehengeblieben und hatte die Augen weit aufgerissen. Ihr Blick war voller Sorge. Ob um Zuros, der sich vor Schmerzen krümmte, oder wegen sich selbst, da sie von hier an allein weitermusste, konnte man ihr nicht ansehen.

Julia wartete, bis Zuros sich etwas erholt hatte, sah verunsichert auf die Stelle, an welcher er aufgesprungen war wie ein angeschossenes Reh und wagte einen zögerlichen Schritt nach vorne. Nach zwei weiteren blieb sie wieder stehen und drehte sich zu Zuros um.

»Schon okay. Du kannst die Stelle übertreten«, erklärte er, doch das wusste Julia natürlich bereits. »Falls dir irgendetwas komisch vorkommt oder du es dir anders überlegst, rennst du so schnell du kannst zurück hierher, ja? Ich werde hier auf dich warten.«

Zuros meinte es gut, doch Aritana wusste, wenn etwas schiefginge, würde auch Zuros dem Mädchen nicht helfen können. Bei diesem Gedanken musste sie schwer schlucken.

Julia hatte inzwischen den finalen Schritt gewagt und war in Rakaans Zone. Jetzt waren die Gefallenen an der Reihe.

Ein Felsen markierte die Stelle, an welcher die Grenze verlief. Aritana blieb kurz davor stehen und starrte auf den Boden. »Es betrifft nur Engel, richtig?«

»Richtig.« Loras stellte sich wieder neben sie.

In seiner Stimme hörte sie Unsicherheit heraus. Sie waren keine Engel mehr, doch etwas anderes waren sie auch nicht wirklich. Vermutlich hatte nie ein gefallener Engel zuvor versucht, in den Machtbereich einer Sigille zu treten. Und falls doch war er zum ewigen Schweigen darüber verdammt.

»Stell dir vor, ich halte deine Hand.«

Aritana schloss ihre Augen und tat, was Loras ihr sagte. Sie spürte den leichten Druck an ihrer Handfläche, den kleinen Funken der Wärme, der von ihren Fingern ausging und durch ihren Körper wanderte. Sie atmete tief ein und wie auf ein Zeichen hin überquerten sie beide die Schwelle.

Nichts passierte.

Sie öffnete wieder die Augen.

Julia war, unwissend, dass ihre Gefolgschaft mehr Zeit benötigt hatte, vorausgelaufen. Zuros blieb an Ort und Stelle zurück. Aritana drehte sich noch einmal zu ihm, bevor sie Julia hinterher eilte, und lächelte ihn dankbar an. Als hätte er es gesehen oder gespürt, erwiderte er ihr Lächeln. Er sah sie dabei nicht an, doch sie wusste, dass es an sie gerichtet war.

Zu dritt irrten sie weiter durch den Wald. Zuros' Abwesenheit machte sich schnell bemerkbar. Julia schrak bei jedem leisen Rascheln in den Bäumen und Sträuchern auf und auch Loras verfiel in eine schnellere Gangart.

Erst als sie endlich sichtbar war, die Hütte, die verdächtig nach einem Versteck für einen Dämon auf der Flucht aussah, blieben sie alle abrupt stehen. Ankunft.

Aritana hatte Rakaans alte Hütte nie gesehen, doch Loras hatte ihr davon berichtet. Klein, minimalistisch, unspektakulär. Genau wie jene, die nun vor ihnen stand und doch hatte die Gefallene mehr erwartet. Das Zuhause eines so berüchtigten, mächtigen Urdämons hätte sie sich größer und unheimlicher vorgestellt. Dieser schäbige Ort sah selbst für einen Menschen mickrig aus. Dass er bewohnt war, ließ sich nur an den sachten Lichtschimmern erkennen, die sich durch die Ritzen der Holzdielen zwängten, welche das kleine Fenster verkleideten. Wären die Sigillen nicht gewesen, hätte Zuros diesen Ort niemals finden können – und wenn doch, hätte er bestimmt nicht vermutet, dass ein Urdämon darin hauste.

Die Gefallenen liefen voran. Julia blieb stehen. Wie gerne hätte Aritana ihre Hand genommen und ihr Mut zugesprochen. Für einen Moment sah es so aus, als würde Julia kalte Füße bekommen. Das Mädchen taumelte ein paar kleine Schritte zurück, den Blick starr auf die Hütte vor ihr gerichtet. Aritana sah zu Loras rüber, der das Mädchen mit zusammengezogenen Augenbrauen musterte. Wenn sie umkehren würde, war alles umsonst gewesen und ihr Schicksal stand fest.

Ein Windstoß kam auf. So heftig, dass Julias Haare zu fliegen begannen und sie ihre Augen zukneifen musste. Die Bäume um sie herum fingen sofort zu tanzen an, der Schnee wurde aufgewirbelt. Der Windstoß verschwand so schnell, wie er aufgekommen war.

Als Julia ihre Augen wieder öffnete, war die Angst darin verflogen. Als hätte der Wind die Sorgen aus ihrem Kopf geblasen und ihr damit neues Vertrauen geschenkt. *Ein Zeichen?*

Der Gedanke schlich sich ein, dass es der Vater gewesen sein könnte. Dass er noch irgendwo da draußen war und ihnen seinen Beistand zeigte. Mit einem Blick zu Loras musste Aritana feststellen, dass dem nicht so war. Ihr Freund hatte die Augen geschlossen und trug ein Lächeln auf den Lippen. Er war es gewesen. Er hatte Julia ein Zeichen gesendet. Scheinbar ganz ohne Wut, fast schon mühelos. Wie hatte er das geschafft?

Mit kleinen, aber zielgerichteten Schritten schlenderte Julia auf die Tür zu, atmete dreimal tief durch und klopfte. Die Gefallenen hielten den Atem an. Schritte. Knarzende Bodendielen. Ein wackeliger Türknauf und dann stand er vor ihnen.

Die Tür sperrangelweit geöffnet, die Mimik finster, dass es einem einen Schauer über den Rücken jagte. Im Gesicht die Rückstände von Verletzungen, die vermutlich eine Geschichte mit sich trugen.

»Du hast dich verlaufen.« Rakaan war bereit, die Tür sofort wieder zu schließen, doch Julias Worte waren schneller.

»Nein, hab ich nicht.«

Mit einem neugierigen, aber wachsamen Blick öffnete der Urdämon die Tür wieder, diesmal nur einen körperbreiten Spalt. »Wer bist du?«

»Mein Name, ähm, Julia. Aber das ist egal«, stotterte das Mädchen in einer Geschwindigkeit, die dazu führte, dass sich ihre Worte fast überschlugen. »Wichtig ist, wer bei mir ist.«

Rakaan sah sich um – in Erwartung, jemanden in der Umgebung vorzufinden. Erfolglos. Fragend schaute er das Mädchen weiter an, bis sie fortfuhr.

»Engel, ähm, Aritana und Loras, die kennen Sie doch, oder?« Julias Stimme brach immer wieder. Sie zitterte am ganzen Körper, mit jeder Sekunde etwas mehr.

»Woher kennst du diese Namen?«

»Das klingt vielleicht komisch, aber … sie stehen irgendwie neben mir. Sie wollten, dass ich mit Ihnen rede, weil sie das nicht mehr können.«

»Na, das ist ja mal eine interessante Wendung.« Rakaan verschwand in seiner Hütte, öffnete die Tür zuvor allerdings so weit, dass Julia eintreten konnte.

Ein ›Herzlich willkommen‹ war von ihm nicht zu erwarten gewesen. Etwas zögernd lief Julia ihm nach, dicht gefolgt von Loras und Aritana.

Die Hütte war auch von innen schlicht und dunkel, dafür aber größer, als es der Anschein von draußen erweckte.

Rakaan deutete Julia, sich auf das Sofa zu setzen, welches in der Mitte des Raumes um einen kleinen runden Tisch platziert war. Das Holz, aus dem er angefertigt worden war, sah mitgenommen aus. Rakaan konnte dank seiner Fähigkeiten alles haben, was er sich wünschte. Für ihn war es ein Leichtes, einen Menschen dazu zu zwingen, ihm all sein Hab und Gut zu überlassen. Stattdessen erledigte er seine Einkäufe, wie es aussah, auf der Müllhalde.

»Ich rate mal drauflos und sage, dass Loras und seine Freundin keinen großen Gefallen an ihrer jetzigen Form haben.«

Rakaan saß Julia direkt gegenüber. Er lehnte sich nach vorne, sie ließ sich in den Stoff des Sofas fallen. Er fixierte sie mit seinen Augen, sie wich seinen Blicken aus. Er saß aufrecht, sie gebeugt mit einem auf dem Boden tippenden Fuß.

»So in etwa, ja.«

»Jetzt schicken sie dich, einen Erdling, in der Hoffnung, ich würde Mitleid haben und sie wieder in strahlend schöne Engel verwandeln.«

Julia wollte etwas sagen, doch ihre Stimme brach. Sie räusperte sich kurz und nickte dann stumm.

»Interessant.« Rakaan stand auf und spazierte mit auf dem Rücken verschränkten Armen durch das Zimmer. Nachdem er ein paar Mal hin und hergelaufen war, nahm er sich einen Holzscheit aus einem Korb und warf ihn auf die brennende Feuerstelle. Rauch stieg empor und verteilte sich im Raum. Alles begann zu stinken.

»Ich weiß nicht, ob das irgendetwas ändert«, sagte Julia mit zitternder Stimme, »aber ich glaube, sie wollen gar nicht unbedingt wieder zu Engeln werden. Nur wieder ... da sein, wenn das Sinn ergibt.«

Sie hatten Julia nie direkt gesagt, was sie sich von ihrer Rückkehr erhofften, doch sie konnte es sich selbst denken. Es war Aritana ganz recht, kein Engel mehr zu sein. Diese regelbesessenen Wesen hatten sie verraten und für ihren eigenen Untergang gesorgt. In gewisser Weise hatten sie ihr Schicksal sogar verdient. Sie waren gewarnt worden. Das alles hätte vielleicht vermieden werden können, hätten sie ihren Stolz zurückgelassen und zusammen an einer Lösung gearbeitet. Aritana wollte nicht mehr zu ihnen zählen, doch im Kampf stand sie noch immer auf der Seite der Oberwelt. Zuros war noch da, ebenso wie Nadia, die einzige Zeugin, die sich in den Verhandlungen für sie eingesetzt hatte. Sie gehörten zu den Guten und brauchten ihre Hilfe. Und mit Sicherheit gab es noch mehr Engel, die es wert waren, gerettet zu werden. Und wenn die Oberwelt unterging, was würde mit den Menschen passieren? Sie konnten sie nicht im Stich lassen. Nicht wenn sie für die Fehler der Engel büßen mussten.

»Wie kann es sein, dass sie in der Lage sind, mit dir zu kommunizieren, mit mir aber nicht?« Rakaan ignorierte Julias vorherige Anmerkung.

»Durch ein Ouija-Brett. Ich frage sie etwas und sie buchstabieren mir die Antwort.«

Rakaan zog die Augenbrauen hoch.

Was hatte er erwartet? Dass Julia magische Kräfte besaß? Dass Aritana mit einem Megaphon laut genug war, um gehört zu werden? Welche Antwort auf diese Frage wäre nicht völlig abwegig gewesen?

Rakaan räusperte sich. »Nur damit ich das richtig verstehe: Du holst dein Hexenbrett heraus, zufällig in dem Moment, wo zwei gefallene Engel in deinem Zimmer hocken. Sie sagen dir, du musst einen Urdämon mitten in der Nacht in den Tiefen des Waldes aufsuchen und da stimmst du zu?« Rakaan musterte Julia mit einem skeptischen Blick. »Sie haben dir doch gesagt, was ich bin. Oder?«

Das Mädchen erstarrte für einen Moment, nickte dann aber mit dem Kopf. Die Gefallenen hatten ihr nicht alles im Detail erklären können, doch diese Information hatten sie nicht außen vor gelassen.

»Sie haben sich irgendwie, ähm, bemerkbar gemacht. Meine Sachen sind durch den Raum geflogen, das Fenster ging auf und zu, so Zeug. Als sie auch das Brett durch mein Zimmer geworfen haben, hab ich den Wink verstanden. War also kein Zufall.«

»Das erklärt nicht, weshalb du ihnen hilfst.«

Ihre Hilfsbereitschaft war nicht selbstverständlich, das wusste Aritana. Sie war das Zeugnis ihrer reinen Seele. Wenn sie einmal starb, würde sie einen hervorragenden Engel abgeben – falls die Oberwelt bis dahin überlebte.

»Luzifer.«

Rakaans Augenbrauen schossen in die Höhe wie eine Rakete bei ihrem Abflug.

»Er ist wohl für all das Leid verantwortlich. Meine Mutter kann nicht mehr arbeiten, meine Schwester kann selten in die Schule und wann immer sie das Haus verlässt, sorge ich mich um sie. Das muss ein Ende finden. Er muss aufgehalten werden.«

»Und Aritana und Loras denken, dass sie das können? Ihn aufhalten?« Rakaan war vor dem Feuer stehengeblieben, anders als zuvor wanderte sein Blick nur selten zu dem Mädchen auf seinem Sofa hinüber. Er fixierte einzelne Punkte an den Wänden, als würde er versuchen, ein Puzzle in seinem Kopf zu lösen. Ein Puzzle ganz in Schwarz mit tausend Teilen.

»So haben sie es mir gesagt.«

»Interessant.«

Da war es schon wieder. Dieses viersilbige Wort, das Aritana allmählich rasend machte. Was hieß das? In seinem Kopf schienen so viele Gedanken zu wüten, doch aus seinem Mund kam nur ›interessant‹. Sie wollte nachhaken, ihn sogar anbrüllen, doch das konnte sie nicht. Sie ballte stattdessen ihre Faust, drückte so fest zu, wie sie nur konnte, und ließ los.

»Ich danke dir, du darfst nun gehen.« Rakaan lief, während er sprach, zur Tür hin und hielt sie für Julia offen.

Mit wackligen Beinen stand sie auf und lief ihm entgegen. Gerade als sie die Schwelle übertreten wollte, hielt sie kurz inne. »Werden Sie den beiden helfen?« Ihre Frage war ein Flüstern im Wind.

»Ich werde es versuchen.«

Erleichtert atmete Aritana auf.

»Wann soll ich wiederkommen?«

»Ein erneuter Besuch wird nicht vonnöten sein. Du gehst, die Gefallenen bleiben hier.«

»Aber Sie können doch nicht mit Ihnen sprechen, wie –«

»Mach dir mal keine Sorgen, ich kümmere mich darum. Deine Aufgabe ist vollbracht. Du darfst dich wieder in dein normales Leben einfinden.«

Doch Julia bewegte sich noch immer nicht. »Da ist noch etwas«, erklärte sie vorsichtig. »Loras und Aritana wollten noch, dass ich Sie nach Tyron frage. Ob Sie wissen, wo er sein könnte und ob es ihm gut geht oder ob jemand nach ihm sucht, so Sachen.«

Rakaan drehte sich herum. Sein Blick traf den von Aritana, als wüsste er haargenau, wo sie stand. »Es tut mir leid, doch ich weiß nicht das Geringste über Tyron.«

Kapitel 12
~ Elaas ~

Zwei Seelen, zwei Reaktionen.

Ezmon lief mit ausdrucksloser Miene durch das Schlachtfeld eines Hauses, in welchem sie Tyron vermutet hatten. Er musterte die auf dem Boden liegenden, überwiegend in ihre Bestandteile zerlegten Gegenstände, suchte, grübelte. Elaas hingegen entschied sich für eine Schockstarre auf der Türschwelle. Wie angewurzelt stand er dort, mit dem Körper aufrecht und den Armen gerade nach unten gerichtet, und sah Ezmon bei seiner Inspektion zu.

In seinem Kopf malte er sich aus, wie Tyron sich an diesem Ort versteckt gehalten hatte, die ganze Zeit lang. Wie kurz vor ihrer Ankunft ein paar Dämonen ihn ausfindig gemacht hatten und mit zehn Mann auf ihn losgegangen waren. Wie sie ihn in die Unterwelt verschleppt und dort, als Opfergabe für ihren Herrscher, ermordeten hatten.

Doch dann kam Ezmon zurück aus dem Nebenzimmer, in welchem er verschwunden war, und unterbrach Elaas' bildhafte Vorstellungen, ehe sie immer weiter in die tiefsten, dunkelsten Ecken seines Verstandes vordrangen.

»Tyron ist nicht hier.«

Das hatte selbst Elaas feststellen können.

»Vermutlich war er nie hier. Es sieht aus, als hätte jemand das Haus für Decken, Feuerholz und Nahrungsreste geplündert.« Ezmon spazierte an ihm vorbei nach draußen.

Kein Kampf. Zumindest keiner, in den Tyron verwickelt gewesen war. Ein gutes Zeichen und gleichzeitig waren sie ihm wieder einen Schritt ferner. *Tyron, wo bist du?*

»Kommst du?«

Elaas stellte fest, dass er sich langsam wieder bewegen konnte, die Schockstarre hatte nachgelassen. Eilig schüttelte er seinen Kopf, um alle unnötigen Gedankengänge und die unlösbaren Knoten darin herauszuwerfen, und lief Ezmon hinterher. Die Suche ging weiter.

»Wohin jetzt?«

»Was war Tyron am wichtigsten zu seiner Lebzeit?«

Elaas legte seine Stirn in Falten. Mit einer Gegenfrage hatte er nicht gerechnet. Woher sollte er das wissen? Sie hatten sich kaum gekannt. Eines aber hatte der Dämon ihm erzählt. »Seine Tochter, nehme ich an.«

»Korrekt. Doch mit ihr wird er am ehesten den Friedhof verbinden.«

Wollte Ezmon wirklich auf etwas hinaus oder dachte er nur laut vor sich hin?

»Die Liebe zu seiner Tochter entsprang aus der Liebe zu seiner Frau«, erklärte er weiter. »Es gibt vermutlich dutzende Orte, die er mit ihr in Verbindung bringt, doch ich weiß nur von einem einzigen, der das perfekte Versteck wäre. Und genau dort gehen wir jetzt hin.« Tyron hatte seine Frau schon im Kindesalter kennengelernt, wie Ezmon auf ihrem Weg erzählte. Sie waren zusammen groß geworden, hatten sich eine Weile aus den Augen verloren und wiedergefunden. Da sie in der Nähe gewohnt hatten, war der Ort, den sie suchten, nicht weit entfernt.

Ezmon wusste, dass sie sich zum ersten Mal in der Schule des Nachbarortes begegnet waren – auch kein besonders gutes Versteck. Der See hingegen, wo sie ihren ersten Kuss hatten, lag weiter den Berg hinauf. Bäume ringsumher, welche die Sicht versperrten, viele Steine, vermutlich einige kleinere Höhlen. Dort sollte ihre Suche weitergehen.

Der Weg war zwar nicht weit, dafür aber anstrengend. Mit einer nicht zu unterschätzenden Steigung stapften sie den Berg hinauf, mit Gegenwind, der ihnen Schneeflocken wie Rasierklingen in die Gesichter schmetterte. Nichts, was einen Dämon aufhalten könnte, angenehm war aber etwas anderes.

»Stopp.« Ezmon streckte seinen Arm aus, um Elaas den Weg symbolisch zu versperren.

Irritiert lauschte Letzterer, nachdem er abrupt stehengeblieben war, ob er etwas Beunruhigendes hören konnte, doch da war nichts außer dem sausenden Wind.

»Siehst du das?«

Falsches Sinnesorgan genutzt. Elaas folgte Ezmons Blick auf den Boden, doch er verstand nicht recht, was er in der Schneelandschaft erblicken sollte.

»Fußabdrücke.«

»Und?«

»Ich verwette meine Seele darauf, dass kein Erdling in diesem Wald eine Wandertour unternimmt.« Ezmon trat ein paar Schritte näher. Leise und langsam. Immer auf der Hut. »Sie sind noch nicht zugeschneit. Das bedeutet, sie sind frisch. Jemand ist kurz vor uns hier entlanggelaufen.«

»Tyron?« Elaas' Stimme wurde, ohne dass er es beabsichtigt hatte, vor Hoffnung etwas höher als gewöhnlich.

»Möglich. Oder aber etwas anderes.«

Bitte nichts anderes. Elaas hatte auf kaum etwas weniger Lust als auf eine weitere Auseinandersetzung mit irgendwelchen deutlich älteren und damit stärkeren Wesen. Die Wunden in seinem Gesicht pochten noch immer. Doch seine Wünsche blieben unerhört.

Stimmen.

Sie kamen näher.

Und keine gehörte Tyron.

»Schnell, versteck dich!« Ezmons Stimme hatte den warnenden Klang eines Schreis, doch seine Lautstärke entsprach nur einem Flüstern.

Sofort drehte sich Elaas zu ihm um und sah ihn mit großen Augen besorgt an. »Und du?«

»Ich regle das.«

Elaas wusste nicht, was sein Weggefährte damit meinte, doch er stellte keine weiteren Fragen.

Gerade rechtzeitig sprang er in ein Gebüsch und beobachtete, durch die schmalen Äste hindurch, wie die drei Dämonen ihre Gespräche untereinander einstellten und zu Ezmon traten.

»Ezmon. Man hat dich schon als vermisst gemeldet.« Der Mittlere sprach mit klarer, fester Stimme, als wäre er der Anführer der Gruppe. Sie standen allesamt aufrecht, nahezu kerzengerade, wie man es von Dämonen nicht kannte, voreinander.

Während Elaas das Geschehen aus halbwegs sicherer Entfernung beobachtete, bemerkte er etwas: Ezmon trug keine Waffe bei sich. Die Blutklinge hatte er wieder an Elaas übergeben. *Na, das haben wir ja schlau geregelt.*

Ihre ehemaligen Verbündeten und Artgenossen hingegen trugen scharfe Messer bei sich, jeder eines, doch nur der mittlere besaß die Engelsklinge. Sie würden Ezmon damit nicht automatisch töten, allerdings schwer verletzen können, und nach dem jetzigen Stand der Dinge konnte sich der Urdämon nicht einmal wehren. Seine Rettung müsste also in Elaas – einem furchtbaren Kämpfer – bestehen, sollte es zu einem Angriff kommen.

»Was treibst du hier?«, fragte der Linke mit einem bösartigen Funkeln in den Augen und tonloser Stimme.

»Vermutlich das Gleiche wie ihr«, antwortete Ezmon gelassen, als hätte er seinen Text zuvor einstudiert. »Ich suche nach Tyron.«

Keine Lüge.

»Allein?« Der Mittlere meldete sich wieder zu Wort. Eine gewölbte, auffällig lange Narbe zierte sein Gesicht.

»Wir sollen doch mindestens zu zweit unterwegs sein«, ergänzte der Linke.

Der Dämon auf der rechten Seite verblieb stumm, doch Elaas konnte sehen, wie er Ezmon mit schmalen Augen musterte. Vermutlich suchte er ihn nach Waffen ab, während er seine eigene fester mit der Hand umgriff und mit dem Zeigefinger der anderen Hand an der scharfen Kante entlangfuhr.

»Sind wir hier auf Klassenfahrt, oder was? Ich bin ein Urdämon. Ich kann allein losziehen, wenn ich das möchte.«

»Ja, nur glauben viele, du seist auf deren Seite. Du möchtest doch bestimmt keinen falschen Verdacht erwecken.« Der in der Mitte stehende Dämon trat einen großen Schritt nach vorne, auf Ezmon zu, wobei er, kaum merkbar, ebenfalls die Hand an den Griff seiner Waffe rutschen ließ.

Verschwindet schon.

»Die Dämonen und ihre Gerüchte sind ohnehin nicht zu stoppen. Sollen sie reden, was sie wollen. Es stimmt nicht – das ist, was zählt.« Ezmon sprach mit einer solchen

Besonnenheit und Klarheit in der Stimme, dass seine Lüge unmöglich zu erkennen war.

Er verzog keine Mimik, zuckte mit keinem Muskel. Doch woher rührte Ezmons Ruhe? Aus seinem gelassenen Charakter oder weil er die Situation falsch einschätze? Oder aber ... weil er die Wahrheit sagte?

»Das dachte ich mir schon.« Der Dämon trat noch einen Schritt näher, wobei er sich gleichzeitig etwas größer machte, indem er sein Kinn anhob und den Hals reckte. Trotz der Bemühungen war klar zu sehen, dass er kleiner war als Ezmon.

Und dieser ließ sich nicht verunsichern. Er wich keinen Zentimeter zurück. Er sah sich auch nicht hilfesuchend in der Gegend um. Nein. Er begegnete dem Blick seines Gegenübers – so ausdruckslos und furchtlos wie schon die ganze Zeit.

»Denn wenn dem nicht so wäre, wenn du auf der Seite der Flügelviecher stündest, hätten wir wohl ein Problem«, fuhr der Dämon scharf fort. »Dann wärst du ein Verräter und du solltest ja bestens wissen, wie wir den Umgang mit Verrätern pflegen.«

Elaas stellten sich einige Fragen bezüglich der Behandlung von Verrätern und der Art und Weise, wie der Dämon Ezmon damit konfrontierte, als wüsste er mehr als Elaas. Doch das waren weitere Fragen, die er in einer überquellenden Schublade verstaute, um sie eines Tages, bei Gelegenheit, stellen zu können.

Ezmon reckte seinen Hals nun ebenfalls und räusperte sich. »Da wir das nun geklärt hätten, spricht nichts dagegen, gemeinsam weiterzusuchen, habe ich recht?«

Was? Elaas war, als hätte er sich verhört. Was hatte Ezmon vor? Und wie sollte Elaas sich verhalten? Sollte er in diesem Gebüsch auf unbestimmte Zeit versteckt bleiben? Ihnen unauffällig folgen? In der genau anderen Richtung weitersuchen? Was hatte sich Ezmon bloß für einen Plan in seinem alten Kopf zusammengeschustert?

»Nun, wir haben das gleiche Ziel, von daher ...« Mit einer schnellen, wenig aussagenden Geste trat der Unbekannte wieder zu seinen Anhängseln zurück. »Scheinbar hat der Mistkerl hier irgendwo gelebt. Uns wurde mitgeteilt, wir sollten die ganze Ortschaft gründlich absuchen. Er wird sich gut versteckt haben.«

»Möglich, aber vielleicht nicht gut genug.«

Alle, einschließlich Elaas, starrten Ezmon fragend an, während er ein offensichtliches sachtes Nicken in Elaas' Richtung gab. Langsam liefen die drei auf sein Gebüsch zu. In wenigen Sekunden würden sie ihn finden. Vermutlich konnten sie bereits die Umrisse seiner Augen erkennen. Auf der einen Seite glaubte Elaas, dass Ezmon einen Plan verfolgte und er nichts weiter tun musste, als ihm zu vertrauen, doch auf der anderen Seite spürte er mehr und mehr seinen Fluchtinstinkt wüten.

Sie kamen immer näher.

Ich muss rennen. Schnell weg. Immer weiter, bis sie mich verlieren. Ich muss rennen. Elaas wartete so lange ab, wie er nur konnte, um Ezmon Zeit für seinen genialen Schachzug zu geben, doch es passierte nichts. Ezmon bewegte sich keinen Millimeter. Elaas konnte nicht länger warten.

Mit einem letzten tiefen Atemzug schoss er los, zwischen den Bäumen entlang. Der kalte Wind schlug ihm wieder ins Gesicht. Kalt, hart. Wie Ezmons Verrat, an den Elaas noch nicht glauben wollte.

Er hörte seine Verfolger hinter sich. Dicht hinter sich. Der Schnee knarrte unter seinen Füßen und verdeckte die Sicht auf Hürden des Untergrundes. Baumstümpfe und kleinere Löcher im Waldboden waren unsichtbar. Elaas gab sich alle Mühe, nicht hinzufallen und so zu einem gefundenen Fressen für seine Verfolger zu werden – wie ein Reh, das vor einem Wolf zu fliehen versuchte. Doch die Vorsicht bremste ihn aus.

Die kalte Luft drang in sein Innerstes, ließ ihn keuchen. Sein Atem rasselte. Er versuchte, die Luft anzuhalten, doch schaffte es kaum länger als zwei Wimpernschläge. Seine mangelnde Ausdauer machte sich bemerkbar. Lange konnte er nicht mehr rennen, daher musste er sich auf den Kampf vorbereiten. Mit einer Hand griff er nach der Blutklinge, mit dem Versuch, dabei nicht an Geschwindigkeit oder Gleichgewicht zu verlieren, was nur mäßig funktionierte. In Gedanken zählte er von fünf herunter.

Fünf, vier, drei, zwei, eins.

Dann drehte er sich mit ausgestrecktem Arm herum und stieß dabei auch noch einen Kampfschrei aus, der jedoch im Wind verhallte. Hinter ihm war niemand. Keine noch so dunkle Seele ließ sich blicken. Hatte er sie alle abgehängt, ohne es zu bemerken?

Mit leisen, vorsichtig gewählten Schritten schlich er den Weg zurück, den er zuvor in einem Spitzentempo entlanggerannt war. Es dauerte nicht lange und ihm offenbarte sich der Grund, weshalb seine dämonischen Kollegen nicht länger hinter ihm her waren. Sie hatten alle Hände voll mit Ezmon zu tun. Zwei von ihnen. Nur einer war nicht zu sehen – jener, der links gestanden hatte.

Kurz beobachtete Elaas das Geschehen. Wie die Dämonen mit ihren Klingen auf Ezmon losgingen, wie dieser sich gekonnt duckte, als hätte er dafür einen sechsten Sinn, und wie er Schläge verteilte, die äußerst schmerzhaft aussahen.

Doch es war ein unfairer Kampf. Zwei gegen einen. Es wäre vermessen zu denken, der Urdämon müsste nicht auch einstecken.

Die Angreifer waren durch Ezmon abgelenkt. Elaas hatte die Klinge.

Gepackt von dem Adrenalin der Flucht und von der Euphorie bei der Erkenntnis, dass Ezmon ihn nicht im Stich gelassen hatte, stürzte er sich in das Geschehen. Der Dämon mit der dicken Narbe, der Anführer, war sein Ziel.

Elaas stach ihm, mit all der Wucht die er aufbringen konnte, in den Rücken, dass er aufschrie, so laut wie der Knall eines Pistolenkrebses. Der Frischling wollte gerade die Blutklinge wieder an sich nehmen, die noch in seinem Feind steckte, da lag er bereits am Boden.

Der andere hatte ihn mit voller Wucht umgerannt. Er schlug mit der Faust auf Elaas' Kiefer. Keine Waffe. Ein Zweikampf, wie er im Buche stand.

Aus dem Augenwinkel heraus sah Elaas, wie Narbengesicht die Klinge, mit grauenhaft verzogener Miene, aus seinem Rücken zog. Damit ergatterte er den ultimativen Vorteil. Er stürzte sich auf Ezmon, während Elaas versuchte, die Schläge auf sein Gesicht abzuwehren. Einen auf die Nase, einen auf den Mund, zwei auf die Wange, nochmal die Nase, dann das Auge. Vielleicht hätte Elaas auf Abstand bleiben sollen.

Angestrengt versuchte er seinen Körper wegzudrehen, sich aus dem Griff zu befreien, doch er konnte die benötigte Kraft nicht aufbringen.

Gefangen.

Der Frischling trat seinen Gegner mit den freien Beinen, doch das zeigte so viel Effekt wie eine Feder, die über eine Wange glitt.

Ezmon war seine einzige Chance.

Und gerade sah Elaas, wie er zu Boden fiel.

Ein Schrei ertönte. Es musste ihn schwer erwischt haben. Der Frischling versuchte, seinen Kopf zu drehen, um das Geschehen hinter sich beobachten zu können, doch es wollte ihm nicht gelingen. Trotzdem war er sich einer Sache bewusst: Er war auf sich allein gestellt. Schweiß brach aus, vermischte sich mit dem schwarzen Blut, das aus seiner Nase und seiner Lippe quoll.

Ein weiterer Schlag traf ihn am Auge. Der nächste bohrte sich in die Magengrube. Elaas krümmte sich vor Schmerzen, so weit sein Gegner ihm den Platz dazu ließ.

Mit nur halb geöffneten Augen sah er zu dem Dämon auf, der ihn in die Mangel genommen hatte und sich mit seinem unangenehmen Grinsen über ihn beugte. Siegessicher. Das konnte sein Gegenüber auch sein.

War das sein Ende? Ein dummer Fehler?

Das Grinsen über ihm erstarb. Elaas traute seinen Augen kaum. Der Dämon wurde aus seiner bedrohlichen aufrechten Haltung plötzlich nach hinten gerissen. Sofort stützte sich Elaas auf seine Unterarme, um besser erkennen zu können, was geschah.

Er sah, wie jemand mit dem Feind kämpfte, der ihn fast ermordet hätte, doch es war nicht Ezmon. Dieser lag neben dem Narbengesicht am Boden und rührte sich nicht. Elaas richtete seinen Blick wieder auf den letzten laufenden Kampf.

Alles schien in Nebel gehüllt. Er konnte nur die Umrisse der Gestalt erkennen, die ihm geholfen hatte. In der Hand hielt sie einen glänzenden Gegenstand. *Die Blutklinge.* Wer immer das war, musste sie sich von Ezmons Gegner geschnappt haben.

Bitte, lass es ihn sein. Bitte. Er muss es einfach sein.

Elaas sah gespannt zu, wie der Fremde die Klinge in seinen Gegner rammte. Dahin, wo einst ein Herz geschlagen hatte. Ohne Umschweife fiel dieser in den Schnee und gab damit den Blick auf den Helfer frei.

Kapitel 13

~ Aritana ~

»Ob er wirklich weiß, was er da tut?« Loras stand neben Aritana und sah, genau wie sie, zu Rakaan hinüber, der seit über vierundzwanzig Stunden am Arbeiten war. Er lief herum, war teilweise mehrere Stunden unterwegs, las in Büchern und bereitete ›Zutaten‹ vor.

»Ich kann euch hören«, verkündete der Urdämon, ohne sich von seiner Macherei ablenken zu lassen. »Ihr solltet euch schnell wieder daran gewöhnen, dass ihr eure Stimme senken müsst, wenn andere euch nicht verstehen sollen.«

Es hatte nicht einmal eine Stunde gedauert, ehe Rakaan sich selbst die Fähigkeit verliehen hatte, sie verstehen zu können. Wie genau, war Aritana unklar, doch soweit sie es verstanden hatte, war diese Fähigkeit vorerst ihm allein vorbehalten und beschränkte sich allein auf das Hören. Sie waren immer noch Geister, mit dem einzigen Unterschied, dass sie nun mit einer Seele kommunizieren konnten. Davon hatten sie jedoch recht wenig. Rakaan war konzentriert auf seine Arbeit und sprach daher kaum zu ihnen. Die meiste Zeit über hatte er sie allein in der Hütte gelassen, während er unterwegs war, um Besorgungen zu machen. Wenn er wiederkam, vergewisserte er sich kurz, dass sie noch anwesend waren, und ließ dann wieder Stille einbrechen. Aritana dachte nicht im Traum daran, sich zu beschweren. Seine Hilfe und sein Arbeitseifer, den er an den Tag legte, waren unerwartet, aber genau, was sie brauchten. Er half ihnen scheinbar ohne Gegenleistung – oder wartete er mit seinen Forderungen bis zur letzten Minute?

Von Julia und Zuros hatten sie nichts mehr mitbekommen. Sie würden beide aufsuchen, sobald es funktionierte.

Falls es funktionierte.

»Wie lange dauert es noch?«, fragte Loras betont laut, vermutlich um zu zeigen, dass er diesmal bewusst mit Rakaan sprach und keine rhetorische Frage an Aritana stellte.

»Im Grunde bin ich fertig.« Rakaan drehte sich zu ihnen um. Hinter ihm standen allerlei Gebräue, Tränke, Pulver und etwas, das eine Konsistenz wie Schleim aufwies. Die Geruchsmischung aus den verschiedensten Kräutern und Gewürzen erfüllte den ganzen Raum und brannte in der Nase. Aritana erinnerte es an Schwefel, Öl und Medizin. Welches dieser Gebräue, die sich in einer Reihe auf Rakaans hölzerner Arbeitsfläche arrangierten, für sie bestimmt war, ließ sich noch nicht absehen. Aritana hoffte nur, dass es nicht das schleimige Zeug sein würde.

»Gut, dann legen wir los«, sagte sie mit Eile in der Stimme und bemerkte, wie sie automatisch schneller atmete.

»Nicht so hastig, meine Liebe. Wir müssen ein Stückchen gehen. Jemand fehlt noch.«

»Wer?«

Aritana erhielt keine Antwort. Wortlos verschloss Rakaan seine Gebräue, packte sie mit ein paar weiteren Utensilien in einen viel zu klein aussehenden Rucksack und stolzierte durch die quietschende Tür in den Wald hinaus. Aritana und Loras folgten ihm artig wie Hunde an der Leine.

Ihr Überraschungsgast wartete laut Rakaan nicht weit entfernt von der Hütte aber außerhalb der Zone, die Rakaan für sich gesichert hatte. Aritana erkannte den Weg, den sie liefen, auf Anhieb. Es war derselbe, den sie gekommen waren.

An dem seltsam geformten Stein, der die Grenze der Sigille markierte, blieben sie stehen und sahen eine Gestalt aus dem Gestrüpp heraus auf sie zukommen.

»Was tut er hier?« Ari blieb wie automatisch stehen, als sie das Wesen erkannte, welches aufrecht vor ihnen stand.

Statt zu antworten, stellte Rakaan eine Gegenfrage: »Wie wird man ein Engel?«

»Man benötigt die entsprechende Ausbildung.« Loras' Antwort kam in Sekundenschnelle. Das erinnerte Aritana an viele vergangene Tage, an denen er stolz sein Wissen mit ihr geteilt hatte. Wie früher musste er sich stets beweisen. Eine Seite, die Aritana an ihrem Freund nicht besonders attraktiv fand. Dass er über mehr Wissen verfügte, als sie, war nicht verwunderlich, beachtete man die dreihundert Jahre mehr auf seinem Konto, doch er liebte es, ihr sein Zusatzwissen zu demonstrieren.

»Falsch«, erklärte Rakaan zu Loras' sichtbarer Überraschung. »Die Ausbildung ist nur das Förmliche, doch sie wird nicht zwangsläufig benötigt, um zum Engel zu werden. Es gibt zwei Umstände, die passiert sein müssen, ehe man diesen Titel tragen darf.« Rakaan trat einen Schritt vor und schenkte seinem Gast, der nun gänzlich zwischen den Bäumen und Sträuchern zum Vorschein kam, ein vages Lächeln. »Zum einen benötigt es einen Urengel, der seinen Segen gibt.« Rakaan schaute zu Larzus hinüber, welcher stillschweigend auf seinen Einsatz wartete.

Wie ist Rakaan an den hochrangigen Botschafterengel herangekommen? In der Oberwelt war es zurzeit mehr als gefährlich und Larzus musste alle Hände voll zu tun haben.

»Zum anderen ...« Rakaan legte eine Pause ein, in der er in Aritanas Richtung blickte.

Etwas an seinem Ausdruck verriet ihr, dass der zweite Punkt schwieriger zu erreichen war als der erste. Sie spähte zu Loras rüber und bemerkte seine blasse Haut. Er wusste, worauf Rakaan hinauswollte.

»Man muss sterben.« Loras schluckte.

Der Dämon nickte. »Korrekt.«

»Das ergibt keinen Sinn. Wir sind doch längst tot.« Aritana hatte ihre Stimme wiedergefunden, doch verstand noch nicht, was das alles zu bedeuten hatte. Wieso konnte Rakaan nicht ein einziges Mal gleich alles erklären, anstatt seine Informationen bis zur letzten Sekunde für sich zu behalten? Wieso hatte er immerzu das Verlangen, in Rätseln zu sprechen?

Aritana verschränkte die Arme vor ihrer Brust und knirschte mit den Zähnen, so laut, dass sie einen tadelnden Blick von Loras kassierte.

»Ebenfalls korrekt. Eure Seelen sind allerdings wie ... gebrandmarkt. Um diese Markierung zu entfernen, müsst ihr sterben. Erneut.«

Das war doch irrsinnig. Der Vater hatte ein System erschaffen, in welchem Seelen der Oberwelt oder Unterwelt zugeteilt wurden. Dieses System war aber eine Einbahnstraße. Danach gelangten Seelen sofort in das ewige Nichts. Von dort gab es kein Zurück mehr.

Als könnte Rakaan die Angst in Aritanas Augen sehen, sprach er weiter: »Ich werde dafür Sorge tragen, dass eure Seelen abgefangen und zurückgeholt werden, ehe sie der Ewigkeit verfallen. Wenn es funktioniert, wird Larzus euch anschließend erneut zu Engeln ernennen.«

Aritanas Fragen waren damit geklärt und sie konnte wieder etwas leichter atmen. Ihre Muskeln entspannten sich, doch über ein kleines Wörtchen stolperte sie. »Wenn?«

»Was glaubst du, wie oft ich ein solches Unterfangen starte?«, fragte Rakaan vorwurfsvoll. »Ich habe es einmal versucht, doch damals bin ich leider gescheitert. Die Seele ist mir entwischt und den endgültigen Tod gestorben. Ich versichere, mein Bestmögliches zu geben, doch es gibt keine Garantie. Das Risiko einzugehen, ist eure Entscheidung, doch wenn ihr euch weigert, kann ich euch nicht helfen.«

Aritanas Blick traf den von Loras und sie sah, was sie erwartet hatte. Pure Entschlossenheit. Sie hatten gar keine andere Wahl.

Beide stimmten zu, warteten, bis Rakaan alles vorbereitet hatte, und stellten sich anschließend in den Kreis, welchen der Urdämon in den Schnee gezogen hatte.

»Ihr müsst es euch vorstellen wie ein unsichtbares Schmetterlingsnetz, welches ich über diesen Kreis spanne. Dieses Netz sorgt dafür, dass eure Seelen nicht entwischen können. Sie verweilen darin, bis es ihnen wieder möglich ist, in ihren alten Körper zurückzukehren.«

Haben Schmetterlingsnetze nicht Löcher?

»Entspannt euch. Ihr werdet ohnehin nichts hiervon mitbekommen, nehme ich an.« Der letzte Teil seines Satzes war nicht mehr als ein unverständliches Murmeln, doch deutlich genug. Es gab keine Garantie. Für nichts.

Aritana blickte sich um und bemerkte die Anspannung in Rakaans altem Gesicht. Eine dicke Falte zog sich über seine Stirn. Machte er sich sorgen? Sie bemerkte ebenfalls, dass Larzus noch kein Wort gesagt hatte. Selbst für seine Verhältnisse war das ungewöhnlich. In seinen Augen fand sich eine Leere, die zuvor nicht da gewesen war, bevor alles zugrunde ging. Und dann war da noch Loras.

Da der Kreis recht eng war, mussten die Gefallenen dicht beieinanderstehen. Aritana sah Loras in seine blauen Augen, die blasser wirkten als früher, doch er wich ihrem Blick aus. Sie wollte ihn mit einer sachten Berührung beruhigen, ihm zeigen, dass alles gut werden würde, auch wenn sie nicht in Worte fassen konnte, weshalb sie sich so sicher war. Doch das war noch nicht möglich. *Bald.*

»Alles klar. Ihr seid in Position?«

Beide bejahten.

»Dann kann es losgehen. Wir sehen uns im nächsten Leben.«

Rakaan faselte erfunden klingende Wörter, doch sie verschwanden hinter einer dicken schwarzen Rauchwolke. Die Wolke breitete sich aus, bis sie das Einzige war, was Aritana sehen konnte. Um sie herum nur Nebel. Dunkler Nebel. Und in ihr drin ein Schmerz, der sie in Flammen aufgehen ließ. Das Stechen schoss durch ihren Körper, als wäre es ihr Blut. Schnell und in jedem Winkel zu finden. Überall, wo es sich seinen Weg hindurchbahnen konnte.

Sie zwang sich, die Augen aufzureißen und in die vagen Umrisse von Loras' verzerrtem Gesicht zu schauen. Er schrie, doch es kam kein Ton heraus. Aritana wollte ihre Hand nach ihm ausstrecken, doch sie konnte sich nur krümmen, hatte keine Kontrolle mehr über ihren Körper. Der Schmerz überlagerte ihr System, ließ sie frösteln und schwitzen, taub und stumm werden. Er war alles, was ihr blieb.

Sie konnte nichts mehr sehen.

Sie konnte nichts mehr riechen.

Sie konnte nichts mehr hören.

Sie konnte nichts mehr spüren.

Einzig die Dunkelheit umgab sie, streichelte ihre Seele, hieß sie willkommen. Hier war sie angekommen. Hier war sie verschwunden. Niemals würde sie zurückfinden. Für immer verirrt und allein. Einfach weg in den Weiten der Unendlichkeit.

Doch ein Lichtstrahl fand zu ihr.

Es glich einem Traum. Mit einem Mal war die Dunkelheit verschwunden und Aritana war zurück im Wald, sie sah Rakaan und Larzus. Ihr fiel erst jetzt auf, dass sie den Urengel erst einmal ohne Maarau gesehen hatte. In der Oberwelt, bei der ersten Schlacht. Es schien eine Ewigkeit her zu sein. Und so irrelevant. Alles erschien mit einem Mal irrelevant, denn da unten auf dem Boden, lag ihr Körper. Diese Hülle war so weit weg, bewegte sich nicht. Loras saß neben ihr. Er hielt ihre Hand. Fast konnte sie nur durch den Anblick die Berührung seiner Finger spüren. Fast konnte sie die salzigen Tränen schmecken, die aus seinen Augen auf ihre Haut tropften. Fast konnte sie hören, was er schrie, als er den Mund weit aufriss. Doch sie war zu weit weg.

Sie beobachtete das Geschehen wie ein Vogel, der zu fliegen lernte. Sie flog immer weiter davon, immer höher, ohne ihren Blick abzuwenden. Sie sah, wie Larzus und Rakaan aufgeregt murmelten und dabei wild gestikulierten, sah Loras auf den Knien sitzen. Sein Gewand war so weiß, dass es im Schnee unsichtbar wurde. Doch *er* war nicht mehr unsichtbar. Sein Gesicht war voller Farbe. Farben, die sie ewig nicht gesehen hatte. Und sie sah sich, mit geschlossenen Augen, blass und reglos.

Sie schlug die Augen auf.

Mit einem Ruck rappelte sich Aritana auf und schnappte nach Luft. Mehr aufgrund der Aufregung als wegen der Notwendigkeit. Ihre Augen waren weit geöffnet. Nur vage konnte sie sich daran erinnern, was zuvor passiert war.

»Ari!« Loras schien aufgelöster zu sein als sie selbst. Sofort fiel er ihr um den Hals, während sie noch versuchte, die Puzzleteile ihrer Erinnerung zusammenzuführen. Ihr Gehirn ratterte, doch eine Erkenntnis traf sie wie ein Blitz und ließ sie sofort aufhören.

Loras umarmte sie.

Sie konnte ihn spüren, seine Arme um ihren Hals, seinen Körper an ihrer Brust. Schnell schob sie alle Gedanken beiseite und erwiderte die langersehnte Geste. Tränen kullerten aus ihren Augen über ein breites Lächeln. Sie strich langsam über sein samtweiches Gewand, dann über seine blonden Haare, die ihm zu Berge standen. So lange hatte sie es sich gewünscht und endlich war der Moment gekommen. Sie umschloss ihn noch etwas fester, was er sofort erwiderte.

»Ich dachte, ich hätte dich verloren«, hauchte Loras in ihre Schulter hinein.

Ein Kribbeln durchströmte ihren Körper, als sie bemerkte, wie nah sein Mund an ihrem Hals war.

»Schön, dich wieder sehen zu können. Beinahe wärst du uns entwischt.« Rakaans Stimme war wie ein Weckruf für Aritana.

Sofort löste sie sich aus der innigen Umarmung und schaute zu ihm hinüber. Sie interessierte sich nicht für das, was fast gewesen wäre. Sie wollte lieber wissen, was Tatsache war.

»Sind wir wieder Engel?« Ihr Blick fokussierte sich auf Rakaan, doch dieser runzelte die Stirn, anstatt ein Lächeln zu tragen, welches auf gute Nachrichten deuten ließ.

»Nun, nicht so ganz.« Erst in diesem Moment löste sich Loras von Aritana und stand langsam auf.

»Was heißt das?«

»Es ist nichts Schlimmes – in dieser Hinsicht kann ich euch beruhigen. Grundprinzipiell seid ihr Engel. Ihr wurdet als solche ernannt und habt die entsprechenden Fähigkeiten, doch auch, wenn eure Markierung nun fort ist, ist eure Seele nicht länger rein.«

Die Gefallenen musterten einander. Sofort verstand Aritana. Loras' Seele ähnelte jener von Tyron, während seiner Beichte. Er war ein Ausgestoßener. Ein Engel, der nicht länger in die Oberwelt gehörte. Genau wie sie.

»Die Hauptsache ist doch, dass es funktioniert hat. Es sollte nur besser erstmal niemand davon erfahren.«

Dahingehend gab es keine Diskussionen. Ob mit reiner oder unreiner Seele, es gab keine Löschoption für die vergangenen Geschehnisse. Nie wäre sie zu dem Engel geworden, der sie einst gewesen war. Nie wäre sie zu der Gemeinschaft zurückgekehrt, die sie einst als Familie angesehen hatte. Es spielte keine Rolle, ob man es sehen konnte oder nicht. Jeder wusste, dass sie anders waren. Und das war ihr ganz recht.

Die Freude überkam Aritana und zwang sie dazu, zu Rakaan zu sprinten und ihn in die Arme zu schließen: »Danke! Ich danke dir so sehr!«

Rakaan erwiderte ihre Umarmung nicht. Als sie sich wieder von ihm löste, bemerkte sie seine versteifte Haltung und den geröteten Kopf, der ein leichtes, schmallippiges Lächeln zeigte.

Aritana wich zurück und ging auf das zweite Wesen zu, welches geholfen hatte. »Wie kommt es, dass du hier bist und uns hilfst?«

Larzus war nie mitteilungsbedürftig gewesen. Zumindest nicht auf der persönlichen Ebene. Er erledigte seine ihm zugeteilten Aufgaben stets ohne Umschweife, wodurch ihn kaum einer näher kennenlernen konnte, mit Ausnahme von Maarau. Er wahrte lieber Distanz. Daher verwunderte es Aritana ein wenig, dass ausgerechnet er sich die Zeit für ein solches Unterfangen nahm, wo doch sonst so viel los war.

»Es gibt noch einiges, was ihr nicht wisst. Es wäre wohl besser, wir kehren zurück zu meiner Hütte, wo wir uns setzen und ungestört sprechen können.« Rakaan antwortete an Larzus' Stelle.

Letzterem schien das nichts auszumachen. Er hob den Blick nicht vom Boden und trotz der erfolgreichen Mission zog er seine Augenbrauen zusammen. Was immer sie zu erzählen hatten, Positives war nicht zu erwarten. Doch selbst die böse Vorahnung konnte Aritanas Laune nicht truben.

Die Sigillen passte Rakaan an, um den dreien den Eintritt zu gewähren. Dann traten die alten Gestalten den Rückweg an. Aritana und Loras blieben stehen. Mit einem Lächeln auf den Lippen hielt sie ihm die Hand hin. »Bereit?«

Loras blickte ihr für einen Moment tief in die Augen. Dann bildete sich auch in seinem Gesicht ein Lächeln, das heller strahlte als die Sonne zur wärmsten Jahreszeit.

Er nahm ihre Hand und sie übertraten gemeinsam die Grenze. Es kam ihr vor wie eine Ewigkeit, seit sie sich zuletzt so sicher gefühlt hatte. So lange hatte sie davon geträumt, Loras' Hand halten zu können, dass es fast wie in einem Märchen war, als es passierte. Und sie ließ seine

Hand nicht mehr los, während sie durch das Dickicht nahe der Hütte wanderten.

Sie traten gemeinsam auf die kleine verwucherte Fläche, auf welcher Rakaans Hütte zu finden war.

Sie blieben gemeinsam abrupt stehen.

Sie hielten gemeinsam den Atem an.

Gemeinsam verharrten sie in dieser Position für einige Sekunden. Dann ließ Aritana Loras' Hand los.

Allein ging sie weiter Richtung Hütte.

Kapitel 14
~ Elaas ~

Elaas konnte sich für einen Augenblick nicht bewegen. Ungläubig verharrte sein Blick auf der Gestalt, die ihn gerettet hatte.

Stille.

Die Gestalt sah ihn an, doch wandte sich schnell wieder ab. Sie lief auf Ezmon zu, kniete sich über den alten Urdämon und bot ihm eine helfende Hand zum Aufstehen an. Als sie sich gegenüberstanden, fielen sie sich kurz, aber herzlich, in die Arme. Anschließend machte sich der Helfer auf den Weg zu Elaas, der sich nicht traute, zu blinzeln.

»Alles okay?«

Es war der Klang seiner Stimme, der alles veränderte. Eine kurze Frage, gesprochen von einem Mann, der sogleich vor ihm stand und ihm die Hand hinhielt. Damit realisierte Elaas es endlich. Er war zurück. Sie hatten ihn gefunden. Tyron.

Gelöst von seiner Starre atmete Elaas laut auf und nahm Tyrons Hand, die auch ihm half, aufzustehen. Der Halbdämon, oder was er nun sein mochte, nickte ihm zu, während sie sich die Hand schüttelten. Dann trat Tyron einen Schritt zurück.

»Du siehst scheiße aus«, erwähnte Ezmon an seinen alten Freund gewandt, als er sich zu ihnen stellte.

Unrecht hatte er nicht. Die Klamotten, welche Tyron trug, waren von Schmutz und Löchern übersät. Schuhe trug er keine, bloß ausgefranste, durchnässte Socken. Seine Haare waren etwas länger geworden und völlig zerzaust – mehr, als es für ihn üblich war. Sie hingen über seinen schwarzen Augen, die heller strahlten, als es blaue je könnten. Ein Lächeln zog sich von einem bis zum anderen Ohr. Ein Lächeln, das Elaas ihm nicht abkaufen konnte. Nicht ganz. Es wirkte nicht aufrichtig.

»Sieh erstmal in den Spiegel, dann reden wir weiter«, lachte Tyron. »Wie habt ihr mich gefunden?«

Auf seine Frage hin berichteten Ezmon und Elaas von der Zusammenarbeit mit Rakaan. Dabei ließen sie einige Details außen vor. Das alles konnte warten, bis sie in Sicherheit waren. Ihnen stand noch ein langer Weg bevor.

Tyron starrte bei den Kurzmitteilungen mehrfach für einen Moment ins Nichts, ehe er wieder aufmerksam zuhörte. Als sie fertig waren, äußerte Tyron Skepsis gegenüber seiner Sicherheit in Rakaans Hütte, doch Ezmon gab ihm deutlich zu verstehen, dass es keine andere Möglichkeit gab. Er musste ihnen vertrauen.

Sie setzten sich in Bewegung, kamen aber nicht weit.

Tyron hielt inne und sah sich um. »Deine Klinge.« Er lief zurück und hob sie vom Boden auf, wo er sie hatte fallen lassen, um Ezmon aufzuhelfen. Er nahm sie an sich, lief zurück zu den anderen und wollte sie seinem ehemaligen Ausbilder überreichen, der sie aber nicht annahm.

»Sie gehört Elaas.«

Tyron zuckte mit den Schultern, wollte sie dem Frischling überreichen, doch auch der lehnte ab.

»Ezmon sollte sie tragen.« Bei ihm war sie deutlich besser aufgehoben. Er hatte mehr Kampferfahrung, war fokussierter, mutiger und geschickter. Eine solch seltene, mächtige Waffe hätte niemals in Elaas' Hände fallen sollen.

»Rakaan hat sie dir gegeben. Du behältst sie«, erwiderte der Urdämon scharf.

Rakaans Willen widersetzte sich niemand, der noch bei klarem Verstand war. Elaas nahm die Klinge an sich, obwohl er sicher war, dass es sich als Fehler erweisen würde. Hoffentlich keiner, der den bitteren Nachgeschmack des Todes mit sich trug.

»Warst du die ganze Zeit über in Nauried?« Seit über einer Stunde waren sie unterwegs. Inzwischen nahm Dunkelheit den Wald ein und es brannten tausend Frage unter Elaas' Nägeln wie Papier unter einer Lupe an einem wolkenfreien Sommertag.

»Ja«, murmelte Tyron geistesabwesend. »Es gab eine kleine Höhle, in der ich mich verstecken konnte.«

»Und man hat dich nicht entdeckt?«

Tyron schwieg.

»Was ist damals passiert, als du fliehen musstest? Hast du nie versucht –«

»Ich möchte nicht wirklich darüber sprechen.« Tyron ließ den Blick gen Boden fallen und senkte seine Stimme.

Elaas hatte sich bereits gedacht, dass die Zeit für Tyron, allein und in ständiger Gefahr, schwer gewesen sein musste. Ihn interessierte, wie schwer, doch da musste er sich noch gedulden. Sie hatten ihm bereits von der Blutklinge und ihrer Herkunft erzählt, doch auch das schien Tyrons Neugierde nicht zu wecken. In Gedanken war er ganz woanders.

»Ich nehme an, es lohnt sich nicht, nach Loras und Aritana zu fragen, oder?«

Vereiste Äste knackten unter ihren Füßen. Elaas senkte seinen Blick und sah ihnen beim Zerbrechen zu. Es hatte ihn gewundert, dass die beiden Namen so lange nicht gefallen waren. Er hätte damit gerechnet, dass er nach ihnen fragen würde, noch bevor sie sich begrüßen konnten. »Tut mir leid«, murmelte Elaas und schüttelte dabei den Kopf.

»Habe ich mir schon gedacht.«

Für einen Moment liefen sie in Stille weiter durch den verschneiten Wald. Ezmon, der den Weg kannte, voraus und die beiden anderen hinterher. Alle lauschte sie den leisen Liedern des Windes.

»Weißt du«, setzte Tyron noch einmal an, »manchmal habe ich mir vorgestellt, sie stünden neben mir. Loras hat mir einmal erklärt, dass gefallene Engel wie Geister sind. Man kann sie nicht sehen, hören oder anfassen, doch sie sind da. So lange, bis sie eines Tages in die Ewigkeit verschwinden. Ich dachte, vielleicht haben sie mich gefunden und sitzen bei mir in der Dunkelheit. Hören, was ich sage. Ich habe oft mit ihnen gesprochen.«

Elaas reagierte nicht sofort. Er wusste nicht recht, was er sagen sollte. Es muss hart gewesen sein, seine Freunde und seine ganze Identität zu verlieren und völlig abgeschieden von allem, was man kannte, auf der Flucht zu sein, nie mit jemandem reden zu können.

»Das ist bescheuert, oder?«

Elaas schaute auf. »Vielleicht sind sie ja wirklich hier. Wer weiß das schon? Und wenn sie es sind, werden sie sich verdammt freuen, dass du mit ihnen gesprochen hast. Sie sind ja auch allein.« Elaas meinte fast, ein Lächeln in Tyrons entstelltem Gesicht erkannt zu haben.

»Ich hoffe nur, dass sie zusammen sind und nicht jeder für sich. Loras käme damit niemals zurecht. Aritana ist taff, sie würde schon klarkommen, aber ich wünsche mir, dass sie es nicht muss.« Wann immer Tyron ihren Namen aussprach, leuchteten seine Augen kurz auf. Als würde ein Licht in ihm brennen, wo sonst nur Dunkelheit war.

»Du magst sie wirklich«, stellte Elaas fest, auch wenn es ihm schon vorher klar gewesen war.

»Es ist verrückt, doch selbst als alles den Bach runterging, konnte ihr Lächeln jeden Raum zum Leuchten bringen.« Tyron machte eine kurze Pause, als hätte er sich in einem Gedankenlabyrinth verlaufen. »Ich kann nicht fassen, dass ich sie nie wiedersehen werde. Sie beide.«

Elaas verstand ihn. Auch er hatte oft daran gedacht. Und es gab nur einen Gedanken, der ihm in solchen Momenten helfen konnte: »Wir werden sie rächen.«

Seit eineinhalb Tagen wanderten sie durch die Wälder. Insbesondere mit Tyron durften sie nicht riskieren, gesehen zu werden, zumal Ezmons Stichverletzung ihr Schritttempo verlangsamte. Sie schlichen, blieben in Bewegung, leise und langsam. Jedes noch so kleine Geräusch – sei es ein Ast, der in ihrer Nähe knackste, oder ein Rascheln des Gebüschs im eisigen Wind – versetzte sie sofort in Kampfbereitschaft. Bis sie wieder in dem Wald waren, wo sich Rakaans Hütte befand, hatten sie das Wichtigste besprochen. Ezmon hatte Tyron sogar erzählt, warum er von den Dämonen gefürchtet und von Rakaan gesucht wurde. Es ging um den Plan, von welchem Elaas erst auf dem Hinweg erfahren hatte. Tyron gegen Luzifer. Ein aussichtsloser Kampf. Ein Todesurteil.

Elaas hatte während dieses Gespräches geschwiegen. Es war nicht der richtige Zeitpunkt, seine Meinung zu äußern und einen Streit zu starten, von dem er wusste, wie er enden würde. Denn im Grunde war Tyron ihre beste und einzige Chance.

Die Engel waren verschreckt und verteilt, suchten nach Schutz und hofften stets, ihr Dasein einen weiteren Tag genießen zu dürfen. Die Dämonen waren entweder auf Luzifers Seite oder hielten sich aus dieser Angelegenheit heraus. Niemand würde ihnen helfen. Sie waren auf sich allein gestellt.

»Ist es so weit?«, fragte Ezmon, als Elaas plötzlich stehen blieb. Seit einer Stunde lief er vorneweg, da nur er den Weg zu Rakaans neuer Hütte kannte und wusste, ab wann sie nicht weiter gehen konnten.

»Was ist so weit?«, fragte Tyron.

»Wir sind da« Elaas straffte die Schultern und begutachtete den unscheinbaren Dreck vor seinen Füßen, auf welchem die Grenze des Wirkungsbereiches der Sigillen verlief.

»Na dann, worauf wartet ihr?«

Tyron war im Begriff loszugehen, als Ezmon ihn an der Schulter zurückhielt.

»Wir wissen nicht, ob du in Rakaans Sicherheitszone hinein gelangst.«

Dies war eine Sorge, welche sie bislang immer aufgeschoben hatten. Im Grunde war es kein Problem. Einer von ihnen musste losgehen und Rakaan holen, während der andere mit Tyron außerhalb des sicheren Bereiches wartete. Den ganzen Weg über war es zu keinen Zwischenfällen gekommen. Immer mal wieder hatten sie Dämonen gesehen, welche die Wälder durchquerten, doch sie hatten es geschafft, sich stets rechtzeitig zu verstecken, sodass sie auf einen sicheren Fortgang warten konnten. Doch es wurden zunehmend mehr. Vermutlich hatten sie inzwischen einen Verdacht, wo sich der Urdämon versteckt hielt. Die alte Hütte war nicht sonderlich weit entfernt und die letzte Truppe, die in diesem Wald patrouilliert hatte, als Ezmon und Elaas gerade aufgebrochen waren, war niemals zurückgekehrt. Dafür hatte Rakaan sicher gesorgt.

»Elaas, geh los. Wir halten uns versteckt«, wies Ezmon an.

Erleichtert darüber, dass er nicht die Verantwortung für Tyrons Überleben bekommen sollte, atmete Elaas auf und wollte Ezmon erneut die Klinge aushändigen, als er mitten in der Bewegung innehielt. Tyron bewegte sich mit entschlossenen Schritten auf die sichere Zone zu, welche für ihn möglicherweise höllische Schmerzen bedeutete. Wenn sie eines nicht gebrauchen konnten, dann einen schreienden Tyron im Wald voller Dämonen, die seinen Tod ersehnten.

»Stopp!«, schrien beide voller Entsetzen, doch es war zu spät.

Tyron stolzierte ungeachtet der Sorgen seiner Begleiter weiter und weiter, bis er die Grenze überschritt. Und dann – nichts. Ein Seufzer entglitt Elaas.

»Ist doch alles gut. Ich bin kein Dämon mehr. Sigillen können mir nichts.« Offensichtlich hatte er dahingehend recht. Mit etwas kleineren Schritten folgten sie Tyron bis hin zu Rakaans neuer Hütte.

Einer nach dem anderen liefen sie durch das Gestrüpp, welches die Hütte umgab. Tyron marschierte vorneweg. Mit jedem Schritt wurde er schneller, weshalb Ezmon ihn um ein Haar umrannte, als er abrupt stehen blieb. Elaas, der das Schlusslicht bildete, konnte nichts sehen.

»Was ist los?«, flüsterte Elaas und ließ seine Hand an den Ledergriff gleiten.

Keiner sagte etwas. Vorsichtig trat er weiter nach vorne, doch seine Sicht wurde versperrt. Er setzte zur erneuten Frage an, da fing Tyron an, sich wieder zu bewegen. Erst langsam, dann schneller, bis er in einen Sprint verfiel. Ezmon folgte ihm in einem gemäßigten Tempo auf die Lichtung. Elaas zögerte einen Moment, bis er sich den anderen anschloss. Als er endlich bei ihnen war, traute er seinen Augen kaum.

Wie zu erwarten, war Rakaan vor Ort, doch er war nicht allein. Tyron stand einige Meter vor der Hütte. Gegenüber von ihm die Engelsfrau Aritana. Oder ehemalige Engelsfrau. Elaas wusste nicht, was sie nun war. Die beiden verharrten auf dieser Stelle und sahen einander an. Aritana strich Tyron über sein Gesicht, während sich eine Träne aus ihren nassen Augen löste. Mit einem hörbaren Schluchzen fiel sie ihm um den Hals. Tyron schien sich noch unsicher zu sein, ob es sich tatsächlich um die Realität handelte. Er stand regungslos da, den Mund einen Spalt geöffnet und den Blick an ihr vorbei in die Ferne gerichtet. Es dauerte einen Moment, bis sich seine Starre löste, er die Augen schloss und die Umarmung erwiderte.

Loras stand etwas weiter dahinter, ähnlich wie Elaas, und beobachtete das Geschehen mit offen stehendem Mund. Elaas hatte damit gerechnet, dass er ähnlich erfreut wäre, Tyron zu sehen, wie Aritana, doch Loras schien noch unsicher, ob er lächeln oder schreien wollte. Seine Augen wirkten düsterer als damals und auch seine Seele hatte sich verändert. Was hatte das zu bedeuten? Wie konnten sie überhaupt hier sein?

Als Loras' Blick in die Umgebung wanderte und schließlich auf Elaas fiel, zogen sich die Augenbrauen des Engels sofort zusammen.

»Du warst das!« Mit lauter Stimme und schnellen Schritten marschierte Loras auf Elaas zu.

Letzterer verspürte sofort einen Fluchtreflex, gegen den er ankämpfen musste. »W-was? I–«, stammelte Elaas, als Loras schon vor ihm stand. Alle sahen ihn an. Was war hier los? Die Fragen türmten sich. Weshalb war Loras so sauer auf ihn? Und wie zum Teufel konnte er hier sein?

Es war Tyron, der sich schützend, mit leicht ausgestreckten Armen, zwischen die beiden stellte. »Was meinst du?«

»Er hat uns verraten! Er muss es gewesen sein!«

Verraten?

»Beruhige dich. Keine Ahnung, wie du darauf kommst, aber er hat mich hierhergebracht, okay? Er brachte mich her, damit ich diesem Krieg ein Ende bereiten kann.«

Tyrons Worte schienen Wirkung zu zeigen. Die pochende Vene an Loras' Hals verschwand wieder, genau wie die geballte Faust.

»Entschuldige.« Das kleine Wort presste Loras förmlich durch seine Lippen, sodass unklar war, an wen es gerichtet war, doch Elaas beschloss, die Entschuldigung anzunehmen und den kleinen Wutausbruch zu vergessen.

»Und ich hatte schon befürchtet, dass du ohne meinen schlechten Einfluss wieder so ein verweichlichter Tunichtgut wirst, aber wie ich sehe, hast du immer noch was drauf.« Tyron lachte ein wenig und als wäre ein Spiegel zwischen ihnen aufgestellt worden, tat Loras es ihm gleich.

»Du hast mir gefehlt«, gestand Loras mit aufrichtiger Stimme.

»Ach«, erwiderte Tyron ein wenig amüsiert und grinste mit hochgezogenen Augenbrauen und einem herausfordernden Blick. »Ist das so?«

»Ich bereue bereits, das gesagt zu haben.«

Sie lachten beide, wurden still, ließen ihre Blicke in der Gegend umherschweifen. »Umarmen wir uns jetzt? Machen wir so etwas?«, fragte Loras.

»Ich denke, heute schon.« Mit diesem Satz trat Tyron einen Schritt näher und schlang die Arme um den Engel.

Sie klopften einander dreimal auf den Rücken und lösten sich anschließend wieder voneinander. In der Zwischenzeit war Aritana näher gekommen und begrüßte nun Elaas, ebenfalls mit einer Umarmung. Ein schöneres Willkommen als das von Loras.

»Ich dachte, du wärst tot«, flüsterte sie in seinen Nacken hinein.

»Das dachte ich von euch auch.« Über ihre Schulter hinweg konnte er einen weiteren Engel entdecken. Einen mit einer sehr alten, reinen Seele, welcher ihm zuvor nicht aufgefallen war.

»Wer ist das?« Elaas zeigte auf den Unbekannten, der sich leise mit Rakaan unterhielt, den Blick ins Nichts gewandt.

Aritanas Blick folgte seinem Finger. »Ich denke, wir haben uns alle einiges zu erzählen. Am besten gehen wir rein, setzen uns und fangen von vorne an.«

Und genau das taten sie. Sie gingen rein, setzten sich und fingen an zu reden, in der Hoffnung, dass sich auf diese Weise die Ungereimtheiten klären würden und sie gemeinsam ihr weiteres Vorgehen planen konnten. Als Team.

Kapitel 15

~ Aritana ~

Und so beginnt das schönste und schlimmste Kapitel meines Lebens.

Innerhalb nur weniger Stunden hatte sie sowohl Loras als auch Tyron zurückbekommen. Ein Geschenk, das sie nicht erwartet, vielleicht nicht einmal verdient hatte. Sie hatte geglaubt, die beiden – und sich selbst – für immer verloren zu haben, doch sie waren hier. Alle in einem Raum. Greifbar, sichtbar, riechbar, hörbar. So nah und doch so fern.

Tyron saß neben ihr. Sie spürte den weichen Stoff seines Hemdes an ihrem nackten Arm, den sie vorsichtig wegzog. Er sah zu ihr rüber, sie spürte seinen Blick, traute sich aber nicht, hinzusehen. Stattdessen schaute sie nach vorne zu Loras, der ihr gegenüberstand, etwas außerhalb der Runde, die sie bildeten. Sie lächelte ihn an. Er lächelte zurück. Noch nie hatte ein Lächeln so traurig ausgesehen. Aritana bemerkte erneut den Blick von der Seite, der sie rot werden ließ. Ihr Kopf glühte.

»Wo fangen wir an?«

Die tiefe Stimme von Rakaan, der sich an die Küchentheke lehnte, riss Aritana aus ihrer Gedankenwelt. Das Persönliche musste weiter nach hinten geschoben werden. Es gab zu viel zu tun.

Mit sieben Wesen füllten sie die Waldhütte voll aus. Aritana und Tyron hatten auf dem Sofa Platz genommen, Elaas auf dem Sessel daneben. Loras stand zwischen Ezmon und Larzus, die jeweils auf einem klapprigen Schreibtischstuhl saßen, die Rakaan organisiert hatte.

»Wie wäre es, wenn wir mit Maarau anfangen?« Larzus wandte sich mit ernster Miene den Gefallenen zu. Seine ersten Worte an diesem Abend.

Was hatte Maarau mit alldem zu tun?

»Ich denke, dazu kann ich etwas sagen.« Ezmon erzählte der Truppe, wer die Opfer des Rituals waren.

Erschütterung.

Vor allem bei Larzus. Ihn traf diese Nachricht am schwersten. Maarau war wie ein Bruder für ihn gewesen. Sie kannten sich schon eine halbe Ewigkeit und waren seither ein eingespieltes Team, das sich nur selten trennte. Kein Wunder, dass er so seltsam still gewesen war. Er hatte bereits getrauert, bevor er die Gewissheit hatte.

»Ich verstehe. Ich habe es mir schon fast gedacht.« Larzus' Stimme zitterte leicht, während er sprach. Es war eine tragische Nachricht für die gesamte Oberwelt. Maarau war ein geschätztes Mitglied der Gemeinschaft gewesen. Professionell, aber freundlich. Ruhig, aber nicht schweigsam. Jemand, der seine Arbeit ernst nahm und trotzdem noch seinen eigenen Standpunkt vertrat. Eine Vertrauensperson. Aritanas Blick wanderte hinüber zu Loras, welcher ebenso bedrückt aussah. Er und Maarau hatten über die Jahre hinweg immer wieder Kontakt gehabt. Er hatte den Urengel deutlich besser gekannt als sie.

Eine Schweigeminute wurde eingeleitet. Sie hielt an, bis Aritana nicht anders konnte, als weitere Nachfragen zu stellen. Zu viel ergab keinen Sinn.

»Wie kann es sein, dass Maarau gefallen ist? Die Dämonen können dafür nicht verantwortlich gewesen sein.«

»Korrekt«, meldete sich Ezmon erneut zu Wort. »Deshalb ist unsere Vermutung, dass ein Engel dahintersteckt.«

Da kam Aritana gleich ein Gedanke. Ein Name, welchen sie beinahe vergessen hatte: »Enrik?« Enrik hatte sie ausspioniert und verraten. Er war schuld an ihrem Fall und damit auch indirekt an jenem von Loras. Noch dazu war er zuletzt in der Unterwelt gesichtet worden. Sie hatte geglaubt, er wäre dem Ritual zum Opfer gefallen, doch wenn er nicht deswegen in der Unterwelt gesessen hatte, dann musste es einen anderen Grund geben.

»Enrik ist nicht stark genug. Es braucht einen Urengel.« Loras setzte sein grübelndes Gesicht auf. Vermutlich schossen ihm gerade etwa tausend Namen von Engeln durch den Kopf, welchen er eine solche Tat zutraute. Doch eines würde immer fehlen: das Motiv.

»Wenn Enrik aber nicht das Opfer war und auch nicht verantwortlich für Maaraus Fall, was hatte er dann in der Unterwelt zu suchen?« Dieser Gedanke kreiste in Aritanas Kopf herum, seit Tyron ihr und Loras erzählt hatte, dass Enrik in der Unterwelt gesichtet worden war. Als Gefangener. Doch das musste nichts bedeuten. Offensichtlich war er nicht als Opfer geplant gewesen, sein Aufenthalt musste einen anderen Grund haben.

Doch niemand reagierte auf Aritanas Frage. Keiner schien die Antwort zu kennen oder auch nur eine Idee zu haben.

»Es spielt keine Rolle.« Rakaan starrte geistesabwesend ins Leere, während alle anderen ihn fragend ansahen. »Es gibt nur ein Wesen, welches aktuell eine Rolle spielt.« Er brauchte den Namen nicht zu nennen. Jeder im Raum wusste, von wem er sprach. Luzifer. »Er ist frei. Ihm diese Freiheit wieder zu nehmen, ist alles, was zählt. Enrik, Maarau, all diese Namen sind nicht von Belang.«

»Wie könnt Ihr etwas dergleichen behaupten? Maarau gab seine Existenz, um euch Hilfe zu leisten. Der Nubibus, den ihr ihm gegeben habt, war sein Todesurteil!« In Larzus' blauen Augen funkelte Wut auf – wie Blitze, die ein heranziehendes Gewitter ankündigten.

»Versteh mich nicht falsch. Seine Hilfsbereitschaft war ehrenwert und sein Opfer eine Tragödie, doch was in der Vergangenheit liegt, wird die Zukunft nicht retten. Es geht um diese eine entscheidende Aufgabe. Wenn es uns nicht gelingt, wenn wir Luzifer nicht aufhalten können, haben wir weitaus mehr zu bedauern als den Tod eines einzelnen Engels.«

»Und hier komme ich ins Spiel, habe ich recht?«

Alle Köpfe drehten sich zu Tyron herum, welcher bislang in sich hinein geschwiegen hatte. Ein Lächeln umspielte Aritanas Lippen, sobald sie seine Stimme hörte. Fast hätte sie ihren Klang vergessen. Doch etwas war verändert. Etwas an ihm. Sie konnte sich nicht erklären, weshalb sie, nach allem, was gewesen war, geglaubt hatte, er wäre noch der Alte geblieben. War sie denn nicht auch verändert?

»So nahm ich an«, erklärte Rakaan, »doch unsere Rückkehrer aus der Geisterwelt haben etwas Interessantes angebracht.«

Loras' Blick nach zu urteilen wusste er genauso wenig, worum es ging, wie Aritana.

»Ihr sagtet dem Erdlingsmädchen, ihr würdet Luzifer aufhalten können.«

»Das haben wir gesagt, damit sie uns hilft, zu dir zu gelangen.« Loras' Stimme wurde etwas höher, als hätte er sich beim Lügen erwischt.

»Wir dachten, wenn wir erst einmal wieder existieren, finden wir einen Weg, um gegen Luzifer anzukommen«, fügte Aritana hinzu. Niemand sollte denken, sie hätten nur eigensinnig gehandelt. Von Anfang an hatte ihr Plan darin bestanden, zu helfen. Sie wussten nur noch nicht, wie sie das anstellen sollten.

»Das könnte funktionieren.« Larzus neigte seinen Kopf und verengte die Augen, während er die Gefallenen ansah.

Unheimlich, dachte Aritana. Fast wirkte es, als würde er versuchen, sie zu scannen oder durch sie in eine alternative Zukunft zu blicken.

»Luzifer ist ein gefallener Engel, genau wie Loras und Aritana. Luzifer ist weder Engel noch Dämon, genau wie Loras und Aritana. Er mag älter und stärker sein, doch sie sind zu zweit. Damit sind sie die Einzigen, die ihn aufhalten können.«

Aritana stockte kurz der Atem. Sie und Loras in einem Kampf gegen Luzifer? Ein Kampf gegen jenes Wesen, das in der Volkskunde als ›Teufel‹ bezeichnet wurde? Das war blanker Irrsinn!

»Sie sind nicht die Einzigen.« Rakaan schaute zu Tyron.

Was war damit gemeint? Sie glaubten doch nicht etwa den Gerüchten, dass –

»Loras und Aritana sind Luzifer zweifelsohne am ähnlichsten, doch sie besitzen keine dämonischen Fähigkeiten und so wie das Wasser Feuer bekämpft und das Licht die Dunkelheit, so brauchen wir vielleicht auch im Kampf gegen Luzifer seinen Gegensatz. Und wer würde sich besser dafür eignen als Tyron?« Er sah fordernd zu ihm hinüber. »Luzifer als jener Engel, der zum Dämon wurde, gegen Tyron, jenen Dämon, der zum Engel wurde.«

Alle Augenpaare weiteten sich wie auf Kommando. Tyron war kein Engel. Was bedeutete, dass Rakaan ihn zu einem machen wollte. Nur damit er im Kampf gegen Luzifer, dem mächtigsten Wesen aller Welten, starb?

»Und wie soll es möglich sein, Tyron zu einem Engel zu ernennen?« Ezmon sprach die Frage aus, welche ihnen allen auf der Zunge lag, doch seine Stimme klang fast gelangweilt. Vielleicht glaubte er nicht, dass es funktionieren könnte. Aritana konnte es auch nicht glauben. Sie wollte es nicht glauben.

»Daran arbeite ich noch.«

Nach dieser Wendung wusste keiner, was er sagen sollte, obwohl es noch viel zu klären gab. Larzus war der Erste, der sich verabschiedete. Er musste in der Oberwelt nach dem Rechten sehen. Scheinbar trafen sich die Urengel nach wie vor zu ihren Besprechungen, wenngleich diese recht ereignislos abliefen. Ezmon schloss sich ihm an. Noch wusste keiner von seiner Zusammenarbeit mit dieser kleinen Gruppe – zumindest hofften sie es. Er sollte als Spion der Unterwelt agieren, solange er dort sicher war, was nicht allzu lange der Fall sein dürfte.

Als die beiden fort waren, wollte sich Rakaan in Ruhe an die Arbeit setzen und verschwand daher in einem winzig kleinen Raum, welchen Aritana für sein Arbeitszimmer hielt. Sie hatte ihn die letzten Tage beobachtet, wie er Stunde um Stunde darin verbrachte. Sie hatte versucht, hineinzugehen, doch es hatte nicht funktioniert. Von einer Sigille gegen gefallene Engel wusste Aritana nichts, doch irgendetwas musste Rakaan getan haben, um sie fernzuhalten. Die Preisfrage lautete: wieso?

Aritana stand wortlos auf und wanderte ans andere Ende des Zimmers. Ohne direkt hinzuschauen, bemerkte sie, wie Tyron ebenfalls aufstand und auf sie zuging, doch bevor er ankam, stand Loras bereits an ihrer Seite.

»Gehen wir kurz spazieren?«, fragte er mit steifem Körper und gesenktem Kopf.

Die Wahrheit war, dass sie Angst vor dem hatte, worüber sie sprechen mussten. Die Wahrheit war, dass sie nicht mit ihm mitgehen wollte, doch hierbleiben und mit Tyron reden, wollte sie auch nicht. Sie wünschte sich einfach nur ... Ruhe.

Einst war die Wahrheit etwas Heiliges, Gutes. Jetzt schlummerte in ihr die Kraft einer geladenen Waffe. Sie konnte damit jemanden verletzen. Sie konnte jemanden töten.

Widerwillig behielt Aritana ihre Gedanken für sich, nickte und verließ gemeinsam mit Loras die kleine Hütte, hinaus in den Wald. Weit konnten sie nicht gehen, ohne in Gefahr zu geraten.

Für eine Weile liefen sie schweigend nebeneinander, die Blicke nach vorne gerichtet. Sie genoss die kühle, frische Luft, welche sie umgab, doch auch diese konnte nicht davon ablenken, dass etwas seltsam war. Die Gefallene konnte nicht sprechen. Sie wusste, dass Loras etwas auf dem Herzen lag, doch nachzufragen, schien schier unmöglich. Ihr Mund war wie ausgetrocknet, ihre Gedanken leer.

»Es ist ganz schön viel passiert in so wenigen Stunden.« Loras kickte einen kleinen Stein vor sich her, als würde seine gesamte Aufmerksamkeit nur darauf liegen, den Stein nicht zu verlieren. Als wären seine leisen Worte gar nicht an Aritana, sondern an dieses Flusssediment gerichtet.

Wieder konnte Aritana nur nicken. Ihr Kopf war ein leeres Blatt Papier. Keine Sätze, keine Worte, nicht einmal Buchstaben waren zu finden.

»Geht es dir gut?«

Aritana blieb abrupt stehen. Diese Frage brachte sie völlig aus dem Konzept. Natürlich ging es ihr gut. Wieso auch nicht? Sie hatte doch alles, was sie sich gewünscht hatte, erhalten. Sie und Loras durften wieder ihre Gestalt annehmen. Tyron war zurück und wohlauf. Elaas war noch am Leben, entgegen ihren Erwartungen, und Rakaan arbeitete an einem Plan, wie sie Luzifer aufhalten konnten. Aus welchem Grund hätte es ihr nicht gut gehen sollen?

»Natürlich. Besser denn je!«

»Du wirkst nicht so.«

»Nein, es ist alles gut, wirklich.« Ihre Stimme klang merkwürdig. Sie wackelte in ihrem Tonfall, sprang von hoch zu tief und das ohne irgendeinen Grund. Aritana räusperte sich, versuchte, so zu tun, als hätte sie sich beim Sprechen verschluckt.

»Bist du sicher?« Loras hob eine Augenbraue an und sah ihr direkt in die Augen.

Als sie seinen Blick erwiderte, entkrampfte sich ihr Körper schlagartig. Es war, als würde ein Orkan in ihrem Kopf aufziehen und alle Gedanken fortblasen.

»Kennst du das Gefühl, wenn du einen Traum hast? Einen großen Traum und wenn er sich erfüllt, weißt du gar nicht mehr so richtig, wie es weitergehen soll? Alles ist irgendwie unklar.« Sie schaffte es wieder, sich zu bewegen.

Loras lief gleich hinterher, ließ aber seinen Stein zurück.

»Seit unserem Fall konnte ich an nichts anderes denken als an Tyron, wo er wohl sein mag, wie es ihm geht – jetzt ist er hier.« Sie seufzte, betrachtete den Wald, der trotz seiner Dunkelheit so friedlich war. »Ich musste ständig daran denken, wie gerne ich wieder wirklich existieren würde. Sichtbar, hörbar. Wie sehr mir all das fehlte und ob es eine Möglichkeit gäbe, all dies wiederzuerlangen. Jetzt bin ich hier. Und du bist hier. Wir sind alle wieder vereint und so glücklich mich das auch macht, ich weiß nicht recht damit umzugehen.« Erst während sie die Worte aussprach, erkannte sie die Wahrheit in ihnen. Alles war wieder beim Alten und doch so anders. Alles, was sie sich gewünscht hatte, war Realität und sie wusste nicht länger, was sie sich wünschen sollte. Vermutlich lag genau hier das Hauptproblem. Sie wusste nicht, was sie wollte. In ihr drin war nichts als ein riesengroßes Fragezeichen, das einen Schatten über ihre Seele warf.

»Ja, das verstehe ich.«

Um ein Haar hätte Aritana vergessen, was sie überhaupt gesagt hatte. »Wirklich?«

»Natürlich, mir geht es doch genauso. Damals, als das alles anfing – mit meiner ach so wichtigen Aufgabe – und als deine Verurteilung bevorstand, da hatte ich immer ein Ziel vor Augen. Selbst wenn ich einmal nicht wusste, wie ich dieses Ziel erreichen sollte, ich wusste stets, was als Nächstes kam. Ich wusste, dass mir etwas einfallen würde. Ich denke ...« Er stockte kurz, atmete auf. »Ich denke, ich war noch nie so planlos wie jetzt. Ich hasse dieses Gefühl.« Loras senkte seinen Blick. Während seiner gesamten Existenzzeit wusste er immer, was geschehen würde, was seine Aufgabe war und wo sein Platz lag. Das hier war neu für ihn.

Aritana kannte dieses Gefühl von früher, als sie erkrankt war und ihre Zukunft ein ähnliches Fragezeichen gewesen war wie jenes, welches sie nun in sich trug.

»Ich kann mit dieser Ungewissheit leben, Ari. Ich muss nicht wissen, was ich zu tun habe, und auch nicht, was in den nächsten Tagen passieren wird. Das werden wir gemeinsam herausfinden. Eine Sache aber gibt es, die ich wissen muss.«

Bitte nicht.

»Ari, ich weiß, das ist der falsche Zeitpunkt, doch ich befürchte allmählich, es gibt keinen richtigen. Sag es mir nur einmal und dann lasse ich das Thema ruhen, für immer.« Loras blieb stehen und nahm ihre Hände in seine.

Er zitterte.

Sie zitterte.

Ihr kamen all die Momente in den Sinn, in welchen sie nach seiner Hand gegriffen, doch nichts gespürt hatte. Sie hatte sich das Kribbeln, welches ihren Körper durchzog, immer nur vorstellen können und dabei glatt vergessen, wie es sich wirklich angefühlt hatte. Es war so viel mächtiger, als es in ihrer Vorstellungskraft je hätte sein können.

»Liebst du mich?«

Kapitel 16
~ Elaas ~

»Das ist doch Irrsinn!«, rief Elaas.

Jeder hatte sich auf die eine oder andere Weise verabschiedet. Selbst Aritana und Loras waren gegangen. Nur er und Tyron waren zurückgeblieben und diskutierten weiter.

»Es gibt sicher noch andere Wege.«

Tyron starrte die Hüttentür an, als könnte er sie mit der alleinigen Kraft seiner Gedanken zum Explodieren bringen. Etwas blitzte in seinen Augen auf. Er zeigte kaum Interesse an Elaas' Worten, gedanklich schien er bei jemand ganz anderem zu sein.

»Ich verstehe deine Bedenken nicht. Hast du mich nicht gesucht und hergebracht, eben damit ich mich dieser Aufgabe annehmen kann?«

Soweit Elaas in Erfahrung gebracht hatte, war das der Hintergrund für ihre Rettungsaktion gewesen, doch was ihn selbst anbelangte, so hatte er nie vorgehabt, Tyron eines Zweckes wegen zu suchen und zu beschützen.

»Von diesem Plan erfuhr ich erst, als wir bereits auf dem Weg waren.« Elaas lief an die Küchentheke, um sich aus dem Schrank ein Glas zu nehmen und dieses mit Rakaans teurem Brandy zu füllen. Erst durch den Urdämon kam er auf den Geschmack dieses Getränkes. »Luzifer muss aufgehalten werden, das weiß ich. Aber es ist Luzifer.« Elaas seufzte und schenkte sich ein. »Ich kann mir beim besten Willen nicht vorstellen, dass du allein ihn besiegen kannst.«

»Denkst du etwa, ich bin nicht stark genug?« Tyron zog die Ärmel seines locker sitzenden Leinenshirts hoch und spannte posermäßig die Oberarmmuskeln an.

Der Effekt hielt sich in Grenzen, weshalb Elaas sich ein Lachen verkneifen musste. »Darum geht es nicht. Ich denke einfach, dass es einen anderen Weg geben muss. Einen, bei dem du nicht mit ziemlicher Sicherheit sterben wirst.« Und Elaas hatte auch schon eine Idee, die er bereits seit einigen Tage in seinem Kopf mitschleppte. Er nahm einen Schluck, bevor er weitersprach. »Als ich in der Unterwelt gefangen war –«

»Du warst in der Unterwelt gefangen?«

Danke für die Unterbrechung. »Es war nur ein kurzer, geplanter Aufenthalt. Sie sollten mich gefangen nehmen, damit ich Kontakt zu Ezmon aufnehmen kann.«

»Damit er euch sagt, wo ihr mich suchen müsst. Ihr habt wirklich viel Mühe aufgebracht, um mich zu finden.«

»Wenn du mich fragst, haben wir uns viel zu viel Zeit damit gelassen.« Elaas bot Tyron mittels einer Handbewegung an, ebenfalls ein Glas zu trinken.

Tyron zuckte mit den Schultern, nickte leicht und trat einen Schritt näher.

»Worauf ich eigentlich hinauswollte –«

»Wieso hast du all das auf dich genommen, wenn du gar nicht willst, dass ich gegen Luzifer kämpfe?«

»Würdest du mich bitte ausreden lassen?« Sein Ton war scharf, aber begleitet wurden Elaas' Worte von einem Schmunzeln, das signalisierte, dass er nicht wirklich verärgert war. Ausreizen sollte Tyron seine Geduld allerdings nicht.

»Entschuldige«, lachte Tyron und vollführte eine kleine Handbewegung, auf den Frischling deutend, die ihm erlaubte, weiterzusprechen.

»Ich habe in der Unterwelt jemanden getroffen. Ich kannte seine Stimme. Er sagte mir, er würde dich kennen und ebenfalls nach dir suchen wollen, um dich zu schützen. Er sagte, er stünde auf deiner Seite.«

»Wer war er?« Tyron nahm einen Schluck von dem Brandy, ließ den Blick dabei nicht von Elaas ab.

»Er sagte, sein Name sei Pirok.«

Als er den Namen hörte, stellte Tyron sein Glas nieder.

»Ich erzählte ihm erst einmal gar nichts. Ich wusste nicht, ob ihm zu trauen ist, doch er klang aufrichtig und er konnte mir einiges erzählen. Er sagte, es gebe viele Dämonen, welche unzufrieden mit der Situation sind. Sie wollen den Krieg nicht mehr. Manche haben ihn nie gewollt, doch die Gründe spielen keine Rolle. Wenn die Dämonen so empfinden, können wir vielleicht unsere eigene Armee aufstellen.« Elaas kam nicht drumherum, über beide Ohren zu strahlen, endlich jemandem seinen Plan zu erklären. Doch das Strahlen verblasste, als er Tyrons unbegeisterten Blick bemerkte.

»Und was haben wir davon?«

Eine Armee? Elaas verstand nicht viel vom Krieg, doch eine Armee würde ihnen mit Sicherheit bessere Chancen bieten. Bislang waren sie ein kleiner, unbedeutender Haufen. Sieben Staubkörner im Wind. Was sollten sie erreichen können?

»Und wenn wir doppelt so viele Wesen auf unserer Seite wüssten, im besten Fall könnten wir die Dämonen besiegen, nicht aber Luzifer selbst. Eine Armee ist nichts ohne ihren Anführer. Dort müssen wir ansetzen. Ihn müssen wir besiegen.« Tyron nahm noch einen Schluck, während Elaas über seine Worte nachdachte. »Ich weiß nicht, ob ich stark genug dafür bin oder je sein könnte, doch ich bin die beste Chance, die wir haben.«

»Und wenn du stirbst?«

»Dann starb ich wenigstens einmal aus einem ehrenhaften Grund.«

Nach all den Mühen wollte Tyron auf ein Selbstmordkommando gehen. *Na, klasse.* Elaas wollte das Gespräch nicht beenden. Er wollte weiter darüber sprechen, so lange, bis er diese irrsinnige Idee aus Tyrons Kopf geprügelt hatte, doch ein Schrei von draußen ließ die Worte in seinem Mund wie Wasser zerfließen.

Er und Tyron tauschten einen besorgten Blick aus. Wie auf ein Kommando setzten sie sich in Bewegung und rannten hinaus. Ein Schrei war beunruhigend genug, doch das war nicht irgendein Schrei. Es war Aritana.

Tyron rannte voraus, wie ein Wahnsinniger, sodass Elaas kaum hinterherkam. Einzelne Äste prallten ihm gegen die Stirn. Er schaffte es noch, die nach hinten fliegenden dunkelbraunen Haare zu identifizieren, während sie über Stock und Stein sprangen. Sie hatten keine genauen Angaben über Aritanas Standort, nur die ungefähre Richtung, aus welcher der Schrei gekommen war, doch weit konnte die Gefallene nicht entfernt sein.

Sie fanden Aritana an der Grenze zur sicheren Zone. Sie hockte auf dem Boden, blickte wie versteinert in den Wald hinein. Tyron, der einen Vorsprung hatte, kniete sich neben sie. Loras stand an der Seite, ins vermeintliche Nichts starrend.

»Was ist passiert?«, fragte Elaas, während Tyron Aritana beim Aufstehen half.

Loras machte keine Anstalten, sich zu bewegen oder zu antworten. Er stand nur dort und schaute in die Ferne – mit einem Blick, den Elaas nicht deuten konnte. Glücklich sah anders aus.

»Es ist alles gut«, verkündete Ari, sich den Dreck vom Gewand klopfend. »Ich habe mich nur erschreckt. Ich dachte, ich hätte jemanden im Wald gesehen.«

»Wen?« Tyron scannte Aritana mit seinen Augen von oben bis unten ab, vermutlich auf der Suche nach Wunden, durch ihren Sturz.

»Einen Engel.«

»Selbst wenn einer hier gewesen wäre, käme er uns nicht zu nah. Der Bereich hier ist gegen Engel geschützt.« Elaas hatte gemeinsam mit Rakaan die Sigillen erstellt. Sie hatten sich mentale Merkpunkte gesetzt, Dinge, an denen sie feststellen konnten, wo die Grenze verlief. Aritana und Loras waren dieser zwar recht nah gekommen, näher, als sie hätten gehen sollen, doch sie hatten sie längst nicht überschritten.

»Gegen Engel, ja. Aber nicht gegen Erzengel.« Aritanas Miene verfinsterte sich und es war, als würde der gesamte Wald es ihr gleichtun.

»Natürlich. Weil Erzengel einfach mal so in einen Wald spazieren und dann wieder verschwinden. Sag die Wahrheit, Ari. Du hast nichts gesehen.« Loras' Blick war so kalt und starr wie das Eis an den Ästen.

Sie funkelte ihn böse an, doch eine tiefe Betroffenheit lag in ihren türkisblauen Augen. »Ich weiß, was ich gesehen habe!«

Loras wollte noch etwas erwidern, da mischte sich Tyron ein. »Lasst uns zurückkehren.«

Auf seine Worte hin stapften sie gemeinsam zurück zur Hütte, durch den dicken Schnee. Loras bildete dabei mit einigen Metern Abstand und keinerlei Blickkontakt das Schlusslicht. Irgendetwas war geschehen. Loras' plötzlicher Launenumschwung und Aritanas Schrei mussten etwas miteinander zu tun haben. Es gab mehr zu sagen, als zu hören war. Dabei war sich Elaas sicher. Doch er wartete, hob sich all seine Fragen auf. Er würde sie stellen, wenn der richtige Zeitpunkt gekommen war. Im Moment erhoffte er sich ohnehin keine Antworten.

Auch Aritana war schweigsam unterwegs. Vielleicht gab es auch nichts, worüber sie hätten reden sollen. Alles, was sie sich bislang vorgenommen hatten, funktionierte und doch zog eine dicke Wolke über ihren Köpfen her. Sie verfolgte jeden Einzelnen zu jeder Sekunde auf Schritt und Tritt. Es war der Situation verschuldet, in welcher sie sich befanden, mitten im Krieg, ungewiss, wie lange sie standhaft bleiben konnten, ungewiss, wann das Unvermeidbare geschah und die Waage – wie Rakaan es nannte – zur Seite kippte. Die Waage, welche für ein Gleichgewicht zwischen den Welten sorgte. Eine metaphorische Waage, gewiss, doch sah man sich um, konnte man förmlich sehen, wie sie sich neigte.

»Was ist geschehen?« Rakaan stand im Türrahmen seines Arbeitszimmers und sah die Truppe mit gerunzelter Stirn an, als sie allesamt, einer nach dem anderen, in die Hütte traten.

»Hast du den Schrei etwa nicht gehört?« Tyron ließ sich mit Schwung auf das Sofa fallen, während Elaas und die Engel noch etwas angespannt an den Wänden des Raumes verweilten.

»Doch, habe ich. Aus diesem Grunde erkundige ich mich, was geschehen ist.«

»Nichts ist geschehen«, erklärte Aritana.

»Zum Glück. Es hätte sonst was sein können, warum kamst du nicht zu Hilfe?« Tyrons scharfe Worte richteten sich an Rakaan, der nicht einmal mit der Wimper zuckte.

»Ich habe euch eine sichere Zone gewährt. Verlasst ihr sie, ist das euer eigenes Vergehen. Bleibt ihr drinnen, kann nichts so Schlimmes geschehen sein, dass meine sofortige Anwesenheit vonnöten wäre.«

Elaas dachte an Aritanas Worte. Die Zone war gesichert, jedoch nicht gegen Erzengel, soweit er wusste. Diese spielten in einer ganz anderen Liga. Er versuchte, es auszusprechen, doch es kamen keine Geräusche aus seinem Mund. Warum? Vielleicht weil die bloße Vorstellung, ein Erzengel könnte sie in diesem Wald aufsuchen, so absurd und erschreckend war, dass er es nicht einmal in Erwägung ziehen wollte. Loras hatte bereits Bekanntschaft mit Erzengeln gemacht, mit einem von ihnen sogar zusammengearbeitet. Elaas hingegen war ein junger Dämon. Allein von Erzengeln zu erfahren, war überwältigend. Einen anzutreffen, wäre unvorstellbar.

Tyron hatte ihm einst erzählt, dass Engel und Dämonen sich grundsätzlich aus dem Weg gegangen waren – und das seit Anbeginn der Zeit. Viele Dämonen kannten nicht einmal die einfachen Engel, während Elaas bereits Bekanntschaft mit weitaus höheren Tieren der Oberwelt gemacht hatte, doch Erzengel?

Elaas schaffte es nicht, die Buchstaben in seinem Kopf zu Wörtern zu sortieren. Er beließ es dabei. Vermutlich hatte Aritana nur einen Schatten gesehen und ihr Verstand war mit ihr durchgegangen. Sie war lange eine Gefangene ihrer eigenen Seele gewesen, da war so etwas zu erwarten. Auch kein anderer schien den Vorfall spezifizieren zu wollen.

»Es ist spät und es war ein langer Tag. Ich werde mich ein paar Stunden hinlegen und empfehle euch, es mir gleichzutun. Egal, wie ihr euch entscheidet, seht davon ab, mich zu stören.« Rakaan verschwand wieder in seinem Arbeitszimmer und ließ die anderen verunsichert zurück.

Für einen Moment rührte sich keiner. Tyron ging auf Aritana zu und flüsterte ihr etwas ins Ohr, doch sie wandte sich gleich von ihm ab.

»Rakaan hat recht. Ruhe würde uns allen guttun.« Sie warf sich eine Steppdecke auf den Boden und kauerte sich darauf zusammen, machte sich ganz klein, zog ihre Beine eng an ihren Körper und schloss die Augen.

Dann legten sich auch die Männer schweigsam nieder. Elaas glaubte nicht, dass er ein Auge zubekommen und wirklich Ruhe finden würde, doch vielleicht bekam es ihnen wohl, für einen Moment mit ihren Gedanken allein zu sein.

Am nächsten Morgen stellte Elaas fest, dass er wie benommen gewesen war. Vertieft in Gedanken, die sich wie eine Spirale in die Tiefe zogen, hatten sich die vergangenen Stunden, die sie alle schweigend verbracht hatten, wie ein Wimpernschlag angefühlt. Tyron saß aufrecht auf dem Sofa mit einem dicken, staubigen Buch in der Hand, das er aus dem Regal geholt haben musste. Außerdem schien er sich an dem spärlichen Kleiderschrank bedient zu haben, denn sein ausgefranstes Leinenhemd hatte er durch ein T-Shirt und ein offenes Holzfällerhemd von Rakaan ausgetauscht und Schuhe hatte er ebenfalls an. Loras konnte der Frischling am Fenster erblicken, aus welchem er betrübt die Schneeflocken beobachtete, wie sie langsam durch die

Baumkronen tanzten. Aritana war nirgends zu sehen. Als sich Elaas aufrichtete, bemerkte das keiner. Unbeholfen blieb er mitten im Raum stehen.

Er kratzte sich am Hinterkopf, obwohl es ihn nicht juckte, sah sich um, auf der Suche nach einem schlauen Einfall, und blieb an Loras hängen. Vielleicht war es die Neugierde, die ihn dazu verleitete, zu ihm zu gehen. Das letzte Mal vor ihrer Wiederbegegnung hatten sich die beiden in der Oberwelt gesehen – während der ersten Schlacht. ›*Die Freude war ganz meinerseits. Vielleicht sieht man sich mal wieder.*‹ Das waren Loras' Worte gewesen.

Auf dem Weg zurück zu den anderen Dämonen, zurück in die Unterwelt, hatte Elaas für einen kurzen Moment fest daran geglaubt, dass sich ihre Wege erneut kreuzen würden, doch dann überraschte ihn Rakaan und alles änderte sich. Von diesem Moment an wusste Elaas, wie ernst die Lage tatsächlich war. Er steckte mittendrin und hatte sich kaum etwas mehr gewünscht, als dass Loras' Worte wahr und sie sich wiedersehen würden. Mit jedem verstrichenen Tag war diese Hoffnung unrealistischer geworden. Schließlich war die entscheidende Nachricht gekommen. Rakaan hatte ihm nach zwei Wochen endlich erzählt, was in der Oberwelt mit Tyron und den Engeln passiert war. Dass es unmöglich war, Loras und Aritana wiederzusehen.

Da hatten sie sich getäuscht. Dank dem Durchhaltevermögen und Ideenreichtum der Gefallenen und den Fähigkeiten von Rakaan wurde ihnen eine neue Chance gegeben. Eine Chance auch für Elaas, um die Engel kennenzulernen. Eine Chance, die sich der Frischling nicht entgehen lassen wollte. Sie waren die Einzigen, die sich gegen Luzifer zur Wehr setzten – oder es zumindest planten. Sie zogen an einem Strang, mussten einander vertrauen.

Er schleppte sich zu dem Fenster, stellte sich neben Loras und schwieg.

Eine Minute.

Dann zwei.

Dann drei.

Beide schauten nach draußen in den Wald. Es war bereits früher Morgen und doch so düster. Aber es war ganz gleich, wie gefährlich die dicht aneinander stehenden Bäume auch wirkten, der langsam fallende Schnee, der an winzige Federn erinnerte, die durch den Wind glitten, hatte eine beruhigende Wirkung. Ähnlich wie der Strahl einer Taschenlampe in einem dunklen Raum oder ein heller Stern am Nachthimmel.

Auf einmal sah Elaas ein Kind vor dem Fenster. Einen kleinen Jungen mit Baseballkappe. Darunter linsten blondes Haar und ein paar Sommersprossen hervor. Elaas rieb sich die Augen, doch das Kind verschwand nicht. Er hörte es lachen, als hallte der Klang in seinem Kopf immer wider. Ganz nah und doch so fern. Er wollte Loras fragen, ob er es auch sehen konnte, doch wieder kamen keine Worte heraus. Diesmal kannte er den Grund. Er kannte die Antwort. Loras konnte es nicht sehen. Es war eine Erinnerung.

Elaas beobachtete, wie der kleine Junge in seiner dicken Winterjacke, mitsamt Schal, Mütze und Handschuhen, wodurch er aussah, wie der Schneemann neben ihm, sich fallen ließ, die Arme ausbreitete und Schneeengel erschuf. Er lächelte. Er war glücklich. Elaas war glücklich.

Ehe sich der Frischling versah, war das Kind verschwunden und mit ihm das heitere Lachen. Da war nichts mehr in diesem Wald, das auf Leben hindeutete.

»Geht es dir gut?« Elaas hatte seine Sprache wiedergefunden.

Doch Loras seine wohl noch nicht. Er reagierte nur, indem er seinen Kopf vom Fenster weg und in den Raum hineinbewegte. Dann herrschte wieder Stille.

Elaas tippte mit dem Fuß auf dem Boden herum. Er überlegte, ob er noch eine Frage stellen oder einfach von sich erzählen sollte, um das an seinen Nerven zerrende Schweigen zu brechen.

Doch dann räusperte sich Loras endlich: »Aritana ist schon lange im Badezimmer.«

Elaas hatte schon wieder vergessen, dass die Gefallene fehlte, doch in dem Moment, in welchem Loras es aussprach, sah auch Tyron auf, welcher in sein Buch vertieft gewesen war.

Er sprang auf, eine Sorgenfalte zierte seine Stirn. Er klopfte an der Tür und rief Aritanas Namen. Elaas und Loras rührten sich nicht, sahen nur zu.

Keine Antwort.

Tyron riss die Tür auf und lief hinein.

Keine Aritana.

Das Fenster war geöffnet, kalter Wind strömte herein. Tyron lief durch den Raum, sah nach draußen, doch drehte sich schnell wieder um. Er konnte sie nicht sehen. Sie war längst weg.

»Was ist los? Wo ist sie hin?« Elaas schaute mit geweiteten Augen von einem zum anderen, doch es dauerte einen Moment der Verarbeitung, bis die Männer reagierten.

»Sie ist abgehauen«, murmelte Loras mit abgewandtem Blick.

»Das ist doch Wahnsinn. Ausgerechnet jetzt will sie alleine losziehen? Wir haben gerade erst alle versammeln können, da verschwindet sie?« Elaas dröhnte der Kopf. Wie konnte das sein? Hier war sie in Sicherheit. Wieso sollte sie gehen wollen? War Elaas zu jung, um das zu verstehen?

»Sie kann noch nicht weit sein. Ich gehe ihr nach und bringe sie zurück.«

Elaas' Blick sprang sofort hinüber zu Tyron. Waren denn plötzlich alle verrückt geworden? Er hasste es, doch er musste an dieser Stelle ein Machtwort sprechen: »Auf keinen Fall! Du bist das meistgesuchte Wesen in allen Welten, du gehst nirgendwohin.«

»Elaas hat recht. Ich werde gehen. Ich denke, ich weiß, wo ich sie finde«, brachte Loras ein.

»Auch das kommt nicht in Frage. Schlimm genug, dass Aritana da draußen ist. Keiner soll erfahren, dass ihr zurück seid. Das wirft Fragen auf. Außerdem ist es wohl kein Zufall, dass sie kurz nach eurem Spaziergang davonläuft.« Harter, aber nötiger Seitenhieb. Wenn Aritana seinetwegen abgehauen war, sollte er der Letzte sein, der einen Versuch wagte, sie zurückzubringen. Daraus ergab sich nur eine logische Konsequenz: »Ich werde gehen.«

Die erstaunten Blicke hätten sich die Männer sparen können.

»Sind wir doch mal ehrlich: Ich bin bei alldem doch nur eine Nebenfigur. Ich spiele keine große Rolle. Es macht Sinn, dass ich gehe.«

Das Staunen war verschwunden, Skepsis war geblieben. Kein Wunder. Jeder von den beiden würde alles für Aritanas Sicherheit tun. Sollte ihr Leben in den Händen eines Frischlings liegen, der sie kaum kannte?

»Ich werde mein Leben für das ihre geben, wenn es sein muss. Ich schwöre es.« Das sollte die beiden umstimmen. Und diesen Schwur wollte Elaas beim Wort nehmen. Er würde nicht zulassen, dass ihr etwas passierte, zumal er andernfalls vermutlich von seinen einzig verbliebenen Freunden geköpft werden würde.

»Was ist nun schon wieder?« Rakaan streckte seinen Kopf aus dem Arbeitszimmer und entdeckte schnell die beunruhigten Gesichter.

»Aritana ist weg. Ich werde mich auf die Suche nach ihr begeben.«

»Allein?«

Noch ein erstauntes Gesicht. Fast ein wenig beleidigend, wenn auch gerechtfertigt. »Ich schaffe das schon. Ich bringe sie zurück.«

Rakaan kam heraus und schloss die Tür hinter sich. Er holte den kleinen Tresor unter dem Schreibtisch hervor, öffnete ihn und übergab Elaas erneut seine berühmte Klinge, über die der Frischling später unbedingt mehr erfahren wollte. Dann trat Rakaan einen Schritt näher. Ungewöhnlich, wenn man bedachte, dass er grundsätzlich lieber Distanz wahrte. Doch wäre er nicht so nah, hätte Elaas die folgenden Worte nicht verstehen können: »Pass auf dich auf. Bitte.«

Kapitel 17
~ Aritana ~

»Hallo?« Ihre Stimme hallte durch alle Räume, doch sie war das einzig hörbare Geräusch. »Komm schon, wo bist du? Zeig dich!«

~ Mitte, vor vier Stunden ~

»Liebst du mich?«

   »Du hast nichts gesehen.«

   »Ihr sagtet dem Erdlingsmädchen, ihr würdet Luzifer aufhalten können.«

   »Wer würde sich besser dafür eignen als Tyron?«

   »Tyron, der Dämon, der zum Engel wurde.«

   »Wir müssen etwas tun!«

Die Stille in der Waldhütte ließ ihre Gedanken laut werden. Aritana unterdrückte ein lautes Schluchzen, wenn sie daran dachte, in was für einer Lage sie sich befand. Loras hatte sie kaum mehr angesehen. Er war zu enttäuscht von ihr, um ihr noch zu vertrauen. Deswegen würde er ihr niemals glauben, dass sie einen Erzengel gesehen hatte. War es ihm denn zu verdenken?

Die Geschichte wiederholte sich. Nach dem Kuss mit Tyron hatten auch alle anderen Engel jeglichen Glauben an sie verloren. Dadurch konnten sie ihr weder vertrauen noch die Bedrohung durch das Ritual ernst nehmen. Hätte sie sich besser im Griff gehabt, wäre das alles vielleicht abwendbar gewesen. Sie war schuld. Und dieser Gedanke war wie ein schwarzes Loch, das ihre Seele in sich sog.

Die Wahrheit war, dass Aritana selbst nicht mehr wusste, ob sie sich vertrauen konnte. Was, wenn sie keinen Erzengel gesehen hatte? Was, wenn sie den Verstand verlor? Sie wusste weder, was sie war, noch, was sie wollte.

Nur eines wusste sie: Sie wollte etwas verändern. Keine sinnlosen Planungen mehr, sondern Taten. Wie sie es sich vorgenommen hatte. Wie sie es versprochen hatte. Vielleicht konnte sie Luzifer nicht aufhalten, doch sie war es leid, darüber zu diskutieren, auf wie vielen Ebenen sie ihn nicht aufzuhalten vermochte.

Der Morgen brach an, Loras stand als Erster auf. Aritana suchte seinen Blick, doch er ließ es nicht zu, stellte sich stattdessen stur ans Fenster und starrte hinaus, ohne sich noch einmal zu rühren.

Tyron schenkte ihr ein stummes Lächeln zur Begrüßung, das ihr die Luft zuschnürte. Er nahm sich ein Buch aus dem Regal und begann zu lesen. Sollte sie so ihren Tag verbringen? Aus dem Fenster starren oder alte Zeilen studieren? Wie sollte das den Menschen da draußen helfen?

Aritanas Finger begannen zu zittern. Schweiß brach aus. Nie zuvor hatte sie solche Schwierigkeiten gehabt, Luft zu finden. Wie automatisch lief sie in das Badezimmer, schloss die Tür hinter sich und spritzte sich kühles Wasser ins Gesicht. Doch es nützte nichts. Sie brauchte Luft.

Ohne darüber nachzudenken, kletterte sie aus dem Fenster und rannte los. Mit jedem Schritt wurden ihre Gedanken freier und ihr Kopf ruhiger. Der Schnee unter ihren Füßen glich Wolken, die sie abfederten. Tränen rannen ihr die Wangen hinunter, doch es tat gut, sie rauszulassen.

Immer weiter.

Und je weiter Aritana kam, desto weniger wog die Last auf ihren Schultern. Je weiter sie sich entfernte, desto freier wurde sie. Die Gefahren, die sich ihr boten, waren ihr gleich. Nichts konnte sie aufhalten. Und dieses Gefühl brachte auch ihre Selbstsicherheit zurück.

Loras mochte sie für verrückt halten oder denken, sie hätte nur nach einem Ausweg gesucht, doch Aritana wusste es besser. Es war Michael gewesen. Sie hatte ihn gesehen, zwischen den Bäumen. Nur für einen kurzen Augenblick, doch die weiß leuchtenden Augen hatten ihr gereicht, um ihn zu erkennen. Und erst jetzt verstand sie sein Erscheinen als das, was es war. Ein Weckruf. Ein Zeichen, das ihr sagte, sie sollte sich nicht versteckt halten. Sie war aus einem Grund zurückgekommen und dieser lag nicht im stillen Abwarten, sondern darin, zu helfen. Ihre Existenz konnte nur so einen Sinn erfüllen.

Nach einer Weile verließ sie den Wald und erreichte bald verlassene, verschneite Straßen. Aniles. Eine zerstörte Kleinstadt, doch einige Läden waren noch intakt und diese lief sie ab, bis sie endlich einen fand, der hatte, wonach sie suchte. Sie drückte die Tür auf und schlenderte durch die Regale. Das gleiche Bild wie überall. Leere Fächer. Als sich die Apokalypse in Form von Naturkatastrophen über die Mitte gelegt hatte wie ein kalter Schatten, waren die Menschen panisch geworden. ›Hamsterkäufe‹ hatten es die Medien genannt und der Nachschub war noch immer schwer zu beschaffen. Auf den Autobahnen standen LKWs in Scharen und warteten verzweifelt auf bessere Wetterbedingungen, um weiterfahren zu können. Das System fiel nach und nach wie ein Kartenhaus in sich zusammen.

Doch Aritana hatte Glück. Wenige Reste waren noch zu finden. Genau, was sie gesucht hatte. Sie nahm sich, was sie brauchte, stopfte alles in einen Stoffbeutel und begab sich zum Ausgang.

»Hey! In diesem Land bezahlt man, wenn man etwas haben möchte!«, rief ihr der Mann an der Kasse entgegen. Aritana ließ sich nicht davon beirren und setzte ihren Weg fort. Ihre Prinzipien in dieser Hinsicht hatten stark abgenommen, seit sie Tyron kannte, und noch mehr, seit sie gefallen war. Normen waren veraltet. Regeln galten nicht mehr.

Sie hörte, wie der Mann ihr hinterher eilte, um sie aufzuhalten. Er ergriff ihr Handgelenk, da drehte sie sich zu ihm um und begegnete ihm mit einem Blick, so kalt wie das Wetter.

»Sehen Sie, was ich mitnehme?« Sie öffnete ihren Beutel, sodass Herr Schmidt, wie es auf seinem Namensschild stand, hineinsehen konnte. »Ich habe kein Geld. Ich kann Sie nicht bezahlen, doch ich werde diese Sachen mitnehmen. Lassen Sie mich gehen.« Mit ihrer freien Hand ergriff sie das Handgelenk von Herrn Schmidt und bog es so weit, dass er ihres unweigerlich loslassen musste. Sie spürte seinen Blick, als sie den Laden verließ und ihren Weg fortsetzte.

Die schiefen Blicke, die sie auf den Straßen, vermutlich wegen ihres Gewandes, trafen, irritierten sie ebenso wenig, wie die Tatsache, dass sie ein Verbrechen begangen hatte oder dass sie abgehauen war. Sie lief ihren Weg wie in Trance. Alles war ihr gleichgültig. Nur ihre selbst auferlegte Aufgabe zählte. Ein wenig genoss sie sogar die Blicke, welche sie nur aus dem Seitenwinkel aus bemerken konnte. Ihr war es lieber, man sah sie mit gerunzelter Stirn direkt an, als dass man durch sie hindurchschaute.

Wenige Meter vor dem Eingang zum Lagerhaus blieb sie stehen. Aritana konnte spüren, wie die Erinnerungen versuchten, sich in den Vordergrund ihrer Gedanken zu drängen, doch sie ließ es nicht zu. Stattdessen kniff sie ihre Augen zusammen, zählte langsam bis drei und setzte mit entschlossenen Schritten und einem freien Kopf ihren Weg fort.

Am Boden liegende Scherben brachten unter Aritanas Füßen. Der Wind pfiff durch die zerbrochenen Fenster. Keine Lampe, keine Kerze, keine Sonnenstrahlen. Nur das vage Tageslicht von draußen erhellte den Raum und in diesem lief sie in schnellen Schritten die nasse Treppe hinauf.

Im oberen Stockwerk fand sie nach kurzer Zeit, wonach sie suchte.

»Hier versteckst du dich.« Aritana wurde langsamer. Sie wollte das kleine zusammengekauerte Tier nicht erschrecken. Die weißen Ohren stellten sich auf, als sie näher kam, und als sie sich zu dem Rüden hinunter bückte, streckte der Labrador den Kopf nach oben. In seinen großen dunklen Augen konnte sie sehen, weshalb sie gekommen war. Sie hatte es sich fest vorgenommen. Sie würde diesem hilflosen Geschöpf, das unter der Schneedecke fast so unsichtbar war wie sie vor einigen Stunden, helfen. Sie war sich sicherer denn je, dass sie das Richtige getan hatte, auch wenn keiner sonst es verstehen würde.

Unter Beobachtung eines schiefen Blicks zog Aritana ihre ›Einkäufe‹ aus dem Plastikbeutel hervor, den sie glücklicherweise auf der Straße gefunden hatte. Zum Vorschein kam eine Plastikschale, welche sie mit Wasser aus einer Flasche befüllte. Eine weitere war für das Hundefutter gedacht, was nicht einmal die am schwersten zu beschaffene Sache gewesen war. Diese Ehre gebührte einer wärmenden Decke – ein begehrtes Objekt in so einer kalten Zeit. Aritana schob die Schalen so nah an den Hund, dass dieser sich nicht groß bewegen musste, um sich an ihnen zu bedienen, was er auch ohne Umschweife tat. Die Decke legte sie behutsam über sein leicht geflecktes Fell, sodass nur noch der Kopf zu sehen war.

»Ich frage mich, ob du einen Namen hattest.« Aritana grübelte laut, während sie über die Decke streichelte. Vermutlich spürte er das nicht einmal, doch das machte nichts. Es hatte eine beruhigende Wirkung auf die Gefallene. Zumindest so lange, bis sie ein Geräusch von unten hörte.

»Keine Sorge«, flüsterte sie dem Hund zu, welcher genüsslich seine Schale leerte. »Das ist sicher nur der Wind. Ich sehe schnell nach und komme gleich wieder zurück.« Sie fuhr noch einmal mit ihren Fingern durch das zerzauste Fell auf seinem Kopf und stand dann mit leicht zittrigen Beinen auf. Ihre Worte waren mehr an sie selbst gerichtet als an ihren neuen Gefährten, der von den Geräuschen offenbar nicht viel mitbekommen hatte.

Möglichst ohne einen Mucks von sich zu geben, schlich Aritana zur Treppe. Der Wind pfiff immer lauter, immer bedrohlicher, sodass sie kaum etwas anderes hören konnte, wie beispielsweise sich nähernde Schritte auf dem hölzernen Boden. Doch sie wusste, dass die Stufen der Treppe vor ihr knarrten. Ein falscher Schritt und sie befand sich in unmittelbarer Gefahr. Zittrig hielt sie sich am Geländer fest und tappte in das untere Stockwerk.

Sie war schon fast am Ende der Treppe angelangt, als sie wieder die Ohren spitzte. Mit einem Mal wusste sie zwei Sachen mit Sicherheit: Etwas war in der Nähe und es war nicht der Wind.

Still wie eine Statue und mit angehaltenem Atem blieb sie stehen. Ihre großen Augen sahen in die Richtung, aus welcher das Geräusch gekommen war. Sie konnte nicht weglaufen, sich nicht bewegen, obwohl sie wusste, dass sie gleich gesehen werden würde.

Es kam näher.

Sie konnte schon den Schatten sehen. Wie eingefroren sah sie zu, wie die Gestalt sich offenbarte.

»Elaas!« Ohne weiter darüber nachzudenken oder Vorsicht walten zu lassen, lief sie noch die letzten Stufen hinab.

»Shhh!« Elaas hielt sich den Zeigefinger an den Mund. Seine Augen waren so groß und besorgt wie die eines Rehs auf der Flucht vor dem Jäger.

Mit ihrem Blick versuchte Aritana die Frage ›was?‹ zu kommunizieren. Unterdessen nahm Elaas sie bei der Hand und zog sie zur Seite.

»Dämonen. Sie sind auf dem Weg hierher«, flüsterte Elaas ihr zu.

»Dann müssen wir abhauen.«

»Dafür ist es zu spät. Duck dich!«

Aritana tat, wie ihr geheißen, und versteckte sich gemeinsam mit Elaas hinter den Holzbrettern, auf welchen sie Tyron damals kennengelernt hatte, als er bewusstlos gewesen war. Von dort aus beobachteten sie, wie nur wenige Sekunden später drei Dämonen an den leeren Türrahmen traten.

»Ist doch scheiße. Wir sollten in dem Wald sein, wo unsere Leute verschwunden sind, statt hier, wo nichts los ist.«

»Unsere Leute sind tot und Tyron wäre ein Idiot, wenn er dort bleiben würde. Er weiß, dass wir kommen. Glaub mir, da ist es viel langweiliger als hier. Die haben sich längst vom Acker gemacht.«

»Die?«

»Tyron ist nicht dumm, aber er ist auch nur ein einfacher Dämon, gerade alt genug, um in die Mitte reisen zu dürfen. Der muss Hilfe haben. Ich tippe auf Rakaan. Nur einer wie er könnte den meistgesuchten Dämon versteckt halten.«

»Aber Rakaan lebt doch schon ewig abgeschottet. Es heißt, er will nichts von der Unterwelt wissen. Wieso sollte er sich plötzlich einmischen?«

»Keine Ahnung. Aber das kommt schon noch raus. Alles kommt irgendwann raus.«

Während sie die Dämonen bei ihrem Gespräch belauschten, verblieben Aritana und Elaas mucksmäuschenstill. Einzelne Schweißperlen rannen über ihr Gesicht. Nur eine falsche Bewegung und sie waren aufgeflogen. Dann würden sie es niemals lebend aus diesem Haus schaffen. Aritana hatte keine Lust, ein drittes Mal zu sterben.

Sie bewegte ganz vorsichtig ihren Kopf zur Seite, sodass sie sehen konnte, wie Elaas die Augen zukniff und die Fäuste ballte. Unweigerlich musste sie daran denken, dass er sich für sie in Gefahr gebracht hatte. Starb er, würden nicht nur Loras, Tyron und Rakaan ihr die Schuld geben, sondern allen voran auch sie sich selbst. Dabei hatte sie nie darum gebeten, bewacht zu werden. Wieso nur war er hier? Und wie hatte er sie gefunden?

Ihr Kopf wanderte auf die andere Seite, wo sie durch die Dielen hindurch die Schuhe der Dämonen sehen konnte. Schwarze Stiefel, dunkelblaue Turnschuhe und braune Boots. Das letztere Paar stand abseits von den anderen. Vermutlich war er derjenige, der sich am Gespräch zuvor nicht beteiligt hatte, denn es waren nur zwei unterschiedliche Stimmen zu erkennen gewesen.

»Hier haben sie sich also getroffen«, bemerkte Turnschuh, während er ein wenig durch den Raum zu laufen begann. Dabei kam er gefährlich nah an die Holzbretter heran.

Aritanas Augen wurden glasig, doch sie würde keine Träne zulassen.

»Kannst du dir das vorstellen? Du darfst endlich zurück in die Mitte und all den Mist machen, den du dir über die vielen Jahre hinweg vorgestellt hast, und wie verbringst du deine Zeit? In einem alten, zerfallenen Lagerhaus mit 'nem Engel.«

»Hab gehört, diese Engelsbraut soll heiß gewesen sein.«

Charmant.

»Kannst du dir echt vorstellen, es mit 'nem Engel zu treiben? Das ist doch –«

»Haltet endlich eure Klappen.« Der Dämon mit den Boots meldete sich zu Wort.

Gerade rechtzeitig, denn Turnschuh stand inzwischen nicht einmal mehr einen Meter von ihnen entfernt. Nur die kleinste Bewegung, das leiseste Geräusch und er würde sie entdecken.

Die neue Stimme klang dunkler und älter als die anderen beiden. Dadurch wirkte er erfahrener. Gefährlicher.

»Was ist dein Problem, hm?« Turnschuh trat näher zu braunem Boot und damit weiter weg von Aritana und Elaas.

»Mein Problem ist, dass ich mit pubertären Idioten unterwegs bin. Wärt ihr etwas stiller, hättet ihr vielleicht inzwischen bemerkt, dass wir nicht allein hier sind.«

Aritana wurde schlagartig schwindelig. In ihrem Kopf spielte sie in Windeseile die möglichen Szenarien durch und in fast jedem wurde ihr eine Engelsklinge in die Brust gestochen. Vielleicht schafften sie es, würden sie im richtigen Moment losrennen, doch noch blockierten die Dämonen den Weg. Außerdem sah es nicht so aus, als könnte sie Elaas irgendwohin bewegen – so, wie er seine Finger in den Boden krallte. Nein, es gab kein Entkommen. So hatte sie sich ihr Ende gewiss nicht vorgestellt.

»Warte, echt jetzt?«, fragte Turnschuh ungläubig.

»Sei still, dann hörst du es auch. Es kommt von oben. Los jetzt.«

Der Hund! Nun konnte Aritana es auch hören. Sie wusste genau, woher es kam. Es war die Plastikschüssel, die auf dem rauen Boden hin und her geschoben wurde. Doch sie waren nicht auf der Jagd nach einem Hund. Sie würden ihm nichts antun, richtig?

»Komm jetzt, das ist unsere Chance!« Elaas war wie von den Toten auferstanden. Er sprang auf, sobald die Dielen der Treppe aufhörten zu knarren, und vollführte mit seinen Händen Bewegungen, die zur Eile anregen sollten.

»Wir müssen dem Hund irgendwie helfen.«

»Ein Hund? Warte … egal, wenn wir jetzt nicht gehen, sterben wir. Willst du das?«

Sie hatte nur etwas Gutes tun wollen, helfen wollen, doch vielleicht hatte Elaas in diesem Punkt recht. Schnell stand sie auf, klopfte sich den Staub vom Gewand und verließ ihr Versteck, doch noch ehe sie ihren dritten Schritt in Richtung Tür machen konnte, hörte sie die Stimmen zurückkehren.

Ein Blick von Elaas genügte und schon hockten sie wieder nebeneinander hinter den Holzbrettern.

»Beschissener Köter. Wie langweilig«, meckerte die helle Stimme, welche sie Turnschuh zugeordnet hatte.

»Ein Köter, der versorgt wurde. Jemand war hier.« Schwarzer Stiefel war ihnen auf der Spur.

»Könnte ein Erdling gewesen sein«, brachte brauner Boot an.

»Könnte aber auch Tyron gewesen sein.«

»Was würde ihn ein Hund scheren?«

»Was würden ihn Engel scheren? Er tickt komisch, was weiß ich.«

Einer nach dem anderen verließen sie das Lagerhaus, wie sie es betreten hatten. Ihre Stimmen wurden dabei immer leiser und leiser, bis sie nicht mehr zu hören waren. Erst dann trauten sich Aritana und Elaas, aus ihrem Versteck zu kriechen. Aritana rannte sofort nach oben. Sie musste nach dem Hund sehen. Sie musste sicherstellen, dass sie ihn nicht umsonst vor dem Erfrieren und Verhungern gerettet hatte.

»Aritana, bleib hier!«, rief Elaas noch hinter ihr her, doch sie war oben angekommen, noch bevor er die letzte Silbe aussprechen konnte.

Erleichtert atmete sie auf. »Tapferer Junge.« Sie streichelte den Kleinen am Kopf.

»Hat er einen Namen?« Elaas tauchte von hinten auf, seine Stimme war ruhiger geworden.

»Keinen, den ich kenne«, erklärte sie, mit Blick auf das weiße Fell.

»Dann gib ihm doch einen. Ich finde, er sieht aus wie ein Percy.« Elaas hockte sich zu ihr und streichelte dem Hund über den Kopf.

Ein Lächeln. In seinem Blick sah sie Verständnis für ihre Tat.

Aritana dachte über den Namen nach, da fiel ihr eine alte Geschichte ein, die ihr zu ihrer Lebzeit erzählt wurde. »Guinefort.«

Elaas sah sie fragend an.

»Das war der Name eines berühmten Hundes aus dem dreizehnten Jahrhundert. In der Landschaft Dombes, in Frankreich, erzählte man sich, er sei heilig gewesen. Angeblich haben sich Wunder an seinem Grab ereignet.« Diese Geschichte hatte ihre Mutter ihr erzählt. Sie selbst war dorthin gereist, als Aritana krank wurde. Sie hatte gehofft, ihre Gebete an dem Grab des Hundes würden ihre Tochter retten. Sie hatte niemals aufgegeben, nach jedem erreichbaren Grashalm gegriffen, und auch wenn es offensichtlich nicht funktioniert hatte, war ihr diese Erinnerung bis zum heutigen Tag geblieben.

»Ich bin mir sicher, der kleine Guin-« Elaas fing zu stammeln an, »Forty, ist dir sicher dankbar, aber wir sollten wieder zurückkehren. Die anderen sorgen sich und –«

»Nein.«

Elaas sah erstaunt aus. Womit hatte er gerechnet? Dass sie nur weggerannt war, um einem herrenlosen Hund zu helfen? Das war längst nicht alles.

»Wie nein?«

»Einfach nein. Elaas, du hast keine Ahnung, wie das war. Völlig sinnlos bin ich durch die Welt gelaufen. Ich habe all dieses Leid mit angesehen, hautnah, und konnte nichts dagegen unternehmen. Vermutlich kann ich auch nichts gegen Luzifer unternehmen, zumindest jetzt noch nicht, aber ich kann helfen. Immerhin ein paar wenigen. Angefangen mit Forty.« Sie streichelte noch einmal über die

Decke und stand auf. »Tut mir leid, dass du umsonst diesen Weg auf dich genommen hast, aber ich gehe noch nicht wieder zurück.«

»Du weißt, wie gefährlich das ist, oder?« Elaas musterte sie mit scharfem Blick.

Aritana nickte stumm. Mehr gab es dazu nicht zu sagen. Sie war sich des Risikos bewusst und doch wollte sie es eingehen. Sie musste.

»Nun gut. Wir werden dir zuerst neue Anziehsachen besorgen. In diesem Gewand fällst du zu sehr auf.«

Aritana sah ihn fragend an. »Wir?«

»Loras und Tyron würden mich köpfen, ließe ich dich alleine. Wenn du das hier tun musst, dann nur mit mir zusammen.«

Kapitel 18
~ Elaas ~

Der Löwe ist ein mächtiges Tier. Anmutig, zielstrebig und gefährlich. Der Löwe folgt seinem Instinkt. Ist er auf der Jagd, kommt man ihm besser nicht in die Quere. Man lässt ihn in Ruhe, lässt ihn machen und hofft, nicht selbst gefressen zu werden. Denn genau das würde passieren, versuchte man, ihn aufzuhalten. *Halte niemals einen Löwen auf.*

Aritana war gewissermaßen ein Löwe. Sie folgte ihrem Instinkt, welcher von ihrem zweifellos großen Herzen geleitet wurde. Und wie bei einem Löwen war es unklug, sich ihr in den Weg zu stellen, wenn sie versuchte, ihr Ziel zu verfolgen. Das hatte Elaas recht schnell begriffen. Es gab demnach nur zwei Möglichkeiten: Entweder er kehrte allein zurück, wodurch er den Zorn von einem gefallenen Engel und einem Halbdämon auf sich lenken und Aritana allein zurücklassen würde, oder er begleitete sie und tat sein Bestes, auf sie aufzupassen. Aritana war immerhin wichtig. Genau wie Loras, Tyron und Rakaan. Jeder von ihnen könnte der Schlüssel sein, um Luzifer aufzuhalten. Sie waren besonders und mächtig. Er aber war ein Frischling, ein austauschbarer Gehilfe. Das Beste, was er tun konnte, war an Aritanas Seite zu bleiben und dabei vielleicht etwas Gutes in dieser furchtbaren Welt zu bewirken.

Die Gefallene hatte gewartet, während Elaas losgegangen war, um ihr Anziehsachen zu besorgen, damit sie ihr Gewand durch etwas Zeitgemäßeres austauschen konnte.

»Das?« Aritana deutete mit hochgezogenen Augenbrauen auf die Klamotten, die Elaas auf den Holzplatten ausgebreitet hatte.

»Ist daran was falsch?«

Aritana verdrehte die Augen und lief in das kleine Nebenzimmer, um sich umzuziehen. Als sie zurückkam, sah sie aus wie ein völlig anderes Wesen.

»Stiefel mit Absatz? Die Wahrscheinlichkeit, dass wir rennen müssen, ist sehr hoch, das ist dir doch klar, oder?« Sie sah hinunter auf ihre pechschwarzen knöchelhohen Stiefel.

Jetzt, da sie es sagte, wirkten sie nicht sehr praktisch, doch er hatte einen der Läden gefunden, die noch offen hatten, und die Mitarbeiterin hatte behauptet, die würden jeder Frau gefallen. Außerdem schienen sie gut zu der schwarzen ›High-Waist-Jeans‹ und dem schwarzen Langarmshirt zu passen. Möglichst dunkel und unauffällig. Das war doch die Hauptsache. Da sie sich im tiefsten Winter befanden, brauchte es nur noch eine Jacke, in diesem Fall eine schwarz-weiß karierte, ebenfalls eine Empfehlung der Mitarbeiterin. »Wenigstens scheint alles zu passen und es ist unauffälliger als dein Gewand.«

»So wie ich aussehe, passe ich perfekt in die Unterwelt. Versuchst du etwa, mich abzuwerben?« Aritana grinste ihn an.

Um jemanden abzuwerben, müsste er wohl selbst noch dort willkommen sein. Dieser Zug war lange abgefahren. »Versteh mich nicht falsch, aber für die Unterwelt hast du noch ein paar Schichten zu viel an.«

Erneut verdrehte die Gefallene ihre Augen.

Gescherzt hatte Elaas lange nicht. Bei Rakaan fürchtete er stets, die Scherze würden nicht ankommen und er hätte blitzschnell eine Klinge an der Kehle. »Also, wen retten wir als Nächstes? Eine Katze? Einen Hamster? Oder denkst du, wir sind schon so weit, uns an etwas Größeres zu wagen? Vielleicht ein Pferd?« Elaas fing an zu lachen, während er sich mittels seiner Hände rückwärts an den Paletten abstützte.

»Ha. Ha.« Aritana wandte sich wieder dem Hund zu, der bei ihrer Berührung mit dem Schwanz zu wedeln begann. »Ich weiß es nicht. Es könnte jeder sein. Wen immer wir sehen, der Hilfe benötigt. Doch zunächst bringen wir Forty zu Julia.«

»Wer ist Julia?« Scheinbar gab es noch immer Aspekte, die nicht aufgeklärt worden waren.

Aritana holte tief Luft und begann zu erzählen ...

»Bevor ihr Julia getroffen habt, habt ihr also nur miteinander sprechen können, die ganze Zeit lang?«

Aritana nickte mit leicht gesenktem Kopf. Ihr Haar flatterte wild durch den Wind, doch wenigstens schneite es ausnahmsweise einmal nicht. Was jedoch auch bedeutete, dass sich ein paar mehr Menschen auf die Straßen trauten, vermutlich um die Besorgungen zu machen und Termine wahrzunehmen, die während der Schneestürme nicht möglich waren.

»Das ist echt krass.«

»Ich weiß«, murmelte Aritana.

Elaas wollte sich nicht einmal ausmalen, wie schlimm es gewesen sein musste, durch die Welt zu wandern, ohne mit jemandem sprechen zu können, fast schon bedeutungslos. Wenigstens hatten sie noch einander gehabt. Ein Gewinn, wenn man so wollte, inmitten eines großen Verlustes.

»Wir hatten Glück«, fuhr Aritana fort. »Wahnsinniges Glück, dass Rakaan wusste, wie man uns zurückholen kann. Das ist meines Wissens noch niemandem gelungen.«

Elaas dachte kurz über Rakaan nach. Seine Verabschiedung war recht seltsam gewesen. Zu sentimental, so war der alte Urdämon gewöhnlich nicht. Er blieb stets sachlich und zielorientiert, wie es sich für ein Genie gehörte. »Wenn ich eines über Rakaan gelernt habe, dann dass er so ziemlich alles weiß.« So viel Wissen konnte man sich nur über einen ordentlichen Zeitraum anschaffen, doch Elaas hatte bislang nicht in Erfahrung bringen können, wie groß dieser tatsächlich war. Seinen Fragen ging Rakaan nur zu gerne mit Floskeln aus dem Weg: ›Wie alt bist du?‹ *Alt.* ›Wann bist du gestorben?‹ *Vor langer Zeit.* ›Was ist das Erste, woran du dich erinnerst?‹ *Das lässt sich nicht genau sagen.* Rakaan liebte es, ein Mysterium zu bleiben. Aus ihm war kaum etwas zu entschlüsseln – wie bei einem schwierigen Rätsel. Jeder hatte seine persönlichen Schicksalsschläge durchlebt und sein Päckchen zu tragen. Rakaans Päckchen war vermutlich bereits grau und verstaubt. Uralt und geheimnisvoll. Und so sollte es bleiben. Auch wenn das Elaas' Neugierde störte, musste er wohl oder übel die Privatsphäre des Urdämons akzeptieren. Vorerst. Irgendwann wollte er das Rätsel lösen.

»Wir sind da.« Aritana blieb vor einem Mehrfamilienhaus stehen. Der Hund, den sie mit sich trug, wedelte unentwegt mit dem Schwanz. Unter dem Schnee konnte man klassische rote Dachziegel erkennen und weiter unten eine fast vergrabene Fußmatte mit der Aufschrift ›Willkommen‹. Davon abgesehen sah der Eingangsbereich von außen nicht besonders einladend aus. Alle Rollläden in allen

Stockwerken waren unten, sodass man kein Licht und kein Leben erblicken konnte. Die ganze Straße war unheimlich still und die kleine Rutsche in dem winzigen Garten, welcher von einem kaputten Zaun begrenzt wurde, war eingeschneit. Das Plastik, auf dem gerutscht werden konnte, war unter einer Schneeschicht begraben, die Streben an der Leiter, welche das Spielgerät aufrechterhielten, sahen so alt und rostig aus, als würde sie bei der geringsten Belastung in sich zusammenbrechen.

Elaas blieb an Ort und Stelle stehen und wartete das Geschehen ab, während Aritana die beiden Stufen hoch auf die Fußmatte trat und die Klingel betätigte. Der Ton, der von ihr ausging, versiegte mit jeder Sekunde etwas mehr, was wohl leeren Batterien verschuldet war. Dann ertönte ein raschelndes Geräusch aus dem Lautsprecher und eine verzerrte Mädchenstimme fragte, wer an der Tür sei.

»Ich bin auf der Suche nach Julia. Ich bin ... eine Freundin«, meldete sich Aritana zu Wort.

Das Rascheln stoppte abrupt und für kurze Zeit geschah nichts. Elaas dachte daran, dass niemand kommen würde, doch schon im nächsten Moment wurde die Tür von einem Mädchen mit verwirrtem Gesichtsausdruck geöffnet.

»Verzeihung, wer sind Sie? Meine Schwester meinte, eine Freundin wäre an der Tür.« Julia musterte die Gefallene, doch sie konnte sie nicht erkennen. Wie sollte sie auch?

»Wir haben uns nie gesehen und du hast auch nie meine Stimme gehört, doch was ich deiner Schwester sagte, stimmt. Ich bin eine Freundin. Eine sehr dankbare Freundin.«

Julia starrte sie weiter mit leicht geöffnetem Mund an, ihre Finger krallten sich in die Tür, jederzeit bereit, sie ihnen vor der Nase zuzuknallen. Doch man sah ihr an, dass ihr Kopf ratterte. »Was meinen Sie?«

»Du hast wirklich außerordentlichen Mut bewiesen, Julia. Und ich bin so froh, dass es dir gut geht.« Aritana lächelte das Mädchen an und man konnte förmlich zusehen, wie Julia die Puzzleteile zusammensetzte, bis sich endlich alles fügte.

»Aritana?« Ungläubig musterte sie die Gefallene ganz genau.

»Ja, ich bin es.«

»Was tust du hier? O mein – das heißt, ihr habt es geschafft! Ich kann es gar nicht fassen.« Die Größe ihrer braunen Augen schien sich zu verdreifachen, während sie sprach.

»Ich bin hier, um nach dir zu sehen. Nachdem du so viel für mich und Loras riskiert hast, musste ich einfach sicherstellen, dass dir nichts geschehen ist.«

Julia reagierte nicht sofort. Ihr Blick fiel auf Elaas, der sich im Hintergrund befand. »Loras?«

Kurz war Elaas verwirrt, dann schüttelte er den Kopf.

»Das ist Elaas, ein Freund von uns«, erklärte Aritana mit einem Lächeln, das sofort auf Elaas übersprang.

Ein Freund.

»Ich kann nicht glauben, dass du wirklich hier bist.«

»Ich bin es nur dank dir.«

Aritana fragte Julia mehrfach, ob sie ihr etwas Gutes tun könnte, doch sie lehnte jedes Mal ab. Zu sehen, dass es funktioniert hatte, war ihrer Meinung nach mehr als genug. Das Einzige, was ihr noch helfen konnte, war das Aufhalten all der Naturkatastrophen, gegen die Aritana zum aktuellen Zeitpunkt noch nichts unternehmen konnte. Doch die Gefallene war stur wie ein Löwe, der sich ein Ziel gesetzt hatte, das er nun beharrlich mit allen Mitteln verfolgte. Als sie sich voneinander verabschiedeten, übergab Aritana dem Erdlingsmädchen noch ihre dicke Jacke, welche sie eher brauchte als Ari, und den Hund in ihren Armen. Julia strahlte über beide Ohren, als Forty ihr das Gesicht abschleckte. Dann lief Aritana los – und Elaas ahnungslos hinterher.

»Was hast du vor?«, fragte er, während er versuchte, mit ihr Schritt zu halten.

»Ich helfe ihnen.«

»Und wie? Sie sagte, sie braucht keine Hilfe.«

»Sie irrt sich. Es gibt eine Sache, die jeder Mensch braucht.«

Elaas ging in seinem Kopf mögliche Antworten durch. *Essen? Ein Dach über dem Kopf? Liebe?* Er zuckte mit den Schultern.

»Geld. Ich verfüge über kein Geld, das ich ihnen schenken kann, aber ich kann dafür sorgen, dass die Familie wieder Geld verdient.« Aritana erzählte Elaas von dem kleinen Laden der Mutter, der allerlei Krimskrams verkaufte, nun aber wegen eines zerbrochenen Fensters kaum zu führen war. Julia hatte versucht, es zu reparieren, war allerdings an dieser Aufgabe gescheitert. Sie würden den Laden wieder auf Vordermann bringen und einen Wärmestrahler anschaffen, der für Kundschaft sorgen sollte.

Sie arbeiteten bis spät in die Nacht hinein, machten keine Pause, ließen sich nicht ablenken. Je länger sie an einem Ort waren, desto gefährlicher wurde es für sie. Zu ihrem Glück blieben sie über mehrere Stunden unentdeckt.

Elaas blickte auf seine Schuhe, die im Schnee versanken. »Wir sollten langsam zurück.« Er wusste, dass dies ein sensibles Thema war, doch es wurde Zeit. Wie zu erwarten, war Aritanas erste Reaktion ein simples ›Nein‹.

»Die anderen machen sich inzwischen sicher riesige Sorgen. Sie müssen wissen, dass es uns gut geht.« Seine Worte schienen zu ihr durchzudringen.

»Vielleicht, doch es gibt noch so viele Menschen, die Hilfe benötigen.«

»Ist es wirklich nur das?« Elaas blickte Aritana scharf an. Er hatte seine Hausaufgaben gemacht. Wie gut er damals im Matheunterricht gewesen war, wusste er nicht mehr, doch ein bisschen was konnte er sich noch zusammenrechnen.

»Was meinst du?«, fragte Aritana, als würden ihre Augen nicht bereits verraten, dass sie genau wusste, worum es ging.

»Irgendetwas ist zwischen dir und Loras vorgefallen, das weiß ich genau. Und Tyron? Ich hätte gedacht, du würdest ihn keine Sekunde aus den Augen lassen, doch du hast ihn keines Blickes gewürdigt. Du suchst kein Gespräch und weichst ihm aus, das habe ich genau gesehen. Also, was ist los?«

Sie brauchte ihm nicht zu sagen, dass er Recht hatte, denn das wusste er längst. Das Rätsel war nicht schwer zu lösen gewesen, doch sie würde sich auf dieses Gespräch nicht einlassen. Sie wandte sich von dem Frischling ab und betrachtete die Überreste des kaputten Fensters am Boden. Die Sonne schaffte es, wenige Strahlen durch die Wolkenwand zu befördern, welche die Scherben der Zerstörung zum Leuchten brachten.

Alles liegt in Trümmern.

»Du hast Recht, wir sollten gehen«, gestand sie schließlich und es klang, als würde sie vor allem sich selbst überzeugen müssen.

Elaas musste zugeben, dass es sich gut angefühlt hatte, etwas zu bewirken, doch sie konnten nicht ewig fortbleiben. Das musste auch Aritana einsehen. Ihre Probleme zu verschieben, würde sie nicht lösen.

»Du bist ganz schön schlau, weißt du das?«

Elaas lachte auf. »Ja, vielleicht war ich ja mal ein renommierter Professor an einer guten Uni. Oder aber ein einfacher Familienvater, der für seine Kinder immer den Spaßverderber spielen musste, wenn sie nicht aus dem Freizeitpark –«

Mit einem Mal sah Elaas nur noch verschwommen. Schwindel überkam ihn. Er hörte ein unangenehm quietschendes Geräusch, doch aus irgendeinem Grund kam es ihm vertraut vor. Eine verrückte Kombination. Er spürte etwas an seinen Fingern. Etwas Trockenes, fast schon Staubiges. Das Gelächter von Kindern erklang in der Ferne, wurde immer lauter, als kämen sie näher. Dann war alles wieder verschwunden. Verwirrt betrachtete der Frischling seine Finger.

»Alles in Ordnung?«, fragte Aritana.

»Ich denke, ich habe mich gerade an etwas erinnert.«

Kapitel 19

~ Aritana ~

»Denkst du, sie sind sauer auf mich?« Aritana sah zu ihrem Begleiter herüber, der noch immer in Gedanken versunken schien. Er wollte wohl herausfinden, was seine vage Erinnerung zu bedeuten hatte, doch bislang war ihm nichts dazu eingefallen.

Irritiert blickte er auf. »Was?«

»Na, weil ich abgehauen bin. Sie sind sicher wütend.«

Elaas grinste, was Aritana nicht verstand.

Was war daran komisch?

»Ich glaube nicht, dass einer von ihnen je sauer auf dich sein kann«, erklärte der Frischling schmunzelnd, während die Gefallene ihre Augen verdrehte.

»Rakaan schon. Ich glaube nicht, dass er mich leiden kann.«

»Ich glaube eher, er fürchtet sich vor dir.« Elaas konzentrierte sich wieder auf den Weg. »Du bist unberechenbar. Er kann dich nicht einschätzen. Aber das hat nichts zu sagen. Es dauert, bis er Vertrauen aufbaut, aber du –« Der Frischling verstummte augenblicklich.

Aritana lief weiter und musterte ihn irritiert von der Seite.

»Warte, bleib stehen.« Elaas' Stimme war kaum mehr als ein Flüstern. Sie waren im Wald angekommen, aber noch einige Meter von der sicheren Zone entfernt.

Aritana blieb stehen und lauschte.

»Ich hab was gesehen, irgendwo da vorne!«

Dämonen. Aritana war im Begriff, sofort loszurennen, doch Elaas blieb wie angewurzelt an Ort und Stelle stehen.

»Komm schon, es ist nicht mehr weit, wir können es schaffen!«

Elaas schüttelte den Kopf. »Sie haben uns gesehen. Sie werden uns folgen. Wir dürfen sie nicht zu der Hütte führen.«

»Also was? Lassen wir uns schnappen?« Aritana schaute hektisch in der Gegend herum. Sie hörte, wie schnelle Schritte immer näher kamen. Sie waren fast bei ihnen. Sie hatten keine Zeit für Diskussionen und Überlegungen. Sie mussten verschwinden, sofort!

»Nein, wenn sie wissen, dass du existierst, werden sie dich ohne Umschweife töten.«

Aritana konnte keinen klaren Gedanken mehr fassen. Verzweifelt raufte sie sich die Haare. Konnten sie kämpfen? Hatten sie eine Chance zu gewinnen? Aritana jedenfalls trug keine Waffe bei sich. Was hatte sie sich nur bei alldem gedacht?

»Lauf in die sichere Zone. Ich lenke sie ab.«

»Sie werden dich erwischen!« Die Schritte waren fast bei ihnen angekommen. Nur noch wenige Meter trennten sie.

»Ich habe versprochen, dich sicher zurückzubringen, und ich halte dieses Versprechen. Aritana du musst gehen. Jetzt!«

Noch einen Moment zögerte die Gefallene, doch ihr fiel nichts mehr ein, was sie sagen konnte. Sie wollte nicht gehen, ganz sicher nicht, doch Elaas hatte seine Entscheidung getroffen. Er würde nicht weglaufen. Wenn sie ihm helfen wollte, musste sie Rakaan von dem Vorfall erzählen. Nur er konnte etwas bewirken.

Sie sprintete los in Richtung der Hütte. Gerade rechtzeitig, wie sie annahm. Sie versteckte sich hinter einem Busch und beobachtete von dort, wie Elaas in die entgegengesetzte Richtung rannte. Die Dämonen erwischten ihn. Keiner von ihnen sah in Aritanas Richtung, doch Elaas wurde überwältigt. Er versuchte nicht einmal, sich zu wehren. Er strampelte ein wenig, doch er kämpfte nicht. Er zückte keine Waffe, verteilte keine Schläge. Er wusste, dass es zwecklos war, allein gegen vier Dämonen anzutreten. Vier Dämonen mit Engelsklingen. Er suchte in der Gegend nach ihrem Blick. Als er ihn fand, schenkte er ihr ein seichtes Lächeln und ein unauffälliges Nicken.

Im nächsten Moment waren sie alle verschwunden.

Aritana stockte der Atem. Sie zählte bis drei, ließ keinen weiteren Gedanken zu, der sie aufhalten konnte. Sie raffte sich auf und rannte weiter, mit heißen Tränen in ihren Augen. Sie musste die Schuld verdrängen, die sie zu Boden zu ziehen drohte.

Vor der Hütte kamen ihr gleich Tyron und Loras entgegen, mit ihren besorgten Gesichtszügen, die sie schon so oft bei den beiden gesehen hatte. Als Aritana sie sah, brach sie in sich zusammen. Ihre Beine konnten sie nicht länger halten. Tränen überströmten ihr Gesicht, während sie sich in den Schnee fallen ließ und zusah, wie die Männer auf sie zugerannt kamen.

»Es tut mir so leid! Es ist alles meine Schuld!«, schluchzte sie.

»Was meinst du? Wovon sprichst du?«

»Elaas.« Sie versuchte weiterzusprechen, doch ihr Mund brachte keine weiteren Worte heraus. Alles in ihr zitterte. Sie wollte sich unter dieser Schneedecke begraben und für immer dort bleiben, wo sie keinen Schaden anrichten konnte.

»Was ist mit Elaas? Wo ist er?«

Aritana zwang sich, die Männer nacheinander anzusehen. Sie wusste nicht einmal, wer von beiden mit ihr sprach.

»Sie haben ihn. Die Dämonen haben ihn mitgenommen. Das ist alles meine Schuld, es tut mir so leid.«

Tyron stand auf und blickte mit zusammengezogenen Augenbrauen in die Richtung, aus der sie gelaufen kam, während Loras ihre Hand in seine nahm und fest drückte. Ganz gleich, wie sauer oder bedrückt er ihretwegen zuvor gewesen war, er würde immer versuchen, sie zu trösten. Das lag in seiner Natur. Doch dieses Mal hatte sie seinen Trost nicht verdient.

»Elaas ist noch unser geringstes Problem. Wir haben größere Sorgen.«

Loras' Kopf drehte sich in die Richtung der Stimme. Sie folgte seinem Blick zur Hütte, wo Zuros stand, direkt vor der Tür, zusammen mit Rakaan, welcher sie kopfschüttelnd ansah. Seine finsteren Augen sprachen ihr leise Vorwürfe zu.

»Was macht Zuros hier?«, fragte Aritana an Loras gewandt.

Sein Blick wurde düsterer als zuvor. Irgendetwas Schlimmes musste vorgefallen sein.

»Es gibt Neuigkeiten aus der Oberwelt.«

Aritanas Blick wanderte zwischen Loras und Zuros hin und her.

»Enrik ist zurück.«

Sie traute ihren Ohren kaum. Enrik, der sie ausspioniert hatte? Enrik, der gegen sie ausgesagt und zu ihrem Fall beigetragen hatte? Enrik, der in der Unterwelt gesichtet worden war, lebend? Was spielte er für eine Rolle in alldem?

»Es ist gefährlich, doch ihr solltet mit in die Oberwelt kommen und euch das ansehen«, erklärte Zuros.

Wenn Enrik zurück war, musste das etwas bedeuten. Doch diese Bedeutung konnte nicht gut sein. Vielleicht näherte sich der Krieg zwischen den Welten nun seinem Höhepunkt. Die Dämonen haben lange gewartet, mit ihrem Vernichtungsschlag gegen die Engel. Wenn es jetzt so weit war, dann mussten sie etwas tun. Irgendetwas. Doch wie konnte Aritana jetzt fortgehen?

»Wir können nicht weg. Wir müssen Elaas helfen.« Die Gefallene gab ihr Bestes, damit ihre Stimme nicht mitten im Satz versagte. In die Oberwelt zu reisen, ihre Existenz gegenüber den Engeln zu offenbaren, machte ihr nichts aus. In dem Chaos würden sie vermutlich kaum auffallen und selbst wenn, was sollten sie schon tun? Sie nochmal verbannen? Doch sie konnte jetzt nicht gehen. Elaas hatte sich für sie geopfert, sie konnte ihn nicht im Stich lassen.

»Ihr müsst herausfinden, was dort vor sich geht. Ich hole Elaas.« Rakaan trat ein paar Schritte näher. Er klang entschlossen. Aritana suchte seinen Blick, doch er wich ihr aus und sie wagte es nicht mehr, ihm zu widersprechen. Denn er wusste, was keiner sonst aussprechen würde. Nur ihretwegen waren sie in diesem Schlamassel. Nur ihretwegen musste Rakaan seine Zeit für ein neues Ziel opfern. Nur ihretwegen war Elaas in Gefahr.

»Schaffst du das alleine?«, fragte Loras und sah dabei den Urdämon fragend an.

Seinen Blick erwiderte Rakaan. »Ich werde mir Hilfe holen müssen. Doch ich kenne da jemanden.«

Loras ließ nicht locker, seine Gesichtszüge wurden zunehmend härter, in seiner Stimme schwang Sorge mit. »Elaas erneut zu befreien, diesmal ohne den Hauch einer Ahnung, wo sie ihn gefangen halten, kann dazu führen, dass sie herausfinden, dass du mit dahintersteckst, dass du gegen die Dämonen spielst.«

Alles deine Schuld. Du warst das. Du warst das.

»Das ist mir wohl bewusst und ich werde das Risiko in Kauf nehmen.« Rakaan wandte sich ab, drehte sich aber noch einmal um, als Tyron sich räusperte.

»Ich bin ja auch noch da«, verkündete er und kassierte dafür einige irritierte Blicke. Für einen Augenblick herrschte Stille. »Was? Ich helfe natürlich. Elaas hat mich nicht aufgegeben und das werde ich auch nicht tun.«

Seine Intention war heldenhaft, doch er musste sich heraushalten. Ein Blick von dem falschen Dämon und sie würden keine Zeit verschwenden, ihn sofort hinzurichten. Zum Glück sah Rakaan das genauso.

»Du hältst dich weiterhin bedeckt. In der Unterwelt nützt du uns nichts, du würdest nur auffallen und uns behindern.« Rakaan sprach aus, was alle dachten. Tyron, der sich zuvor neben Aritana gekniet hatte, vielleicht um sie nach Verletzungen abzuscannen, stand nun auf.

»Dann gehe ich mit in die Oberwelt.«

»Ganz sicher ni–«

»Ganz sicher doch!«, unterbrach ihn Tyron. »Ich werde nicht wieder allein hier warten. Ich werde nicht unbeteiligt auf der Bank sitzen, während ihr kämpft. Auf keinen Fall. Wenn die Unterwelt zu riskant ist, gehe ich mit in die Oberwelt. Die haben weitaus größere Sorgen als mich. Wenn es brenzlig wird, verschwinden wir. Die wissen doch nicht, wo ich mich verstecke.«

Alle schwiegen für einen Moment. Die Blicke fielen auf Rakaan, als wäre er der Einzige, der diese Entscheidung treffen konnte. Der Einzige, der berechtigt war, seine Erlaubnis zu geben. Doch damit hatte Aritana kein Problem. Sie vertraute seinem Urteil voll und ganz, so wie jeder andere Anwesende. Wenn er sagte, es sei in Ordnung, dann war dem so, auch wenn Aritana Tyron lieber in Sicherheit wusste.

Und er gab seine Zustimmung. Tyrons Augen leuchteten auf.

Aritana wollte sauer auf ihn sein, weil er sich in Gefahr brachte, und auf Rakaan, weil er es zuließ, doch wie konnte sie Tyron ein Verhalten vorwerfen, das sie selbst an den Tag gelegt hatte? Er war wie sie gewesen. Ein Verstoßener, abgeschnitten von allen anderen Lebewesen, allein, machtlos. Wie ein Geist zum Rumsitzen, Zusehen und Abwarten verdammt. Am Ende dieses Weges wartete der Wahnsinn.

»Lass dich bitte nicht umbringen«, fügte Rakaan, an Tyron gewandt, hinzu. Danach schaute er in die Runde. »Keiner von euch.«

Alle nickten. Ein vorläufiger Abschied. Es war Zeit zu gehen.

Vielleicht würden sie sich schon am nächsten Tag in der Hütte begegnen. Oder aber sie sahen sich nie wieder. In einer Zeit wie dieser war nichts vorhersehbar. Niemand konnte erahnen, was sie in der Oberwelt erwarten würde, nun, da Enrik zurück war. Und Elaas zu befreien, würde auch kein Leichtes werden. Er war für die Dämonen die Karte zu einem Schatz, die sie nicht aus den Augen ließen.

Aritana und Loras standen auf. Sie hatte es während des Gespräches nicht geschafft, sich vom Boden zu erheben, bis jetzt, und Loras tat es ihr gleich. Mit Tyron liefen sie zu Rakaan und Zuros.

Erst jetzt fragte sie sich, wie der Urengel hereingekommen war. Die Sigillen hätten ihn aufhalten müssen. Woher wusste Rakaan, dass ein Verbündeter mit neuen Informationen ankommen würde? Konnte er etwas dergleichen riechen?

»Dann heißt es wohl: Abschied nehmen.« Aritana hatte noch immer Tränen in den Augen, die sich erneut ihren Weg über ihre heißen Wangen bahnten und an ihrem Kinn hinunter kullerten. Etwas verlegen wischte sie sich die Tränen weg.

»Viel Glück.« Rakaan sah jeden Einzelnen nacheinander an. Sogar Aritanas Blick begegnete er für einen kurzen Moment. Seine leere Miene versuchte zu verstecken, dass es sich bei diesem Ausdruck um mehr als eine Floskel oder eine höhere Mission handelte. Er wollte keinen von ihnen verlieren. Das konnte Aritana spüren.

»Dir auch. Bring ihn zurück.« Tyron nickte Rakaan zu, welcher diese Geste erwiderte.

Kaum etwas hätte Aritana lieber getan, als zu helfen, ihren Fehler, der zu Elaas' Gefangenschaft geführt hatte, wiedergutzumachen, doch sie musste einsehen, dass sie keine Hilfe war. Sie musste die Oberwelt unterstützen, auch wenn viele der Engel es nicht verdient hatten.

Mit gesenkten Köpfen verließen sie die sichere Zone. Rakaan hatte dafür gesorgt, dass sie selbst nach erfolgreichem Eintreten die Kräfte schmälerte. Nur außerhalb konnten sie Tyron in die Oberwelt befördern. Zuros ging stillschweigend voran. Aritana, Loras und Tyron liefen nebeneinander hinter ihm her, durch den dichten

Wald. Sie hielten etwas Abstand. Aritanas Blick wich hinüber zu Tyron, der sie anlächelte.

»Wir drei also. Wie in alten Zeiten«, bemerkte er mit einem Schmunzeln.

Ja ... wir drei also.

Kapitel 20
~ Elaas ~

Dunkle, steinige Wände. Psychopathisches, von den Ecken hallendes Gelächter. Einzelne Feuerstellen, welche die vorherrschende Finsternis stellenweise durchbrachen.

Die Unterwelt.

Elaas war ein wenig überrascht. Nicht unbedingt bezüglich der Gitterstäbe, die ihn umgaben und ihm sicher die Hände verglühen würden, wagte er es, sie anzufassen. Auch nicht wegen der Gesichter um ihn herum, die ihn musterten wie ein Tier im Zoo. Genau wie letztes Mal wurden ihre neugierigen Blicke von leisem Getuschel begleitet, doch auch das war es nicht. Er war überrascht, dass er noch am Leben war. Dass seine Augen noch etwas sehen konnten und seine Nase in der Lage war, den Geruch von Rauch wahrzunehmen. Man hatte ihn nicht umbringen lassen. Waren sie nicht bei seinem letzten Besuch in diesem Heim der dummen Entscheidungen gerade dabei gewesen, ihm eine Klinge durch die Brust zu stechen oder ihn in die tobenden Flammen der Unterwelt zu schmeißen? Einige von ihnen waren so gelegen, dass man sie nie mehr verlassen konnte, und aufgrund von irgendwelchem Hokuspokus erlag man in ihnen früher oder später dem endgültigen Tod. Die Klinge war ihm lieber.

Was auch immer der Grund für sein Überleben war, es konnte nichts Gutes bedeuten, doch Elaas war machtlos. Gefangen. Er hatte Aritana, Rakaan und allen voran sich selbst enttäuscht. Er war dem Ganzen nicht gewachsen und dieser Ort war seine Strafe. Wenigstens konnte er davon ausgehen, dass Aritana es sicher zurückgeschafft hatte. Er hoffte inständig, dass es ihr gut ging.

Er suchte in der Masse der Schaulustigen ein bekanntes Gesicht, doch fand keines. Nur diese widerwärtigen Fratzen, die vermutlich gerade allerlei Lügengeschichten in die Ohren anderer Dämonen flüsterten, ohne Elaas dabei aus den Augen zu verlieren.

»Was starrt ihr alle so? Habt ihr nichts Besseres zu tun? Verschwindet!«

Erneut wurde der Frischling überrascht, denn die Dämonen folgten seinem Befehl. Wortlos bewegten sie sich, doch wie sich herausstellte, hatte keiner von ihnen vor zu verschwinden. Sie wichen zur Seite und machten einen Weg frei, um Urdämonin Yanella und ihre Gefolgschaft hindurchzulassen.

»So schnell sieht man sich wieder.«

Ihre hochnäsige Stimme war nur halb so ekelerregend wie ihr nach oben gerecktes Kinn. Alles an ihr strahlte Macht aus. Elaas wollte sich übergeben.

»Was soll ich sagen, ihr habt mir gefehlt. Mein letzter Besuch war nur so kurz.«

»Ich kann dich beruhigen. Dieser hier wird etwas mehr Zeit in Anspruch nehmen.« Yanella wandte sich an ihre Gefolgschaft. »Mitnehmen.«

Einer von ihnen öffnete die Tür zum Käfig, während zwei weitere hineintraten, um Elaas an Armen und Schultern zu packen. Er spürte sofort den starken Druck, der ihn nach vorne zwang. Widerstand war zwecklos. Trotzdem strampelte und zappelte der Frischling, um es ihnen so schwer zu machen wie nur möglich.

»Ihr tötet mich nicht?« Sein Blick verfolgte Yanella, an welcher er vorbeigezerrt wurde. Dabei bemerkte er, wie sie einen Gegenstand in ihren Händen begutachtete. Die Blutklinge. Wusste sie, welch machtvolle Waffe sie nun in ihrem Besitz hatte?

»Oh, ganz sicher nicht. Wir haben etwas anderes für dich vorgesehen.«

Keine Gefangenschaft im Käfig und kein Tod. Es blieb nur eine Möglichkeit, was sie mit ihm vorhatten. »Das Torturengebiet? Ich dachte, ich bin hier nur Platzverschwendung.« Das hatte sie zumindest bei ihrem letzten Gespräch behauptet.

»Platzverschwendung mit höchst wertvollen Informationen, die wir brauchen. Ich befürchte, du nützt uns mehr, wenn du weiterhin existierst und auf unserer Seite stehst. Leider, wohlbemerkt.«

Elaas konnte nichts mehr erwidern. Yanella verschwand aus seinem Blickfeld. Es spielte auch keine Rolle. Kein Urdämon hatte sich jemals – auf Wunsch eines Frischlings – umstimmen lassen. Er brauchte irgendeinen Einfall, doch je näher sie dem Geschrei kamen, desto schwerer fiel ihm das Denken.

Elaas wurde mitten hindurchgezogen. Überall um ihn herum befand sich das Elend in seiner reinsten Form. Die Geräusche waren ohrenbetäubend, die Schmerzen geradezu spürbar. Es flossen Tränen, Blut und gute Seelen dahin. Die meisten, die herkamen, hatten einen Fehler begangen, der in der Oberwelt nicht verziehen wurde, doch die wenigsten waren Monster. Sie wurden erst hier zu welchen. In der Geburtsstätte der Dämonen.

»Samu?« Einer der beiden Männer, die ihn festhielten, rief den Namen so laut, dass er an den hohen Wänden widerhallte, die statt Wasser Blut tropften.

Ein Mensch kam herbeigeeilt. Er war noch kein Dämon, doch er war auf dem besten Weg dorthin. Kalt. Ohne Gewissen und ohne Erinnerungen.

»Das ist deiner. Pass auf ihn auf und zeig keine Gnade, alles klar?« Der ältere Dämon übergab Elaas an den Menschen.

Letzterer führte ihn bis in die letzte Ecke des Torturengebiets. Elaas dachte darüber nach, einen Fluchtversuch zu starten. Den Kleinen konnte er sicher überwältigen. Dann würde er abhauen und sich in den Höhlen verschanzen, bis Hilfe kam. Doch er spürte, wie schwach er war. Seine Beine konnten ihn kaum tragen, seine Arme kribbelten, sein Kopf war tonnenschwer. Sie hatten irgendetwas mit ihm gemacht, während er bewusstlos gewesen war. Alles zwischen seiner Gefangennahme im Wald und seiner Ankunft in der Unterwelt war vollständig gelöscht. Ein erfolgreicher Fluchtversuch war ohnehin unwahrscheinlich. In seinem jetzigen Zustand eher unmöglich.

»Was ist das hier?« Die Grundform stimmte. Eiserne Ketten, ein Abgrund mit Lava, doch dieser Platz sah nicht aus wie die anderen im Torturengebiet. Er war abgeschieden und wirkte ... glänzend. Nicht auf eine funkelnd schöne Weise, eher wie durch Hexenwerk erschaffen. Unwirklich und gefährlich.

»Gefällt es dir?« Samu grinste. »Es wurde extra für dich erschaffen.«

Was für eine Ehre. Dieser Ort war in seiner Normalform erschreckend genug. Elaas wollte nicht wissen, was sich die Urdämonen für den Frischling hatten einfallen lassen, der den meistgesuchten Dämon versteckt hielt und aktiv an der Seite von Engeln gekämpft hatte.

»Du weißt ja sicher noch, wie das abläuft.« Samu kettete ihn an, ohne dass Elaas etwas dagegen unternehmen konnte.

Das Material an seiner Haut war eiskalt. Erst wurden seine Handgelenke unschädlich gemacht, dann seine Fußgelenke. Er ließ seinen Kopf zurückfallen und schloss seine Augen. Die Fesseln waren so eng angelegt, dass er das Gefühl in seinen Gliedmaßen verlor. Es schmerzte, jedoch nicht annähernd so sehr wie die Realisation, die ihn überkam. Er war den Dämonen machtlos ausgeliefert. Ohne Hilfe konnte er nicht entkommen und seine einzigen Freunde waren in der Mitte und hatten keine Ahnung, wo er sich aufhielt. Vermutlich waren diese Gerätschaften, die ihn gefangen hielten, so konstruiert, dass nicht einmal Rakaan sie knacken konnte. Zumindest nicht ohne vorherige Vorbereitung. Elaas' einzige Chance war Samu.

»Du musst das nicht tun«, hauchte Elaas in das Geschrei um sie herum. Genau genommen musste er ihn sehr wohl quälen, um die Metamorphose abzuschließen. Weigerte er sich, würde er zurückgesetzt werden – in die Situation, in welcher Elaas sich befand, so lange, bis er bereit war, diesen Schritt zu gehen, doch Elaas fiel nichts anderes ein, was er hätte sagen können.

»Ich muss, ich will und ich werde. So gehe ich in die Geschichte ein, als der Dämon, der dich dazu gebracht hat, wieder auf unsere Seite zu wechseln und uns deine Informationen zu verraten.«

In gewisser Weise konnte Elaas ihm seine Denkweise nicht einmal verübeln. Zu anderen Zeiten hätte er genauso gedacht, doch das war längst vorbei. Elaas war heute ein anderer und Samu, wie alle anderen Dämonen, die sich dem System hingaben, widerten ihn an.

»Du denkst, so läuft das ab? Ich werde rein gar nichts sagen. Quäl mich, so lange du möchtest, doch ich werde diese Linie nie wieder überqueren.« Es war ihm gleich, was für eine Art Mensch er zu seiner Lebzeit gewesen war. Für ihn zählte allein das Hier und Jetzt. Er hatte sich entschieden. Er kämpfte nicht direkt für die Engel, von denen er kaum welche kannte und erst recht nicht für die Dämonen. Er war irgendwo dazwischen. Genau, wo er hingehörte.

»Das sehen wir dann, wenn du anfängst zu vergessen.« Unglücklicherweise hatte Samu einen unbestreitbar guten Punkt angesprochen. Noch wusste er, wofür er kämpfte, doch bald schon würde er alles vergessen haben. Alles außer dem Schmerz, der seine ganze Seele einnahm, bis nichts anderes mehr übrig blieb. Kein Rakaan, kein Tyron, keine Aritana und kein Loras. Alles, was dann zählte, war, den Schmerz zu stoppen. So weit durfte er es nicht kommen lassen.

Samu zog Elaas an den Ketten nach oben, bis zum höchsten Punkt. Ein diabolisches Lächeln umspielte seine Lippen, wissend, was folgen würde.

Elaas' Kopf hing schlaff nach unten. So konnte er die Lava erkennen, die sich unter seinen Füßen befand. Sie hatte einen seltsam grünen Schimmer. Den hatte es vorher nicht gegeben. Er hörte Schreie aus diesem Schimmer kommen. Bekannte Schreie. Ein Schluchzen und ein Lachen. So schmerzhaft und vertraut zugleich, dass es ihn innerlich zerriss, ohne zu wissen, weshalb. Die Stimmen konnte er nicht zuordnen, doch er hörte sie klar und deutlich. Mit jeder Millisekunde ein wenig lauter.

Ich komme zu euch.

Kapitel 21

~ Aritana ~

Wie in alten Zeiten.

Diese Worte hatte Tyron verwendet, doch es fühlte sich nicht im Entferntesten danach an. Weder während sie das Stückchen durch den Wald gewandert waren, noch als sie gemeinsam die Reise in die Oberwelt gewagt hatten und erst recht nicht, als sie dort ankamen. An dem Ort, den sie einst ihr Zuhause nannte.

»Es ist kaum wiederzuerkennen«, wisperte Aritana zu sich selbst. Eine gesamte Welt, die sich Jahrtausende lang durch ihre Strukturen, Regeln und Organisationen gekennzeichnet hatte, lag in völligem Chaos. Manche Engel rannten eilig umher, riefen undeutliche Silben in der Gegend herum und wussten nicht, wo sie hinsehen sollten. Die Blicke vieler verharrten nicht einmal eine Sekunde lang an einem Platz, dann wanderten ihre Augen weiter. Andere saßen mit einem ausdruckslosen Gesichtsausdruck irgendwo mitten im Getümmel und sahen dem Untergang der Oberwelt geduldig zu. Hoffnungslos.

Metaphorisch betrachtet war es, als würde die ganze Welt – ihre Welt – in Flammen stehen und es gab keine Feuerwehr, die stark genug war, den Brand zu löschen. Jeder sah zu, wie die Asche aufstieg und langsam alles einnahm. Und mitten unter ihnen war irgendwo ein Brandstifter mit einem breiten diabolischen Grinsen im Gesicht. Wenigstens behielt Tyron recht. In diesem Chaos fiel er nicht auf. Noch nicht.

»Wie finden wir Enrik? Ist er im Palast? Oder im Tempel?« Loras lief schnellen Schrittes neben Zuros her.

Aritana und Tyron folgten ihnen. Sie konnte beobachten, wie Loras' Blick zuverlässig nach links und rechts abwich, ergänzt durch lange Sorgenfalten. Suchte er nur nach Enrik oder hielt er nach etwas anderem Ausschau? Einem Freund oder einem weiteren Feind?

»Ich befürchte, so einfach wird es nicht. Er läuft hier irgendwo herum. Ich selbst habe ihn nur aus reinem Zufall zu Gesicht bekommen.«

Loras blieb so abrupt stehen, dass Aritana beinahe in ihn reingelaufen wäre. »Er ist frei?«

Zuros nickte.

»Wieso? Er ist ein Verräter, warum lässt man ihn frei?« Loras' Stimme wurde schnell und geriet leicht ins Stottern.

Noch bevor Aritana darüber nachdenken konnte, legte sie ihre Hand auf seine Schulter. Ihn berühren zu können fühlte sich noch immer ungewohnt an.

»Die eigentliche Frage ist doch, weshalb du dich so ausgesprochen darüber aufregst.« Zuros musterte seinen Lehrling, der kurz innehielt. Sein Blick fiel auf dessen Schulter und Aritanas Hand darauf.

Als sie es bemerkte, nahm sie ihre Hand schnell wieder zurück und schenkte dem Boden ihre Aufmerksamkeit.

»Es erscheint mir nicht fair. Uns verbannen sie aus nichtigen Gründen. Uns, die versucht haben, sie vor einer Katastrophe zu warnen, und ihn, der vermutlich dafür verantwortlich ist – auf wie vielen Ebenen auch immer –, ihn lassen sie frei herumlaufen, als wäre nichts gewesen?«

Es stimmte. Mit Fairness hatte das alles nichts zu tun. Doch so war vieles, was um sie herum passierte. Was sollten die Menschen dazu sagen? War es nicht unfair, dass sie leiden mussten aufgrund eines Krieges, auf welchen sie keinen Einfluss nehmen konnten?

»Wer sollte sich denn um ihn kümmern? Sieh dich um. Alle Engel, die ihren Dienst nicht quittiert haben, sind damit beschäftigt, nach Lösungen zu suchen.« Zuros lief weiter, wodurch sich auch alle anderen wieder in Bewegung setzten.

»Und wie läuft das so?«

»Viel Reden, wenig Handeln.«

Also alles beim Alten. Die Engel waren in einer Sackgasse gelandet.

»Wie gehen wir weiter vor? Laufen wir einfach herum und hoffen, ihn aus Zufall zu finden?« Loras Stimme wurde scharf.

Noch vor einem halben Jahr hatte Aritana diese Seite an ihm nicht gekannt. Wut war ihm fremd gewesen. Vielleicht brauchte er diese Wut. Vielleicht wäre alles anders gekommen, wenn es Engeln von Anfang an erlaubt gewesen wäre, ihre Gefühle zu offenbaren. Auch die negativen. *Vielleicht, vielleicht, vielleicht.* Falls ein Wunder eintreten und sie erfolgreich durch diesen Krieg führen würde, musste sich etwas ändern in dieser Welt. Vieles.

»Larzus könnte mehr wissen. Wir gehen zu ihm und bitten ihn um Hilfe. Er ist einer der wenigen, denen wir noch trauen können«, erklärte Zuros.

Aritana blieb stehen. Sie konnte nicht mitkommen. »Geht ohne mich weiter.«

Erst als sie sprach, bemerkten die Männer, dass sie sich nicht weiterbewegt hatte, und kamen ebenfalls zum Stillstand.

»Ich muss Nadia suchen.« Sie sah Loras fast schon flehend an, auch wenn er ihr mit einem steinernen Blick begegnete.

»Okay.«

Ein Stein fiel Aritana vom Herzen. Sie hatte mit mehr Widerstand gerechnet.

»Aber du gehst nicht alleine. Wir teilen uns auf.«

Natürlich gab es ein ›Aber‹. Sie fragte sich, wie hoch wohl die Wahrscheinlichkeit war, dass sie in ein Zweierteam mit Zuros kommen würde, da erhielt sie auch schon die Antwort.

»Ich gehe mit Zuros auf die Suche nach Larzus. Du und Tyron, ihr sucht Nadia. Wir treffen uns in genau drei Stunden am Tempel.«

Ja, damit war zu rechnen gewesen. Ein wenig bereute Aritana ihre Bitte, doch ihr ergab sich hier eine Chance, die sie nutzen musste. Waren sie erst einmal bei Larzus, der sie hoffentlich zu Enrik brachte, käme sie nicht mehr dazu, sich um ihre eigenen Angelegenheiten zu kümmern. Sie hoffte nur, dass der Dämon an ihrer Seite ihr keine Probleme bereiten würde.

Mit einem Nicken besiegelten sie den Plan und verabschiedeten sich. Als sie sich zum Gehen umkehrte, bemerkte Aritana ein merkwürdiges Gefühl. Einen Schmerz, der sie durchzog. Vielleicht lag es an der Art und Weise, wie Loras versuchte, von ihr wegzukommen, daran, wie verkrampft er mit ihr sprach, oder an seinen Blicken, die wie Messerstiche in ihrer Seele waren. Oder es hing mit Tyron zusammen, mit dem sie nun allein war. Ein Umstand, den sie zu umgehen versucht hatte. Die Angst, Nadia nicht zu finden, zu spät zu sein, um ihr helfen zu können, kam noch hinzu. *Und dann ist da noch die Sache mit Elaas, der meinetwegen ...* Daran durfte sie jetzt gar nicht erst denken.

»Wo sollen wir suchen?« Tyron lief mit gesenktem Kopf und Blick gen Boden neben ihr her, doch in seiner Stimme ließ sich nichts Ungewöhnliches oder Bedrücktes erkennen.

»Ich kenne die Plätze, an denen sie Wache hielt. Dort habe ich sie früher öfter getroffen und ich wette, dort finden wir sie erneut.« Zumindest hoffte sie es, denn andernfalls hatte sie nicht die geringste Ahnung, wo sie anfangen sollten, zu suchen.

Vermutlich gab es für Engel wie Nadia keine Dienste mehr. Wen sollten sie noch beschützen, wenn sie sich nicht einmal selbst beschützen konnten? Doch sie hatte sich stets vorbildlich verhalten. Vorbildlich genug, um eine Aufgabe haben zu wollen, doch zu jung, um etwas in den höheren Stellen zu bewirken. Der einzig logische Ort war also ihr Wachposten. Ein Platz, an dem sie sich noch brauchbar fühlen konnte. Aritana hätte es genauso gemacht.

Auf dem Weg hin zum Posten kamen keine Gespräche zustande. Es fielen einige Blicke von umherlaufenden Engeln auf die Gefallene, doch es waren weniger, als sie erwartet hatte. Es sprach sie auch niemand darauf an, wie sie hier sein konnte, existieren konnte. Vermutlich fühlte es sich zu unwirklich an. Als würden sie alle den gleichen Traum träumen. In ihren Gesichtern fand sie Staunen und Furcht. Der letzte Engel, der gefallen und zurückgekommen war, tyrannisierte die Engel, indem er die Mitte zum Schlachtfeld erklärte. Er war verantwortlich für all das Elend, in welchem sie sich befanden. Und nun war sie wie er. Wie viele von ihnen wohl daran dachten, Aritana wäre aus Rachegelüsten zurückgekehrt?

»Aritana! Ich glaube meinen Augen kaum.« Kalija kam auf sie zugerannt und hatte sie sofort in die Arme geschlossen, wie man es von Engeln nicht erwartete. Besonders nicht von Engeln, die einen in Zeiten der Not im Stich gelassen hatten. Sie war eine Freundin gewesen, die ihr aber die Unterstützung bei der Verhandlung verweigert hatte. Und das, noch bevor sie um Hilfe hatte bitten können.

Ihre Worte hatten sich in Aritanas Seele gebrannt und eine tiefe Wunde hinterlassen, die sie seither zu ignorieren versuchte. Regungslos stand sie da und wartete ab, bis Kalija sie wieder losließ und einen Schritt zurücktrat.

»Hast du Nadia gesehen? Ich bin auf der Suche nach ihr.« Tonlose Stimme, gepresste Worte. Aritana versuchte es, doch sie konnte die geheuchelte Freundlichkeit nicht ignorieren und ihre Verachtung nicht überspielen.

»Wie kann es sein, dass du hier bist?« Kalija ignorierte Aritanas Frage. Sie musterte ihre einstige Freundin mit Bewunderung. Ein Lächeln zierte ihr schmales Gesicht.

Ein Lächeln, das Aritana ihr gerne herausgerissen hätte. Überraschend war nicht, dass die Engelsfrau Fragen stellte, sondern eher, dass sie überhaupt mitbekommen hatte, dass Aritana gefallen war. Immerhin hatte sie es nicht für nötig gehalten, bei der Verhandlung aufzutauchen. In der Menge war sie nirgends zu sehen gewesen. »Nadia? Gesehen? Ja oder nein?«

»Ari, ich weiß, was ich getan habe, war falsch. Es tut mir aufrichtig leid. Bitte verzeih mir.« Ihr Blick fiel auf Tyron, den sie bis dato ausgeblendet hatte. »Ist er das?«, fragte sie mit gesenkter Stimme, als sollte er ihre Worte nicht hören.

Er stand direkt neben Aritana. So dicht, dass sie erneut seinen Arm an ihrem spüren konnte. Kalijas Versuch war damit unnötig. Natürlich konnte er sie klar und deutlich verstehen.

Mit halb verdrehten Augen nickte Aritana in der Hoffnung, sie würde dadurch endlich eine Antwort auf ihre eigene Frage erhalten.

»Er sieht gut aus. Jetzt verstehe ich, weshalb du ihm verfallen bist.« Kalija zwinkerte ihr zu. Ihr Feenlächeln war wie ein Schlag in die Magengrube. Dies war das letzte Thema, über welches Aritana sprechen wollte.

»Deine Zustimmung erscheint mir doch recht abrupt. Kommt sie sicher nicht daher, dass ich von den ewig Verdammten zurückgekehrt bin und du nun Schuldgefühle wegen des Verrates an mir hast?«

Kalijas Blick senkte sich.

Erwischt. »Bitte entschuldige mich. Ich muss eine Freundin suchen. Jemanden, der an meiner Seite stand, als es sonst kaum einer tat.« Aritana lief an ihrer einstigen Freundin vorbei und rammte sie dabei an der Schulter.

»Ich denke, sie ist noch am Aussichtspunkt, ich habe sie vorhin dort gesehen.«

Kalijas Worte zwangen Aritana zu einer halben Drehung. Ihre Blicke trafen sich. »Danke«, murmelte Aritana.

»Es tut mir wirklich leid. Jetzt ist alles anders.«

Natürlich war alles anders. Ihre ganze Welt war anders. Aritana war ein gefallener Engel. Keiner konnte ahnen, was für Fähigkeiten sie besaß. Es war schlau, sie als Freundin statt als Feindin zu wissen. Vermutlich hörte Loras die gleichen leeren Worte von leeren Gesichtern. Nichts als Fassade. Wären sie nicht so besonders, würde sich niemand um sie scheren.

Unbeirrt und wortlos wandte sich Aritana ab, worauf sie ihren Weg fortführten. Der Aussichtspunkt war nicht mehr weit entfernt, doch als sie dort ankamen, war niemand zu sehen.

»Wir sollten hier lang weitergehen.« Aritana deutete in Richtung des Zentrums, wo sich der Palast befand.

Sie sah sich auf der Aussichtsplattform um, auf welcher sie gemeinsam mit Nadia und Kalija so viele Stunden verbracht hatte. Damals sprachen sie während ihrer Wache über die Menschen, die sie tagtäglich beobachteten. Sie sahen sich ihre schönsten Momente und schlimmsten Tragödien mit an, lachten und weinten mit ihnen. Es schien ein ganzes Leben her zu sein.

»Oder wir warten einen Moment, vielleicht kommt sie wieder«, schlug Tyron vor.

Möglich war es, doch wenn sie sich bewegten, fiel Aritana Tyrons Anwesenheit leichter. Die Stille zwischen ihnen wurde dann leiser, die Schlucht nicht ganz so tief. »Ich denke, wir sollten –«

»Bitte, Ari, bleib stehen und rede mit mir.« Tyron hielt sie an der Schulter fest.

Seine Berührung raubte ihr kurzzeitig den Atem. Sein fester Blick zog sie in seinen Bann, machte ihr Angst. Sie wusste nicht, was sie sagen sollte. Worüber sollten sie reden, nach allem, was geschehen war, und nach all der Zeit, die vergangen war? Sie wollte sich losreißen und weiterlaufen. Den Schatten ihrer Angst hinter sich verblassen lassen, doch sie blieb stehen. »Worüber möchtest du reden?« Sie schluckte fest und beschloss, sich dumm zu stellen. Am Ende grub sie sich noch ihr eigenes Grab.

»Wie wäre es, wenn du mir den Grund verrätst, weshalb du mir aus dem Weg gehst?« Sein Blick war finster.

Sie wollte wegsehen, doch ihre Augen waren wie Motten, angezogen von seinem Licht. Sie wollte sprechen, doch ihr Mund war wie zugeklebt.

»Monatelang habe ich davon geträumt, dich wieder bei mir zu haben, doch es fühlt sich nicht an, als hätte ich dich bei mir. In meinen Gedanken warst du mir näher als jetzt.« Er kam noch einen Schritt näher. »Warum?«

Warum? Wegen all diesen Gefühlen, die ich nicht verstehe. Wegen dem Krieg, den ich nicht aufhalten kann. Wegen deinem Plan, den Krieg allein auszutragen. Weil ich weiß, dass ich dich nicht stoppen kann. Weil ich weiß, dass du dabei sterben wirst. Weil ich nicht weiß, wie ich das verkraften soll. Unter all den Worten in ihrem Kopf brachte sie nur drei heraus: »Ich kann nicht.« Sie presste die Worte förmlich aus ihren Lippen hervor. Jedes einzelne brannte auf ihrer Zunge wie Feuer, trocknete ihren Mund aus, schmerzte.

»Wieso nicht? Seit wann kannst du nicht mehr mit mir sprechen?«

Seit nichts zu sagen weniger weh tut, als das Falsche zu sagen. Wieder nur drei Worte: »Ich weiß nicht.«

»Habe ich dir etwas getan? Habe ich dich unter Druck gesetzt, beleidigt, verletzt? Bist du sauer auf mich?«

Aritana reagierte nicht mehr. Der Schmerz in seinen Augen lenkte sie sogar von ihren eigenen Gedanken ab. Vielleicht führte Schweigen in diesem Fall zu mehr Schmerzen. Schmerzen, die sie vermeiden wollte, doch sie schaffte es nicht. Ihr fehlten die Worte. Eben noch schwirrten so viele in ihr herum, doch nun waren sie alle verschwunden und in ihrem Kopf herrschte Leere.

»Aritana, bitte. Ich ertrage dein Schweigen nicht mehr.«

Sie kämpfte gegen die Tränen.

»Sag mir doch, weshalb du so sauer bist, dass du mir kaum in die Augen sehen kannst.«

»Ich bin nicht sauer.« Vier Worte. Sie steigerte sich.

»Was ist es dann?«

Sein Blick verpasste ihr Stiche, mit der Macht, sie umzubringen. Konnte es Liebe sein, wenn sie in Kauf nahm, ihn so zu verletzen? Wie hatte Loras gesagt? ›Wer dich wirklich liebt, würde niemals etwas tun, was dir schaden könnte.‹ Tyron hatte Aritana durch seinen Kuss geschadet, genau wie Aritana ihm in diesem Moment Schaden zufügte. Sie taten einander nicht gut. Sie musste sich abwenden.

Als ihr dieser Gedanke kam, verlor sie sich darin. Für einen Moment war alles still und dunkel. Ein schwarzes Loch in ihrem Kopf. Zeit schwamm mit den Wellen, hatte keine Bedeutung mehr. Waren es Sekunden? Minuten? Stunden? Als sie wieder zu sich kam, fühlte sie sich wie aus einem Koma erwacht.

Ihre Augen waren geschlossen, an ihrer Hand spürte sie etwas Haariges. Alles drehte sich. War das ein Traum?

Ein rauchiger Duft in ihrer Nase, Druck auf ihren Lippen. Sanft und beständig. Geschmack, der süchtig machte.

Eine Hand an ihrem Rücken, die sie näher zog. Eine andere streichelte über ihr Gesicht, strich ihr eine Strähne hinter das Ohr. Genau wie damals am Friedhof. Genau wie in ihren Vorstellungen, die sie zu unterdrücken versucht hatte.

Sie spürte seinen Nacken unter ihren Fingern, die langsam ihren Weg suchten, über die kleinen Stoppeln des abrasierten Bartes hinweg bis hin zu seinem Kiefer.

Aritana wollte sich selbst stoppen, doch sie konnte nicht. Sie fand keine Kraft dazu. Ihre Hand wanderte hinunter an seine Brust und verweilte dort, wo sein Herz einst geschlagen hatte. Sie spürte wieder dieses Kribbeln, ausgehend von ihren Lippen, das sich in ihrem Körper verteilte, der sich noch enger an Tyron presste. Nicht einmal ein Blatt Papier fand Platz zwischen ihnen.

Sie wusste nicht, wie es hierzu gekommen war, doch es interessierte sie nicht länger. Sie ließ es geschehen. Ließ zu, dass Tyron seine Hände an ihre Hüfte legte. Ließ zu, dass die Küsse intensiver wurden. Dieser Moment sollte niemals aufhören. Solange er anhielt, blieb die Realität ihr fern. Keine Entscheidungen, keine Konsequenzen. Nur seine Berührung. Sie wollte nichts sein und nichts fühlen, außer dem Hier und Jetzt. Sie, in Tyrons Armen, wie sie es sich so lange gewünscht hatte, ohne es sich eingestehen zu wollen. Alles andere war belanglos. Ihre Augen hielt sie geschlossen, aus Angst, sie würde aus einem Traum erwachen und feststellen, dass nichts echt war. Ein zu großes Risiko. Zu sehr genoss sie seine Nähe. Genoss das Kribbeln, das Feuerwerk in ihrem Körper. Lauter, größer und heller als die Sterne. Seine Lippen auf ihren, ihre Lippen auf seinen. Tyrons Hände, die sanft über ihren Rücken streichelten und gleichzeitig genug Druck ausübten, damit sie ihn spüren konnte. Spüren konnte, wie er sie festhielt, als hätte er Angst, sie loszulassen. Ein Moment für die Ewigkeit, doch auch der schönste Traum musste irgendwann enden. Und wie die meisten Träume endete er plötzlich und ungewollt.

»Aritana?!«

Kapitel 22
~ Elaas ~

Schmerz konnte viele Formen annehmen. Sie unterschieden sich in ihrer Dauer, ihrer Ursache, ihrem Entstehungsort und ihrer Intensität. Physische wie psychische Schmerzen konnten Menschen seit jeher außer Gefecht setzen, doch es gab einen Schmerz, den nur die Toten kannten. Er war die Zusammenfügung aus allen Schmerzarten und anders als alles, was man sich vorzustellen getraute.

Diesen Schmerz gab es nur an einem Ort. Im Torturengebiet.

Es war wie Sterben. Wieder und wieder auf die grauenvollste Weise. Als würde der eigene Körper in der Hälfte zerrissen und anschließend wieder zusammengenäht werden und man bekam jede einzelne Sekunde davon mit. Doch das war noch der angenehme Part. Der psychische Schmerz war der Endgegner. Er verfolgte einen bis in die Tiefen der Seele, brachte sie zum Zersplittern. All das kannte Elaas vom letzten Mal, als man ihn hier gefoltert hatte. Er konnte sich nicht mehr an die Details erinnern, doch er war sich sicher, dieses Mal war es schlimmer. Viel schlimmer.

Elaas wurde ohne Unterbrechungen in heiße Lava getaucht, mit dem Kopf voran. Sie brannte seine Haut weg und alles, was sich darunter befand, nur eines blieb: die Erinnerungen. Sie waren verschwommen. Verhüllt in einem wässrigen Schleier des Grauens. Es waren Gefühle, die man einst kannte, die einem tief verbunden waren, mehr aber war nicht geblieben. Nur der laute Schrei eines kleinen

Babys, der Elaas' Ohren zum Bluten brachte. Der erste Herzschmerz. Der erste Verlust, der einen hinterfragen ließ, ob es möglich war, jemals wieder glücklich zu werden.

Man durchlebte die schlimmsten Momente seines Lebens erneut, ohne wirklich zu wissen, was passierte. Fast wie in einem undeutlichen Albtraum, dem man nicht entfliehen konnte. Die gesamte Menge des Schmerzes eines ganzen Lebens, ohne den Grund zu wissen. Ohne die Geschichte zu kennen.

Es wunderte ihn nicht, dass die meisten nicht lange brauchten, um zur nächsten Stufe zu gelangen und vom Opfer zum Täter zu wechseln, doch Elaas wollte stark bleiben. Für sich und für alle, die jetzt auf ihn zählten. Er durfte diesen Schritt nicht gehen, durfte nicht vergessen, wofür er kämpfte und auf wessen Seite.

»Na, hast du schon genug?« Samu schien regelrecht erfreut über seine neue Tätigkeit, die beinhaltete, Elaas bei seinen Qualen zu beobachten.

Dieser wollte etwas Scharfsinniges oder Sarkastisches erwidern, doch allein über eine Antwort nachzudenken, kostete ihn Kraft, die er nicht länger besaß. So blieb er still und wartete geduldig ab, bis er wieder in die Lava heruntergelassen wurde.

Schmerzen, Tränen, Schreie, Tod. Alles ungreifbar und doch um ihn herum. Er wurde in Stücke gerissen, spürte sein menschliches Herz schlagen, fühlte, wie es mit einem Vorschlaghammer in tausend Einzelteile zertrümmert wurde, hörte es brechen, spürte blutige Tränen aus seinen Augen laufen, roch das Feuer, welches seine Haut von innen heraus verbrannte.

Es war nicht nur sein eigener Schmerz, sondern der von all jenen, die er einst geliebt hatte. Keine Namen und keine

Gesichter, nur die Umrisse von Gestalten und die Gewissheit darüber, dass Elaas sie gekannt haben musste. Dieses Leid kam nicht von Fremden. Schuld, Scham und Angst. Wut und Verzweiflung. Mehr war dort nicht. Von ihnen war er umgeben, bis er auftauchte, mit dem Wissen, dass er gleich wieder eintauchen würde.

»Lässt du uns kurz allein?«

Eine bekannte Stimme, freundlich, doch woher kam sie?

»Ich soll ihn immer unter Beobachtung halten, das ist meine Aufgabe.«

»Sie wollen, dass ich mit ihm spreche. Wenn du dich gegen sie stellen möchtest, nur zu, Kleiner.«

Die Stimmen drangen wie aus fernen Welten zu Elaas hindurch. Es dauerte einige Sekunden, bis er es schaffte, seine Augen etwas zu öffnen, und noch länger, bis er Pirok, mit seinen strubbeligen blonden Haaren erkennen konnte. »Du schon wieder.« Elaas hörte sich kaum selbst sprechen, so leise war er im Vergleich zu dem ohrenbetäubenden Geschrei um ihn herum.

»Das Gleiche wollte ich auch zu dir sagen.« Pirok lächelte, doch darunter fand man das Gesicht eines besorgten Mannes, der sich nicht anders zu helfen wusste, als Scherze zu machen.

»Wie lange bin ich schon hier?« Das Zeitgefühl im Torturengebiet war völlig verfälscht, das wusste er noch von seinem letzten Mal.

»Neunzehn Stunden etwa, vielleicht zwanzig.«

Auch wenn ihm bewusst war, dass es stimmte, konnte er es nicht fassen. Es fühlte sich unrealistisch an, war er denn nicht schon mindestens sechzehn Tage in diesem Leid gefangen? Wie ein Albtraum. Die Zeit darin verging anders, aber nicht unbedingt falsch. Im Torturengebiet, so hieß es, war eine Stunde in Echtzeit gleichbedeutend mit zwanzig Stunden im ewigen Leid. Das machte für Elaas etwa sechzehn Tage, die er nun schon gequält wurde, obwohl nicht einmal ein einziger vergangen war. »Unfassbar«, murmelte er vor sich hin.

»Ich möchte helfen, Elaas, doch ich weiß nicht wie.«

Tyron hatte gesagt, er könnte Pirok vertrauen, doch Elaas wusste selbst nicht genau, wie ihm noch zu helfen war. Allein Rakaan könnte eine Idee haben. Wenn er es nicht wusste, dann keiner.

»Ezmon«, stammelte der Frischling, wurde aber von einem Hustenanfall unterbrochen. »Er soll Rakaan von meiner Lage berichten. Mehr kannst du nicht tun.«

»Das mache ich. Versprochen.« Besorgt musterte Pirok Elaas' geschundenen Körper. »Vielleicht solltest du es einfach tun.«

Elaas versuchte, seinen Kopf anzuheben, um Pirok ordentlich erkennen zu können. Um sehen zu können, ob er scherzte, doch dem schien nicht so.

»Lass dich auf die Metamorphose ein, dann wirst du diese Qualen los.«

»Auf keinen Fall!« Elaas wurde etwas lauter. Die Konsequenzen spürte er sofort in seiner brennenden Kehle. Er ließ seinen Kopf wieder nach vorne fallen, erschöpft von der Anstrengung. Alles in ihm sehnte sich danach, aufzugeben, doch das kam nicht in Frage.

Pirok strich sich das strubbelige blonde Haar aus dem Gesicht und seufzte laut. »Dann ... halte durch. Ich werde mich beeilen.«

Ich hoffe es doch. »Eines noch.« Elaas' Stimme war kaum mehr als ein dunkles Raunen. »Lass Ezmon nicht hierher. Das würde Verdacht schöpfen.«

»Gut, verstanden. Und du ... sei einfach stark. Versuch an die positiven Dinge zu denken. Nur das kann den Schmerz lindern.« Mit diesen Worten verließ ihn Pirok.

Keine Sekunde später kam Samu mit seinem diabolischen Grinsen zurück. »Willst du mir noch etwas sagen, oder kann es weitergehen?«

Elaas schwieg. Kurz darauf wurde er wieder fallen gelassen.

In der Lava versuchte er, was Pirok ihm geraten hatte. Während der Schrei eines Babys seine Ohren sprengte, dachte er an das kurze Gespräch mit Aritana, bei welchem sie unbekümmert scherzen und lachen konnten wie lange nicht mehr, und tatsächlich wurden die Schmerzen etwas erträglicher. Er erinnerte sich an seine Verabschiedung von Loras in der Oberwelt, wie er ihm für seine Hilfe gedankt hatte. Er dachte an Tyron. Wie er ihn gerettet und ihm in den Höhlen alles Mögliche über Luzifer und das Ritual erklärt hatte. Er dachte daran, wie er Tyron nach langer Suche wiedergefunden hatte, und an das Wiedersehen mit Loras und Aritana. Wie sie sich in die Arme gefallen waren, an die Liebe und Freude, die greifbar in der Luft herumschwirrten. Er verspürte noch immer die unendlichen Qualen, doch sie verloren an Macht. Es funktionierte.

Elaas wiederholte diesen Trick. Er rief sich die gemeinsame Zeit mit Rakaan ins Gedächtnis, den Moment, in dem er ihm die Klinge übergeben hatte, als Zeichen des Vertrauens. Er dachte an Pirok, der mit ihm gesprochen hatte, als keiner sonst es tat, und an Ezmon, der ihn auf der Suche nach Tyron nicht nur unterstützt, sondern auch beim Angriff der Dämonen gerettet hatte.

Wieder und wieder nutzte Elaas all seine verbliebene Kraft, um seine Erinnerungen zu lenken, doch es wurde zunehmend schwerer. Er fing an, einige schöne Momente zu vergessen. Es wurden immer weniger, von einer ohnehin begrenzten Auswahl, da er auf nichts in seiner Lebzeit zurückgreifen konnte. Der Frischling versuchte, sich zu konzentrieren, dachte angestrengt nach, doch die Geräusche um ihn herum, die Gefühle, die ihn durchbohrten wie spitze Messer, wurden – mit jedem Mal, mit dem er in die Lava eintauchte und in Stücke zerrissen wurde – lauter, schärfer und intensiver.

Für Elaas vergingen Tage, bis ihm die positiven Erinnerungen ausgingen, danach klammerte er sich an die Vorstellung von Gesichtern, die er kannte. Freundliche Gesichter, die ihn befreien würden, die ihm vertraut waren und die auch er retten wollte, doch sie verblassten recht schnell.

Die Silhouetten, die ihm blieben, halfen nicht mehr. Er tauchte ein in die Dunkelheit. Der endgültige Tod wäre um einiges angenehmer gewesen. Bald flehte er nur noch nach ihm. Flehte zu Luzifer, er würde seine kaputte Seele befreien und in die Unendlichkeit entlassen. Das ewige Nichts war besser als der ewige Schmerz. Doch nichts passierte. Es gab nur einen einzigen Weg hinaus.

»Bist du endlich so weit?«

Sechsundsechzig Stunden waren vergangen, in denen Elaas im Torturengebiet gefoltert wurde. Fast acht Wochen, wie Elaas sie wahrgenommen hatte. Fünfundfünfzig Tage, bis er diese Frage hörte, deren Antwort die Macht hatte, ihn zu befreien. Er biss die Zähne zusammen, wollte sich wehren. *Nur ein Wort. Nur eine Silbe, nur zwei Buchstaben und alles ist vorbei.*

Er hatte diese fremde Stimme schon seit Stunden im Kopf, wollte sie stummschalten, doch scheiterte. *Ich muss stark bleiben*, rief er sich in den Kopf. Er wusste, dafür gab es einen guten Grund, doch er erinnerte sich nicht mehr daran. Da war nur noch schwarzer Nebel in seinem Kopf. Warum tat er sich das an? Das Ende dieser Geschichte, seiner Geschichte, war längst geschrieben. Niemand entkam diesem Schicksal. Niemand. Warum wollte er das überhaupt. Auf was wartete er? Auf wen? Er wollte nicht aufgeben. Alles in ihm schrie ›Nein!‹, doch sein Mund sagte »Ja«.

Ohne Umschweife wurde Elaas von seinen Ketten befreit. Ein Teil von ihm wusste, dass es falsch war, doch die Freiheit ließ ihn aufatmen, wischte alle Zweifel beiseite. Er spürte es in jeder Faser seines Körpers. Er konnte nicht wieder zurück. Er wusste schließlich, was dort auf ihn warten würde.

Samu führte ihn mit einem noch größeren, widerwärtigeren Grinsen als je zuvor von dem Platz fort, wo all sein Übel Heimat fand, und hin zu einem neuen Platz, bald erfüllt mit fremdem Leid.

Jeder Schritt schmerzte, doch es war nicht vergleichbar mit dem, was er in der Lava gespürt hatte. Nicht einmal ansatzweise.

Der Mensch, eine Frau Ende vierzig mit einem leicht gräulichen Haaransatz, blickte ihm verzweifelt in die Augen, als sie vor ihm stand, mit zwei Vollblutdämonen an ihrer Seite. *Stopp!*, hörte er sich rufen, doch die Stimme war zu weit weg. Hinter verschlossenen Türen verschwunden und leise. Ein Hauch im Wind. Elaas konnte nicht stoppen. Es gab keinen anderen Weg.

Mit heißen Tränen in den Augen, die beinahe in der Hitze verdampften, legte er der Frau die Fesseln an und ließ sie an den Ketten hochziehen. Sie sah ähnlich ängstlich aus wie er, als er erstmalig in die Lava hinabgesehen hatte. Sie wusste noch nicht, was auf sie zukam, doch sie konnte anhand ihrer Umgebung erahnen, dass es nichts Schönes war.

Lass es sein, hörte er sich wieder sagen. Elaas musste es selbst tun. Er musste die Ketten bedienen, welche die Frau in die Tiefe führten. Er musste die Ketten unten halten, egal wie laut ihre Schreie waren, die durch die Lava hindurchdrangen. Er konnte es nicht sein lassen, denn würde er es nicht tun, würde jemand anderes diese Aufgabe übernehmen. Ihr Schicksal war lange besiegelt, doch seines war es nicht. Er musste nicht zurück. Er konnte wieder frei sein. All diese negativen Gefühle, diese furchtbaren Erinnerungen hinter sich lassen, sie vergessen. Die Frau konnte er nicht mehr retten, nur noch sich selbst.

Seine Augen presste er zusammen, sodass sich weitere Tränen lösten. Er konnte sie dabei nicht ansehen. *Bitte hör auf.*

Doch dafür war es zu spät. Elaas betätigte den schweren Hebel. Er ließ die Frau fallen. Hörte sie schreien.

Und er vergaß sofort, wer er einst gewesen war.

Was er einst sein wollte.

Er wusste nur, was er im Hier und Jetzt war: ein Dämon. Ein Dämon für alle Ewigkeit.

Kapitel 23

~ Aritana ~

Aritana drehte sich zu ihrer Freundin Nadia um und fiel ihr sogleich überglücklich in die Arme. Die junge Engelsfrau war am Leben und unversehrt. Erleichtert atmete Aritana auf und löste sich von Nadia. Sie fingen an zu reden, doch es fiel der Gefallenen schwer, den Fokus zu behalten. Immer wieder wanderten ihre Gedanken zu dem Kuss. Ein Nachbeben. Sie konnte noch seine Lippen auf ihren spüren, das Kribbeln genießen. Diese überwältigenden Gefühle machten es ihr schwer, einzusehen, was das gerade gewesen war. Ein Fehler. Ein großer, schwerwiegender Fehler.

»Ari?« Nadia sah sie fragend an, legte ihren Kopf dabei schief.

Hatte sie etwas gesagt? Aritanas Gedanken vereinnahmten so viel Platz, dass ihre Auffassungsgabe geschwächt war. Sie musste dringend weg von Tyron. Sie brauchte Abstand.

»Ich habe dich gefragt, wie es sein kann, dass du hier bist.« Eine Sorgenfalte zog eine Linie über ihre hohe Stirn. »Alles in Ordnung?«

»Tyron, gibst du uns einen Moment? Ich würde gerne kurz mit Nadia allein sprechen.« Solange er neben ihr stand, konnte sie keine vernünftige Unterhaltung führen. Nicht jetzt. Zumal Nadia sicher noch mehr Fragen auf Lager hatte, die sich unter anderem auf das Ereignis bezogen, von welchem sie soeben Zeugin geworden war.

Auf ihre Bitte hin nicke Tyron, wenngleich in seinem Gesicht eine Mischung aus Angst und Bedauern zu finden war. Er schlich langsam fort von den Frauen, ließ sie allein.

Erst als sich Aritana sicher war, dass er sie nicht länger hören konnte, fing sie an, aufzuatmen und zu reden. Mit ihm verschwanden auch das Kribbeln und eine ganze Menge Druck, den sie vorher kaum wahrgenommen hatte. Aritana räusperte sich. »Es ist etwas kompliziert. Nach unserem Fall waren Loras und ich –«

»Ich möchte die Geschichte wirklich gerne hören, aber was um alles in der Welt habe ich da gerade gesehen? Du und Tyron? Der Dämon?«

Aritana konnte nicht klar sagen, ob der Schock mehr aus ihrer Stimme zu hören oder aus ihrem Gesicht zu lesen war, denn beides war der Fall. Warum musste auch immer jemand in der Nähe sein, wenn Tyron und sie sich küssten? *Wenn wir aufhören würden, uns zu küssen, wäre das auch kein Problem.* »Das ist auch kompliziert.« Besser konnte Aritana ihre Situation nicht umschreiben.

»Du bist eine Art Engel und er ist eine Art Dämon, natürlich ist es kompliziert.«

Komplizierter, als es sein sollte. Ihre Gefühle für Tyron waren nicht zu leugnen, doch sie waren ein Produkt ihrer eigenen Neugierde, die sie so lange unterdrücken musste. Mit Tyron war es aufregend, ja, doch brauchte sie nicht etwas Sicheres? »Ich weiß nicht.« Aritana seufzte. Ihr Blick wanderte in der Gegend herum. In der Oberwelt. Ein Ort, den sie mit Loras verband. »Was du gesehen hast, war ein schwacher Moment, nichts mehr. Mir liegt sehr viel an ihm, aber können wir denn jemals eine Zukunft haben? Mit Loras ist das anders. Wir könnten vielleicht eines Tages –«

»Also ist da auch etwas zwischen dir und Loras? Du überraschst mich doch immer wieder, Aritana.« Nadia kicherte. Ein helles, freundliches Kichern.

Die Gefallene wollte sauer sein, dass sie sich über ihre nervenzerfressende Situation lustig machte, doch sie konnte dem jungen Engel nicht böse sein.

»Wenn du keine Zukunft für dich und Tyron siehst, wieso lässt du dich auf einen Kuss ein?«

»Er hat so eine Wirkung auf mich. Wenn er mir nah ist, schaltet sich mein logischer Verstand einfach ab. Hast du jemals so für jemanden empfunden?«

Nadia schien kurz nachzudenken, ihre Erinnerungen nach dem beschriebenen Gefühl zu durchwühlen, und es dauerte nicht lange, ehe sie zu lächeln begann. »Ein Südafrikaner namens Taio. Als ich noch ein Mensch war, hatten wir etwas miteinander. Bei ihm habe ich mich immer gefühlt, als bliebe die Welt kurz stehen. Ich wusste, dass es nicht lange halten würde, da er in England lebte und ich dort nur wegen eines Auslandssemesters war, dennoch kostete ich jede Minute mit ihm aus.« Man sah förmlich, wie Nadia begann, in Erinnerungen zu schwelgen.

»Darf ich zurückkommen, oder soll ich mir hier ein Zelt aufschlagen?«

Tyrons Stimme riss beide Frauen aus ihren Gedanken. Eilig nickte Aritana ihm zu. Er stellte sich neben sie und Stille kehrte ein.

»Also«, brach Nadia das Schweigen, »wieso seid ihr in der Oberwelt? Seid ihr hier denn sicher?« Ihr Blick fiel auf Tyron.

Letzterer stellte sich so nah neben Aritana, dass das Kribbeln zurückkehrte. »Wir suchen Enrik. Zuros hat gesagt, er hätte ihn hier irgendwo gesehen. Er und Loras haben ihn inzwischen bestimmt gefunden, doch ich wollte erst nach dir sehen.«

Nadias Gesicht rötete sich ein wenig. »Das ist sehr aufmerksam, doch mir geht es gut. Ich bin hier nur ein kleiner Fisch, unbedeutend für alle, die über mir stehen, und demnach außerhalb des Radars. Von Enrik wusste ich allerdings nichts. Wenn er zurück ist, bedeutet das sicherlich Ärger. Wo war er in der Zwischenzeit?«

Nadia hatte wohl wirklich einiges nicht mitbekommen. »Er war in der Unterwelt.«

Nadias Augen vergrößerten sich binnen Millisekunden.

»Und er war kein Gefangener, wie es aussieht.« Bislang wusste sie lediglich, dass Enrik ein Spion und Verräter war, doch mit dem Feind im Krieg zusammenzuarbeiten, war selbst für jemanden wie ihn eine ordentliche Leistung.

»Dann müssen wir ihn finden. Sofort!«

Ein Machtwort wurde gesprochen, ein Machtwort wurde erhört und dem Machtwort wurde Folge geleistet. Sie wussten zwar nicht recht, wohin sie gehen sollten, doch weit konnten die anderen nicht entfernt sein. Hoffentlich.

Wie zu erwarten, gab es auf ihrem Weg immer mehr starrende Augenpaare, fragende Blicke und leise wie auch laute Kommentare. Die meisten bestanden nur aus weit hergeleitetem Getuschel, welches leicht zu ignorieren war, doch hin und wieder fiel es Aritana schwer wegzuhören. Gelegentlich fauchte Nadia einige Außenstehende an, sie sollten sich erst einmal selbst wie ordentliche Engel benehmen und nicht so neugierig sein.

Die drei Stunden waren fast um und sie befanden sich nahe des Tempels, dessen Spitze in die Unendlichkeit zu ragen schien, als sie endlich Loras' blondes Haar in der Menge erkannten. Neben ihm Zuros und Larzus, vor ihm ein gelassen dastehender Enrik. Sie hatten ihn gefunden. Aritana, Tyron und Nadia eilten herbei.

»Na, sieh mal einer an, wer uns noch alles beehrt. Ihr seid, wie ich sehe, mal wieder in guter Gesellschaft.«

Enriks Grinsen sorgte für einen Schauer, der sich über Aritanas Rücken zog.

»Sag uns endlich, was du weißt«, fauchte Loras ihn an.

»Ich weiß nur eines – und zwar, dass ihr Narren seid. Allesamt. Weil ihr nicht seht, was genau vor euren blinden Augen passiert.«

»Was meint du?« Aritana trat einen Schritt näher. In Enriks blassen Augen ließ sich keine Reue finden, keine Schuld. Was auch immer er tat, es geschah aus reinem Egoismus heraus und das widerte die Gefallene an.

»Oh, sind wir bereits beim ›Du‹ angelangt?«

Sie hatten das Verhör gerade erst aufgenommen und schon konnte Aritana hören, wie ihre Geduldsfäden rissen. Einer nach dem anderen. »Da du nun zu den Dämonen gehörst, dachte ich, das wäre dir lieber.«

»Glaubt mir, ich bin noch mindestens genauso viel Engel wie ihr. Und ich bin ganz sicher nicht eure größte Sorge. Erst recht keine Bedrohung.«

Tausend Fragen schossen durch ihren Kopf. Sie ballte ihre Faust, wollte auf ihn einschlagen, die Antworten aus ihm rausprügeln, als sie Loras' Blick bemerkte. Er sah runter zu ihrer Faust, die sich im selben Moment lockerte, und in ihre blitzeschießenden Augen, die sich im selben Moment senkten. Sie drehte sich weg.

Loras übernahm die weiteren Fragen. »Wer ist dann unsere Sorge?«

Enrik schenkte Loras keinerlei Beachtung. Er traf Aritanas scharfen Blick und erwiderte ihn gekonnt. Es machte sie rasend, wie er ihre Wut durchschaute.

»Ihr kratzt an der Oberfläche, unfähig zu sehen, was sich darunter befindet und wie tief diese Gewässer gehen.«

»Rede Klartext und sag uns, was für ein Spiel du spielst.«

Enrik hob beschwichtigend die Hände hoch. »Ich spiele gar nichts. Ich bin nur ein Handlanger. Ein einfacher Engel, der seinen Job erfüllt hat, wie es jeder gute Engel getan hätte.«

Er hatte nur seinen Job erfüllt. War es das? War er deswegen in der Unterwelt gewesen? Hatte er sie deswegen ans Messer geliefert? Ein guter Engel hinterfragte keine Aufträge. Eine gute Seele hingegen schon.

»Wen versuchst du zu belügen?« Loras' Stimme klang immer gepresster, enger. Viel Geduld hatte auch er nicht mehr übrig. »Wir wissen, dass du in der Unterwelt warst.«

»Und wer denkt ihr, hat mich dort hingebracht?«

Kurze Zeit schwiegen alle. Während Loras, Zuros und Larzus ins Nichts starrten und in ihren Köpfen nach Verdächtigen suchten, konnte Aritana den Blick nicht von Enriks Fratze abwenden, die sie immer noch angrinste, als hielte er alle Asse in der Hand, ohne sie zu zeigen. Aus ihm war nichts herauszuholen. Zu sehr liebte er das Gefühl der Überlegenheit.

»Nun denn, ich habe noch eine Verabredung. Ich wünsche einen schönen Tag.«

Mit offenem Mund sah Aritana zu, wie Enrik ihr zuzwinkerte und sich aus dem Staub machte. »Wir können ihn doch nicht einfach gehen lassen.« Aritana wollte dem Verräter hinterherrennen, ihn gefangen nehmen und mitschleifen, doch was dann?

»Vielleicht ist er in Freiheit von größerem Nutzen für uns als in Gefangenschaft«, murmelte Zuros, der genau wie Aritana dem Engel hinterherschaute, wie er sich immer weiter entfernte. »Macht euch keine Sorgen. Wir behalten ihn im Auge, nicht wahr?« Zuros sah Larzus fragend an.

Letzterer nickte zustimmend. »Wir melden uns, sollten wir etwas herausfinden. Vorerst folgen wir ihm und sehen, wo er uns hinführt.«

Alle nickten.

»Ich schließe mich euch an. Ein Augenpaar mehr, das aufpasst, kann nicht schaden.« Die junge Stimme erklang aus dem Hintergrund.

Aritana drehte sich in einer raschen, aber eleganten Bewegung zu Nadia um. Sie hatte fast vergessen, dass ihre Freundin ebenfalls anwesend war. »Du möchtest hierbleiben? Du könntest mit uns kommen. Bei Rakaan ist es sicher, niemand Ungeladenes kommt herein.« Erst nachdem sie die Worte ausgesprochen hatte, fiel Ari auf, dass Nadia nicht wissen konnte, wer Rakaan war, doch Wesensbezeichnungen waren hinfällig geworden. Dämon, Engel, Gefallener, Mensch. Alles egal, nur die Sicherheit zählte.

»Ich denke, ich kann hier mehr bewirken. Und anders als bei euch, wird auf mich keine Hetzjagd gemacht.«

Lieber wäre ihr gewesen, der junge Engel, den sie als Schützling einst aufgenommen hatte, würde sie in die sichere Zone begleiten, doch sie musste Nadias Entscheidung respektieren. Zuros und Larzus würden auf sie aufpassen.

»Ihr habt keine Ahnung, von wem dieser Enrik gesprochen hat, oder?« Nun meldete sich auch Tyron zu Wort.

Tatsächlich fiel Aritana nur ein einziger, in Frage kommender Name ein: »Leander. Er hatte Enrik als Erstes auf mich angesetzt. Er als Großengel hat Enrik in die Unterwelt gebracht. Das heißt, dass er etwas plant. Vielleicht ist er unsere größte Sorge.«

Was logisch klang, wurde bald unmöglich, denn Larzus hatte mehr Informationen als sie: »Ich schließe nicht aus, dass Leander etwas damit zu tun hatte, doch unsere größte Sorge wird er wohl kaum sein.«

»Wieso?«

»Weil er tot ist«, antwortete Zuros mit einem leichten Zittern in der Stimme. »Er verstarb vor einigen Wochen bei einem Angriff von ein paar übergriffigen Dämonen. Etwas dergleichen passiert ständig seit Luzifers Befreiung.« Daran hatte Aritana nie gedacht. Das Leid der Menschen hatte sie stets direkt vor Augen, doch die Engel hatte sie vergessen. Sie hielt sie für außer Gefahr, solange kein Vernichtungsschlag von Luzifer erfolgte.

Um Leander trauerte sie keineswegs, doch diese Erkenntnis zog zwei Schatten mit sich: Der eine lag in der Trauer um die guten Seelen, die an Leanders Seite ihren Tod gefunden hatten – unverdient, während Enrik noch am Grinsen war. Der andere lag in der Ungewissheit. Sie rannten, stolperten und rannten weiter, doch kamen kein Stück voran. Vielleicht hatte Leander Enrik in die Unterwelt gebracht, doch er war nun tot. Wer war ihre größte Sorge? *Luzifer.* Das war offensichtlich, doch den hatte sie längst auf dem Schirm.

Ihr kratzt an der Oberfläche, unfähig zu sehen, was sich darunter befindet und wie tief diese Gewässer gehen. »Was, wenn unsere größte Sorge die Maßstäbe unserer

Erwartungen übersteigt? Was, wenn es sich um jemanden von ganz weit oben handelt?«

»Du meinst einen Urengel?« Loras sah sie fragend an, wobei er wie so oft seinen Kopf leicht schief legte. Doch er dachte noch zu harmlos.

»Ich meine einen Erzengel.«

Alle starrten Aritana ungläubig an, als wäre es ein Verbrechen, auch nur daran zu denken. Larzus schüttelte abweisend den Kopf, widersprach aber nicht. Niemand widersprach.

In ihrer Lage mussten sie alle Möglichkeiten in Betracht ziehen. Die Erzengel waren mächtig genug. Sie zeigten sich passiv bei den Aufständen, nahmen das Ritual nicht ernst und hatten alle Gelegenheiten. Vielleicht war einer von ihnen abtrünnig. Doch mit welchem Motiv? Sie hatte immer zu den Erzengeln aufgesehen. Zu jedem einzelnen. Sie waren greifbare Götter. Vorbilder seit der Ewigkeit. Sie wollte nicht recht behalten, doch ihr kam wieder das Bild der weißen Augen im dunklen Wald in den Sinn. Wenn die Erzengel gegen sie spielten, hatten sie in der Tat weitaus größere Sorgen als Enrik.

»Loras, du musst mit Sariel sprechen. Bald.«

Kapitel 24
~ Elaas ~

»Bitte! Hör doch bitte auf!«

Die ersten paar Male, bei denen er die gebrochene Stimme hörte, zerschmetterten Elaas innerlich, doch mit jeder vergangenen Stunde wurde es leichter, das Flehen der Frau zu verdrängen, fast schon zu genießen. Ihre Schreie klangen wie ein vertrautes Lied in seinen Ohren. Eine Melodie, die sich in seinem Kopf festsetzte und sich wie eine Decke über die Dunkelheit legte. Über die Erinnerungen, die er einst zu bewahren versuchte. Je lauter sie sang, desto leiser wurden seine Zweifel, die ihn zur Schwäche verleiten wollten. Das würde er nicht zulassen. Nie wieder.

Es war absehbar, dass sie nicht lange durchhalten würde. Die meisten gaben nach drei Tagen im Torturengebiet auf, was nur knappe vier Stunden in der realen Zeit waren. Dafür schlug sich die Frau, deren Tränen unaufhörlich über ihr Gesicht liefen, nicht übel. Sie war schon um die fünf Stunden dabei und flehte immer noch um ihr Leben statt ihren Tod. Dafür respektierte Elaas die Frau, doch früher oder später würde sie einknicken, so wie jeder andere auch. Und wenn der Moment für sie gekommen war, würde die Metamorphose für Elaas abgeschlossen sein. Dann war es geschafft und er war wieder ein anerkanntes Mitglied der Gesellschaft. Mehr wollte er nicht. Nur dazugehören.

»Hey Elaas, mach mal 'ne Pause.«

Als er Samus Stimme aus dem Geschrei heraus wahrnahm, drehte er sich herum und begrüßte seinen Kumpanen mit einem Lächeln.

»Ich denke, es dauert bei ihr nicht mehr lange«, verkündete Elaas stolz, während die Frau kopfüber in ihrer persönlichen Lava hing.

»Gute Arbeit, aber wir wollen uns kurz unterhalten.«

Erst in diesem Moment bemerkte Elaas, dass Samu nicht allein war. Hinter ihm kamen zwei Gesichter zum Vorschein, eines von ihnen war ihm noch bekannt: Yanella, die Gefangenenbeauftragte. In ihrer Gefolgschaft noch ein älterer Dämon.

Elaas zog die Ketten nach oben, damit die Frau eine kurze Verschnaufpause erhielt, in der sie in Ruhe weinen konnte, und lief mit den drei Dämonen davon.

Sie gingen vorbei an den Schluchten, wo sich aktuell nur wenige Dämonen tummelten, überwiegend Frischlinge, noch jünger als Elaas. An den hohen Mauern, versteckt in der Dunkelheit, öffneten sie eine Tür zu einem kleinen Raum, den er allein vermutlich nie entdeckt hätte. Sie traten ein, doch nichts Spannendes fand sich darin, bloß einige Fackeln, um Licht zu erzeugen, und vier leerstehende Gefängnisse.

»Elaas?« Samu sah ihn auffordernd an. »Weißt du, wer vor dir steht?«

Der Frischling stand zwei höhergestellten Dämonen gegenüber, seine Augen fixierten die Frau, die ihn von oben bis unten musterte. Samu befand sich an der Seite zwischen den beiden. »Ich erkenne Yanella.« Die Dämonin war eine furchtbar attraktive Frau. Äußerlich schon etwas älter, was man an ihren Falten sehen konnte, doch durch ihre feuerroten Haare und die dazu im Kontrast stehenden

Elaas wollte seinen Beitrag für die Gemeinschaft leisten, er wollte ihnen die Informationen beschaffen, welche sie begehrten, doch er konnte nicht. Ein Damm war in seinem Kopf gebaut worden. Der Strom an Erinnerungen konnte noch so gewaltig sein, der Damm hielt stand und ließ bis auf ein paar vereinzelte Tropfen nichts hindurch. Je angestrengter er nachdachte, desto größer wurde der Druck auf den Damm und damit auch der einhergehende Schmerz. »Es tut mir leid, ich weiß es nicht.« Gerne hätte Elaas gelogen, um die Urdämonen nicht enttäuschen zu müssen, doch eine Lüge wäre binnen weniger Stunden – oder gar sofort – aufgefallen.

»Geh in dich, Elaas. Wo hast du Tyron zuletzt gesehen?« Samu sah ihn an, als könnte er im richtigen Licht die Antwort irgendwo in seinen Augen finden.

Elaas versuchte es erneut. Wo hatte er Tyron gesehen? »In der ... Mitte.« Sehr unpräzise, doch das war alles, was ihm in den Sinn kam.

»Gut, das ist doch ein Anfang. Was weißt du noch? Wir vermuten, dass ihn jemand in Tyrons Heimatort Nauried gefunden und von dort verschleppt hat, ehe wir die Chance dazu hatten. Sagt dir dieser Ort etwas? Nauried? Ein See?«

»Ja!« Elaas stieß einen leisen Seufzer aus, während er seinen Kopf zur Seite drehte. Der See hatte etwas ausgelöst. Die Schmerzen verrieten ihm die Wahrheit.

»Sehr gut«, fuhr Yanella fort. »Ihr beiden wart am See in Tyrons Heimatstadt. Wo seid ihr dann hin? Wo hast du ihn versteckt?«

Elaas konnte sich kaum konzentrieren. Seine Gedanken versuchten, ihm etwas zuzuschreien, doch er verstand sie nicht. Vielleicht wollten sie ihm die Antworten auf alle Fragen verraten, doch ihre Rufe drangen aus weiter Ferne zu ihm. »Bäume.« Er presste das Wort zwischen seinen Lippen hervor, als wollte es seinen Mund nicht verlassen. Elaas selbst wusste nicht genau, was damit gemeint war, doch es fühlte sich richtig an. Er konnte sich an Bäume erinnern.

»Bäume? Ein Wald?«

Elaas nickte.

»Sagt dir der Name Rakaan etwas?« Nun meldete sich wieder Morphos zu Wort.

Bis zum jetzigen Moment hatte er eine Weile lang nur grübelnd zugehört, zumindest nach dem zu urteilen, was Elaas aus dem Seitenblick heraus hatte sehen können. *Rakaan.* Schmerz. Ein stummer Schrei. Er kannte diesen Namen. Er kannte ihn sehr gut. Rakaan war von Bedeutung. Er war wichtig für irgendetwas oder irgendjemanden. Für die Dämonen? Brauchten sie seine Hilfe oder er ihre?

»Wir waren bei Rakaans Hütte, wir überwachen sie dauerhaft. Dort ist niemand.« Yanella sprach zu Morphos.

Tyron, Rakaan, die Hütte im Wald! Ein Blitz schlug ein und sorgte für ein Loch in dem Damm. Er stand noch, aufrecht und stabil, doch durch das Loch schossen Erinnerungen, die ihm völlig fremd waren. Gleichzeitig waren sie schwer in Worte zu fassen. »Es gibt eine zweite Hütte.«

Alle Augenpaare richteten sich auf den Frischling, welcher etwas verunsichert seinen Blick wandern ließ.

»Ja, ja! Eine zweite Hütte. Es gab zwei! Ich – «

»Elaas, es ist wichtig, dass du uns sagst, wo sich die zweite Hütte befindet.«

Nichts anderes hatte der Frischling vorgehabt, wäre er nicht unterbrochen worden. Zumindest hatte er es versuchen wollen.

»Rakaan und Tyron sind Verräter. Sie haben sich gegen uns gestellt und sie müssen dafür büßen. Sag uns, wo sie sich verstecken.« Yanella lehnte sich weiter nach vorne und strich sich eine lockige Strähne aus ihrem Gesicht, während sie Elaas eindringlich ansah.

Dieser fuchtelte um sich herum, wusste nicht, wo er hinblicken sollte, wollte die Erinnerung nicht verlieren. Er konnte die Bäume vor sich sehen, den Weg, den er lief. Von einer Hütte zur anderen. Zu der zweiten Hütte. Den Ort, den sie suchten. »Ich denke, ich kann eine Karte malen.«

Samu organisierte Stift und Papier, während Elaas gedankenverloren durch den Raum schlenderte. Als er zurückkam, hockte sich Elaas auf den Boden und setzte zum Zeichnen an, doch noch bevor er die in Tinte getauchte Feder auf das Papier bewegte, schüttelte er den Kopf. Irgendetwas fühlte sich nicht richtig an. Alle starrten ihn an, während er auf das Blatt Papier schaute. Er wusste, dass er etwas Wichtiges vergaß, dass etwas fehlte. So einfach war das alles nicht, konnte es nicht sein. Nur diese Zeichnung würde nicht reichen, wieso? *Ein Hindernis.* Es musste ein Hindernis gegeben haben. Sie konnten nicht einfach da reinspazieren. Ein Sicherheitssystem! Kein Durchgang für Dämonen. »Das gesamte Areal wird von Sigillen geschützt.«

Yanella bedankte sich höflich für die Zusatzinformation, doch war daran sichtlich desinteressiert.

Hatte sie es gewusst? Elaas tunkte die Feder erneut in das Glas voller Tinte und setzte wieder an, doch sein Handgelenk verharrte in der Luft. Etwas stoppte ihn. Es war immer noch etwas falsch, obwohl er die Dämonen bereits vor den Sigillen gewarnt hatte. War es das etwa nicht gewesen? Was hielt ihn auf? Das bedrückende Gefühl, einen gigantischen Fehler zu machen, schlich sich in ihn hinein und machte es sich dort gemütlich. Elaas kämpfte dagegen an. Eine Kehrtwende war ausgeschlossen. Was immer ihn zurückhielt, musste verschwinden. Er gehörte zu den Dämonen, die nun seine Hilfe benötigten. Er musste die Karte erstellen, um Respekt zu erlangen, um dazuzugehören. Immerhin hatte er einiges wiedergutzumachen. Er wusste nicht, was genau, doch er war sich sicher. Dies sollte der Anfang sein. Mit viel Überwindung schaffte er es, endlich die Tinte auf das Blatt zu schmieren. Er sah die Bäume, einen auffälligen Felsen, einen Weg. Er folgte gedanklich dem Weg, der ihm so bekannt vorkam, und malte ihn nach. Von einer Hütte zur anderen.

Es dauerte eine Weile, bis er die wichtigsten Punkte aus den Fetzen seiner Erinnerung zusammengetragen hatte. Wie früher war es leichter, sich an Unpersönliches, wie einen Weg, zu erinnern, nicht aber daran, was man auf dem Weg erlebt hatte, mit wem man ihn entlanggelaufen war und warum. Das blieb im Verborgenen, wo es hingehörte. Schließlich schaffte er es, eine halbwegs akzeptable Karte anzufertigen, die den Dämonen helfen würde, Rakaan und damit auch Tyron zu finden. Die Gesichter um ihn herum waren begeistert, nur er war es nicht. Eine innere Stimme versuchte, zu ihm durchzudringen. Eine Stimme die er einst gekannt, allerdings hinter sich gelassen hatte. Er musste sie zum Schweigen bringen. Sie gehörte nicht mehr zu ihm.

Die Urdämonen gingen vergnügt von dannen und Samu brachte Elaas zurück in das Torturengebiet, wo eine arme Seele auf ihn wartete. Geduldig fand er sie, an ihren Ketten aufgehängt, über der Lava schweben. Ihr Kopf war gesenkt und erhob sich erst, als sie Elaas' Schritte näher kommen hörte.

»Ich hoffe, du hast deine Pause genossen. Kann es weitergehen?« Eine rhetorische Frage natürlich, sie würde keine längere Pause erhalten.

»Nein, bitte! Bitte nicht schon wieder.«

Wer so jämmerlich und unaufhörlich weinte, würde sicher keinen Vorzeigedämon hervorbringen, doch die Regeln waren klar und deutlich: Jede Seele würde zum Dämon werden, früher oder später. Nur einmal hatte man an diesem Fakt gezweifelt. Elaas erinnerte sich vage an die Legende von der Frau, die dreihundertvierundsechzig Tage lang als unzerstörbar galt. Eine Seele, die sich nicht brechen ließ. Man bewunderte ihr Durchhaltevermögen, fürchtete ihre Willensstärke. Doch dann, nach genau einem Jahr in Echtzeit, brach auch sie unter den Schmerzen zusammen. Ein Schicksal, das sie alle teilten.

»Ich kann auch aufhören. Du weißt, was du dafür zu tun hast.« Elaas zog seine Stimme absichtlich nach oben, um ihr zu verdeutlichen, dass es eine ganz natürliche, längst überfällige Angelegenheit war.

»Okay.«

Ihre Stimme war brüchig und leise, bedeckt von Tränen, weswegen Elaas seine linke Hand an sein Ohr hielt und sich nach vorne lehnte. »Wie war das?«

»Okay!«, schluchzte sie. »Ich tu, was nötig ist, nur binde mich von diesen Ketten los, ich flehe dich an!«

Darauf hatte Elaas gewartet. Ein Gefühl des Sieges überkam ihn, doch noch konnte sie kneifen und umkehren. Die Wahrscheinlichkeit sprach zwar dagegen, doch es war durchaus eine Option, weshalb er sein übermäßiges Grinsen noch zurückhielt. »Kamilla, richtig?«

Die Frau nickte vorsichtig, während Elaas sie zu ihrem neuen Opfer führte.

»Du tust das Richtige. Jeder hier muss da durch, doch hast du die Türschwelle einmal übertreten, wartet ein ganz neues Leben auf dich. Du kannst dir sogar einen neuen Namen aussuchen, wenn du das möchtest. Manche machen das aus symbolischen Gründen oder weil sie ihren Namen vergessen haben. Du hast die Wahl. So fühlt sich Freiheit an.« Er wusste, wie schwer der Moment war, sich dafür zu entscheiden, ein anderes Wesen zu foltern, welches auf den ersten Blick harmlos wirkte. Deshalb versuchte Elaas, sie auf andere Gedanken zu bringen. Gedanken, die mit ihrer neuen Identität zu tun hatten, mit dem Leben hinter der Türschwelle.

»Das ist Leonardo.« Elaas führte sie zu dem Neuankömmling, der von zwei Dämonen festgehalten wurde. »Er macht die gleiche Reise durch wie du. Hilf ihm, schnell weiterzukommen, hin zu dem Punkt, wo du dich jetzt befindest. Lass deinen eigenen Schmerz hinter dir. Davon hattest du genug.« Kamilla sprach kein Wort, doch Elaas sah die Entschlossenheit in ihrem Blick. Ähnlich wie er selbst zuvor konnte sie nicht umkehren. Sie konnte nicht zurück an den Ort, wo nur Schmerzen auf sie warteten. Die Seele eines Erdlings konnte nun mal nur einen gewissen Grad an Leid ertragen. Diesen Grad hatte sie erreicht.

Ein Teil von ihm, den er nach außen hin zeigte, lachte. Er war glücklich, dass er sie hierhergeführt hatte. Doch begleitet wurde er von dem anhaltenden merkwürdigen Gefühl, dass sich seit dem Malen der Karte nicht mehr verflüchtigt hatte. Diesen Teil hielt er in sich verschlossen. Er würde gleich verfliegen, sobald Kamilla diesen Schritt wagte.

Er schaute ihr dabei zu. Sie sah weg. Das war in Ordnung, bald würde ihr der Anblick nichts mehr ausmachen. Sie brachte die Ketten in Bewegung, sorgte dafür, dass er in die Lava eintauchte, hörte die Schreie und wusste, dass sie daran schuld war. Dieses Gefühl dauerte allerdings nur etwa zwei Minuten an. Dann änderte sich etwas in ihrem Ausdruck. Ihr Kopf erhob sich, ihre Augen funkelten wie nie zuvor und verfärbten sich langsam. Sie wurden immer dunkler. Bald würde vollkommenes Schwarz den einst hellblauen Schein überdecken.

Und mit ihrer Veränderung folgte auch jene von Elaas. Er war zwar bereits ein Dämon, doch er spürte eine Welle von Macht und Energie, die alles unter sich begrub. Nichts ließ sie übrig. Alle vorherigen Erinnerungen, die noch vage in seinem Kopf verblieben waren, verschwanden in Windeseile. Sein Gewissen befreite sich von allem, was es zuvor belastet hatte. Ein altes Feuer, das ihm bekannt vorkam, wurde erneut entzündet und es brannte heller und größer als je zuvor. Er war zurück.

»Du bist nicht länger gefangen.«

Eine bekannte Stimme. Eine vergessene Stimme. Die Flutwelle der Metamorphose zerstörte alles. Doch sie hinterließ Chaos. Chaos und Bruchstücke, die nicht zu beseitigen waren. Diese Stimme war so ein Bruchstück.

»Ganz recht. Ich gehöre wieder zu den Dämonen, wo ich hingehöre«, sprudelte es aus Elaas heraus. Breit grinsend drehte er sich zu der Stimme um, während er die frohe Kunde überbrachte. Ihm war danach, es der ganzen Welt ins Ohr zu brüllen. Dass er gefangen gewesen und im Torturengebiet gefoltert worden war, daran konnte er sich jetzt schon kaum noch erinnern, doch das war es alles wert gewesen, wenn sich so die gewonnene Freiheit anfühlte. Ein Neubeginn.

»Dann sind wir wohl einen Ticken zu spät.«

»Was meinst du?« Die Freude verschwand aus seinem Gesicht. Zu spät für was? War das ein Scherz, den er nicht verstand?

Der Dämon vor ihm drehte sich herum und wandte sich an eine Gestalt, die sich in der Dunkelheit verbarg. »Wir müssen improvisieren.«

Bevor Elaas weitere Fragen stellen konnte – und von diesen hatte er mehr als genug – traf ihn urplötzlich eine Klinge in den unteren Bauchteil. Der Schmerz ließ nicht lange auf sich warten. Von Kopf bis Fuß war er zu spüren und zwang ihn in die Knie. Ließ seine Augen einen Wettkampf mit seinem Kiefer antreten, wer sich fester zusammenpressen konnte. Bald darauf verschwamm seine Sicht. Da war nichts mehr.

Nur noch schwarz.

Kapitel 25
~ Aritana ~

Drei Tage waren vergangen. Zweiundsiebzig Stunden ohne Informationen. Rakaan war abgetaucht, von ihm gab es keine Spur. Elaas war noch immer gefangen in der Unterwelt und Loras befand sich auf der Suche nach Sariel in der Oberwelt. Nur Aritana und Tyron blieben in der Mitte zurück. Allein.

Über den Kuss hatten sie nicht mehr gesprochen. Sie hatte es versucht, doch Tyron hatte sie unterbrochen, indem er ihre Hand umschloss und ihr ins Ohr flüsterte: ›Schon okay. Wir müssen das jetzt nicht besprechen.‹ Dann lächelte er Aritana an und ließ sie los. Vielleicht hatte er genauso viel Angst vor dem Gespräch wie sie. Oder er konnte erahnen, dass sie noch nicht bereit war. Woran es auch lag, sie war dankbar.

»O nein, du willst mich doch auf den Arm nehmen!«, hörte sie seine Stimme von dem Sofa aus, während sie in der Küche einen Lappen mit Wasser und Spülmittel vollsaugte.

Irritiert drehte sie sich zu dem Halbdämon um, der sein Buch weglegte und auf sie zukam. »Was?«

»Du hast in den letzten drei Tagen fünfmal die Küche geputzt. Wenn du so weitermachst, schrubbst du noch das Gerüst der Hütte weg.«

Er hatte nicht ganz unrecht. Aritana hatte sich die Zeit durch Putzen und Aufräumen vertrieben. Immer und immer wieder. Jede freie Fläche, mit Ausnahme von jenem Raum, den sie nach wie vor nicht betreten konnte. Sie hatte es mehrfach versucht, doch es war nicht möglich. Was immer Rakaan dahinter versteckt hielt, wollte er für sich behalten.

»Da ist noch Dreck«, murmelte Aritana und fing an, über die Schränke zu wischen. Sie spürte, wie Tyron sie am Handgelenk fasste und so zu einer Pause zwang.

»Ari, hier war schon vor drei Tagen kein Dreck. Rakaan scheint fast einen so ausgeprägten Ordnungswahn zu haben wie du.«

Er schmunzelte, doch sie konnte es nicht erwidern. »Ich habe keinen Ordnungswahn.« Aritana riss sich von ihm los und putzte weiter. Hin und her, vor und zurück. Bis sie ihren Rhythmus fand, an den sich ihre Atmung anpasste.

»Wie nennst du das hier dann?« Tyron machte eine ausholende Bewegung, die den ganzen sauber glänzenden Raum umfasste. »Seit die anderen weg sind, bist du nur am Putzen und –«

Man konnte förmlich zusehen, wie der Groschen fiel. Aritana sah ihm in die Augen und versuchte gar nicht erst, den Schmerz dahinter zu verbergen.

»Oh.«

»Ganz genau.« Sie wollte sich gleich wieder abwenden, da fasste er sie erneut am Handgelenk und zog sie weg.

»Du musst dringend raus aus dieser Hütte«, sagte er mit einem Lächeln auf den Lippen. »Komm schon, wir machen einen Waldspaziergang.«

Gemeinsam stapften sie durch den Schnee, vorbei an denselben alten Bäumen. Sie fürchtete, dass Loras oder einer der anderen in der Zeit, wo sie hier draußen waren, zurückkommen könnte. Wenn es Neuigkeiten gab, musste sie diese umgehend erfahren. Die Ungewissheit machte sie wahnsinnig. Doch sie drehte nicht um und verlor keinen Ton darüber. Die frische, wenn auch eiskalte Luft tat gut. Aritana atmete tief durch und versuchte, an etwas anderes zu denken, doch es funktionierte nicht.

»Das erinnert mich alles daran, wie ich mit Loras allein war und wir auch nichts wussten und nichts unternehmen konnten.« Sie schnaufte bei diesem Gedanken. Sie hasste dieses Gefühl. Dieses Abwarten, wenn alles in ihr nach Antworten und Tatendrang verlangte.

»Kann ich gut verstehen, war bei mir sehr ähnlich.«

In seinem Ausdruck fand sie wieder diese Leere, die ihr schon aufgefallen war, als Elaas und Ezmon ihn zurückgebracht hatten. »Du hast bisher nichts darüber erzählt. Elaas meinte, du hättest deine Zeit in einer Höhle verbracht. Warst du die ganze Zeit dort?« Aritanas Blick richtete sich auf Tyron, der seinen zum Boden gleiten ließ.

»So ziemlich, ja. Die Höhle war klein und ich war gut versteckt. Es war ruhig, bis ...« Tyron stockte. Er schien mit etwas schwer zu kämpfen.

»Bis was?«, hakte Aritana nach und zu ihrer Überraschung blieb er stehen und begegnete entschlossen ihrem Blick.

»Es gibt etwas, was ich euch noch nicht erzählt habe. Ich habe –« Ein lautes Knacken der Äste vor ihnen unterbrach Tyron. Beide schauten auf und sahen einen Schatten, der durch die Bäume huschte. Doch das war nicht alles.

»Du hast es auch gesehen, oder?«, fragte Aritana hastig, noch immer auf die Bäume fokussiert.

»Weiße Augen«, bestätigte Tyron.

»Das muss Michael gewesen sein. Ich wusste doch, dass ich nicht verrückt bin. Wir sollten –«

Ehe Aritana fertig sprechen konnte, sprintete Tyron bereits los, um die Aufholjagd zu beginnen. Sie gleich hinterher. Die beiden folgten dem Schatten, ohne ihr Tempo zu drosseln, bis an den Waldrand. Aritanas Waden schmerzten, doch sie hatte sich lange nicht mehr so lebendig gefühlt. Dann ging es den Abhang herunter. Sie konnte spüren, dass es ein Erzengel war, den sie verfolgten. Seine Energie war unverkennbar, doch er drehte sich nicht um und reagierte nicht auf ihre Rufe.

Erst als die beiden in Aniles ankamen, wurden sie langsamer. In der grauen Stadt hatten sie ihn verloren.

»Wo ist er hin?« Sie sah sich um, doch konnte ihn nicht mehr finden, obwohl die Stadt wenig befüllt war.

»Da vorne!«, rief Tyron und zeigte auf die weiß scheinenden Augen in einer dunklen Gasse. Außer ihnen war nichts zu erkennen. Sie sahen direkt in ihre Richtung. Tyron wollte gleich wieder lossprinten, als Aritana ihn am Ärmel zurückhielt.

»Warte. Was, wenn das eine Falle ist? Wieso sonst würde er uns hierherlocken?« Ein Blick in Richtung des Erzengels, den sie für Michael hielt, verriet ihr, dass er auf sie wartete. Wo führte er sie hin?

»Ich glaube nicht, dass es eine Falle ist. Du musst mir vertrauen.« Bei seinen Worten hielt er Aritana seine Hand hin und sah sie eindringlich an.

Das war überzeugend genug. Was hätten sie auch sonst machen sollen? Umdrehen und so tun, als wäre nichts gewesen? Ein weiteres Fragezeichen in Kauf nehmen, ohne eine Antwort zu erhalten?

Hand in Hand liefen sie weiter hinter dem Erzengel her, der darauf aufzupassen schien, dass sie nie zu weit entfernt waren, um ihn aus den Augen zu verlieren, ihn aber auch nie einholen konnten.

Die Straßen, die sie durchquerten, waren dunkel und verlassen. Müll sammelte sich und wurde lange nicht mehr weggeräumt. Der Anblick war scheußlich.

»Wo ist er jetzt schon wieder?« Tyron drehte sich um, sah in alle Richtungen.

Aritana tat es ihm gleich, doch der Engel schien im Schatten verschwunden zu sein.

»Wollte er uns hierherbringen?« Tyron drehte sich nochmal um und sah Aritana fragend an. »Hier ist doch gar nichts.«

Die Gefallene legte sich einen Finger an den Mund. »Pscht. Sei still. Ich glaube, ich höre etwas.« Sie waren abseits der Innenstadt und des Trubels, doch Aritana meinte, Geräusche zu vernehmen.

Schreie.

Jemand schrie um Hilfe.

Aritana rannte den Rufen entgegen. So erreichten sie kurz darauf, abseits der Häuser, eine breite Straße, die in ein Industriegebiet führte. Der Asphalt war stellenweise vereist und daher nicht befahrbar, doch scheinbar hatte eine Familie entschieden, das Risiko einzugehen.

Ein Auto lag auf der Seite in einem Graben. Die Hilfeschreie ertönten von den vorderen Sitzen. Noch einmal sah sich Aritana um, doch von dem Erzengel gab es keine Spur mehr. Dann rannte sie auf das Auto zu und kniete sich vor das in Scherben liegende Fenster am Fahrerplatz.

»Es wird alles gut, wir helfen euch«, beteuerte Aritana. Die Frau auf dem Beifahrersitz schluchzte unentwegt. Eine Platzwunde zierte ihren Kopf. Der Mann neben ihr schien noch unter Schock zu stehen. Er rührte sich nicht und reagierte auch nicht auf Aritanas Ankunft. Hinten saß ein junges Mädchen. Sie hing in ihrem Gurt, ihr Gesicht unkenntlich durch die zerzausten langen Haare, bewusstlos.

Tyron eilte herbei. Gemeinsam schafften sie es, das Auto zurück auf seine Räder zu drehen, damit die Türen leichter zu öffnen waren. Aritana half zunächst den Eltern raus und prüfte, wie schlimm ihre Verletzungen waren, während Tyron das Mädchen aus dem Fahrzeug befreite.

»Ari, sie atmet nicht!«, rief er ihr panisch zu.

Sofort stürmte sie zu den beiden. Das rothaarige Mädchen war kreidebleich, ihre Klamotten blutdurchtränkt. Eine Scherbe hatte einen tiefen Schnitt an ihrem Bauch hinterlassen. Sie verlor zu viel Blut.

Aritana legte behutsam und zittrig ihre Hände über das Kind und konzentrierte sich. Sie kniff ihre Augen fest zusammen und atmete tief durch. Tyron standen Tränen in den Augen, während er das Kind weiter fest in seinen Armen hielt.

Dann schlug das Mädchen ihre Augen auf.

Aritana atmete erleichtert auf, doch das Problem war damit nicht behoben. Sie brauchte Blut. Aus dem Handschuhfach besorgte die aufgelöste Mutter einen Schal, den sie an die Wunde pressen konnten. Die Frau wollte ihre Tochter nehmen, doch Tyron ließ das nicht zu. Er trug das Kind, behutsam, aufmerksam, während Aritana die Eltern stützte und versuchte, sie zu beruhigen. Gemeinsam machten sie sich auf den Weg in das nächste Krankenhaus.

»Ich hoffe, sie schafft es.«

»Dank dir wird sie das.«

Die Ärzte hatten das Mädchen gleich in Empfang genommen, ihre Wunde behandelt und ihr Blut gegeben.

Aritana war überrascht, wie schnell das alles vonstattenging, wenn man bedachte, wie wenig im Alltag noch funktionierte. Doch im Krankenhaus war es sogar warm. Alle Heizungen liefen auf Hochtouren und auch die Nahrungs- und Getränkeversorgung war intakt. Bei dem Blut hatten sie Glück gehabt, dass ein anderer Patient im Wartezimmer dieselbe Blutgruppe hatte und sich freiwillig meldete. Spender waren rar geworden und das Blut konnte nur noch bedingt von den Spendezentren in die Kliniken transportiert werden, wie eine Krankenschwester erzählte. Die Rationen gingen zu Neige.

»Ich frage mich, warum er uns zu dieser Familie brachte.« Tyron starrte gedankenverloren in der Gegend herum, als würde er ein weiteres Zeichen suchen. In einem gemäßigten Tempo schlenderten sie durch die Gassen, zurück in Richtung Wald immer auf der Hut.

»Damit wir ihnen helfen.«

»Ja, aber warum *uns*? Warum hat er nicht einen der Engel oben beauftragt?«

Aritana dachte nach. Jeder Engel hätte diese Familie retten können. Warum wollte er, dass sie es taten? »Vielleicht war es ein Test.«

»Ein Test wofür?«

»Um herauszufinden, ob wir zurück sind, um zu helfen – oder ob wir aus Rache wieder hier sind.«

Gehüllt in wachsames schweigen, stapften sie durch den Schnee. Der Himmel war von dicken Wolken bedeckt und ließ kaum Tageslicht passieren. Hinter jedem Baumstamm und jedem Strauch vermutete Aritana eine Gefahr.

Dieser ganze Ausflug hatte sie mit einem fetten Fragezeichen zurückgelassen. War es wirklich ein Test gewesen? Warum hatte sich Michael dann nicht im Anschluss gezeigt? Worauf wartete er? Oder war ihnen schon wieder nur die halbe Wahrheit bekannt? Das Einzige, was die Gefallene mit absoluter Sicherheit wusste, war, dass es leichtsinnig gewesen war, so einfach einem Schatten hinterherzujagen. Noch dazu mit Tyron. Wenn sie jemand gesehen hätte, dann ... Der Gedanke war zu schmerzhaft, um ihn zu beenden. Aritana schluckte fest und konzentrierte sich wieder auf den Weg.

Mitten im Wald – nicht mehr weit von der Hütte, in etwa an der Stelle, wo sie Elaas vor drei Tagen im Stich gelassen hatte – blieb sie stehen und hielt ihre Hand vor Tyron, um ihm zu signalisieren, er sollte es ihr gleichtun.

»Was ist?«, flüsterte er.

»Ich denke, ich habe etwas gehört. Dort vorne.« Sie zeigte in die Richtung, aus welcher sie meinte, die Geräusche vernommen zu haben. Trotz der mittäglichen Sonne, die sich ausnahmsweise zeigte, drangen kaum welche ihrer Strahlen zu ihnen hindurch. Die Baumkronen versperrten den Weg und sorgten für Dunkelheit am helllichten Tag.

»Ich sehe nach.« Tyron wollte bereits losgehen, als Aritana ihn am Arm packte und zurückzog.

»Auf keinen Fall!« *Es wird nicht wieder passieren. Es darf nicht wieder passieren.* Ihr war egal, ob sie ihren Aufenthaltsort verraten müsste, wenn es drauf ankam, würden sie rennen. Sie beide. Keiner blieb zurück, keiner opferte sich. Und wenn überhaupt, dann war sie es. Tyron würde ihretwegen nicht zu Schaden kommen, das durfte einfach nicht passieren.

Sie hörte es erneut. Es kam näher.

»Wenn wir rennen, können wir es schaffen.«

Ihre Worte, die ein unangenehmes Deja-Vu auslösten, prallten gegen eine Wand. Tyron war fixiert auf den Ursprung der Geräusche. Es klang nach knackenden Ästen und dem Brechen gefrorener Blätter. »Warte noch«, murmelte er.

Warten worauf? Verschleppt und ermordet zu werden?

»Ich glaube, ich erkenne eine Stimme.«

Aritana konnte kaum etwas hören, durch den laut sausenden Wind, während Tyron sogar eine Stimme erkannte? Er trat noch ein paar Schritte näher an die Bäume, hinter denen sich die Gestalten verbargen, was in Aritana eine Flutwelle der Panik auslöste.

»Du bildest es dir ein. Wir müssen jetzt los, bevor sie uns entdecken. Bitte!« Sie versuchte, so leise wie möglich zu flehen, rüttelte an seinem Arm, doch er schenkte ihr noch immer keine Beachtung.

»Rakaan?« Seine Stimme wurde laut. Er brüllte durch den ganzen Wald, den bewachten Wald, außerhalb der sicheren Zone.

Wie konnte er bloß so töricht sein? »Was soll das? Sei gefälligst still! Du –«

Ein Geräusch unterbrach sie. Eine Stimme. Jetzt konnte Aritana sie auch hören. Jemand rief Tyrons Namen und es war tatsächlich Rakaan. Aritana konnte es kaum glauben. Endlich war er zurückgekehrt! Beide rannten in seine Richtung, um im nächsten Moment abrupt stehen zu bleiben. Er und ein weiterer Dämon, welcher Aritana nicht bekannt war, schleppten Elaas mit sich. Bewusstlos und blutend.

Kapitel 26
~ Elaas ~

Elaas' Bauch fühlte sich an, als würden darin tausend Flammen toben. Heiß und unbesiegbar. Ihre Wärme strahlte in jedes seiner Gliedmaßen, sodass er zu schwitzen begann. Er hatte alles getan, um den Schmerzen zu entkommen, und schon hatten sie ihn wieder eingeholt. Konnte man ihn nicht in Frieden lassen?

Aufwachen!, hörte er die Stimme in seinem Kopf rufen. Sie hallte förmlich an jedem Millimeter seiner Schädeldecke wider, doch es war nicht seine eigene Stimme, die zu ihm sprach.

Aufwachen!, hörte er sie wieder rufen, ein Mann. Diesmal lauter und energischer.

»Aufwachen!«

Elaas tat, wie ihm geheißen. Langsam, aber sicher kam er zu sich. Er wusste nicht, wo er sich befand oder was geschehen war, doch bevor er sich auf dergleichen konzentrieren konnte, musste er alle Kraft darauf fokussieren, seine Augen vernünftig zu öffnen und an das gedimmte Licht zu gewöhnen. Er lag auf dem Rücken, auf einem weichen Untergrund. Einer Couch. Mit einem Blick auf seinen Bauch stellte er fest, dass jemand einen Verband um den Ursprung der noch währenden, allerdings abschwächenden Schmerzen gelegt hatte. Mit einem weiteren Blick erkannte er auch den Ursprung der vermeintlichen Stimme in seinem Kopf. Ein alter Dämon sah ihn grübelnd an.

»Ich kenne dich.« Elaas rappelte sich auf und hielt dabei seine Hand vor den dicken Verband.

Sie waren nicht allein in dem kleinen Raum. Neben dem Alten stand noch ein Dämon, der sich Elaas' Wunde genaustens ansah. Über ihn beugte sich ein drittes Wesen, das er nicht einordnen konnte. Eine schöne Frau. Stechend blaue Augen, aber kein Engel. Sie kam ihm bekannt vor, doch er wurde nicht schlau aus ihr. Weiter hinten positioniert, fernab vom Geschehen, lehnte sich ein letztes Geschöpf mit im Gesicht hängenden, braunen Haaren an einen Schreibtisch. Elaas konnte selbst in dem gedimmten Licht die schwarzen Augen erkennen, doch es war kein Dämon. Nicht so richtig. Seine Seele war verändert und verriet seine Identität. »Tyron?«

Der schwarzäugige Verräter reagierte, sprach aber nicht zu Elaas, sondern zu dem alten Dämon.

»Vielleicht ist es doch noch nicht zu spät. Er ist noch einer von uns.«

»Nein, das ist er nicht mehr. Es gilt nur noch, herauszufinden, wie viel er ihnen erzählt hat.«

Langsam erinnerte sich Elaas wieder daran, was geschehen war. An sein Gespräch mit Yanella und daran, wie er entführt worden war.

»Wie kannst du dir da so sicher sein?«, fragte Tyron.

Der Ältere wandte sich daraufhin zu Elaas. »Weißt du, wer ich bin?«

Rakaan. Dieser Urdämon war Teil des letzten Gespräches, welches er geführt hatte. Er war ein Verräter wie alle anderen in diesem Raum. Elaas würde kein Wort sagen.

»Weißt du, wer ich bin?!« Die Stimme des Alten wurde energisch. Es störte ihn, dass Elaas ihn nur ansah und nicht reagierte.

»Weißt du, wer das ist?« Er zeigte auf die einzige Frau im Raum. »Oder das?« Sein Finger wanderte zur Seite auf den Dämon, der nach seiner Wunde gesehen hatte. Sein dunkelblondes strubbeliges Haar verdeckte seine Augen, doch er war klar als Dämon zu erkennen. An seinem Ellenbogen konnte Elaas ein herzförmiges Muttermal feststellen, von dem er glaube, es schonmal gesehen zu haben.

Auch das Gesicht der Frau war ihm bekannt, doch ihm wollte kein Name einfallen. Alle Erinnerungen, die er mit den Anwesenden verband, waren in dichtem Nebel verborgen. Und so war es auch besser, denn es gab nur eines, das er wissen musste: Elaas befand sich in einem Raum mit den zwei größten Verrätern der Unterwelt. Er würde niemandem vertrauen.

»Er weiß es nicht. Er hat keine Erinnerungen mehr, was nur eines bedeuten kann.« Rakaan sah ihn wieder eindringlich an, als könnte er dadurch sehen, wenn Elaas log.

Dieser konnte sein Grinsen nicht länger zurückhalten. Es amüsierte ihn, den Alten hinters Licht zu führen.

»Sag uns jetzt, was du ihnen gesagt hast.«

Elaas hätte wohl Angst verspüren sollen, doch er wusste, dass der alte Dämon, so streng er auch dreinblickte, ihm nichts tun würde. Vielleicht war dieser Rakaan nicht so gefährlich, wie alle dachten. Elaas jedenfalls fürchtete sich mehr vor dem, was die Dämonen der Unterwelt mit ihm machen würden, fänden sie heraus, dass er sie erneut hintergangen hatte, als vor seinem Gegenüber. Er hatte nichts zu befürchten, wenn er die Klappe hielt. Yanella und ihre Gefolgschaft würden ihn finden und befreien. Er würde ungebrochen zurückkehren. Als Legende.

»Vielleicht hat er ihnen nichts gesagt. Wäre doch möglich, oder nicht?« Das engelartige Wesen sah fast schon flehend zu Rakaan hinüber, doch sein Blick blieb kühl wie eine Gefriertruhe.

»Sie haben sicher nicht zugelassen, dass ihre beste Informationsquelle ihre Erinnerungen verliert, bevor sie nicht hatten, was sie wollten. Erinnere dich daran, wer du bist, Elaas. Erinnere dich, wer du sein wolltest, und sag uns, was sie nun wissen.«

»Ich habe nicht einmal den Hauch einer Ahnung, wovon du sprichst.« Ein kleines Lächeln konnte sich Elaas nicht verkneifen.

»Nun gut.« Der Alte stand auf und war auf dem Weg, das Zimmer zu verlassen.

Sofort sprang die Frau eilig auf. »Warte, was hast du vor?«

Ihre Frage barg so viel Verzweiflung und Angst, dass sich Elaas besonders fühlte. Schließlich war er der Mittelpunkt dieser suspekten Diskussion.

»Ich werde für Antworten sorgen.« Auf diese Worte folgte der leise Knall einer Tür, die in ihre Angeln fiel.

Tyron trat in den Vordergrund und nahm den Platz des Alten ein. Er kniete sich neben die Frau auf den Boden vor Elaas. »Du erinnerst dich an meinen Namen.«

Das Offensichtliche betonen? Da war wohl ein ganz Schlauer am Werk. Elaas zuckte bloß mit den Schultern. Was auch immer der Verräter zu sagen hatte, es interessierte ihn nicht. Er wollte nichts hören. Seine Stimme allein sorgte für Chaos in seinem Gehirn, das ihn durcheinanderbrachte. Wegen sowas durften Frischlinge wohl nicht sofort in die Mitte reisen.

»Du weißt es bestimmt nicht mehr, doch du hast oft geglaubt, du stündest in meiner Schuld, weil ich dich einst gerettet habe, doch in Wahrheit hast du mich damals bei dieser Schlucht gerettet. Du hast mich vor die Wahl gestellt, was für eine Art Wesen ich sein möchte. Und ich wollte gut sein, genau wie du. Ich habe diese Entscheidung niemals bereut.«

Ein guter Dämon. Ein freundlicher Dämon. Wohl eher ein humorvoller Dämon, denn das alles klang nach einem schlechten Witz.

»Lass es gut sein, Ty. Er wird dir nichts sagen.«

Da musste Elaas dem fremden Dämon recht geben, der eine Hand auf Tyrons Schulter legte. Doch weder seine Handlung, noch seine Worte zeigten Wirkung.

»Einst hast du mir gesagt, du seist kein guter Mensch gewesen«, fuhr Tyron unbeirrt seine melodramatische Rede fort. »Du hast gesagt, du wolltest deine zweite Chance nutzen, um es diesmal anders zu machen. Besser. Das war deine Entscheidung und du kannst dich wieder dafür entscheiden.«

Alles nette Worte aus reinem Eigennutzen heraus. Sie taten, als läge ihnen Elaas am Herzen, doch in Wahrheit wollten sie nur an seine Informationen gelangen. Es spielte keine Rolle mehr, wer er einst gewesen war. Was er ihnen für dummes Zeug erzählt hatte – über das Wesen, das er sein wollte. Alles egal. Einmal in seinem Leben wollte er dazugehören. Stark sein. Frei von Leid und Schmerz. Das boten ihm die Dämonen. Und mit der Karte würden sie bald kommen und ihn befreien. »Ich erinnere mich an gar nichts.« Elaas' Grinsen ließ die anderen zurückweichen.

Sie hörten auf, auf traurige Weise diesen längst verlorenen Kampf zu führen. Sie wandten sich ab und ließen Elaas in Frieden.

»Das ist alles meine Schuld.«

Während der Dämon mit dem seltsamen Muttermal Elaas bewachte, waren das Engelswesen und Tyron vor die Tür gegangen. Sie wussten wohl nicht, dass Elaas jedes Wort in der besten Qualität verstehen konnte, als sprächen sie in ein Mikrofon hinein. Seine Sinne waren geschärfter denn je, daher spitzte er die Ohren.

»Sei nicht so hart zu dir. Du konntest nicht ahnen, dass so etwas passiert«, erwiderte Tyron ganz einfühlsam.

Weichei.

»Eben doch! Seit meinem Fall drehe ich völlig durch. Ich treffe nur falsche Entscheidungen und handle entgegen jeder Logik.«

Sie hörte sich fast an, als würde sie gleich weinen. Leider konnte Elaas die beiden nicht beobachten, doch die Stimmlage, Wortwahl und Lautstärke waren äußerst aufschlussreich.

»Komm schon, Ari, du bist das schlauste Wesen, das ich kenne. Außerdem hast du viel durchgemacht.«

Ah, nun hatte die Schöne auch einen Namen, wie nett. *Ari ... Ari ... Aritana!* Er wusste doch, dass er sie kannte. Woher, war eine andere Sache, doch wenigstens war dieser nervige Knoten in seinem Gedächtnis gelöst.

»Du doch auch. Du warst so lange ganz allein, auf der Flucht, ohne zu wissen, ob du einen von uns je wiedersehen wirst. Und trotzdem drehst du nicht so durch wie ich.«

Zu gerne hätte Elaas erfahren, wie es für den armen Tyron war, als er ganz einsam und allein war und sich in die

Arme seiner Mama gewünscht hatte, doch Rakaan ließ sich wieder blicken. Das Knarren der Holzdielen kündigte ihn an. Die Tür feuerte er hinter sich zu, sodass auch die anderen beiden eilig hereinstürmten.

Der Alte sagte gar nichts. Er lächelte bloß ein ganz klein wenig, kaum merkbar, und hielt dabei eine Ampulle samt Spritze hoch. Die Spritze zog er mit einer Flüssigkeit auf, von welcher sich Elaas nichts Gutes erhoffte. Bestimmt kamen wieder Schmerzen auf ihn zu. Es waren doch immer Schmerzen.

Rakaan kam näher, was Elaas' Fluchtinstinkt weckte. Geradewegs sprang er auf und rannte Richtung Tür, wo er von Tyron und Aritana abgefangen und festgehalten wurde. Keine Chance. Die beiden waren älter, stärker und hatten kein Loch im Bauch. Elaas zappelte wie ein an Land gespülter Fisch, doch Widerstand war zwecklos. Er spürte noch, wie es in seinem Nacken pikste, ehe ein weiteres Mal alles um ihn herum dunkel wurde.

Die Dunkelheit verflog schnell wieder. In der Ferne sah er ein Licht von unbekannter Quelle. Neugierig bewegte er sich darauf zu. Mit jedem Schritt, den er näher trat, wurde das Licht ein wenig heller. Mit jedem Schritt wurde seine Neugierde ein wenig größer. Mit jedem Schritt wurde der Umriss ein wenig klarer. Eine Tür. Antik aussehend, doch sonst nicht speziell. Nur das quadratische Fenster, durch welches das warme Licht strahlte, wirkte wie durch Magie erschaffen.

Für einen Moment dachte er daran, sich umzudrehen und zu gehen. In ein Licht zu laufen, war in der Volkskunde kein gutes Zeichen. Eher eine Metapher für den Tod, den er noch nicht unbedingt begrüßen wollte. Nicht schon wieder.

Jedoch strahlte diese Tür eine Macht aus, die ihn wie magisch anzog. Er konnte sich nicht dagegen wehren.

Als er unmittelbar vor der Tür stand, grübelte er nicht mehr lange. Elaas nahm den Knauf in die Hand, drehte ihn und versuchte, sie langsam zu öffnen, was sich als Herausforderung erwies. Etwas drückte dagegen. Er schaffte es, sie einen Spalt weit zu öffnen. Eine Welle des Lichts strömte auf ihn zu und in seinen Körper hinein. Er konnte es in sich spüren, roch verbranntes Fleisch. Wie ein Schredder zerriss es einen Teil von ihm in Stücke, doch zugleich baute es einen anderen wieder auf. Einen vergessenen Teil.

Als Elaas seine Augen wieder öffnete, fühlte er sich, wie aus einem monatelangen Schlaf erwacht. Mit weit geöffneten Augen sah er sich um und erblickte Rakaan hinter sich.

»W-wie hast du –«

Rakaan zeigte ihm noch einmal die nun leere Ampulle. »Ich habe dir ein wenig Hilfe geleistet.«

Elaas' Kopf ratterte, klopfte, schmerzte. Er drohte zu stolpern, wurde aber von Pirok festgehalten. Es kam ihm seltsam vor, dass er ihn bis vorhin nicht erkannt hatte, doch nun war alles zurück. Die Erinnerungen an das, was geschehen war. An seinen Aufenthalt in der Oberwelt, wo er Aritana und Loras kennengelernt hatte, an seine Zeit als Frischling in der Unterwelt, an die Zusammenarbeit mit Rakaan in dessen Hütte. An seine Entführung und an seinen Verrat. Ob beabsichtigt oder nicht, er hatte seine Freunde im Stich gelassen. Ohne Erinnerungen war er zu einem erbarmungslosen Roboter geworden, der glaubte, was man ihm erzählte, und tat, was man verlangte. Kein Wunder, dass die Dämonen waren, wie sie eben waren, doch das erleichterte sein Gewissen kein bisschen. Wie versteinert stand er da und fragte sich, wie er damit umgehen sollte.

»Elaas, wir befürchten, du hast den Urdämonen Informationen gegeben. Wir müssen wissen, was du ihnen gesagt hast. Kannst du dich erinnern?« Aritana stellte sich vor den Frischling und sah ihn eindringlich an.

Er wiederum konnte ihren Blick nicht erwidern, denn die Antwort, die er sich kaum auszusprechen traute, war ›ja‹. Während er also mit seinen Augen den Boden nach Schmutz absuchte, nahm er all seine Kraft zusammen, um seinen Fehler zu gestehen: »Ich habe ihnen gesagt, wo die Hütte ist. Sie wissen es. Sie wissen, dass Tyron hier ist und auch von den Sigillen. Ich malte ihnen eine Karte.« Elaas versuchte, sich zusammenzureißen, um vor den anderen nicht in Tränen auszubrechen, während sie vermutlich versuchten, ihre Wut zurückzuhalten. Er hatte sie alle in Gefahr gebracht. Wie sollte er eine solche Tat wiedergutmachen? Wie sollten sie nun ihre weiteren Pläne verfolgen, wenn sie quasi eingesperrt waren? Vermutlich patrouillierten alle Dämonen der Unterwelt bereits in diesem Wald. Kein Fleck blieb unbewacht. »Es tut mir so unendlich leid. Ich hatte keine Ahnung, was ich tat. Ich habe versucht, durchzuhalten, doch ich habe versagt. Ich wollte es wirklich schaffen.« Fünfundfünfzig Tage hatte er dort verbracht, nach seiner Zeit. Für manche war das rein gar nichts, für andere war es mindestens fünfzig Tage über der Schmerzensgrenze. Doch das spielte keine Rolle. Er konnte seine Taten nicht ungeschehen machen. Umso erstaunter war er über Rakaans Reaktion.

»Du hast getan, was du konntest. Es ist nicht deine Schuld, Elaas.« Der Urdämon sah ihn dabei nicht an.

Seine Worte taten gut, doch sie konnten nicht die Schuldgefühle eliminieren, die Elaas nun plagten. Zumal da noch etwas anderes war. Er dachte weiter darüber nach, wie sehr es ihn verändert hatte, sich nicht mehr an alles zu erinnern, doch er kannte immer noch nur die halbe Wahrheit. Alle Erinnerungen aus seiner Lebzeit waren weiterhin verschwommen, bis gar vollständig ausgelöscht. Elaas wusste wieder, wer er war und was er sein wollte, doch er kannte den Grund nicht. Und er wollte diesen mehr denn je erfahren.

»Kannst du mir vielleicht ein weiteres Mal helfen?« Die Stimme des Frischlings war brüchig und leise. Er traute es sich kaum, die Frage zu stellen, die sich an Rakaan richtete, der ihn ansah, als spräche er eine andere Sprache. Erst nachdem Elaas sein Anliegen erklärt hatte, reagierte er überraschend verständnisvoll.

»Es ist möglich, ja. Aber du solltest wissen, dass deine Vergangenheit nichts darüber aussagt, wer du heute bist.«

Die Augen des Urdämons durchbohrten Elaas. Fast ließ er sich dadurch verunsichern, doch er war sich selten bei etwas sicherer gewesen. Er wollte sich an alles erinnern können. Auch an seine Zeit als Mensch. Positive wie Negatives. Er fühlte sich bereit dazu, die Wahrheit zu ertragen und alles, was darauf folgen würde.

Entschieden reckte Elaas den Hals. »Ich weiß. Ich will es trotzdem.«

»Kann das nicht warten?« Pirok räusperte sich, als er Rakaans scharfen Blick auf sich bemerkte. »Ich mein ja nur. Sollten wir nicht erst herausfinden, wie es jetzt weitergehen soll?«

»Hierfür haben wir Zeit«, erklärte Rakaan in einer Tonlage, die keine Widerrede zuließ. Er verschwand ohne weitere Worte in sein Arbeitszimmer.

Es dauerte eine Weile, in welcher Elaas sich ein wenig mit Tyron und Aritana unterhielt und ihre auffällig unauffälligen Blicke beobachtete, doch dann war es so weit. Rakaan hatte die Ampulle vorbereitet und die Spritze aufgezogen. Es konnte losgehen.

»Und du bist dir wirklich sicher?«, fragte Rakaan mit gerunzelter Augenbraue.

Als Signal schenkte Elaas ihm ein kurzes Nicken, mit zusammengekniffenen Augen. Und alles wurde wieder schwarz.

Dieses Mal war es anders. Elaas befand sich im freien Fall. Um ihn herum heiße, gigantische Flammen, ähnlich denen in der Unterwelt. Er verstand es nicht direkt, doch in den Flammen fand er seine Erinnerungen. Er sah, wie er zum ersten Mal auf einem Fahrrad saß. Er schmeckte sein erstes Schokoladeneis von der Eisdiele. Er roch die Blumen im Garten eines Schulfreundes. Doch etwas änderte sich schlagartig. Ihm war, als würde er plötzlich viel schneller fallen. Die Flammen wurden größer und summierten sich. Einige sprühten Funken, die ihn trafen und seine Klamotten ankokelten.

Er hörte das hämische Gelächter von Kindern, unzähligen Kindern, nur nicht sein eigenes. Er sah seine Mutter mit tränenüberströmtem Gesicht auf einem Sessel sitzen und leise häkeln. Er sah seinen Vater, wie er die Tür hinter sich zuknallte. Er spürte die Schläge, roch das Blut. Keiner da, der ihm helfen konnte. Keine Geschwister, keine Großeltern, Tanten oder Onkel. Nur Vater, Mutter und ein verängstigtes Kind. Manch einer hätte die Erfahrung des aggressiven

Vaters genutzt, um später ein besserer Mensch zu sein, der denen mit ähnlichem Schicksal Zuflucht und Hilfe bot. Manch einer flüchtete vielleicht in die Welt der Musik und erzählte später seine tragische Lebensgeschichte in einer berühmten Castingshow, doch Elaas entschied sich für einen anderen Weg. Einen schlechteren.

Er erblickte seine neuen Freunde im Feuer. Freunde aus der gleichen Gegend, mit ähnlich wenig Geld und miesen Perspektiven. Er sah seinen ersten richtigen Kuss, der nach billigem Alkohol schmeckte und nach Zigaretten roch. Doch das Schlimmste, was er zu sehen bekam, war er selbst und was er getan hatte. Schlägereien, die in der Bewusstlosigkeit endeten, Einbrüche, Brandstiftung, Diebstähle, einer sogar bewaffnet. Was hatte er sich bloß dabei gedacht? Er hörte sich selbst sprechen: ›Mir egal, ich brauch nur Geld, damit ich dieses Loch endlich hinter mir lassen kann.‹ Durch Diebstahl? Er sah die Menschen um sich herum, ihre angsterfüllten Blicke. Wie konnte er sie damals nicht bemerkt haben? Hatte er ignoriert, dass sie seinetwegen so aussahen? Dass sie seinetwegen vermutlich ein Trauma erlitten, das nur schwer loszuwerden war? Manche von ihnen schien auf. Die Schreie vermischten sich mit dem Lachen von Kindern. So unschuldig. So schmerzvoll.

Elaas fiel weiter und weiter, schneller und schneller und landete schließlich auf dem Boden.

Auf dem Boden der Hütte. Rakaan hielt ihn an der Schulter fest, stützte ihn. Elaas war bewusst, dass er ein schlechter Mensch gewesen war, doch diese Bilder sprengten seine Vorstellungskraft im negativsten aller Sinne. Irgendwo in seiner Lebzeit gab es einst eine Kreuzung, bei welcher er den falschen Weg eingeschlagen hatte ... und das war's dann. Damit war sein Leben wie auch sein Tod besiegelt gewesen. Anders hatte er es wohl auch nicht verdient.

»Alles in Ordnung?« Rakaan stützte ihn so lange, bis Elaas wieder selbst auf wackligen Beinen zum Stehen kam.

Die Antwort auf seine Frage fiel ihm schwer. Was er gesehen hatte, war eine ganz neue Art der persönlichen Hölle, wie sie einige nannten. Er stand unter Schock durch die Bilder, die sich ihm geboten hatten, durch sein früheres Ich. Ein Teil von ihm wollte nicht glauben, dass er das wirklich gewesen war.

Dennoch nickte Elaas.

Es mochte nicht von Bedeutung sein, doch er erinnerte sich nun auch daran, wie er sich bei jeder schlechten Tat gefühlt hatte. Nichts davon hatte er je gewollt, doch damals schaffte er es nicht, sich dagegen zu wehren. Zu schwach. Ein Feigling, das war er gewesen. Nur ein echter Freund an seiner Seite, nur einer, der ihm den Ausweg zeigte, dann wäre vermutlich alles anders gekommen. Stattdessen war er bei den Falschen gelandet. Außer ihnen hatte er nichts gehabt und diese Aussicht auf Einsamkeit bedeutete seine größte Angst.

Doch er bereute seine Entscheidung nicht, sich erinnern zu wollen. Auch wenn es schmerzte und er sein altes Ich verabscheute, war er mehr denn je dankbar für sein jetziges Leben, seine zweite Chance. Auch wenn diese gerade in Schutt und Asche zu zerfallen drohte.

»Ich möchte euch danken.« Elaas ließ seinen Blick durch die Runde schweifen, während alle Augen auf ihn gerichtet waren.

»Wofür?«, fragte Aritana und sprach dabei eindeutig aus, was – den Blicken nach zu urteilen – auch die anderen dachten.

»Für alles.«

Lächeln.

Wie lange war es her, dass er ein aufrichtiges, nicht schadenfrohes Lächeln gesehen hatte? Viel zu lange und es tat verdammt gut. Die Welt war für einen Augenblick in Ordnung. Rakaan verschwand nach draußen, wollte frische Luft schnappen und die Verbliebenen verfielen in belanglose Gespräche. Sie ignorierten, dass sie alle wegen Elaas eingesperrt und chancenlos waren. Sie ignorierten all den Schmerz und die Hoffnungslosigkeit, die sie umgaben, und lachten miteinander. So lange, bis Rakaan zurück in die Hütte gestürmt kam.

»Was ist?«, fragte Pirok, der sich sofort aufrichtete und den Urdämon musterte.

»Loras.« Seine Stimme war nur wie der Hauch eines Windes, doch sein Ausdruck war stärker denn je.

Was war mit Loras? Und wenn er schon dabei war, wo war Loras überhaupt? Hätte er nicht auch in der Hütte sein müssen? Scheinbar war er nicht der Einzige, dem noch Fragen im Kopf schwirrten, denn die anderen sahen ähnlich ahnungslos aus.

»Er ist auf dem Weg.«

»Woher weißt du das?«, fragte Aritana mit schiefem Blick.

»Das spielt keine Rolle. Ich weiß es, er kommt.«

»Ist das nicht super?«

Gerade wollte Elaas Tyron zustimmen, als der Groschen fiel. Nichts daran war super.

»Er wird es nicht bis hierher schaffen.«

Kapitel 27
~ Aritana ~

Aritana sah tief in den Wald hinein. Das Wetter wurde milder, ob das jedoch ein gutes Zeichen war, wusste sie nicht. Vereinzelte Regentropfen prasselten an den Blättern der Baumkronen hinunter und schlugen auf dem Boden auf. Das war das einzige Geräusch weit und breit. Alles um sie herum war still. Sie lauschte, ob sie einen der anderen hören konnte, doch sie standen vermutlich so ruhig und angespannt auf ihren Positionen wie sie. Mit den Füßen direkt vor der sicheren Zone. Ein Schritt weiter und Aritana wäre leichte Beute für alles, was sich zwischen den Bäumen herumtrieb. Nur ein Schritt.

Sie alle waren, mit einer mehr oder weniger nützlichen Waffe ausgerüstet, in den Wald hereingerannt. Jeder wusste, wo er sich zu positionieren hatte und wie weit er gehen konnte. Die Begrenzungen der sicheren Zone waren damit so abgedeckt, dass Loras von allen Seiten aus gesichtet werden konnte. Pirok und Tyron waren am weitesten von Aritana entfernt.

Die Gefallene war östlich positioniert. Rechts von ihr befand sich Elaas, links Rakaan. Keiner von beiden stand in Sichtweite, doch zu wissen, dass sie in der Nähe waren, beruhigte Aritana zutiefst. Zumindest so lange, bis ihr wieder klar wurde, dass sie eventuell gleich zusehen würde, wie Loras in die Unterwelt verschleppt wurde. Erst war Tyron verschwunden, dann hatte man Elaas entführt. Loras durfte nicht das gleiche Schicksal blühen. Wo steckte er bloß?

Immer wieder nahm sie ein leises Knacken oder Zischen wahr, doch es dauerte ein paar Minuten, bis sie ein Geräusch hörte, welches sie aufschrecken ließ. Es kam von südöstlicher Richtung, war allerdings eindeutig näher an ihr als an Elaas. Spannung, Hoffnung und Angst schossen durch ihre Venen. Sofort begab sie sich in Angriffsposition und wartete darauf, dass sich das Wesen näherte. Langsam, aber kontinuierlich wurde es lauter, bis es schließlich in ihr Blickfeld trat.

Kein Loras.

Ihre Muskeln entspannten sich ein wenig. Vor der Grenze hatte sie nichts zu befürchten.

»Na, wen haben wir denn da? Müsstest du nicht in irgendeinem alten Haus herumspuken und kleine Kinder erschrecken?«

Witzig. Ein Dämon mit gebeugter Haltung und fettigem Haaransatz trat aus der Dunkelheit hervor. Scheinbar wusste jeder, dass sie aus dem Geisterreich zurückgekehrt waren, seit sie sich bei ihrem Besuch in der Oberwelt zu erkennen gegeben hatten. Ob Enrik es den Dämonen erzählt hatte?

»Wurde mir zu langweilig. Brauchte ein wenig mehr Action«, gab sie sarkastisch zurück.

Der Dämon trat noch einen Schritt näher. Sein Blick fiel auf den Boden direkt vor Aritanas Füße. Er wusste, dass es eine sichere Zone gab, und konnte sich denken, dass die Gefallene sie nicht verlassen würde.

»Wenn du mehr Action willst, dann komm doch noch einen Schritt näher.«

War das eine Drohung oder eine Anmache? In jedem Fall war Aritana angewidert, doch sie musste ihn hinhalten. Mit jedem Dämon weniger, welcher durch den Wald schlich, stiegen Loras' Chancen. »Was erhofft ihr euch hiervon? Ihr wisst jetzt, wo wir sind, doch ihr kommt nicht herein.«

»Wir arbeiten daran.« Seine Zunge fuhr über seine rissigen Lippen, die noch immer ein verschmitztes Lächeln bildeten, was in Aritana eine Gänsehaut der unangenehmen Art auslöste.

Hätte sie auch nur eine halb so gute Waffe wie er in den Händen, wäre sie hervorgetreten, nur um ihm dieses Lächeln aus dem Gesicht zu vertreiben. Was sollte das überhaupt heißen? Es gab keinen Weg an den Sigillen vorbei. Nein, das war nicht möglich. »Und dann? Wie geht es weiter?«

»Tyron.«

»Der ist nicht hier.« Ein schwacher Versuch, Aritana glaubte sich selbst kaum.

»Durch deinen Freund Elaas weiß ich, dass du lügst.«

»Der hätte doch alles gesagt, um diesen Schmerzen zu entkommen.« Der Dämon vor Aritana sah mit seinen jungen Augen und den Augenbrauen, die etwa zwei Millimeter von dem Status der Monobraue entfernt waren, weder besonders intelligent noch alt aus, doch so unwissend schätzte sie nicht einmal ihn ein. Sie würde Tyron trotzdem nicht verraten. Niemals, egal wie ausweglos die Situation war.

»Selbst wenn dem so wäre, allein für dich würde es sich lohnen, Süße.«

Der Drang, sich umzudrehen und zu gehen, war fast so dominant wie jener, mit ihm zu kämpfen. Aritanas Fäuste ballten sich. Sie rümpfte die Nase, biss sich auf die Lippen, zählte in ihrem Kopf langsam bis drei. Dann ließ sie ihre Fäuste aufgehen, atmete tief durch und zwang sich zu einem kleinen Lächeln.

»Du denkst doch nicht etwa, ich sei eine Gefahr, oder? Sieh mich an, ich bin weder Engel noch Dämon. Ich bin ein Nichts.«

»Genau wie Tyron – und wie Luzifer es einst war. Aber keine Sorge. Stell dich gut mit mir, dann leg ich vielleicht ein paar nette Worte für dich ein.« Er zwinkerte ihr mit einem Auge zu, was sehr bedauerlich aussah, da er nicht zwinkern konnte. »Komm doch her und sammle ein paar Pluspunkte. Früher oder später kriegen wir dich sowieso, meine Gunst wirst du brauchen.«

Aritana wollte gerade etwas erwidern, während sie insgeheim gegen den aufkommenden Brechreiz ankämpfte, da hörte sie ein Geräusch in der Ferne. Jemand rief um Hilfe. Sie spitzte die Ohren und erkannte Elaas' Stimme. Der Dämon vor ihr schien noch keinen Wind von dem Aufruhr bekommen zu haben, denn er fixierte mit seinen schwarzen Augen weiterhin nur sie.

»Du hast vielleicht recht. Du wirst mich sicher beschützen, wenn ich mich freiwillig stelle und mich als ... nützlich erweise.«

Das Grinsen des Dämons wurde breiter.

Trotz allem Verlangen wich sie seinem Blick nicht aus, während sie langsam die Schwelle übertrat. Sie kam ihm so nah, dass sie seinen Gestank nach Asche und schlechter Zahnhygiene wahrnehmen konnte, doch sie rührte sich nicht von der Stelle. Sie ließ zu, dass er seinen Kopf nach vorne beugte, in ihre Richtung, ließ den Abstand so gering werden, dass sich ihre Gesichter fast berührten. Dann konnte sie sich das Lächeln nicht mehr verkneifen. Er runzelte die Stirn, doch ehe er reagieren konnte, steckte bereits Aritanas Krummdolch in seinem Rücken. Er schrie auf, bevor er keuchend zu Boden ging. Der Stich war nicht lebensgefährlich, doch setzte ihn zumindest für den Moment außer Gefecht.

Sofort rannte Aritana zurück in die sichere Zone und in Elaas' Richtung. Tyron war vermutlich bereits vor Ort. Sie beide, als direkte Nachbarn, hatten Elaas hören können und damit die Aufgabe, Hilfe zu leisten.

Sie konnte Elaas bereits aus der Ferne sehen, doch niemand sonst befand sich in seiner Nähe. Sie vernahm die Geräusche eines Kampfes, dumpfe Schläge und lautes Stöhnen, doch erst als sie nah genug war, erkannte sie, wer involviert war.

»Wieso stehst du hier nur rum?!« Ihre Schreie richteten sich an Elaas, welcher tatenlos zusah, wie gleich drei Dämonen auf Loras losgingen.

Elaas befand sich, wie sie vorhin, mit den Fußspitzen direkt vor der Grenze und hatte sein Enterbeil gezückt, mehr jedoch nicht. Er stand dort wie ein Baum, durch seine Wurzeln im Boden verankert. Sie wollte an ihm vorbeirennen und Loras helfen, doch er streckte seine Hand aus. Eine Anweisung, stehen zu bleiben.

»Es sind zu viele«, gab er stur von sich. Im Grunde war das nicht der Fall. Drei gegen drei – ein fairer Kampf, doch bei ihren Gegnern handelte es sich nicht um Frischlinge. Sie waren stark und hatten die besseren Waffen.

»Es werden nicht weniger, wenn wir warten.« Aritana wusste, dass es riskant war, allein aus der sicheren Zone zu treten, doch eine andere Wahl blieb ihr kaum. Sie war nicht gekommen, um zuzusehen, wie Loras starb. Sie schob Elaas' Arm beiseite und übertrat die Grenze.

Nicht eine Sekunde war sie unbemerkt geblieben. Sobald sie den Schritt gewagt hatte, löste sich einer der Dämonen aus der Gruppe und sprintete auf sie zu. Ein Mann, kräftig und mindestens einen Kopf größer als Aritana. Sie rannte ihm, mit ihrem Dolch voraus, entgegen. Geschickt wich er ihrem Angriff aus, packte sie am Oberschenkel und warf sie zu Boden, wobei sie ihre Waffe fallen ließ.

Aritana war ihrem Gegenüber kräftetechnisch ebenbürtig, doch an Schnelligkeit unterlegen. Trotz seines massiven Körperbaus war der Dämon flink, was es ihr erschwerte, einen Treffer zu landen.

Loras konnte sie nur hin und wieder erblicken, wenn ihre Position es zuließ und ihr kein blutverschmierter Kopf im Weg war. Zwei Angreifer droschen weiter auf ihn ein, versuchten ihn zu töten. Einer männlich, einer weiblich. Zwar war Loras ein hervorragender Kämpfer, doch er war weniger geübt als seine Gegner und dazu noch in der Unterzahl. Er war am Verlieren.

Aritana wälzte sich unterdessen mit ihrem Gegner im vom Regen und Schnee durchnässten Dreck.

Mühselig erteilte sie einen Schlag nach dem anderen, doch der Dämon wollte nicht aufgeben und an ihren Krummdolch kam sie auch nicht ran. Immer wieder sah sie zu Loras hinüber, der nur noch einsteckte, statt auszuteilen. Seine Bewegungen wurden langsamer, seine Augenlider klappten weiter nach unten. Wunden zierten sein Gesicht. Lange würde er nicht durchhalten.

In der Ferne ließen sich weitere Schritte vernehmen. Dann Stimmen. Mehr Dämonen. Wenn sie Loras nicht gleich vor ihren Augen umbrachten, würden sie ihn in die Unterwelt verschleppen. Ein noch so kurzer Aufenthalt konnte den endgültigen Tod für einen gefallenen Engel bedeuten.

Tränen der Wut brannten in Aritanas Augen, während sie den Dämon anstarrte, der sich über sie beugte. Sie holte aus, um erneut zuzuschlagen, doch jemand kam ihr zuvor. Für eine Sekunde erstarrte sie, bis sie Elaas erkannte, der ihr zur Hilfe geeilt war. Er hatte den Schritt gewagt und ihrem Angreifer einen kräftigen Schlag ins Genick verpasst. Er reichte ihr eine helfende Hand zum Aufstehen, welche sie dankend annahm. Aritana griff nach ihrem Dolch und stach auf den am Boden liegenden Dämon ein – auf dass er lange genug dort verweilte. Dann eilten sie gemeinsam zu Loras.

Die Frau bemerkte sie zuerst, wandte sich von dem Gefallenen ab und stürzte gezielt auf Aritana los. Das Gesicht kam ihr verdächtig bekannt vor. Sie hatte es schon einmal gesehen. Es war die Frau, welche sie in der ersten Schlacht in der Oberwelt tot sehen wollte. Das sollte sie bitter bereuen.

Mit einem lauten Kampfschrei und gezückter Klinge rannte sie auf Aritana zu, welche rechtzeitig ausweichen konnte. Ein Zweikampf entstand. Dass Aritana sie beim nächsten Zusammentreffen am Bein erwischte, schien der Dämonenbraut nicht einmal aufgefallen zu sein. Der Schmerz, den ihre Klinge jedoch an Aritanas Arm auslöste, war der Gefallenen keineswegs entgangen. Laut schrie sie auf. Ihr ganzer Arm brannte wie Feuer.

»Darauf habe ich so lange gewartet!«, rief die Frau, als sie sich gegenüberstanden.

Aritana hielt ihren verletzten Arm, versuchte, sich den Schmerz nicht zu sehr ansehen zu lassen. »Womit genau habe ich deinen Hass denn verdient?« Die Frage hatte im Grunde wenig Sinn und Verstand, doch der brennende Schmerz, der sich aus ihrem Arm heraus ausbreitete, lähmte sie. Sie musste etwas Zeit ergattern, um einem erneuten Angriff standhalten zu können. Zumindest sah sie nun, wie es Loras gelang, sich aus den Fängen seines Feindes zu befreien und die Oberhand zu gewinnen. Dass er nach diesem Kampf noch stehen konnte, wunderte sie.

»Ich teile nicht gerne mein Spielzeug.«

Die Dämonin sprach offenbar eine andere Sprache. Aritana verstand kein Wort von dem, was sie sagte. Was sie aber mitbekam, war das erneute Aufschreien zum Angriff. Aritana rührte sich dabei nicht vom Fleck. Sie hatte nämlich bereits gesehen, was diese Frau in ihrer Wut nicht wahrgenommen hatte: Elaas hatte Kurs auf sie genommen und war bereit, sie wie bei einem American-Football-Spiel zu tackeln.

Die Überraschung war gelungen. Elaas hielt die Dämonin am Boden fest. Sofort rannte Aritana hinterher, nahm die Klinge ihres Feindes und rammte sie ihr an die Stelle, wo vermutlich auch zu Lebzeiten nie ein Herz geschlagen hatte. Alle ihre Muskeln machten sofort schlapp. Ihre Haut wurde bleich, der Blick war starr ins Nichts gerichtet.

»Wir müssen sofort hier weg, die Nächsten sind gleich da!«, rief Elaas.

Als hätten sie auf das Stichwort gewartet, stürmte eine Horde weiterer Dämonen hinter den Bäumen hervor. Fünf, vielleicht sechs, und es würden mehr werden. Inzwischen waren alle informiert. Im Kampf hatten sie keine Chance mehr.

Aritana sprintete zurück in die sichere Zone und blieb genau davor stehen. Elaas kam gleich nach ihr an, doch Loras hatte zu viel einstecken müssen. Er war langsamer als sie. Wie hatte sie nur ohne ihn losrennen können? Wieso stützte sie ihn nicht?

Sie hielt den Atem an.

Die Dämonen holten auf.

»Ich helfe ihm.« Aritana sprach mehr zu sich selbst als zu irgendwem anders, doch so sehr sie wollte, dass ihre Worte wahr waren, sie konnte nichts tun. Er war ganz nah und sie rührte sich nicht. Sie konnte ihn nicht hinter sich herschleifen und ihm damit zu mehr Geschwindigkeit verhelfen und waren sie zu langsam, würden sie im Kampf beide sterben. Tränen sammelten sich in ihren Augen.

Gebannt sahen die beiden zu, wie Loras auf sie zukam, seine Verfolger schlossen immer schneller auf. Sein Blick war deutlich zu erkennen. Die zusammengekniffenen Augenbrauen, die Augen, welche Aritanas trafen und nicht mehr losließen, die Angst. Er fürchtete das Gleiche wie sie: dass er es nicht schaffen würde. Er war so nah, doch fühlte sich so weit entfernt an. Sekunden vergingen in Zeitlupe.

Nur noch ein paar Schritte. Der Regen wurde immer heftiger und durchnässte Aritanas lange Haare. Ihre Zähne presste sie mit voller Anstrengung aufeinander. Nur noch wenige Schritte. Und noch weniger für die Dämonen. Schweißperlen oder Wassertropfen auf ihrer Stirn? Es machte keinen Unterschied mehr. Aritana hielt den Atem an. Ein Dämon hatte Loras eingeholt. Er griff nach dessen Gewand. Es war zu spät.

Aritana atmete auf. Es war zu spät für die Dämonen. Loras' Verfolger übertrat die Grenze, schrie auf und taumelte wieder zurück. In seiner Hand befand sich nur ein Fetzen von dem durchnässsten weißen Stoff. Der Rest von dem Gefallenen hatte es in die sichere Zone geschafft. Freudentränen oder Wassertropfen auf ihren heißen Wangen? Es machte keinen Unterschied mehr.

Er stürzte auf sie zu und fiel ihr in die Arme. Sofort stützte Aritana ihren Freund und vergrub dabei erleichtert ihren Kopf in seiner Schulter. Sie hielt ihn fest, drückte ihn eng an sich, wollte ihn nie mehr loslassen. Fast hätte sie ihn verloren. Sie hätte sich niemals verziehen. Vorsichtig richtete sie ihren Kopf auf und riskierte einen letzten Blick zurück auf die griesgrämigen Gesichter frustrierter Dämonen, die sich in Scharen vor der sicheren Zone aufstellten. Sie ließen sie alle hinter sich und machten sich auf den Weg zurück zur Hütte.

»Sieht übel aus. Alles okay?« Loras' Blick fiel auf Aritanas Arm.

Doch das Schlimmste war bereits vorbei. In der Angst um ihn hatte sie die höllischen Schmerzen fast vergessen. »Sieht besser aus als dein Gesicht.« Aritana lächelte zaghaft, wissend, dass sie recht behielt.

Loras war in einem furchtbaren Zustand, doch er würde sich bald erholen, und so antwortete er mit einem vorsichtigen Stupser und einem breiten Grinsen, das ihm schon im nächsten Moment wieder verging, als Tyron sich aus dem Schatten näherte.

»Wo warst du?!«, rief Aritana, als er bei ihnen ankam.

Sein Blick wich ihr aus. Genauso wie seine Antwort der Frage auswich. »Geht es euch gut?« Er sah jeden Einzelnen an.

»Ja, ist nochmal gut gegangen«, erklärte Elaas.

»Gerade so«, fügte Aritana hinzu, die gemeinsam mit Elaas Loras stützte, der sich kaum allein auf den Beinen halten konnte. Ein wenig Unterstützung wäre hilfreich gewesen. Warum war er nicht aufgetaucht? Sie konnte sich kaum vorstellen, dass er sie nicht gehört hatte. Sie hatten sich gezielt in eine hörbare Entfernung begeben. Doch sie ließ das Thema vorerst ruhen. Sie wollte nur zurück in die Hütte.

Rakaan sah sich die Wunden der Gefallenen genau an, während die übrigen Platz nahmen und die Aufregung sacken ließen. Pirok hielt sich seinen Arm, auch wenn keine Wunde zu sehen war und Tyron wirkte abwesend. Er vermied Blickkontakt zu allen Anwesenden, doch darauf konnte sich Aritana nicht konzentrieren. Loras blutete stark, wenn auch weniger als erwartet, bei all den Attacken von Engelsklingen, denen er ausgesetzt war. Wenn sie darüber nachdachte, hatte sie ihn auch nie aufschreien gehört, während sie ihren Arm noch immer kaum anheben konnte. Woher nahm Loras bloß seine Stärke?

»Ich denke, ich habe ein paar Kräuter hier, die werden die Schmerzen lindern.« Rakaan wandte sich von den anderen ab, um ein paar Schubladen zu durchsuchen, doch Loras räusperte sich auffällig, sodass alle Blicke auf ihn fielen.

»Das kann warten«, verkündete er.

Alle schwiegen und warteten auf weitere Informationen.

»Ich weiß nun, wer der Spitzel in der Unterwelt ist.«

Alle Augen weiteten sich.

»Besser gesagt *die* Spitzel.«

Kapitel 28
~ Elaas ~

Verrat schmerzte. Verrat überraschte. Verrat traf einen wie eine gewaltige Welle auf hoher See, die man nicht hatte kommen sehen und die einen untertauchte, sodass man keine Luft mehr bekam. Das war bei Verrat immer der Fall, doch es traf einen heftiger, je weniger man es von jemandem erwartet hätte. Und selbst ein junger Dämon wie Elaas wusste, wie unerwartet dieser Verrat für alle Anwesenden war. Er sah es in ihren Gesichtern. In ihren Augen, in denen der Schock geschrieben stand, der sich hinunter bis zu ihren herunterhängenden Kinnladen zog.

Selbst Elaas, der kaum etwas wusste und kaum jemanden kannte, war schockiert über diese Wendung, denn auch wenn er es nicht war, der verraten wurde, so wusste er doch genau, was es für ihn bedeuten würde. Für sie alle. Denn nun war ihre Aufgabe schwerer als jemals zuvor.

»Ich verstehe das nicht.« Aritanas Stimme war leise, ihr Blick abgewandt. Damit sah sie immer noch weniger mitgenommen aus als Loras und das lag nicht an dessen furchtbar zugerichtetem Gesicht. »Das kann nicht stimmen«, murmelte die Gefallene weiter und versteckte dabei ihren Mund hinter ihren Händen. Eine Hand umhüllte die andere, so wie auch ihre Beine im Schneidersitz auf der Couch ineinander lagen.

»Es stimmt. Er hat es mir selbst gesagt.« Loras ließ sich tief in den Stuhl sinken, den Kopf in den Nacken gelegt. Immer wieder kniff er die Augen zusammen oder blickte stur an die Decke. Seine Arme ruhten auf seinem Bauch, die Finger ineinander verschränkt, als würde er beten.

»Wieso lebst du dann noch?!« Aritanas Stimme wurde etwas lauter.

Keiner der Dämonen, weder Elaas, noch Pirok, nicht mal Rakaan, schien sich in dieses Gespräch einbringen zu wollen und das zu Recht. Was konnten sie schon Sinnvolles dazu beitragen? *Sie* hatten nicht den letzten Glauben an Wahrheit und Loyalität verloren. Das Volk der Dämonen war gehässig, brutal und von Grund auf unzuverlässig. Dort konnte man keinem trauen. Das wusste jeder und dazu stand auch jeder. Niemand gab etwas anderes vor, was man von der Oberwelt nun nicht mehr behaupten konnte.

»Ich weiß es nicht.« Loras senkte seine Stimme gleichermaßen wie den Kopf. Ihn musste es mit am schlimmsten getroffen haben.

Dennoch war es Aritana, der die Tränen in den Augen standen. Elaas bemerkte, wie Tyron ihre Hand in seine nahm und sie dabei von der Seite ansah. Sie erwiderte zwar nicht seinen Blick, wohl aber seine Geste.

»Was werden wir nun tun?« Elaas' Frage wandte sich an Rakaan, der ebenso wie Loras bestürzt ins Nichts schaute, allerdings mit mehr Wut in seinem Ausdruck.

Als er seine Frage hörte, drehte er sich zu dem Frischling um. »An unserem Plan ändert sich nichts. Wir halten Luzifer auf. Nur werden wir uns wohl um noch ein paar mehr kümmern müssen.« Seine monotone Stimme ließ ihn noch selbstsicherer, mächtiger und gleichsam unheimlicher wirken. Doch ihre Chancen schätzte er vielleicht zu optimistisch ein. Das konnte unmöglich sein Ernst sein.

»Du meinst doch nicht etwa ...«

»O doch. Wir werden die Erzengel töten. Jeden einzelnen, wenn es sein muss.«

Zwei gefallene Engel und vier Dämonen, darunter ein Urdämon, ein Frischling und Tyron, was immer er war. Mit etwas Glück noch Ezmon, Zuros, Larzus und diese Engelsfrau, von welcher Aritana mal gesprochen hatte. Das war ihre Armee und diese sollte nicht nur das mächtigste Wesen aller Welten, den Teufel, wie die Menschen ihn nannten, sondern auch seine Geschwister aufhalten? Und da war die Armee aus Dämonen noch nicht mit einberechnet.

»Sariel wollte doch, dass du ihm hilfst, den Krieg zu verhindern. Warum sollte er das tun, wenn er mit den Dämonen gearbeitet hat?«

»Weil es nie darum ging, den Krieg zu verhindern, sondern ihn zu beschleunigen.« Obwohl Aritanas Frage an Loras gerichtet war, übernahm Rakaan die Antwort und warf dabei nur noch mehr Fragen auf.

»Bitte, Loras. Erzähl ganz genau, was Sariel zu dir gesagt hat«, flehte Aritana.

Loras räusperte sich. »Alles, was ich tun sollte, die Mission, die uns angeblich hätte retten können, die Freiheit von den Regeln, das war alles völliger Unsinn. Nur eine List. Die Erzengel waren sich sicher, dass diese Gegenmetamorphose nie funktionieren würde.«

»Doch sie irrten sich«, warf Tyron ein. Er war der lebende Beweis dafür, dass sie sich getäuscht hatten.

»Falsch. Du magst kein vollwertiger Dämon mehr sein, doch ein Engel bist du auch nicht und ...« Loras schluckte, dann sah er eindringlich zu Tyron rüber. »Und du kannst auch keiner werden. Niemals.«

Diese Information verpasste dem ganzen Raum einen gewaltigen Dämpfer. Ihr Plan, Tyron kämpfen zu lassen, war furchtbar gewesen, doch sie hatten wenigstens etwas, worauf sie aufbauen konnten. Wer, wenn nicht Tyron, konnte es mit Luzifer aufnehmen?

»Sariel hatte das alles nur als Vorwand genommen, damit ich die Regeln breche und falle. Er selbst musste nur zusehen und abwarten, bis die Urdämonen von meinen Taten Wind bekommen. Er hatte mich benutzt. Ich hätte dem Ritual zum Opfer fallen sollen.« Loras ließ seinen Blick gen Boden sinken, den sie alle beim Reingehen mit ihren durchnässten, schlammigen Klamotten und Schuhen verschmutzt hatten.

»Aber du warst es nicht«, warf Elaas ein. »Dieser Maarau war es, obwohl du gefallen bist, genau wie Aritana. Wie kann das sein? Wieso haben sie nicht einen von euch genommen?«

»Weil ich Maarau mit dem Nubibus zu Sariel geschickt habe. Ich dachte, dort sei er sicher, doch als Maarau das Prachtstück präsentierte, war Sariel klar, dass sich ihm eine Chance bot. Maarau musste sowieso sterben, sonst hätte er gewusst, dass Sariel den Kristall ausgehändigt hat. Das konnte er nicht zulassen.«

»Das ergibt doch alles keinen Sinn.« Aritana seufzte. »Wieso interessiert ihn das? Er hat es dir doch jetzt erzählt. Wieso war es vorher wichtig, dass keiner von seinem Hinterhalt erfuhr, und jetzt plötzlich ist es ihm egal?«

Nichts von alldem ergab einen Sinn. Rein gar nichts. Schon damit angefangen, dass sich ausgerechnet die Erzengel gegen ihresgleichen, gegen die Menschen, die sie schworen zu beschützen, und gegen ihre Prinzipien, die ihnen heilig waren, stellten, um ein Wesen freizulassen, das sie selbst eingesperrt hatten.

»Ich weiß es nicht!« Loras' Stimme war fast so laut, dass sie als ein Schreien hätte gelten können. Er stand zittrig von seinem Stuhl auf und lief durch den Raum, wo man nach jedem Schritt seine Fußabdrücke auf dem hölzernen Boden sehen konnte. »Ich weiß es einfach nicht. Ich weiß rein gar nichts!« Er fuhr mit seiner Hand durch das zerzauste blonde Haar.

Man sah ihm seine Schwäche an. Engel verfügten über ausgezeichnete Selbstheilungskräfte, doch nicht mal diese konnten verhindern, dass er zu taumeln begann. Ehe der Gefallene auf den Boden stürzte, war Rakaan zur Stelle und fing ihn auf.

Brav setzte sich Loras wieder auf seinen Stuhl und atmete tief durch. »Ich weiß nur, dass er mich benutzt und uns alle verraten hat. Und ich weiß, dass Luzifer den Krieg bald auf eine neue Ebene heben wird und wir völlig planlos und unbeholfen auf ein Wunder warten, das nicht kommen wird. Wir haben nichts!«

Alle schwiegen.

Keiner wollte sich eingestehen, dass Loras recht hatte. Ihre einzige Hoffnung hatte in der Annahme bestanden, dass Tyron, würde er zum Engel ernannt werden, Luzifer ebenbürtig wäre, doch das war hinfällig geworden. Selbst wenn sie auch nur den Hauch einer Ahnung hätten, wie sie ihn aufhalten konnten, sie würden nichts unternehmen können, da sie eingekesselt waren. An jedem Ausgang müssten inzwischen dutzende Dämonen sein und sie besaßen keine geeigneten Waffen mehr. Die einzige Blutklinge, die Dämonen ebenso wie Engel töten konnte, hatte Elaas an ihre Feinde übergeben. Unfreiwillig, aber doch seine Schuld. Sie hatten wirklich rein gar nichts.

Elaas sah in die Runde. Pirok, der sich geschickt aus der Diskussion herausgehalten hatte und leicht überfordert mit all den Informationen wirkte, stützte sich mit beiden Händen an der Lehne seines Stuhles, bis dieser leicht nach hinten zu kippen begann, und vergrub seinen Kopf zwischen den Armen. Tyrons Blick war auf seine rechte Hand gerichtet, welche noch immer von Aritanas umschlossen wurde, sie allerdings suchte auf dem Boden nach neuen Ideen, Erkenntnissen, einem Schimmer von Hoffnung oder etwas anderem, was sich dort womöglich noch finden ließ. Loras suchte die Leere ab. Sein Blick blieb nie länger als zwei Sekunden an derselben Stelle, was einem beinah Kopfschmerzen bereitete. Rakaan setzte seine Denkerpose auf. Die Augen leicht zusammengekniffen, die Lippen stärker zusammengepresst als Orangen für eine kalte Limonade und die aufrechte Haltung, die man nicht anders von ihm kannte. Als würde er jeden Moment seine Stimme erheben und ihnen den Weg weisen, doch so kam es nicht.

Der ganze Raum blieb still. Unangenehm still. Wie auf einer Party, wenn die Stimmung plötzlich ihren Tiefpunkt erreichte und nichts ertönte, bis auf ein leises Lied, dem jeder aufmerksam zuhörte. Diesen Tiefpunkt hatte ihre Gruppe gerade und ihnen blieb nicht einmal Musik, um die Stille wie ein Netz aufzufangen. Ob die anderen ähnlich sinnlose Gedanken hatten? Oder waren sie fokussiert auf der Suche nach Möglichkeiten, ihre Lage zu retten? Elaas versuchte es hin und wieder, bis er merkte, dass ihm nichts einfiel und er sich wieder auf das kollektive Schweigen konzentrierte. Es war wie ein Magnet für seine Gedanken.

Rakaan erhob zwar nicht seine Stimme, worauf Elaas so sehr gehofft hatte, doch er richtete seinen Körper auf, was zumindest dafür sorgte, dass sich die Köpfe der anderen erhoben. Erst als Rakaan bereits auf der Türschwelle zu seinem Arbeitszimmer stand, fand Elaas zurück zu seinem Wortschatz.

»Was hast du vor?« Seine Stimme war leise, als versuchte er zu flüstern, doch im Vergleich zu vorher schien sie wie aus einem Megaphon zu dröhnen.

»Ich werde einen Weg finden. Doch zunächst gedenke ich mich auszuruhen. Es ist spät.«

Ausruhen? Während alles andere am Zerbrechen war? Elaas hatte auf einen etwas ausgereifteren Plan gehofft, doch diskutieren war keine Option. Es würde nichts bringen. Rakaan verschwand hinter der in die Angeln fallenden Tür und die Verbliebenen drohten in das Schweigen zurückzufallen, das Elaas wahnsinnig machte.

»Geht es euch gut?«, fragte er in die Runde.

»War schon einmal besser.« Aritana war die Einzige, die reagierte. Ihr Blick fiel dabei auf Tyron neben ihr. »Können wir kurz draußen sprechen?«

Tyron nickte und sie verließen gemeinsam die Hütte. Da waren es nur noch drei.

»Vielleicht hat Rakaan recht und wir sollten uns alle ein wenig ausruhen.«

Das kam ausgerechnet von Pirok, demjenigen, der erst seit kurzem dabei war und deutlich weniger Anrecht auf eine Auszeit haben sollte als der Rest.

»Dazu bleibt keine Zeit. Wir müssen die Köpfe zusammenstecken und uns etwas einfallen lassen.«

»Vielleicht irren sich die Erzengel. Vielleicht gibt es für Tyron doch einen Weg, um es mit Luzifer aufnehmen zu können.« Loras überlegte laut, doch selbst, als die Chancen für ein Glücken dieses Planes noch besser standen, war Elaas kein Fan von dieser Taktik gewesen.

»Und selbst wenn, er kann es nicht mit allen aufnehmen«, warf Elaas ein.

»Und da liegt das Problem. Keiner von uns kann es mit allen aufnehmen. Was immer wir versuchen, wir können es nicht schaffen. Wir sind in der Unterzahl.«

Noch ein bis zwei Katastrophen mehr und Elaas würde Pirok für dieses pessimistische Denken eine verpassen, auch wenn er dafür wohl doppelt so viele kassieren müsste. Trübsal blasen half ihnen nicht weiter. »Gut, betrachten wir es doch einmal in kleinen Schritten. Vergessen wir die Erzengel, vergessen wir Luzifer –«

»Luzifer vergessen?«, wiederholte Loras erstaunt.

»Ja, jetzt hört mir zu. Vergessen wir all das mal und fangen von vorne an. Wir sind in der Unterzahl. Das ist unser erstes Problem und das müssen wir ändern. Wie schaffen wir das?« Als Elaas die Frage stellte, erinnerte er sich an einen Plan, den er Tyron anvertraut hatte. Einen, den er als unbrauchbar deklariert hatte. »Pirok, du hattest doch gesagt, dass einige Dämonen unzufrieden sind.«

Pirok runzelte die Stirn und nickte.

»Vielleicht können wir sie auf unsere Seite ziehen. Die Dämonen zu unserer Armee machen.«

»Das wird nicht reichen, um Luzifer zu besiegen«, warf Loras ein, doch an seiner Stimme hatte sich etwas verändert. Sie wurde klangvoller, weniger monoton. Als bildete sich ein winziger Funken der Hoffnung irgendwo in ihm drin. Nun musste der Funken nur noch ein Feuer entfachen.

»Ich sagte doch, vergessen wir Luzifer für einen Moment. Wir haben genug Probleme, erledigen wir eins nach dem anderen.« Es war zumindest ein Anfang und damit deutlich mehr als alles, was sie bisher hatten.

»Der Plan ist ja ganz nett, aber das sind immer noch nicht genug. Ich hab keine Ahnung, wie viele tatsächlich unglücklich sind. Der Großteil aber ist es sicher nicht.«

»Na und? Jedes weitere Mitglied in unserem Team ist ein Gewinn.«

»Und wie willst du sie isolieren?« Damit hatte Pirok die Schwachstelle von Elaas' Plan erkannt. Die potentiellen Verbündeten waren verteilt und trugen auch keine Schilder mit sich, auf denen ihre Meinung zu Luzifers Machenschaften geschrieben stand. Wie sollten sie ihre Armee vereinen?

»Wisst ihr, wie ich Tyron zum Umdenken gebracht habe?« Loras' Mundwinkel zuckten. Er wagte einen erneuten Versuch, aufzustehen. Diesmal wirkte er schon wieder etwas sicherer, seine Beine zitterten nicht mehr. Er stand aufrecht und mit verschränkten Armen vor den anderen beiden.

»Er hat sich in deine beste Freundin verknallt.« Pirok zuckte mit den Achseln, während Elaas die Luft anhielt.

Der Neuling in der Gruppe konnte nicht ahnen, wie dünn das Eis war, auf dem er sich bewegte. Er bemerkte auch nicht, wie Loras' Miene sich schlagartig verfinsterte und wie sein Kiefer sich anspannte.

»Ja, das mag eine Rolle gespielt haben, aber ich glaube, der Wendepunkt war, als ich ihn über seine Vergangenheit aufgeklärt habe.«

Neugierig sahen die Dämonen den Gefallenen an. Was hatte er im Sinn?

»Was schätzt ihr, wie viele Dämonen waren schon zu Lebzeiten so schlimm wie nach der Metamorphose?«

»Nicht viele. Die meisten sind wegen Egoismus, Lügen oder einem Diebstahl in der Unterwelt gelandet«, erklärte Pirok.

»Genau. Sie könnten alle Engel sein, wenn die Oberwelt nicht so absurd strenge Regeln hätte.«

»Und auch diejenigen, welche Fehler gemacht haben, würden deswegen nicht gleich eine ganze Gattung auslöschen und eine weitere unterdrücken wollen«, stimmte Elaas mit ein. Auch er erhob sich von seinem Stuhl. »Das heißt, wenn wir es schaffen würden, sie alle an ihr vergangenes Leben als Menschen zu erinnern, an ihre Fehler und ihre Prinzipien, an Liebe und Leid, bekämen wir vielleicht unsere Armee.« Elaas sah rüber zu Loras, in der Hoffnung auf Zustimmung. In diesem Fall wären sie nicht einmal auf die unzufriedenen Dämonen angewiesen. Sie würden den Großteil bekommen. Und das war genug. Zumindest für Problem Nummer eins.

»Wie sollen wir all diesen Dämonen ihre Erinnerungen zurückgeben?«, fragte Pirok.

Loras und Elaas sahen einander an, dann zu Pirok hinunter, der noch vor ihnen saß. Das Wort glitt ihnen gleichzeitig über die Lippen: »Rakaan.«

Im nächsten Moment standen sie vor seiner Tür und hämmerten kräftig dagegen, so lange, bis er öffnete.

»Ich weiß, dass wir keinen Schlaf benötigen, doch Ruhe werde ich brauchen, wenn ich mir einen Plan aus dem Hut zaubern soll.« Früher hätte Rakaans Blick Elaas furchtbare Angst eingejagt, so sehr, dass sich in ihm ein Fluchtreflex ausbreitete. In den ersten Wochen, in welchen sie zusammengelebt hatten, war er stets bemüht gewesen, ihm niemals auf die Nerven zu gehen oder ihn sonst wie zu verärgern, doch die Zeiten waren lange vorbei.

»Wir denken, wir haben einen Plan«, posaunte Elaas heraus und verschluckte sich beinah an seinen eigenen Worten, so schnell wie er sprach.

Rakaan runzelte die Stirn, sichtbar skeptisch – sein Lieblingsblick.

Loras erklärte ihren vagen Plan und fügte am Ende hinzu: »Ich weiß, wir sollten uns um Luzifer kümmern, doch es wäre ein Anfang und besser, als nichts zu tun. Wenn wir erst einmal in der Überzahl sind, finden wir vielleicht heraus, wie wir die anderen Probleme lösen können.«

Der Plan war noch nicht ganz ausgereift und sicher zum Scheitern verurteilt. Elaas rechnete damit, dass Rakaan ihn erst einmal über Bord warf, doch in seinem Gesicht zeichnete sich ein Lächeln ab.

»Ein Anführer ist nichts ohne seine Armee«, sagte er. Sein Blick fiel auf Elaas. »Und das war deine Idee?«

Der Frischling nickte eifrig.

»Sehr gut.« Anerkennend zog Rakaan seine Augenbrauen nach oben und lief dabei, an ihnen vorbei, in das Wohnzimmer.

Die anderen blieben kurz etwas verdutzt stehen.

»Eine Massenerinnerung also?«

Sie drehten sich, wie auf ein Zeichen hin, zu Rakaan um, der sie grübelnd anblickte.

»Dann sollten wir loslegen. Wir haben keine Zeit zu verlieren.«

Kapitel 29
~ Aritana ~

Nichts von alldem ergab einen Sinn.

Etwas nicht zu verstehen, obwohl man sich so sehr danach sehnte, war frustrierend. So frustrierend, dass sie weinen und schreien und etwas treten wollte. Am liebsten wäre sie hinausgelaufen und in die Oberwelt gereist, um mit den Erzengeln persönlich zu reden und sie zu fragen, was für Spielchen sie spielten. Vor ihrem Fall hätte Aritana sie niemals in Frage gestellt, sie hatte immer brav ihren Befehlen gehorcht wie eine Marionette. Mehr war sie wohl nicht für die Söhne des Vaters gewesen. Eine billige Puppe. Wieder einmal wurde ihr Weltbild auf den Kopf gestellt. Wem war noch zu trauen? Was entsprach der Wahrheit? Wen oder was versuchten sie überhaupt zu retten? Alles stellte sich auf den Kopf, doch die Hand, welche sie vorhin in der Hütte noch gehalten hatte, Tyrons Hand, die ihr Trost gespendet hatte, die war echt. Auf sie war Verlass. Meistens jedenfalls.

»Was ist da draußen passiert? Wir hätten deine Hilfe gebrauchen können.« Aritana starrte auf den Boden, während sie sprach.

Sie liefen nebeneinanderher. Der Regen hatte aufgehört, doch seine Einschläge am Boden zeichneten sich auf der inzwischen dünnen Schneeschicht ab. Einzelne Grashalme lugten bereits hervor, kämpften sich durch das sonst so dichte Weiß und versprachen Hoffnung.

Tyron wirkte abwesend. Er wusste genau, dass sie von dem Kampf zuvor sprach. Sie hatten sich auf ihn verlassen, doch er war nicht aufgetaucht. Es war an der Zeit, herauszufinden, was vorgefallen war.

»Ist sie tot? Sind sie beide tot?« Tyron wich ihrem Blick aus. Er rang mit seinen Händen, während er mit gebeugter Haltung neben ihr herschlich.

»Wer?«

»Der Mann und die Frau, gegen die ihr gekämpft habt.«

Aritana sah ihn auffordernd an, noch immer unsicher, was dieses Gespräch zu bedeuten hatte.

»Der Mann recht schmächtig, strohblondes Haar, eine dicke Narbe im Gesicht. Und eine Frau mit dunkelbraunem Haar, beide in Uniformen«, spezifizierte er, als Aritana nicht antwortete.

Nebeneinander liefen sie um die Hütte herum. Die Gefallene trat automatisch in die Fußspuren, die sich noch im langsam schmelzenden Schnee finden ließen.

Aritana erinnerte sich zurück an den Kampf. Zuerst hatte sie sich auf erniedrigende Weise mit diesem Mann mit dem breiten Oberkörper duelliert, doch zwischendurch war ihr aufgefallen, wie ein Typ, der durchaus zu Tyrons Beschreibung passte, mit Loras gekämpft hatte. Die Frau war ihr noch sehr deutlich im Kopf. Dieses Gesicht würde sie nie mehr vergessen. »Ja, sie sind tot.« Aritana stellte keine weiteren Fragen. Ziemlich sicher wusste sie, nach wem Tyron sich erkundigte. Vor allem aber wollte sie nun auf ihre Frage zurückkommen.

»Gut.«

Der Schnee knirschte unter ihren Stiefeln, an welche sie sich erstaunlich gut gewöhnt hatte. »Wirst du mir nun auch eine Antwort schenken?« Aritana versuchte, nicht zu zynisch zu klingen, doch es fiel ihr äußerst schwer.

Vielleicht, weil sie es nicht mochte, wenn Tyron sich ihr so verschloss.

»Das waren Thore und Daria. Frühere Freunde aus der Unterwelt. Wir waren immer zu viert unterwegs, mit Markan. Er hat mich gefunden, gerade als ich zu euch aufbrechen wollte«, erklärte Tyron. »Ich wollte seine Worte ignorieren, aber er weiß genau, wie er mich provozieren kann. Wir gerieten in einen Kampf, der erst endete, als es für meine Hilfe bereits zu spät war.«

Anders als noch vor drei Minuten, als sie sich ihm so nah gefühlt hatte, war er nun meilenweit entfernt. Distanziert. Er sah sie nicht an, vermied zufällige Berührungen. Er trauerte.

»Das tut mir leid.« Aritana senkte ihre Stimme und blieb stehen.

»Das Gleiche wollte ich gerade zu dir sagen. Ich habe euch hängen lassen. Ihr hättet meinetwegen sterben können.«

»Du hast einen Freund töten müssen und zwei weitere verloren. Das tut mir leid.« Aritanas Ärger war verschwunden. Sie wusste inzwischen, wie es war, jemanden falsch einzuschätzen. Wenn sich einst geglaubte Freunde als Feinde entpuppten.

»Sie waren furchtbare Wesen. Sie hatten kein Gewissen, empfanden keine Empathie. Sie waren vermutlich nie echte Freunde gewesen.«

Aritana lief weiter, immer um die Hütte herum, nicht zu weit davon entfernt. Sie wollte nicht einmal in die Nähe der Zonengrenze kommen, wo sie von schaulustigen schwarzen Augen gemustert wurden.

»Es ist okay, furchtbare Wesen als vergangene Freunde zu bezeichnen. Ihr hattet doch auch gute Zeiten, nicht wahr?

Ihr hattet Spaß. So etwas darf man vermissen, egal, um wen es sich handelt.«

Tyron ließ den Kopf fallen und wurde etwas leiser, als schämte er sich für sein Denken. »Vielleicht hat ein kleiner Teil von mir sich gewünscht, dass wenigstens einer von ihnen sich umentscheiden würde«, gab er zu. »Doch ich habe euch beide, Ezmon, Elaas und Rakaan. Ich trauere nicht um ihren Tod, nur darum, dass ich meine Zeit mit Markan verschwendet habe, anstatt euch beizustehen.«

»Du bist anders, seit du wieder hier bist.« Aritana sah zu ihm herüber und wartete, bis sein Blick den ihren traf. »Wolltest du mir nicht noch von einem Ereignis erzählen? Als du allein in den Höhlen warst?« Sie spürte, wie sich ihre Augenbrauen mitleidig zusammenzogen. Schön war es sicher nicht gewesen, so wie er angekommen war. Er dachte vermutlich, er hätte alles verloren, seine Freunde, seine Aufgabe, seine Identität. Alles vorüber mit nur einem Schlag und schon war er allein und gesucht. Jeden Tag fürchtete er um sein Leben. Grausam. Doch sie wollte es genau wissen. Sie wurde das Gefühl nicht los, dass er ihr etwas Wichtiges verschwieg.

»Nein, das war nichts. Ich war nur verwirrt, habe mir Sachen eingebildet, wurde vielleicht ein wenig paranoid.«

Aritana runzelte die Stirn. Sie glaubte ihm nicht, so, wie er ihrem Blick auswich. »Ist das wirklich alles?«

Tyron nickte. Sie wollte weiter nachhaken, doch da unterbrach sie eine laute Stimme.

»Ari? Tyron?« Es war Loras, der nach ihnen rief.

Sofort rannten sie zum Eingang der Hütte, wo alle auf sie warteten. Was immer Loras ihnen mitzuteilen hatte, musste wichtig sein, wenn seine Stimme drei Oktaven nach oben schoss.

Der Plan stand fest, während die Zuversicht wankte. Aufbruchstimmung war nicht mit guter Laune zu verwechseln. Die Waffen wurden erneut herausgekramt. Schnell. Hektisch. Chaotisch. Keiner wollte Zeit verlieren. Bei Sonnenanbruch wollten sie am Lagerhaus sein. Rakaan sollte dort eine Schutzsigille erstellen, welche vorübergehend ihre Sicherheit gewährte. Von dort aus würden sie die Massenerinnerung vorbereiten. Wenn alles glattging, merkte der Großteil der Dämonen nicht einmal, dass sie den Wald verlassen hatten, ehe sie im Lagerhaus waren.

»Ari, warte mal kurz.« Elaas hielt Aritana am Arm zurück, als diese mit Loras und Rakaan nach draußen gehen wollte, um das Ablenkungsmanöver vorzubereiten.

»Was ist denn?« Ihr Blick ging an ihm vorbei, hin zu Tyron, der sich mit Pirok unterhielt. Der Halbdämon wirkte betroffen und ungewöhnlich angespannt. Aritana fragte sich, worüber sie wohl sprachen.

»Ich wollte nur ... Es tut mir leid, dass ich dir und Loras vorhin nicht gleich geholfen habe. Ich war ein Feigling, ich hatte zu große Angst.« Elaas ließ vor Scham seinen Kopf hängen.

»Angst wovor? Zu sterben?«

Stille. Elaas sah wieder zu ihr auf und zog seine Augenbrauen zusammen.

»Oh, das ist –«

»Lächerlich, ich weiß. Ein Dämon, der Angst vor dem Tod hat. Ich dachte nur ... Ich kann nicht so schnell wieder gehen. Ich habe so viel wiedergutzumachen. Das hier ist eine zweite Chance, die ich noch kaum genutzt habe. Aber das ist keine Entschuldigung. Ich hätte mich früher überwinden müssen. Ich sage, ich will es dieses Mal besser machen, und traue mich dann nicht.«

»Aber du hast dich getraut. Das ist, worauf es ankommt. Du bist eine gute Seele, Elaas. Lade dir selbst nicht so viel Schuld auf.« Aritana schenkte ihm ein ehrliches Lächeln, ehe sie sich abwandte.

»Du auch nicht.«

Bei diesen Worten drehte sie sich verwundert zu ihm um. »Was meinst du?«

»Meine Gefangennahme. Ich hatte ein paar Fetzen von einem Gespräch mitbekommen, zwischen dir und Tyron.«

Aritana wusste, wovon Elaas sprach. Er meinte den Moment, kurz bevor er seine Erinnerungen zurückerlangt hatte. Seither war kaum Zeit vergangen, doch es fühlte sich an wie Jahre. Und dieses Gespräch hatte er mitbekommen? »Es ist schon –« Sie wusste selbst nicht recht, was sie zu sagen ansetzte, weshalb sie fast erleichtert war, als Elaas sie unterbrach.

»Ich verstehe das, wirklich. Zumindest kann ich mir gut vorstellen, wie schwer das ist. Vor allem für dich.«

Sie sah ihn sprachlos an. Unsicher, wie sie reagieren sollte, wartete sie ab, was folgen würde.

»Dein Leben wie dein Tod wurden von klaren Regeln und Strukturen geprägt. Alles stand fest. Du brauchtest dir nie Gedanken darüber zu machen, was du fühlen sollst, denn für Gefühle war ja nie Platz. Man ließ sie gar nicht erst zu. Aber jetzt bist du kein Engel mehr – nicht mehr so richtig. Ich kann mir nur im Ansatz vorstellen, wie überwältigend diese neue Freiheit sein muss. Auch im negativen Sinne.«

Ja, Freiheit war ein Geschenk mit dunklem Schatten. Endlich konnte sie tun und lassen, fühlen und lieben, wen oder was sie wollte, doch damit ging einher, dass sie selbst zwischen Richtig und Falsch entscheiden musste. Es gab keine Vorgaben mehr. Auch in ihren Handlungen war sie nun frei, was nach sich zog, dass sie allein für die daraus resultierenden Konsequenzen verantwortlich war. Sie allein.

»Nach und nach wirst du dich an diese Freiheit gewöhnen und du wirst herausfinden, was du wirklich willst. Das passiert nicht von heute auf morgen, das ist ein Prozess, den musste selbst ich durchleben, denn Freiheit wird in der Unterwelt großgeschrieben. Die Kehrseite namens Verantwortung ignorieren die meisten dabei ganz einfach.«

»Ich habe so viele Fehler gemacht – seit meinem Fall.« Aritana musste mit den Tränen kämpfen.

»Hast du das? Ich denke, du hast versucht, deinen Weg in diesem Chaos zu finden, und stets mit der besten Intention gehandelt.«

»Meinetwegen haben sie dich gefoltert und dich deiner Erinnerungen beraubt.« Sie ließ ihren Blick sinken. Eine gute Intention konnte nicht alles wiedergutmachen. Die Kettenreaktion, die ihr Handeln ausgelöst hatte, war fatal gewesen.

»Deinetwegen habe ich aber auch etwas gefunden, was ich seit Beginn meiner Existenz gesucht habe. Du, Tyron, Loras und Rakaan, ihr seid mir das, was einer Familie je am nächsten gekommen ist. Hier hatte ich zum ersten Mal das Gefühl, dazuzugehören. Neben all den Katastrophen ist das doch auch etwas wert, oder?«

Aritana hob ihren Blick wieder, sah Elaas kurz an und fiel ihm anschließend in die Arme, während sie ihm die Worte ›ja‹ und ›Das ist es‹ in den Nacken flüsterte. Nach ein paar

Sekunden, die gerne länger hätten andauern können, lösten sie sich wieder voneinander.

Elaas lächelte sie an, während sie sich ein paar Tränen, die entkommen waren, von der Wange wischte. »Ich wollte das nur gesagt haben, bevor es jetzt losgeht. Wir sehen uns zum Morgengrauen.«

Zuvor hatten sie sich in zwei Gruppen eingeteilt. Elaas würde mit Rakaan und Loras ein Team übernehmen, während Aritana mit Tyron und Pirok den Fluchtversuch wagte. Sie schätzten ihre Chancen besser ein, wenn sie nicht in einer so großen Gruppe durch den Wald schlichen. Elaas ging also in den Süden und Aritana in westliche Richtung. Wiedersehen würden sie sich erst, wenn die ersten Sonnenstrahlen am Himmel auftauchten und sie am Lagerhaus ankamen. Ihr Treffpunkt seit dem ersten Tag, als es nur Tyron und Loras gegeben hatte.

Elaas ging hinaus zu den anderen, drehte sich aber kurz vorher nochmal um. Seine Lippen formten die stummen Worte ›viel Glück‹. Damit ging er zu den anderen und sie folgte ihm nach wenigen Sekunden.

Von nun an keine Dummheiten mehr. Sie musste sich im Klaren darüber sein, was sie wollte und was wichtig war. Die Lage wurde ernst. Sie würde keinen Mist mehr bauen, niemanden leichtsinnig in Gefahr bringen und klare Gedanken fassen – so weit zumindest der Plan. Sie war nie entschlossener gewesen.

Aritana gesellte sich zu Tyron und Pirok, welche sich bereits zum Start positioniert hatten und sich leise unterhielten. Das Ablenkungsmanöver stand, doch der Weg würde trotz allem nicht einfach werden. Auf sie warteten vermutlich hunderte Gegner, doch das spielte keine Rolle. Sie mussten es hinausschaffen und aus irgendeinem ihr unerklärlichen Grund glaubte sie sogar daran, sie könnten es schaffen. Sie alle.

Ein letzter Blick huschte zu der anderen Gruppe und speziell zu Loras hinüber. Er lächelte sie an, während seine Augen weinten. Sie tat es ihm gleich. Trotz Rakaans kurzfristiger Behandlung, die schnell angeschlagen hatte, war er noch immer verwundet und geschwächt. Die Sorge um ihn ließ sie schwer atmen. Die Angst, ihn jetzt zum letzten Mal zu sehen, ließ sie frösteln. Doch die Gruppen standen fest und es gab keine Zeit für Diskussionen. Sie musste daran glauben, dass er es schaffen würde. Dass sie es alle schaffen würden.

Die Dreiergruppen gingen auseinander, bis sie sich nicht mehr sehen konnten. Sie stellten sich in Position. Noch innerhalb der sicheren Zone, doch nah genug, um möglichst wenig Zeit zu vergeuden.

Aritana sah zu Tyron und Pirok hinüber. In ihren Augen glänzten Angst und Entschlossenheit. Für aufmunternde Worte war es längst zu spät und ihr wären auch keine eingefallen. Sie konzentrierte sich nur auf die Waffe in ihrer Hand. Eine Waffe, die für Gerechtigkeit sorgen sollte. Für ihre kleine Gruppe, für die Menschen, für die ganze Welt.

Kapitel 30
~ Elaas~

Alle waren in Position. Aritana, Tyron und Pirok befanden sich längst außer Sichtweite und warteten, wie auch ihre Gruppe, auf das Startsignal, welches nicht kam. Sie hatten ein großes loderndes Feuer geplant, das in nordöstlicher Richtung, innerhalb weniger Minuten von allein ausbrechen sollte, um die Dämonen wenigstens kurzzeitig in die falsche Richtung zu locken und damit ein paar Gegner weniger empfangen zu müssen. Doch das Feuer brach nicht aus wie geplant. Elaas wusste nicht, wie genau es funktionierte, ob Rakaan eine einfache, lange Zunderspur gelegt hatte, die vielleicht durch den vorherigen Regen erloschen war, oder ob er irgendeinen speziellen Hokuspokus gewirkt hatte. Der Frischling begann sich am Hinterkopf zu kratzen und kämpfte gegen den Instinkt, sinnlose Fragen zu stellen und Mutmaßungen zu äußern. Sie brauchten diese Ablenkung. Sie konnten nicht einschätzen, wie viele Dämonen an der Grenze auf sie warteten, und ihre Waffen waren für große Kämpfe nicht geeignet. Sie hatten nur zwei Engelsklingen zur Verfügung. Eine hatte Tyron bekommen, die andere ruhte in Loras' fähigen Händen. Aritana hatte einen Krummdolch, Pirok nur ein Haumesser. Großen Schaden konnten sie damit nicht anrichten, ebenso wenig wie Elaas mit seinem Enterbeil.

»Ich werde nachsehen, was schiefgelaufen ist.« Rakaan sah ebenfalls in die Richtung, in welcher sie das Feuer erwartet hatten. Er drehte sich erst um, als er den Satz fertig gesprochen hatte.

Sein Blick war so voller Zweifel, wie Elaas es nie zuvor gesehen hatte. Sogar Anzeichen von Anspannung ließen sich erkennen. Rakaan trat einen Schritt näher zu Elaas. Er wusste, dass nichts Gutes folgen konnte, und wurde durch Rakaans besorgten Blick noch nervöser.

»Vielleicht muss ich das Feuer selbst vor Ort entfachen. Was auch geschieht, sobald ihr es brennen seht, rennt ihr los. Wartet nicht auf mich.«

»Aber –«

»Kein Aber. Ihr nutzt die Chance. Ich werde euch schon finden, spätestens zum Morgengrauen am Lagerhaus.«

Elaas schluckte. Ihm gefiel diese Abmachung überhaupt nicht, doch ihm blieb nichts anderes übrig, als zu nicken und hinterherzusehen, wie Rakaan zwischen den Bäumen verschwand. Unbewaffnet. Als er weg war, drehten Loras und er sich wieder um und begaben sich in Position, obwohl er hoffte, dass Rakaan vor Ausbruch des Feuers zurück sein würde. Eine Hoffnung, die vergebens war.

Sie sahen den Rauch im peripheren Blickfeld und ließen keine Sekunde verstreichen. Nur ein knapper Blick zurück, um sich zu vergewissern, dass Rakaan nicht gerade dabei war, zu ihnen zu stoßen, und sie sprinteten los in die Richtung der sicheren Zone und darüber hinaus. Die Geräusche von umherstreifenden Dämonen, ihr Gelächter, ihr Geplapper und ihre Verfolgung entgingen Elaas nicht, doch er blendete alles aus. Seine Konzentration lag allein auf dem Weg, welchen er vor Augen hatte, und darauf, Loras nicht zu verlieren. Das Ziel war es schließlich, dass sie alle es lebend nach Aniles schafften.

Sie kamen zügig voran. Schnell und leise war ihr Motto für die Nacht, welche sich dem Ende neigte. Dennoch war der Wald noch immer pechschwarz wie die Federfarbe eines Raben. Und seltsam warm war es auch. Lag vielleicht an der Aufregung, doch Elaas fing fast schon an, zu schwitzen, während sie durch die Äste rannten, die bemerkenswert oft in Kopfhöhe lagen. Dabei fiel ihm auf, dass der Schnee in diesem äußeren Teil des Waldes vollständig geschmolzen war. Noch vor einer Weile musste man seine Füße beinahe bis zu den Knien heben, um sich seinen Weg durch den Schnee zu erkämpfen.

Das Ablenkungsmanöver schien geglückt zu sein, denn sie konnten schon den Waldrand erblicken, als der erste Dämon sie angriff. Dieser ging sofort mit dem Ausruf ›Verräter‹ auf Elaas los, doch in seinem Wahn hatte er nicht aufgepasst. Elaas duckte sich rechtzeitig und Loras verpasste ihm einen ordentlichen Hieb gegen die Schläfe. Anschließend stach er dem Fremden mit der Engelsklinge in den Bauch, sodass er am Boden liegen blieb. Wenn nur jeder so schnell zu erledigen war, wie dieser hier.

Elaas sah sich um, ob der Dämon in Begleitung war, doch dem schien nicht so. Sie hatten zwar gehofft, dank der Ablenkung ohne große Zwischenfälle dem Wald zu entkommen, doch mit so wenig Gegenwehr hatte Elaas nicht gerechnet. Wo waren die Scharen an Dämonen? Warum umzingelten sie nicht die sichere Zone? Ein ungutes Gefühl machte sich in ihm breit, doch er hatte nicht die Zeit, seine Bedenken zu äußern.

Mit einem kurzen Nicken in Loras' Richtung, welches ihm verdeutlichen sollte, dass es ihm gut ging, sprinteten sie weiter bis an die Waldgrenze, wo sie auf gleich drei Dämonen stießen, die sie noch nicht bemerkt hatten. Einer von ihnen stand etwas abseits und kehrte den anderen den Rücken zu. Loras nutzte die Chance und rannte gleich auf den Alleinstehenden zu, um ihn von hinten mit einem

Schlag zu erledigen. Einer der anderen rannte Loras hinterher und versuchte, seinen Kollegen zu warnen, doch er war zu langsam. Gerade als der ahnungslose Kerl sich umdrehte, hatte er auch schon eine Klinge im Bauch.

Der dritte Dämon entschied sich mit einem äußerst psychopathischen Lächeln für Elaas.

»Ich erkenne dich, Frischling.« Während er sprach, leckte er sich über die Oberlippe und beugte seinen Oberkörper leicht nach vorne wie ein Boxer im Ring, nur dass es bei ihm eher aussah, als würde er Elaas essen statt boxen wollen.

»Du willst mich umbringen? Da bist du nicht der Erste.« Zwar konnte Elaas bislang nur dank dem Mitwirken anderer überleben, doch das brauchte sein Gegner nicht zu wissen.

»Ich werde aber der Letzte sein.« Der Dämon rannte auf Elaas zu und überwältigte ihn mit seiner nicht zu unterschätzenden Schwere. Er war zwar nicht dick, jedoch sehr sportlich mit viel Muskelmasse, die sich nun auf Elaas' Oberkörper drückte. Einem Menschen würden inzwischen vermutlich die ersten Rippen brechen und in etwa so fühlte es sich auch für Elaas an, der mit all seiner Kraft den psychopathischen Boxer von sich stieß.

Schnell stand Elaas auf, brachte ein paar Meter zwischen sich und seinen Feind und dachte nach. Er hatte bisher keine hervorragenden Kampftechniken vorweisen können. Mit einem Blick zur Seite stellte er fest, dass Loras mit Kämpfen beschäftigt war. Anders als Elaas hatte er allerdings die Oberhand und prügelte nur so auf den am Boden liegenden Dämon ein, dass dieser vermutlich einige Zentimeter tief in den Dreck einsank.

Der Frischling rannte los, direkt auf seinen Gegner zu, der es ihm gleichtat, den hölzernen Griff seiner Klinge fest umklammert, dass er sie nicht versehentlich fallen lassen konnte. Im letzten Moment, bevor der Dämon ihn erwischen konnte, duckte er sich mit ausgestrecktem Arm und gezücktem Enterbeil. Die Klinge fuhr das Bein seines Gegenübers entlang. Das psychopathische Grinsen wurde von einem lauten Stöhnen übertrumpft. Ein kurzer Schmerz, den Elaas nutzen musste. Während sein Feind abgelenkt war, schlug ihm Elaas mit aller Kraft in den Rücken, wo die Waffe steckenblieb. Er zog sie aus dem Fleisch heraus. Schwarzes Blut floss in Strömen auf den Boden und der Dämon stürzte.

Sein Sieg machte ihn trotz der bedrückenden Lage ein klein wenig stolz. Der Frischling hatte strategisch nachgedacht, keine Angst zugelassen und seinen Gegner überwältigt. Er musste sich sogar dabei erwischen, wie er ein winzig kleines Lächeln aufsetzte, welches im nächsten Moment wieder erlosch, als er etwas Beunruhigendes zwischen den letzten Bäumen erblickte.

Feuer.

Elaas trat näher heran. Der Wald lag etwas oberhalb der verhältnismäßig kleinen Stadt, weshalb man von dessen Rand aus Aniles fast vollständig überblicken konnte. Schwarze Rauchwolken stiegen in die Lüfte. Gebäude, Bäume, Wiesen, Zäune. Sogar einzelne Menschen rannten schreiend durch die Gassen und zogen dabei eine knallrote Flamme am Rücken ihrer Pullover hinter sich her. Kein Wunder, dass der Schnee geschmolzen war. Alles stand in Flammen. Es war, als hätte man die Unterwelt eine Ebene nach oben geschoben und auf die Menschheit losgelassen, die nicht dafür geschaffen war. Das Torturengebiet auf einem ganz neuen Level. Und es betraf nicht nur Aniles. Die Rauchschwaden zogen sich weiter, als Elaas von seinem

Standpunkt aus sehen konnte, doch sie überschritten eindeutig die Stadtgrenzen.

Eine Gänsehaut durchfuhr ihn. Er löste seine Augen von dem erschreckenden Anblick ihres Zielortes und drehte seinen Kopf zu Loras.

Der Gefallene stand gleich neben ihm und schaute auf die Stadt hinab, sein Gegner lag am Boden hinter ihm. Tränen standen in seinen Augen, die er nicht befreite. Sie stauten sich dort an, während er wie eine Statue auf das Werk Luzifers hinabsah. »Komm schon. Wir müssen weiter.« Loras' Stimme klang monoton. Er schluckte hörbar und wandte sich wieder ihrem Weg zu. Mitten in das Feuer.

Elaas sah sich in alle Richtungen um, bevor er Loras einholte, in der leisen Hoffnung, Rakaan oder einen der anderen in der Ferne zu entdecken, doch da war nichts als Rauch, Leere und Gefahr zu finden. Sie waren vorerst auf sich allein gestellt.

Gemeinsam rannten sie den kleinen Hügel hinunter, der sie mitten in das Getümmel aus verwahrlosten Häusern und schreienden Menschen führte. An jeder Ecke flossen Tränen. Kleine Kinder, die nach ihren Eltern schrien, Eltern, die um Hilfe für ihre Kinder flehten, Leichen über Leichen. Das war keine Stadt mehr, das war ein Schlachthof. Luzifers Spielplatz.

Es wimmelte nur so von höhnisch lachenden Dämonen, doch durch das Gedränge der Menschenmenge und das Chaos, welches sie verursachten, bekamen sie die Anwesenheit der Flüchtigen kaum mit. Das sollte auch so bleiben.

»Bitte! Hilfe! Bitte! Mein Sohn!« Eine Frau mit grauem Haaransatz fiel neben Elaas auf die Knie, während sie sein Oberteil fest umklammert hielt.

Elaas versuchte, sich loszureißen, doch die Frau ließ nicht locker.

»Mein Sohn! Mein Sohn!«, schluchzte sie wieder und wieder und wurde dabei zunehmend lauter.

Einige Blicke richteten sich auf die beiden. Elaas sah sich um, ob er den besagten Jungen erblicken konnte. Die Frau zeigte auf einen etwa Dreizehnjährigen mit geschlossenen Augen. An seinem Kopf klebte mehr Blut, als in seinen Venen floss, und sein Bein sah aus, als hätte es ein Origamikünstler bearbeitet. Verzweifelt dachte er nach, doch es gab nichts, was er für dieses Kind oder seine Mutter tun konnte. Er musste weiter, wenn er nicht selbst Opfer der Dämonen werden wollte.

Er nahm die Hand der Frau und riss sich von ihr los, sodass sie mit dem Oberkörper voraus gen Boden fiel. Er flüsterte ihr noch ein leises ›tut mir leid‹ hinterher und machte sich schnell aus dem Staub, ehe ihn noch ein Dämon ausfindig machte.

Er und Loras flüchteten in eine weniger belebte Seitengasse, um sich Klarheit über die Lage zu verschaffen. Loras presste sich an die verdreckte Hauswand und schaute um die Ecke. Unterdessen blickte Elaas hinauf in den Himmel, welcher sich grau-bräunlich färbte.

Loras atmete erschöpft aus. »Ich zähle fünf ... nein, sechs Dämonen, alleine von hier.«

»Vielleicht sollten wir hier einen Moment warten und nach den anderen Ausschau halten.«

»Sie werden zum Lagerhaus kommen, wie abgemacht. Es bleibt nicht mehr viel Zeit bis Sonnenaufgang. Es handelt sich nur noch um Minuten.«

Elaas schwieg. Natürlich hatte Loras recht, doch es bereitete ihm großes Unbehagen, nicht bei den anderen zu sein. Loras musste es noch härter treffen, angesichts dessen, dass Aritana in der anderen Gruppe war.

»Wenn wir uns nah entlang der Hauswände bewegen, haben wir vielleicht eine Chance, unentdeckt zu bleiben«, fügte er bei.

Elaas hatte naiverweise angenommen, dass sie mit dem Verlassen des Waldes den schwierigsten Teil hinter sich hatten. Da wussten sie allerdings noch nicht, was in der Stadt vor sich ging. Leicht würde es nicht werden, doch ihnen blieb keine Wahl. Umkehren war keine Option. Sie mussten es versuchen.

Sie geduldeten sich noch einen Augenblick, um den richtigen Zeitpunkt abzupassen, in welchem alle Dämonen woanders hinsahen. Dabei bemerkte Elaas, wie ihm etwas auf den Kopf tropfte, dann auf sein hellgraues Shirt. Zu seinem Entsetzen stellte er fest, dass sich rote Flecken bildeten.

»Ist das ... Regnet es etwa ... Blut?«, stammelte er und hob erneut seinen Kopf nach oben.

Der Himmel war vollständig von den bräunlichen Wolken eingenommen, die Nebel verursachten. In der Traumdeutung ein Zeichen für Ungewissheit, für Elaas ein Zeichen von Gefahr.

Loras streckte seine Hand aus und wartete, dass ein Tropfen sie berührte. »Man nennt es Blutregen, doch es ist kein Blut«, erklärte er, was Elaas ein wenig beruhigte. »Der entsteht, wenn über der Sahara heftige Stürme wüten, die den roten Sandstaub in die Lüfte wirbeln. Er ist ungefährlich«, murmelte Loras angespannt in den Himmel.

Jetzt merkte auch Elaas, dass die Konsistenz nicht stimmte. Für Blut war es zu dünnflüssig. Trotzdem jagte es ihm einen Schauer über den Rücken. »Wenn wir das hier überstehen, dann werde ich beichten – so wie Tyron«, sagte Elaas leise und erntete dafür einen irritierten Blick von Loras.

»Du musst nicht beichten, damit dir vergeben wird. All diese Vorschriften, was man zu tun hat, sind längst nicht mehr wichtig, falls sie das je waren.«

»Ich weiß. Ich will es auch nicht für die Engel oder den Vater tun, sondern für mich.«

Der Regen wurde stärker und für die beiden Flüchtigen wurde es Zeit zu verschwinden. Gerade sah keiner der Dämonen in ihre Richtung. Diese Chance nutzten sie. Loras rannte voraus, Elaas hinterher. Immer geradeaus, an den brennenden Hauswänden entlang. Vorbei an den Tragödien, die sich um sie herum abspielten. Welche kranke Seele konnte sich an etwas dergleichen nur erfreuen? Was hatte Luzifer von all dem Schmerz und dem Leid? Dass er Rache an den Engeln wollte, konnte Elaas im Ansatz nachvollziehen, doch die Menschen hatten nichts mit dieser jahrtausendealten Familienfehde zu tun.

Elaas spürte einen dumpfen Schlag, der ihn aus seinen Gedanken riss und zurücktaumeln ließ. Irritiert schüttelte er den Kopf und stellte fest, dass er in Loras hineingelaufen war, der sich nicht mehr bewegte. Den Zusammenprall mit dem Frischling schien er kaum wahrgenommen zu haben.

Ehe er den Gefallenen fragen konnte, was los war, deutete Loras mit einem unauffälligen Blick in eine Gasse auf der anderen Straßenseite, wo sich zwei Dämonen unterhielten. Ihr Blick fiel dabei immer wieder auf die Männer.

»Losrennen und hoffen, dass wir durchkommen, oder unauffällig weitergehen und hoffen, dass wir durchkommen?«, flüsterte Elaas.

»Erstmal unauffällig bleiben. Mal sehen, wie lang das gut geht.« Und genauso taten sie es. Sie liefen nebeneinander auf dem Bürgersteig, wichen immer wieder schreiend umherwandelnden Menschen aus, nahmen ein angemessenes Schritttempo ein und prüften abwechselnd, ob sie verfolgt wurden. Das Lagerhaus war nicht mehr weit entfernt. Die Sonne fing an, den Himmel zu erhellen, was allerdings in diesem Fall nur dafür sorgte, dass die graubraunen Wolken einen dezent helleren Graubraunton erhielten.

»Bereit?«

Loras' Frage kam unerwartet, doch mit einem schnellen Blick zurück bemerkte Elaas die zwei fiesen schwarzen Augenpaare direkt hinter ihnen. Und hinter denen tummelten sich noch weitere beisammen.

Bereit.

In einem weiteren Sprint trennten sie sich bei der erstbesten Gelegenheit, in der Hoffnung, ihre Gegner in den engen, von Müll übersäten Gassen abschütteln zu können. Je tiefer man in das Labyrinth aus Mauern drang, desto intensiver wurde auch der Geruch von vergammeltem Fisch und drei Wochen altem Obst.

Elaas sprang über kleinere Mauern, Holzpaletten und große Mülltonnen. Früher hatte er so Zeug oft gemacht. Er wollte mal Parkourläufer werden, genutzt hatte er sein Training allerdings, um vor Polizisten zu fliehen. Nun kam ihm das zugute. Zweimal rechts, einmal links, lange geradeaus, links, rechts, links und schon hatte er die Dämonen abgehängt und war wieder auf Kurs.

Es mochte ein falscher Moment sein, um Stolz zu empfinden – oder gar Freude –, doch der Erfolg der Flucht löste unwillkürlich Endorphine in ihm aus, die ihn zu einem Lächeln zwangen.

Am Lagerhaus angekommen wurde er wieder langsamer. Dämonen waren sicher nicht fern von diesem Ort. Erst dachte er, es wäre noch keiner da, doch beim Herumschleichen bemerkte er eine kleine Bewegung im Gebüsch. Elaas nahm seine Waffe in die Hand und trat langsam näher.

»Ich bin's nur«, zischte eine vertraute Stimme aus dem Gestrüpp und zeigte sich anschließend. Es war Loras. Frei und unversehrt.

»Wir sollten uns bedeckt halten. Solange Rakaan nicht kommt und eine Schutzsigille errichtet, sind wir hier nicht sicher.«

»Dafür brauchen wir Rakaan nicht.«

Loras sah den Frischling ungläubig an.

Das Erstellen von Sigillen war nicht mit dem Erlernen von Schwimmen oder Fahrradfahren vergleichbar, weshalb nicht viele diese Kunst beherrschten. Rakaan war – das war jedem bekannt – in dieser Hinsicht ein Meister. Doch was bislang niemand wusste: Er hatte Elaas einiges beigebracht, in der Zeit, als es nur sie beide gegeben hatte. Der Schüler war längst nicht so gut wie sein Lehrer, doch für eine vorübergehende Abwehrsigille reichte es aus. Lange würde sie aber nicht halten. Die anderen mussten sich beeilen.

Elaas schossen Fragen und Gedanken durch den Kopf, doch wie es ihm beigebracht worden war, nahm er sie in den Arm, setzte sie auf eine Bank, verließ den Raum und schloss die Tür ab. Er würde sie erst frei lassen, wenn er die Zeit dazu hatte. Bei der Erstellung einer Sigille war völlige Konzentration auf die Arbeit unverzichtbar. Machte er einen Fehler, würde sie womöglich höllische Schmerzen bei ihm oder Loras – oder ihnen beiden – auslösen. Während er sich also in seiner Blase befand, sollte Loras den Wachtmeister spielen und aufpassen, dass sie keinen unerfreulichen Besuch erhielten.

Doch hinter seiner gedanklichen Tür fing es an zu rappeln. Es rüttelte und knirschte dahinter, dass Elaas Kopfschmerzen bekam. Eine Frage drängte sich durch den Spalt, wollte ans Licht kommen. Er versuchte, sie zu ignorieren, doch er spürte, wie es ihn immer näher zu dieser Tür hinzog. Er musste sie öffnen. Darin versteckte sich ein Gedanke, den er nicht verdrängen konnte. Zu wichtig war er. Mit aller Kraft wollte sich der Frischling wehren, doch es half alles nichts. Die Tür sprang auf und heraus trat eine Frage. Laut und klar.

Wo ist Loras?

Es war spürbar, wenn jemand genau hinter einem stand. Man hörte die Schritte, wenn sich die Person bewegte, nahm sogar das leise Geräusch des Atems wahr, wenn auch unbewusst. Genauso spürte man, wenn diese Person plötzlich fehlte. Gequält von der Frage und einem unguten Gefühl, drehte Elaas sich herum. Da war kein Loras. Nur zwei Hände, die ihm Augen und Mund zuhielten, und zwei weitere, die ihn an den Schultern packten und wegzerrten.

Hinaus in die Dunkelheit.

Kapitel 31
~ Aritana ~

So schnell es ihr ungeeignetes Schuhwerk zuließ, rannte Aritana durch den Schlamm und nahm dabei jedes bisschen Dreck mit, das sie finden konnte. Immer wieder wich ihr Blick nach rechts, zu Pirok, und nach links, zu Tyron. Fast jedes Mal trafen sich dabei ihre Blicke.

Der Waldrand war noch nicht einmal in Sichtweite, als sie ihren Kopf wieder nach rechts drehte, gerade als Pirok von der Seite angegriffen und zu Boden gerissen wurde. Es war nur ein einzelner Dämon. *Fürs Erste*, dachte Aritana.

Sofort eilte sie zur Hilfe, doch diese wurde nicht benötigt. Pirok schaffte es selbst, seinen Gegner von sich zu stoßen und ihm ein blaues Auge zu verpassen. Tyron warf ihm die Engelsklinge zu, damit er einen vernichtenden Stich in den Unterleib seines Feindes vollziehen konnte. Aritana stand nur daneben und sah zu, bis die Show vorbei war. Gleich als sie sich umdrehte, sah sie einen weiteren Feind vor sich, der sie anvisierte.

Er rannte wie eine Cartoon-Figur auf sie zu – mit einem Oberkörper, welcher den Füßen weit voraus war, und daran gepressten, starren Armen, die sich nach hinten abspreizten –, was sie für einen Moment so irritierte, dass es ihr nur knapp gelang, seiner Waffe auszuweichen. Im Augenwinkel erkannte sie, was er bei sich trug. Schon wieder eine Engelsklinge. Schmiedeten sie solche da unten? Warum waren die Engel nie auf diese Idee gekommen?

Bevor er erneut ausholen konnte, verpasste Aritana ihm mit ihrem Krummdolch einen Schnitt in die Seite, der ihn kurz aufschreien ließ. Sie standen einander gegenüber. Finsternis in ihren Augen. Er umgriff seine Klinge fester, während sie ihre auf den Boden warf und ihn mittels einer Handbewegung aufforderte, näher zu kommen. Der Dämon hielt sie für naiv. Er amüsierte sich daran und beging einen tödlichen Fehler: Er unterschätzte die Gefallene. Mit einem dumpfen Knall fiel seine Waffe ebenfalls zu Boden. Fast schon spielerisch ballte der Dämon seine Fäuste, für einen Kampf der alten Art. Aritana rannte auf ihn zu, wich aus und schlug ihm in die Magengrube. Er taumelte gequält, während Aritana an ihm vorbei hetzte und sich seine Klinge vom Boden nahm. Der nächste Stich ging in seine Brust.

Ermüdet ließ sie sich auf den Boden fallen und rollte sich zur Seite. Der beißende Geruch von Kot stieg ihr in die Nase. Sie lag auf dem Rücken zwischen geschmolzenem Schnee, Schlamm und ... vermutlich Hasenköttel. Ihr war danach, die Augen zu schließen und sich eine Weile auszuruhen.

Doch Tyron setzte ihr einen Strich durch diese Rechnung, als er mit dem Kopf über ihrem auftauchte und ihr eine helfende Hand anbot, welche sie etwas widerwillig annahm.

»Alles okay?« Er reichte ihr mit der freien Hand den Krummdolch, den er vom Boden aufgehoben haben musste.

Sie nickte über ihre Erschöpfung hinweg. Sie würde durchhalten. Dieser eine Kampf hatte ihr kaum etwas ausgemacht, es waren wohl eher die letzten Monate, die sich immer mehr bemerkbar machten und nach einer Pause von all dem Chaos verlangten. Doch Ruhe würde sie finden, wenn der Kampf vorüber war. Auf die eine oder andere Weise.

Hand in Hand liefen sie schnellen Schrittes weiter zum Waldrand hin. Sie ließen einander erst los, als sie eine gewisse Geschwindigkeit aufgebaut hatten, sprangen über kleine Äste und Steine am Boden, landeten in Pfützen des einstigen Schnees, den die Hitzewelle, welche jenseits der sicheren Zone herrschte, wohl vertrieben haben musste. Irgendetwas Seltsames ging vor sich.

Die Bäume lichteten sich und gaben den Blick auf die Kleinstadt frei. Aritana stolperte, fiel um ein Haar erneut auf den moosbedeckten Boden. Sie konnte den Anblick, welcher sich ihr bot, kaum fassen. Dichte schwarze Rauchwolken bedeckten das Tal. Rote Flammen stachen aus ihnen hinaus wie nie endende Blitze. Einzelne Schreie drangen bis zu ihnen vor. Aritanas Mund stand ein Stück weit offen, während sie in das Auge des Desasters blickte.

In völliger Entgeisterung suchte sie die Ruhe in Tyrons schwarzen Augen, links von ihr. Er wirkte ebenso schockiert wie sie. Mit vielem hatten sie gerechnet, doch nicht mit dem Innenleben eines überdimensional großen Kamins. Was war nur geschehen? Und wann war es geschehen? Sie mussten dorthin, sich alles von Nahem anschauen, sehen, wem sie helfen konnten, doch zuvor schwankte ihr Kopf noch einmal nach rechts, um sich zu vergewissern, dass sie auch vollzählig waren. Was nicht der Fall war.

Mit beschleunigter Atmung drehte Aritana sich zum Wald zurück. Auch Tyron schien nun aufgefallen zu sein, dass einer von ihnen fehlte. Er sah sie fragend an, doch sie zuckte nur mit den Achseln. Sie hatte nicht mitbekommen, dass Pirok abhandengekommen war. Ihr nächster Schritt stand damit außer Frage. Sie mussten zurück in den Todeswald. Diesmal leise und bedacht, damit sie keine wilden Dämonen aufscheuchten und besser nach Hilferufen oder Kampfgeräuschen lauschen konnten.

Nach kurzer Zeit hörte Aritana etwas. Es kam aus nördlicher Richtung. Sie deutete Tyron, ihr zu folgen, und übernahm damit die Führung.

Hinter einigen Bäumen wurden die Geräusche lauter und klarer. Aritana und Tyron stürzten geradezu in das Gefecht, bestehend aus Pirok und vier Dämonen.

Keiner hatte sie kommen sehen. Aritana stach einer Dämonenfrau ihre neu erworbene Engelsklinge in den Rücken, während Tyron sich mit seiner auf einen der Männer stürzte, doch er verlor die Waffe schon beim ersten Schlagabtausch. Sie wurde durch die Luft geschleudert, außer Reichweite. Aritana zerrte die Klinge aus dem Fleisch ihres Feindes und warf sie Tyron zu. Gerade rechtzeitig sah sie, wie die Waffe im Waldboden neben ihm landete, er sie hastig ergriff und einsetzen konnte. Aritana scannte die Umgebung, damit ihnen keine Überraschungen in die Quere kamen, ehe sie gemeinsam mit Tyron auf die anderen beiden losging, um diese von Pirok wegzuzerren.

Die Gefallene lieferte sich einen kurzen Kampf mit dem Blonden in der Runde, der sie von der Größe und Statur her ein wenig an Loras erinnerte, wären da nicht die unheimlich schwarzen Augen und die schwarze Uniform. Sie schlug ihm auf die Augen, in die Niere und trat ihm gegen sein Schienbein. Sie schnitt ihm mit ihrem Krummdolch Arme und Beine auf, doch der Dämon war zäh. Erst nach einigen Runden ging sie als Siegerin aus dem Gefecht, dafür mit nur wenig eigenen Wunden.

Gerade, als sie fertig war und ihren Gegner mit dem Kopf nach unten am Boden zurückließ, sah sie, wie Tyron auf sie zugelaufen kam. Gemeinsam eilten sie zu Pirok.

Aritana schlug sich die Hand vor den Mund.

Schwarzes Blut floss aus mehreren Schnittstellen und Einstichwunden. Einige davon in der Kopfregion, andere an Armen und Beinen, doch am schlimmsten sah der dunkle, sich schnell ausbreitende Fleck mitten auf seinem Shirt aus.

Pirok drückte seine Hand auf die Wunde. Sein Blick war in den Himmel gerichtet, der von Baumkronen bedeckt war. Während ihm ein sanftes Lächeln über die Lippen glitt, versuchte Aritana, ihre Tränen in Zaum zu halten.

»Die haben mich ganz schön erwischt, oder?« Pirok lachte, doch das schwerfällige Husten am Ende seines Satzes verriet seinen wahren Gemütszustand. Ihm ging es elendig.

»Wird schon wieder.« Tyron klang, als versuchte er mehr sich selbst zu überzeugen als Pirok, während er dessen Hand weglegte, um stattdessen sein Hemd auf die Wunde zu drücken. Es verfärbte sich sofort.

»Es tut mir so leid. So unendlich leid.« Eine Träne entkam Aritanas nassen Augen, die sie schnell mit ihrem Daumen auffing. Sie hätte besser aufpassen müssen. Auch wenn sie Pirok erst seit kurzem kannte, er hatte alles aufgegeben, um auf ihrer Seite zu kämpfen. Er gehörte zu den Guten. Ihn so zu sehen, fiel schwer, besonders Tyron.

»Komm schon, wir müssen dich hier wegschaffen. Aritana, hilf mir bitte.« Tyron versuchte, seinen langjährigen Freund hochzuheben, doch Aritana rührte sich nicht. »Ihr müsst mithelfen, uns läuft die Zeit davon!«

»Ist schon gut, Ty. Ihr solltet verschwinden, bevor die nächste Horde ankommt und wir hier alle nebeneinander liegen. Auch wenn ich mir das sehr romantisch vorstelle.« Pirok grinste, doch Tyron war nicht in der Stimmung für Witze.

»Sag sowas nicht. Wir kriegen das schon irgendwie hin. Wir müssen dich nur hier wegschaffen und dann –«

»Du bist ein guter Freund, weißt du das? Vermutlich der einzige, den ich je wirklich hatte. Ich hab mir das hier auch anders vorgestellt, aber es ist schon okay. Wirklich.«

Zu sehen, wie Tyron gegen die Tränen kämpfte, versetzte auch Aritana Stiche in ihre Brust. Sie wollte ihm helfen, doch sie konnte nur zusehen und das Unvermeidbare abwarten.

»Irgendeinen musste es ja treffen. Ich bin froh, dass ich es war. Einer von euch wird noch die Welt retten müssen.« Sein Blick schwankte zwischen Tyron und Aritana und verharrte kurz auf Letzterer.

Mit all ihrer Kraft zwang auch sie sich zu einem falschen Lächeln.

»Nichts für ungut, Ty, aber ich setzte mein Geld auf Aritana.« Er lachte. Dann hustete er wieder. Es war förmlich zu spüren, wie er schwächer wurde. Seine Haut wurde blass, seine Augen glasig. Schwarzes Blut rann an seinem Mundwinkel hinunter bis zu seinem Kinn.

»Schon okay«, presste Tyron aus seinen zitternden Lippen hervor. »Geht mir genauso.« In der Ferne ließen sich erneut Geräusche vernehmen. Etwas sagte Aritana, dass es sich dabei nicht um Verbündete handelte. Die andere Gruppe hatte den Wald vermutlich längst verlassen.

»Ihr müsst jetzt gehen.« In Piroks Stimme lag kaum mehr Kraft. Er wurde ganz leise und kämpfte hörbar mit jedem Wort.

»Ich lasse dich nicht zurück«, widersprach Tyron.

Seine Worte verblieben bedeutungslos. Am Zittern seiner tonlosen Stimme erkannte Aritana, dass er wusste, dass es keinen anderen Weg gab. Dass sie zu zweit weitergehen würden.

»Los jetzt. Ihr habt noch was zu erledigen«, flüsterte Pirok und schloss seine Augen.

Tyron stand auf, bewegte sich aber nicht. Er blickte noch kurz auf seinen Freund hinab, schien zu überlegen, was er sagen sollte, doch wandte sich schweigend ab. Ohne sich noch einmal umzudrehen, ohne letzte Worte, nahm er wieder Kurs in Richtung Waldrand. Aritana folgte ihm, ehe die Stimmen umherstreifender Dämonen noch lauter wurden.

Aritana sah auf ihrem Weg öfter zu Tyron hinüber als nach vorne. Lieber riskierte sie, gegen einen überraschend auftauchenden Baum zu knallen, als ihn auch noch zu verlieren.

Am Waldrand, mit Blick auf das Tal, blieben sie erneut kurz stehen. Aritana sah zu dem Dämon an ihrer Seite herüber. Ihm standen die Tränen noch immer in den Augen, doch sie konnten jetzt keine Pause einlegen. Die Zeit wurde knapp und das gleich auf mehreren Ebenen. Der Himmel wurde schon heller, die Sterne waren kaum mehr zu sehen und ihre Verfolger ließen noch nicht von ihnen ab. Aritana nahm Tyrons Hand, drückte sie kurz und ließ gleich darauf wieder los. Als er sie ansah, stellte sie ihm die stille Frage, ob es weitergehen konnte. Er wischte sich eine entkommene Träne von der Wange und nickte. Dann setzten sie ihren Weg fort.

Von Ruhe und Ordnung fehlte in der Kleinstadt inzwischen jede Spur. Menschen jeglichen Alters rannten durcheinander, ohne Acht zu geben oder anzuhalten. Niemand kümmerte sich um Fremde. Auf sich allein gestellte Kinder, Not, Leid, Elend. Es war kaum zu ertragen.

Wie hatte es nur so weit kommen können? Sie hatte einst geschworen, diese Menschen zu beschützen.

Auf ihrem Weg half Aritana einer älteren Dame auf, die von einer deutlich jüngeren Frau, mit vielen vollbepackten Taschen, umgerannt wurde. Der Rotschopf hatte sich nicht einmal umgedreht, um sich nach der Dame, die ein buntes Tuch über ihren weißen Haaren trug, zu erkundigen. Mehrfach bedankte sie sich bei Aritana, während diese ihr auf die andere Straßenseite half. Verfaulte Zähne präsentierten sich aus ihrem freundlichen Lächeln, als die Gefallene sich verabschiedete und zurück zu Tyron lief.

»Das war nett von dir.« Er fixierte ihr Gesicht mit seinen dunklen Augen, doch darin fand sich eine bedrückende Leere.

»Vermutlich wird sie bei ihrem Tempo und ihrer Kraft in fünf Minuten schon wieder überrannt.« Aritana seufzte. »Ich wünschte, ich könnte mehr tun.«

»Das wirst du.«

Seine Worte hatten auf ihr Gemüt die gleiche heilsame Wirkung wie Aspirin bei Kopfschmerzen oder Neurexan bei erhöhtem Cortisol. Doch während sie ihn anlächelte, weiteten sich seine Augen vor Schreck.

»Ducken!«, rief er laut.

Reflexartig folgte sie seiner Anweisung. Sie war in der Hocke, starrte auf den Boden, hielt sich schützend die Hände über den Kopf. Erst als sie die kleinen warmen Tropfen auf ihrem Nacken spürte, verstand sie, warum sie sich hatte ducken müssen. Sie sah auf.

Tyron hielt den Dämon, der über sie gebeugt war, am Hals fest und schubste ihn beiseite, sodass er neben ihnen auf die Straße fiel. Aritana löste sich erst aus ihrer Haltung, als Tyron ihr die Hand reichte. Menschen blieben stehen,

Blicke setzten sich auf ihnen fest. Sie mussten schleunigst verschwinden.

Gemeinsam rannten sie durch die Gassen. Zu Beginn hatte sie entfernt noch Schritte wahrgenommen, die hinter ihnen herschlichen, doch bald hörte sie nichts mehr. Trotzdem stürmte sie weiter. Sie wurde nicht langsamer.

Regen hatte eingesetzt, genau wie der Sonnenaufgang, wenngleich man ihn durch die Wolkenwand nicht sehen konnte. Sie hätten bereits am Lagerhaus sein sollen, doch an einer Kreuzung, bei welcher Tyron geradeaus laufen wollte, blieb Aritana stehen.

»Wir müssen nach links«, erklärte sie und hielt Tyron am Arm zurück.

»Nein, das Lagerhaus liegt in dieser Richtung.«

»Ich weiß.«

Tyron zögerte. Er sah noch einmal auf den Weg, den er hatte einschlagen wollen, vermutlich auf der Suche nach einer potentiellen Gefahr, die er übersehen hatte, doch da war keine.

»Die anderen sind bestimmt schon vor Ort und Rakaan fängt mit der Massenerinnerung an. Die brauchen uns erstmal nicht.« Aritana war überrascht, als keine Widerworte kamen.

Tyron nickte ihr zu und ließ sie die Führung übernehmen. Den ganzen Weg bis hin zu einem in Flammen stehenden Haus.

Die pastellgelbe Fassade war bereits abgebröckelt und kaum mehr zu erkennen. Aus allen kaputten Fenstern suchten sich Feuer und Qualm ihren Weg in die Freiheit. Der VW Polo in der Einfahrt hatte bei ihrem letzten Besuch verdreckt und unbenutzbar ausgesehen, doch nun, da ein

Baum aus dem Garten der Nachbarn auf seine Windschutzscheibe geknallt war, war er gänzlich hinüber.

Aritana beobachtete die tobenden Flammen. Flammen, die immer näher auf sie zukamen – nein, sie war es, die näher kam. Sie lief auf die Haustür zu und schrie laut ihren Namen. »Julia!« Die Gefallene war schlau genug, um zu wissen, dass die Wahrscheinlichkeit, einen lebenden Menschen in dieser Bruchbude zu finden, in etwa so hoch war, wie im Lotto zu gewinnen, doch solange es eine Chance gab, musste sie rufen. Sie stellte sich auf die brennende Fußmatte, setzte den ersten Schritt auf die Stufe in das Gebäude hinein, doch wurde aufgehalten, ehe sie den zweiten Schritt machen konnte.

Tyron zog sie beiseite.

»Ich muss da rein!« Sie wusste es nicht, ehe sie die Worte aussprach, doch sie brauchte die Gewissheit, dass Julia, ihre Familie und Forty, den sie in ihre Obhut gegeben hatte, entkommen waren. Sie musste einfach sichergehen, dass ihre Leichen nicht irgendwo in diesem Gebäude am Grillen waren.

»Das Feuer«, zischte Tyron ihr entgegen, während sie ihren Blick an ihm vorbei auf das Haus richtete, auf der Suche nach Hilferufen und Armen, die um Rettung flehten.

»Das kann mich nicht töten.«

»Es kann dich verletzen.« Tyrons Blick war starr auf Aritana gerichtet. Er fasste sie mit beiden Händen fest an den Schultern.

»Das ist mir egal.« Eine Träne quoll aus ihren Augen. Sie hörte ihre Gedanken: *Von nun an keine Dummheiten mehr.*

»Mir aber nicht.« Auch in seinem Gesicht lag Schmerz. Schmerz, zu dem er jeden Grund hatte. Julia und Forty waren vielleicht entkommen, doch Tyron hatte seinen besten Freund sterben sehen, unfähig, ihn zu retten. Sie kannten sich so viele Jahre und Aritana hatte ihm nicht einmal gewähren können, in Ruhe zu trauern. Um ihrer selbst willen wollte sie noch immer in das Haus rennen, doch das konnte sie Tyron nicht antun. Nicht jetzt.

»Pirok war einer der guten Sorte«, sagte sie stattdessen mit deutlich ruhigerer Stimme als zuvor.

»Julia auch«, entgegnete Tyron. »Ich bin sicher, sie hat es geschafft.«

Die Vorstellung beruhigte Aritana. Sie beschloss, es genauso hinzunehmen.

»Du hast recht, wir müssen die anderen finden. Lass uns gehen.« Doch bevor sie den ersten Schritt in Richtung Lagerhaus setzte, bemerkte sie etwas. »Es regnet Blut.« Sie spürte die nasse Kleidung an ihrem Körper kleben. Dann sah sie hoch in den Himmel. Der Regen war ihr nicht entgangen, wohl aber dessen Farbe.

»Das ist kein echtes Blut, keine Sorge. Man nennt es –«

»Blutregen. Ich weiß. Darum geht es nicht, sondern darum, wofür er steht.«

Tyron beobachtete Aritana dabei, wie sie ihre Hand ausstreckte, um die Tropfen auf ihrer Haut einzufangen.

»Das ist eine Kriegserklärung.«

Kapitel 32
~ Elaas ~

Als seine Sicht schwarz wurde, schossen zwei Fragen in Elaas' Kopf. Erstens: *Was ist gerade passiert?* Und zweitens: *Bin ich in Gefahr?* Nach wenigen Minuten, als der Druck auf seinem Gesicht nachließ und er wieder fähig war, seine Augen zu öffnen, hatte er immer noch keine Ahnung, was genau passiert war, doch er wusste, dass er sich nicht in Gefahr befand. Im Gegenteil, vermutlich hatte man versucht, ihn zu retten.

Sie liefen schnellen Schrittes durch die Gassen. Wohin sie gingen oder wonach sie suchten, war Elaas nicht bekannt, doch zumindest befand sich Loras gleich vor ihm, ebenfalls in Begleitung. Wer neben Loras lief, konnte Elaas nicht erkennen. Es war eine Frau mit strengem Pferdeschwanz, wie ihn die meisten in der Oberwelt trugen, daran konnte er sich noch von seinem einmaligen Besuch erinnern. Ihre langen Beine waren von einer Jeans mit Löchern bekleidet. Dazu trug sie ein kurzärmliges Shirt in einen moosgrünen Ton. Ein Engel, dessen war er sich sicher. Genau wie die Person zu Elaas' Linken, die er erkannte: Larzus. Der Botschafterengel, den er erst einmal bei der Besprechung in Rakaans Hütte gesehen hatte. Doch warum hatten die beiden sie mitgenommen und wo führten sie sie hin? Loras warf einen Blick zurück zu Elaas und drückte durch hochgezogene Augenbrauen seine Ahnungslosigkeit aus.

Erst als die Gassen schmal und dunkel wurden, sich leere Verpackungen und ausgebrannte Zigarettenstummel häuften und streunende Katzen außer ihnen die einzigen

lebenden Wesen waren, drehte sich die Engelsfrau an Loras'
Seite um und sie kamen zum Stehen. Nun konnte er ihr
Gesicht sehen und ihre leuchtenden blauen Augen.

»Was soll das alles?« Loras' Stimme war fest. Er wirkte
aufgebracht, als er seinen Blick auf Larzus richtete.

»Ich dachte, ihr freut euch, uns zu sehen.« Nur an seinem
schiefen Lächeln ließ sich erahnen, dass er scherzte, denn
seine Stimme war so monoton wie die eines Roboters.

»Dafür hättet ihr uns wohl kaum entführen müssen.«

»Seid froh, dass wir es waren und nicht die Dämonen. Gut
versteckt wart ihr gewiss nicht«, erklärte die Engelsfrau
streng. Fürs Verstecken war es ohnehin zu spät. Hätten sie
sich zurückziehen wollen, hätten sie auch in Rakaans Hütte
bleiben können.

Elaas beschloss, unter so vielen Engeln erstmal leise zu
sein, zuzuhören und zu beobachten. Dabei bemerkte er, wie
Loras verstohlen erst zu seiner Begleiterin, dann wieder
zurück zu Larzus sah.

»Und was will *sie* hier?« Er verschränkte seine Arme vor
der Brust und rümpfte die Nase. Die Engelsfrau schien von
seiner defensiven Haltung wenig überrascht. Sie verdrehte
zwar etwas die Augen, reagierte aber nicht weiter.

»Sie steht auf unserer Seite«, erklärte Larzus nüchtern.

»Sie hat Aritana verraten.«

Sie verraten?

»Das spielt keine Rolle mehr.«

»Ich finde schon, dass Verrat eine Rolle spielt. Wieso
sollten wir ihr vertrauen?« Loras' Blick wich immer wieder
für einen kurzen Moment hinüber zu der Frau und
verfinsterte sich. Unterdessen wanderte Elaas' Blick immer
wieder hinter sie, in die Richtung, woher der ganze Lärm
kam. In ihrer Gasse war wenig los, doch es war nur eine

Frage der Zeit, bis jemand vorbeieilte, zu ihnen herübersah, sie erkannte und es meldete. Dann vergingen nur Sekunden, ehe eine Horde Dämonen hinter ihnen her war.

»Sie hat kein Verbrechen begangen, Loras. Außerdem haben wir weitaus größere Probleme, wie Euch bekannt sein sollte.«

Elaas wusste nicht recht, um was es überhaupt ging, doch das war auch nicht wichtig, denn keiner von beiden schien ihn in diese Diskussion einbringen zu wollen. Er beobachtete deshalb stillschweigend die Anspannung um sie herum. Heißes Feuer in Loras' Augen, kaltes Eis in jenen von Larzus. Doch für diese Auseinandersetzung blieb ihnen keine Zeit. Was immer vorgefallen war musste warten, bis sie in Sicherheit waren – wo immer das sein mochte.

»Wäre es möglich, diesen Streit auf einen späteren Zeitpunkt zu verlegen? Die anderen warten bereits auf uns.«

Elaas lagen die Worte auf der Zunge, doch die Engelsfrau sprach sie aus.

»Die anderen?« Loras' Blick wanderte zwischen beiden hin und her.

»Wir haben ein paar Engel versammelt und sind mit ihnen vorab in die Mitte gereist. Wir wollten uns bedeckt halten und euch finden, bevor es losgeht.«

Ein Engelsnest hier in der Mitte. Und Elaas, der Dämon, sollte mitten rein geführt werden.

»Bevor *was* losgeht?«, fragte Loras mit einer langen Sorgenfalte auf seiner Stirn.

»Wir haben viel zu besprechen. Lasst uns gehen.«

Anders als zuvor lief Loras nun neben Elaas und hinter seiner vorherigen Begleiterin her, deren Name noch immer ein Geheimnis blieb. Elaas war das ganz recht, denn neben Loras fühlte er sich am wohlsten. Die Frau war ihm fremd und sie wirkte recht harsch. Larzus kannte er zwar, doch dank seiner Größe, der tiefen Stimme und dem stets kritischen Blick mit der steifen, unnahbaren Miene wirkte er noch immer ein wenig beängstigend. Gerne bewahrte Elaas, wenn möglich, eine respektvolle Distanz zu ihm.

Immer wieder ließen sich durch die kleinen verschmutzten Gassen, durch welche sie wanderten, Lücken zwischen den Häusern erkennen, durch die sie freien Blick auf die Hauptstraße erhielten. Mehr Menschen denn je waren darauf zu finden, der Grund war offensichtlich: Sie konnten nirgendwo anders mehr hin. Die meisten Gebäude standen in Flammen oder trugen Schäden von eingestürzten Bäumen, umgefallenen Straßenschildern und Überfällen mit sich. In der Krise sollte der Zusammenhalt im Vordergrund stehen, doch stattdessen herrschte Anarchie.

»Wer ist die Frau?« Elaas lehnte sich ein wenig zu Loras hinüber, der ebenfalls auf die nächsten Lücken zwischen den Häusern fokussiert schien.

»Ihr Name ist Kalija. Sie war eine von Aritanas besten Freundinnen, doch sie hat sich geweigert, für sie auszusagen. Nicht einmal ihre Gründe wollte sie hören. Nur ein Fehler, und eine jahrzehntealte Freundschaft ist einfach vergessen.«

Elaas schluckte. Sein Blick fiel auf die Frau, die vor ihm lief. Wenn sie bereit war, den Fall ihrer Freundin in Kauf zu nehmen und sie damit dem endgültigen Tod zu überlassen, wie konnten sie ihr dann vertrauen? »Und was denkst du, hat sie vorhin gemeint?«

»Was?«

»Mit der Sache, die beginnt.«

»Viele Möglichkeiten bleiben ja nicht.« Loras bewegte seinen Kopf bei der nächsten Lücke, die sich ihm bot, um die Szenerie auf der Hauptstraße betrachten zu können.

Es ging so schnell, dass Elaas den Moment verpasste. »Was soll das heißen?«

»Sieh doch hin.«

Etwas unsicher wartete auch Elaas auf die nächste Lücke. Er versuchte, so genau hinzuschauen, wie er nur konnte. Er gab sich alle Mühe, sich in dieser kurzen Zeit, die ihrem schnellen Schritttempo geschuldet war, alles einzuprägen, was ging, doch er verstand nicht, worauf Loras hinauswollte.

»Gesehen?«, fragte er.

»Nein.« Sicher konnte Elaas sich nicht sein. Er wusste ja gar nicht, wonach er Ausschau hielt. Nach der Verwüstung? Dem Feuer? Das alles war schrecklich, doch nicht unbekannt.

»Sieh dir die Menschen an.«

Elaas versuchte es erneut. Er erblickte die gleiche Verzweiflung wie zuvor. Sie war nicht zu übersehen. Menschen, die schrien, die weinten, die sich verprügelten, die sich stritten. »Ich verstehe immer noch nicht ganz.«

»Sieh genauer hin. Such die Ursachen.«

Direkt mit der Sprache rauszurücken, wäre wohl zu einfach gewesen, doch Elaas beschwerte sich nicht. Er wartete auf die nächste Lücke und suchte nach den Menschen und den Gründen für ihr Leid, wobei es doch offensichtlich sein sollte.

Er fand einen Mann, der weinte. Sein totes Kind lag vor ihm. Dahinter ein Dämon mit einer Klinge in der Hand. Er fand eine schreiende Frau. Vor ihr ein Mann, der gefoltert wurde, von zwei Dämonen. Er fand zwei Männer, die kämpften. Ein Dämon in der Ecke sah zu und grinste. Er zwang die beiden dazu, sie hatten keine Wahl. Er sah ein Kind, das zitterte, weil es allein vor einem brennenden Haus saß. Neben dem Kind lag ein verkohlter, rauchender Plüschhase. Bewohnt wurde das Heim nun von zwei herumblödelnden Dämonen.

Die Dämonen.

Wie konnte Elaas das entgangen sein?

Es schien unbedeutend, dass die Dämonen sich zu erkennen gaben, nachdem sie bereits die Mitte besetzt und in Schutt und Asche gelegt hatten, doch bislang hatten sie sich bedeckt gehalten, sich nicht als Dämonen zu erkennen gegeben. Nun war es ihnen egal, denn alles nahm sein Ende. Jetzt verstand Elaas, was losging. Der Krieg. Engel gegen Dämonen. Es war absehbar gewesen und doch traf es ihn wie ein Schlag. Die Zeit wurde knapp. Das konnte ihr aller Ende sein.

»Siehst du es jetzt?«, fragte Loras, ohne seinen Blick abzuwenden.

»Ja.« Elaas schluckte. Ohne Rakaan war ihr einziger Plan hinfällig. Sie waren in der Unterzahl. Chancenlos Luzifer und seiner Armee ausgeliefert. Wie sollte all das ein gutes Ende nehmen?

Eine scharfe Kurve nach rechts riss Elaas aus seinen Gedanken und seinen Blick fort von der besuchten Hauptstraße. Vor einer alten Kneipe, die ihre besten Tage längst hinter sich hatte, kamen sie zum Stehen.

»Wir sind da«, verkündete Larzus zum Erschrecken der Neulinge.

Eine Kneipe? Das sollte ihr geheimes Versteck sein?

Den leicht angewiderten Blick beim Eintreten konnte sich Elaas nicht verkneifen. Sofort stieg ihm ein unangenehm süßlicher Geruch von Mischgetränken in die Nase. Der Boden klebte von ausgelaufenem Alkohol, der sich in den Holzdielen angesammelt haben musste. In der Ecke veranstalteten Ratten und Mäuse ein Wettrennen durch den Raum bis in die kleine Küche, die man durch ein kaputtes Fenster an der Tür erkennen konnte. Auf der Theke erinnerten leere, ungereinigte Bier- und Schnapsgläser an das letzte Besäufnis, das schon einige Zeit her sein musste. Ein Tischkicker, dem ein Spieler der blauen Mannschaft fehlte, stand gleich vor der Dartscheibe, die im Gegensatz zu allem anderen noch gut erhalten schien. Hinter der Theke sammelte sich in großen Regalen der Alkohol, sortiert von einem Radler bis hin zu einem polnischen Spirytus Rektyfikowany. Waren sie zur Besprechung hier oder war die Lage so aussichtslos, dass sie mit hochprozentigem Schnaps herausfinden wollten, ob man einen Engel nicht doch betrunken machen konnte?

Doch was sich zwischen den Flaschen voller Alkohol finden ließ, setzte alles andere in den Hintergrund.

»Rakaan!« Elaas unterdrückte den Drang, dem Urdämon in die Arme zu fallen, aus bloßer Freude heraus, dass seine Leiche nicht irgendwo im Wald vergammelte. Das Grinsen konnte er sich allerdings nicht verkneifen. Nun ergab es auch Sinn, wie Larzus und Kalija sie hatten finden können. Was Rakaan allerdings zu der Engelsfront geführt hatte, verblieb ein Rätsel mit geringer Relevanz. Elaas schob es zu den anderen Fragen, die er irgendwann noch stellen wollte.

Während Loras zu Rakaan hinter die Theke trat, um ihm respektvoll die Hand zu schütteln, beging Elaas den Fehler, sich auf einen der Hocker zu setzen – die trotz fehlender

Lehne überraschend gemütlich waren – und seinen Arm auf die Theke fallen zu lassen. Die klebrige Substanz bemerkte er sofort. Mit einem Mal war der penetrante Geruchmix aus süßlichem Vanillerum und lang ausgebrannten Zigarren nicht mehr das Widerwärtigste an diesem Ort.

Insgesamt waren, neben Larzus und Kalija, noch fünf weitere Engel in der Kneipe versammelt, doch Elaas erkannte lediglich Zuros unter ihnen, der sich zu Loras gesellt und ihn in eine kurze Umarmung gezogen hatte. Zwei ihm fremde Frauen und zwei unbekannte Männer saßen und standen im Raum verteilt. Elaas beobachtete, wie sich Loras von Zuros trennte und vor eine der Frauen stellte, die mit geradem Rücken sichtlich angespannt in der Ecke stand. Sie trug ein Amulett um den Hals, was Elaas seltsam vorkam. Nie hatte er einen Engel mit Schmuck gesehen. Für einen Moment sagten sie nichts. Die Frau streckte ihr spitzes Kinn nach oben, doch man sah ihr die Unsicherheit an.

»Es ist schön dich zu sehen, Samira.«

Erst mit dem seichten Lächeln auf Loras' Lippen entspannte sich die Engelsfrau und nickte ihm dankend zu. Anschließend begrüßte er auch die zweite Frau freundlich. Sie trug als einzige ein weißes Gewand, das einen starken Kontrast zu ihren pechschwarzen, zur Seite geflochtenen Haaren bildete. Ihre hellblauen, leuchtenden Augen trafen seinen Blick. Erst als sie ihn mit hochgezogenen Augenbrauen fragend musterte, merkte Elaas, dass er sie noch immer anstarrte, und wandte sich ab.

Rakaan war der Erste, der sich zu Wort meldete. Er fragte nach dem Verbleiben der anderen Gruppe, doch in seiner Stimme ließ sich raushören, dass er die Antwort bereits kannte. Wenn sie nicht bei ihnen waren, wie verabredet, blieben kaum mehr Optionen. Hatten sie es geschafft, dann zu spät, was bedeutete, dass sie nun auf sich allein gestellt waren.

»Hast du ihnen den Plan erklärt?« Loras' Frage war an Rakaan gewandt, sein Blick jedoch schweifte durch den Raum, auf der Suche nach einer schnellen Antwort in den Gesichtern der anderen.

»Das habe ich und wir sind schon an der Umsetzung, doch die Zeit entwickelt sich zu einem Problem.« Rakaans Worte blieben sachlich, seine Stimme klang neutral, aber in seinen Augen ließ sich wahrhaftige Sorge erkennen.

»Inwiefern?« Endlich meldete sich auch Elaas zu Wort. Unter all den Engeln fiel es ihm nicht leicht, zu sprechen, immerhin gehörte er zum Feind, doch das war er nicht. Seele hin oder her, ob schwarz oder weiß, dunkel oder hell, ob Ober- oder Unterwelt, Elaas hatte seine Seite gewählt und das, wofür er kämpfen wollte. Nur das zählte.

»Es ist nicht einfach, eine solche Massenerinnerung durchzuführen. Ich brauche Ressourcen, Energie und Zeit für diese Aufgabe und selbst dann gibt es keine Garantie, dass es funktioniert.« Rakaan trat hinter der Theke hervor und schlenderte durch den Raum, zwischen die muffigen Stühle und Tische.

Alle Blicke folgten ihm.

»Die Engel machen sich in diesem Augenblick bereit«, fuhr Zuros fort, der noch immer neben Loras stand. »Sie kommen hierher, in die Mitte. Sie wissen, dass ihnen die Oberwelt nicht ewig Zuflucht bieten wird. Sie wollen kämpfen.«

»Sie werden sterben.« Loras' Stimme klang heiser.

»Das wissen sie, doch sie wollen im Dienste des Vaters sterben. Im Kampf für die Menschen, die sie schworen zu beschützen, und nicht versteckt, auf den unvermeidbaren Angriff wartend.«

»Die Mitte wird zum Schlachtfeld«, merkte einer der unbekannten Engel an, dessen Kopf zu klein für seinen massiven Körper schien. Der Unbekannte neben ihm war schmächtig und hatte vielen Sommersprossen am ganzen Körper oder zumindest an jenen Regionen, welche Elaas erblicken konnte. Er wirkte wie der klassische Schulnerd. Elaas seufzte so leise, dass keiner es hörte. Das war ihre Armee, mit welcher sie aufs Schlachtfeld zogen. Die drei Frauen unter ihnen sahen deutlich gefährlicher aus als die Männer und Elaas hatte keinen Zweifel, dass sie das auch waren.

»Die Frage ist: Bleiben wir hier in Sicherheit und warten auf Rakaan oder ...?« Die Frau im Gewand brauchte nicht weiterzusprechen.

Oder gehen wir hinaus und lassen uns mit den anderen zusammen abschlachten? Vor allem für Elaas eine wichtige Frage, schließlich kannte er die Engel nicht wirklich. Wollte er seine Existenz für sie aufs Spiel setzen? Die Vorstellung, dass er vermutlich sterben würde, war im Begriff, ihn zu lähmen, doch er wollte diese Angst nicht länger zulassen.

»Das sollte jedem selbst überlassen sein. Ich werde gehen. Für unsere Spezies«, erklärte Samira selbstbestimmt und umfasste dabei ihr Amulett, als würde es ihr Kraft spenden.

»Ich ebenso. Für die Menschen, die wir schworen zu beschützen«, pflichtete Loras ihr bei.

»Aber was ist mit der Massenerinnerung? Wenn es funktioniert, müssen wir nur abwarten. Wir sollten kein unnötiges Blut vergießen.« Die Worte kamen von dem Engel mit den breiten Schultern und dem schmalen Kopf.

Alle sahen ihn an und schienen über seine Worte nachzudenken.

»Wir können uns nicht sicher sein, dass es funktioniert. Bis dahin herrscht Krieg. Die anderen Engel kämpfen da draußen, weil die Dämonen sich sonst auf die Menschen stürzen würden, das ist uns doch allen klar. Ich werde sie nicht im Stich lassen«, sagte Zuros.

Auch alle anderen Anwesenden, bis auf den, mit dem kleinen Kopf, waren bereit, sich in die Schlacht zu begeben. Letzterer, welcher sich als Altair herausstellte, wollte bei Rakaan bleiben und ihm bei den Vorbereitungen zur Seite stehen.

Elaas betrachtete die Klingen, welcher einer der Fremden, Tarik mit den vielen Sommersprossen, auf dem Tisch ausbreitete. Es waren Dämonenklingen. Nicht so gut wie die Blutklinge und doch so mächtig. Elaas hatte noch nie eine gesehen. Die Spitzen waren allesamt gebogen und glänzten, als wären sie gerade erst hergestellt worden. Irgendwann würde Elaas nachfragen, woher dieser Tarik diese Waffen hatte.

Während die Gruppe noch die Details ausdiskutierte, gesellte sich Elaas noch einmal zu Loras, der bedrückt aus dem Fenster starrte. Ein Déjà-vu überkam ihn.

»Aritana?«, fragte Elaas kurz und knapp.

»Und Tyron und Pirok«, ergänzte Loras. Er machte sich vermutlich ähnliche Sorgen wie Elaas. Dass sie nicht am Treffpunkt waren, war kein gutes Zeichen.

»Sie sind irgendwo da draußen.«

Elaas sah nun auch aus dem Fenster hinaus, doch das Sichtfeld beschränkte sich auf kalte, graue Mauern, die von Graffiti beschmiert waren.

»Ist das der wahre Grund, weshalb du in den Kampf ziehen möchtest?«

Loras drehte seinen Kopf zu Elaas um. Seine Augen waren glasig geworden. »Wenn sie noch leben, dann werden wir sie auf dem Schlachtfeld finden.«

Das hoffte auch Elaas. Er hoffte es aus tiefster Seele. »Ich denke –«

»Spürt ihr das?« Zuros' Stimme unterbrach Elaas und brachte ihn zum Schweigen.

Alle Engel sahen sich vielsagend an.

»Die Engel kommen. Es geht los.«

Kapitel 33

~ Aritana ~

»Verfluchte Scheiße! Verfluchte, verdammte Scheiße!« Aritana vergrub ihr Gesicht zwischen ihren Fingern. Kein Schritt, den sie machten, war je ein Sieg. Was immer sie auch versuchten, war zum Scheitern verurteilt. Sie hatten es zwar zu zweit bis zum Lagerhaus geschafft – doch keiner sonst war da.

»Ich bin mir sicher, solche Ausdrücke werden in deinen Kreisen als inadäquat bezeichnet.«

Tyron kassierte für seine Anmerkung einen Todesblick von Aritana.

»Wenn du wüsstest, welche Ausdrücke ich mir gerade verkneife.« Ähnlich, wie sie es bei Loras oft gesehen hatte, tigerte sie, sich die Hände reibend, hin und her. »Lass uns nochmal nachsehen.« Sie richtete ihren Blick auf das leere Lagerhaus.

»Das haben wir doch schon.«

»Dann lass uns drinnen warten, bis sie kommen!« Aritana fuhr sich mit beiden zitternden Händen durch das lange, vom Regen durchnässte Haar, welches durch den Staub, wie sie an den Spitzen erkannte, einen rötlichen Ton angenommen hatte. Im Grunde wusste sie, dass ihre Lautstärke nicht nur übertrieben, sondern auch unvorteilhaft war, doch sie zu regulieren, fiel ihr schwer.

»Ohne die Sigille ist es hier nicht sicher. Außerdem: Wenn sie bis jetzt nicht angekommen sind, dann werden sie das auch nicht mehr. Sie wissen, dass wir ohne Rakaans Schutz nicht hierbleiben können.«

Vielleicht mochte Tyron recht behalten, doch Aritanas Kopf wollte diese Wahrheit nicht akzeptieren. Was, wenn sie es nicht schafften? Wenn ihr Plan scheiterte? War dann alles umsonst gewesen? »Und was sollen wir stattdessen tun? Sollen wir uns in einem Gebüsch verstecken oder etwa zurück zur Hütte wandern?« Aritana verspürte langsam Schmerzen auf ihrer Stirn, durch das ständige Zusammenziehen ihrer Augenbrauen.

Tyron antwortete nicht gleich. Er sah sich um. Auch Aritana bemerkte, dass die Dämonen in Sichtweite sich kaum mehr für das Lagerhaus zu interessieren schienen, geschweige denn für diejenigen, welche sie dort zu finden hofften. Sie hatten vielleicht noch nicht mitbekommen, dass ihre kleine Gruppe den Wald verlassen hatte, doch lange würde es nicht dauern, bis Aufmerksamkeit auf sie fiel, wenn die beiden noch länger so offensichtlich auf dem Bürgersteig stehen blieben. Aritana rechnete damit, dass Tyron an ihre Vernunft appellieren würde. Dass er ihr einen Plan vorschlagen würde, der sie kurzzeitig außer Gefahr brachte. Sie rechnete damit, dass er versuchen würde, sie zu einem Schritt zu zwingen. Den ersten Schritt in Richtung Aufgeben.

Doch er senkte stattdessen seinen Kopf und ließ den Blick auf die rote Pfütze vor seinen ungebundenen Stiefeln sinken. »Ich weiß es nicht.«

All der Ärger war verflogen, als sie diese Worte von ihm hörte. Vielleicht brachte sie auch das nicht weiter, doch wenigstens war es ehrlich. Er wusste es nicht. Genauso wenig wie sie. Sie standen auf derselben Seite. Aritana blickte in das angesammelte Wasser in einer leichten Absenkung des Bürgersteiges, beobachtete, wie es durch die leichte Neigung Richtung Süden floss. Immer weiter. Sie spürte eine Ruhe in sich, die sie ewig hatte missen müssen und die gerade fehl am Platz und doch so willkommen war.

»Ich weiß nicht, wo die anderen sind. Ich weiß nicht, ob sie noch leben. Ich weiß nur, dass wir total am Arsch sind.« Tyron ließ seine Schultern hängen und seufzte.

Aritana kicherte ein wenig in sich hinein. Tatsächlich waren solche Ausdrücke inadäquat, doch zu ihrer Lage sehr passend. Wen sollte es schon noch interessieren?

»Und ich weiß, dass wir uns richtig entschieden haben.« Etwas veränderte sich in seinem Ausdruck. »Es war richtig, egal, wie es am Ende ausgeht. Egal, wie viel Mühe es gekostet hat. Und wie viele Leben.«

Aritana konnte sehen, wie Tyron zu kämpfen begann. Er dachte an Pirok. Sie hatte das Gleiche durchgemacht, als sie glaubte, dass Elaas ihretwegen gestorben wäre. Und als er definitiv ihretwegen entführt worden war. Schuld war ein Monster, das einen von innen zu zerfressen drohte, bis nichts mehr übrig war. Überstehen konnte sie es nur, indem sie dafür sorgte, dass etwas Gutes daraus resultierte. Wenn es auch noch so klein war wie die Rettung eines Streuners. Eine gute Sache, schon ließ es sich wieder leichter atmen. Und auf diese Weise würde sie Tyron helfen. Sie musste an ihren Vorsatz denken, von nun an die richtigen Entscheidungen zu treffen, und nahm entschlossen seine Hand in ihre. Sie wartete, bis er sie mit seinen schwarzen Augen ansah, hilflos, unwissend, was sie tun sollten.

Keine Dummheiten mehr.

»Wenn das hier das Ende ist, dann gehen wir jetzt hier raus und wir helfen so vielen Menschen wie möglich und wir töten so viele Dämonen, wie wir nur können.« Vielleicht war es eine Dummheit. Vielleicht war diese Entscheidung ihr Tod. Doch wenn sie in die Unendlichkeit verschwand, dann mit dem Wissen, dass ihre letzte Tat eine gute war.

Ein paar Straßen weiter befand sich ein Park. Jener Park, in welchem sie und Loras gerne Zeit verbracht hatten, als sie noch Geister gewesen waren. Die wohl größte freie Fläche in Aniles. Übersichtlich, dementsprechend mit weniger Überraschungsgefahr. Wenn sie sich den Dämonen schon präsentierten, dann richtig.

Aritana lief schnellen Schrittes voran, Tyron hinterher. Sie wollte nicht zu viel Zeit mit dem Weg vergeuden, doch Tyron schien andere Pläne zu haben. Auf der Hauptstraße hielt er sie am Handgelenk fest, was sie zum Stehenbleiben bewegte.

»Noch können wir sie überraschen.« Tyrons Blick fiel auf einen ahnungslosen Dämon, welcher ihnen den Rücken zuwandte.

Ein Fehler. Aritana nickte ihm zu.

Früher hätte sie solche Hinterhalte und Mord nicht befürwortet, heute war es ihr Alltag. Sie wollte es sich nicht eingestehen, doch es gefiel ihr sogar. Nicht dass sie kämpfen mussten, aber die Rache, die sich dahinter verbarg. Rache für all das Leid, welches ihre Feinde ihnen und den Unschuldigen angetan hatten. Sie wollte sie dafür leiden sehen.

Sie überließ Tyron die Führung, während dieser sich mit angewinkeltem Arm und einer scharfen Klinge in der Hand seinem Ziel näherte. Sie konnte förmlich spüren, wie das Adrenalin durch seinen Körper schoss – vielleicht war es auch ihr eigenes.

Tyron zeigte keine Skrupel. Selbstbewusst, mit einem Funkeln in seinen Augen, das sie nie zuvor gesehen hatte, trat er immer näher. Er holte aus, doch bevor er zustechen konnte, drehte sich der Dämon ruckartig um und nahm ihn in den Schwitzkasten, wobei ihm die Klinge aus der Hand fiel. Aritana wollte auf die beiden lossprinten, um Tyron zur Hilfe zu eilen, doch sie blieb abrupt stehen, als sie etwas erkannte, wofür die anderen beiden noch eine Sekunde brauchten.

Tyron sah nach oben in das Gesicht seines Feindes, der ihn im selben Moment losließ und mit vorherigem Handschlag in die Arme schloss.

»Was tust du denn nur hier?«, fragte Tyron an seinen ehemaligen Ausbilder gerichtet. Er war ihr Spion in der Unterwelt, was also hatte er in der Mitte verloren?

»Ich war auf der Suche nach euch. In der Hütte ist ja keiner mehr.«

»Auf der Suche nach uns?« Aritana trat näher zu dem Dämon, als noch zwei weitere hinter Ezmon zum Vorschein kamen. Aritana spannte sich kurz an, ehe sie merkte, dass es sich nicht um Feinde handelte.

»Dorian? Du stehst auf unserer Seite?« Tyrons Blick fixierte einen der unbekannten Begleiter, welcher in der typischen Dämonenuniform gekleidet war.

»Wer ist das?«, flüsterte Aritana Tyron ins Ohr.

Dieser antwortete laut genug, damit alle es hören konnten: »Er war mit mir in der Schattenwelt. Er half dabei, den Aaronen zu beschaffen.« Tyrons Gesicht war wie eingefroren. Misstrauisch musterte er den Dämon vor ihm.

»In der Zwischenzeit hat sich einiges verändert«, gab dieser mit einem Schulterzucken zurück. Er wirkte deutlich entspannter als der andere Dämon, der durch seine Lederweste und die Cowboystiefel fast schon fehl am Platz wirkte. Als wäre er in einer falschen Zeitepoche gelandet.

»Wieso habt ihr uns gesucht?«, wiederholte Aritana ihre Frage.

Ezmons Miene verfinsterte sich schlagartig. Überraschung stand ihm ins Gesicht geschrieben. »Habt ihr es nicht mitbekommen? Der Krieg? Er beginnt.«

»Wann?«

»Na jetzt! Ich dachte, deshalb seid ihr hier.« Ezmons Augen bewegten sich abwechselnd von Aritana zu Tyron und wieder zurück.

Es konnte noch nicht losgehen, das war zu früh. Bis sie ihren Plan umsetzten, würden alle Engel und vermutlich die Hälfte der Menschheit ausgelöscht sein. Wieder diese Schmerzen in der Stirn. Jetzt war auch klar, weshalb sich niemand für ihre Anwesenheit interessiert hatte. Warum sie dem Wald verhältnismäßig ruhig entkommen konnten. Die Dämonen hatten weitaus Größeres vor Augen. »Wieso ausgerechnet hier?«, fragte Aritana. Es war schon seltsam, dass ihnen fünfhundertzehn Millionen Quadratkilometer zur Verfügung standen und sie trotzdem entschieden, den offiziellen Austragepunkt des Krieges auf diese eine Kleinstadt zu legen. Warum also?

Der noch unbekannte Dämon antwortete, während er sich seine nassen roten Haare mit den Fingern nach hinten kämmte, damit sie nicht länger in seine Augen fielen. »Weil sie wissen, dass ihr hier seid.«

Aritana und Tyron sahen einander an. Sie waren mittendrin. Wenn es ihnen vorher nicht klar gewesen war, dann spätestens jetzt.

»Sie konnten nicht zu uns hinein, also lockten sie uns heraus. Sie brauchen uns nicht mal mehr zu jagen. Wir laufen ihnen praktisch in die Arme«, murmelte Tyron, doch sein Blick war abwesend.

»Wo sind die anderen? Wo ist Rakaan?«, wollte Ezmon wissen und stellte damit die zweitletzte Frage, welche sie hören wollten.

»Wir wissen nicht, wo sie sind. Wir haben uns aufgeteilt. Sie kamen nicht am verabredeten Treffpunkt an. Und Pirok ist ...« Tyron stockte. In den Blicken der anderen ließ sich erkennen, dass er nicht weitersprechen musste.

»Wie lautet der Plan?«

Und das war die letzte Frage, welche sie hören wollten. Was war der Plan? Möglichst lange überleben und in Würde sterben? Hoffen, dass die andere Truppe es geschafft hatte und ihre Lage retten würde? Alle Antworten, die Aritana durch den Kopf schossen, wirkten bedauerlich, so zuckte sie nur mit den Schultern – zur Enttäuschung aller. Die Stimmung war so bedrückt, dass keinem Worte einzufallen schienen, die irgendeinen noch so kleinen positiven Effekt erzielen konnten. Das allerdings brachte sie auch nicht weiter.

Aritana fing an, nachzudenken. Sie erinnerte sich an den Moment, als Loras ihr von seiner neuen, geheimen Aufgabe berichtet hatte, und wie sie leichten Neid verspürte, dass er eine Pause vom Engelsein erhielt. Damals hätte sie es niemals zugeben können, doch sie hatte sich gewünscht, auch einmal ausbrechen zu dürfen. Sie glaubte, die Freiheit würde sie glücklich machen. Nun lebte sie seit Tagen in Freiheit, ein Engel war sie schon seit Monaten nicht mehr und doch fand sie ihr Glück nicht. Wie oft hatte sie seither gelacht?

Früher hatte sie immer wieder mit Loras herumgeblödelt, wenn sonst keiner hinsah. Sie hatte sich das Grinsen verkniffen, als sie einen Dämon kennenlernte, der versuchte, mit ihr zu flirten und der nun eines der wichtigsten Wesen für sie war. Sie dachte an die endlosen Stunden, in welchen sie auf Loras wartete, damit er von den neusten Ereignissen berichtete, weil alles so aufregend und fremdartig war. Sie dachte an die Hilfe eines Fremden in der größten Not. Ein Fremder, ein Frischling aus der Unterwelt, der schnell zum Freund wurde. Natürlich war ihr Leid zum größten Teil den Umständen geschuldet, doch sie wollte so langen nichts mehr, als endlich frei zu sein und mit dieser Freiheit hatte sie bislang kaum etwas anfangen können.

Sie rief sich jeden schönen Moment in Erinnerung, den sie nicht hatte genießen können, dachte an Elaas, Rakaan, Zuros, Nadia, Larzus, Ezmon und gar Pirok. An all diejenigen, welche alles riskierten, bereit waren, sich gegen den Rest der Welt zu stellen, um an ihrer Seite zu kämpfen. Besonders aber dachte sie an Loras, der in den schlimmsten Zeiten an ihrer Seite stand, seit sie aus ihrem alten Leben gerissen wurde. Und sie dachte an Tyron, der seit ihrer Begegnung ein Gefühl der Lebendigkeit in ihr weckte. Er hatte etwas in ihr entfesselt, das sie längst für verloren gehalten hatte.

Es erschien so lange unmöglich. Als Engel pflegte sie ihre neutral freundschaftlichen Beziehungen, blieb allzeit höflich und erledigte ihre Pflichten, wie es sich gehörte. Das war alles schön und gut, für eine Beschäftigung nach dem Tod, doch sie hatte es ganz falsch gesehen. Wenn sie in die Runde blickte und an jene dachte, die vielleicht gerade auch nach ihnen suchten, wurde ihr etwas längst Überfälliges klar: Sie alle mochten bereits gestorben sein, doch sie waren am Leben. Irgendwie.

Sie konnten Freude und Leid, Liebe und Angst empfinden. Sie hatten ihr Leben als Menschen gehabt, doch das war nicht ihr Ende gewesen. Nun lebten sie als etwas anderes weiter. Manche als Engel, manche als Dämonen, manche als etwas Undefinierbares dazwischen, doch sie alle lebten. Dafür lohnte es sich zu kämpfen.

Keine Dummheiten mehr.

Aritana nahm ihr einstiges Vorhaben und warf es in die Tonne. Dann rappelte sie sich etwas von ihrer gebeugten Haltung auf, zog das Kinn hoch und trat mit ganz neuer Energie einen Schritt nach vorne. »Ich weiß, es sieht nicht gut aus. Wir sind in der Unterzahl, uns fehlt ein Teil des Teams und einen Plan gibt es nicht mehr. Ich nehme nicht länger ein Blatt vor den Mund: Das alles ist scheiße!« Ihr Blick huschte rüber zu Tyron, der sie angrinste. »Aber sie werden uns früher oder später alle finden. Ich glaube nicht an einen guten Ausgang, doch wenn ich schon sterben muss, dann im Kampf! Aufgeben kommt nicht in Frage. Und es gibt kaum Wesen, an deren Seite ich lieber in die Schlacht ziehen würde.« Ihre Worte mussten in den Ohren von Dämonen ironisch klingen, doch es stimmte. Lieber starb sie an der Seite von freundlichen Dämonen als von korrupten Engeln. »Vielleicht schaffen wir es nicht, aber leicht werden wir es ihnen ganz sicher auch nicht machen. Seid ihr dabei?« Aritana drehte sich einmal herum und blickte in lächelnde Gesichter. Der Stolz brachte auch sie zum Lächeln. Alles ging den Bach hinunter und es wurde immer schlimmer, mit jeder Minute, und trotzdem strahlte sie über das ganze Gesicht. Sie war glücklich, für diesen einen kurzen Moment.

»Also dann, lasst uns Luzifer ärgern, indem wir ein paar Schwarzaugen die Hölle heiß machen.« Dorian meldete sich zu Wort. Er sah aus, als hätte er bereits vorgelegt, denn seine Kleidung war von Dreck übersät und zerrissen, seine Lippe blutig und aufgerissen und eine dicke Schramme zog sich über seine Wange, eine weitere über seinen langen Hals.

Aritana blickte zu Tyron hinüber. Dann wandte sie sich wieder an die übrigen Dämonen. »Wartet ihr nur noch einen kleinen Moment? Ich möchte kurz etwas mit Tyron klären, dann kann es losgehen.« Sie nahm Tyron schnell bei der Hand und zog ihn ein wenig von den anderen fort. Sie spürte die Aufregung, die Nervosität, doch sie wusste, dass dieses Gespräch längst überfällig war. Nach diesem Tag hatte sie vermutlich nie mehr die Gelegenheit hierzu.

Noch eine letzte Dummheit.

Kapitel 34
~ Elaas ~

Die Engel kommen.

Ein Bild, von dem Elaas dachte, er würde es niemals zu Gesicht bekommen. Es geschah in Zeitlupe. Blitze tummelten sich am Himmel, wetteiferten darum, wer der Hellste war. Der Boden bebte unter ihnen, als versuchte die Unterwelt aufzubrechen. Im peripheren Blick war noch das Schimmern der Flammen zu erkennen, die Bäume, Büsche, Wiesen und Häuser niederbrannten, doch der Fokus lag auf dem Park, wo exponentiell steigend die Engel auftauchten. Aus dem Nichts, gleich vor ihnen, neben ihnen, hinter ihnen, überall.

Es war nur ein Bruchteil von ihnen vor Ort, und doch waren es mehr, als Elaas erwartet hätte. Der Krieg trug sich vermutlich auf der ganzen Welt zu, doch hier waren die klügsten Krieger, die mutigsten Helden und die loyalsten Herzen vereint. Hier war der Anfang vom Ende und sie waren mittendrin. Einst ein Park für Kinder, heute das Schlachtfeld der Dämonen, morgen ein Friedhof für Engel.

Während sich die Engel bündelten, kamen auch immer mehr Dämonen aus den Seitenstraßen gekrochen und schlossen sich ihrer Armee an, bis sie einander ziemlich genau gegenüber standen. Die übrigen Menschen nutzten die Zuspitzung, um in die noch funktionstüchtigen Häuser und leeren Straßen, weit entfernt vom Park, zu fliehen. Ob sie überhaupt in der Lage waren, zu begreifen, was vor sich ging?

Für einen kurzen Moment trat Ruhe ein. Keine Schreie waren zu hören. Nur das Plätschern des roten Regens auf den Dächern um sie herum. Jeder spürte sie, die Anspannung.

»Es muss nicht so weit kommen.« Einer der Engel trat aus der Mitte hervor und erhob seine Stimme an die Schaar von Dämonen.

Einige von ihnen fingen an, hämisch zu lachen.

»O doch, das muss es«, erwiderte einer der Dämonen, welcher hervortrat.

Elaas erkannte ihn sofort an der dunklen Narbe, die sich über seine Augenbraue zog. Adelphos. Urdämon und Ritualführer.

»Allerdings lassen wir Gnade walten, über denjenigen, welcher uns Tyron übergibt.«

Einige der Engel sahen sich um. Vielleicht aus Reflex, vielleicht auf der Suche, um den Flüchtigen auszuhändigen. Hoffentlich war Tyron weit weg.

Ein weiterer Dämon trat nach vorne, gleich neben den Ritualführer. Die wilden, lockigen Haare und die laute, energische Stimme würde Elaas überall wiedererkennen.

»Gleiches gilt für den Frischling Elaas«, rief Yanella laut.

Der Gesuchte warf einen hilfesuchenden Blick hinüber zu Loras, doch dem lag die Kinnlade so weit unten, dass ein Gabelstapler sie hätte aufheben müssen. Sein Atem stockte, als er die Blicke auf sich spürte. Er stand genau in der Mitte der Engelsarmee. Kein bisschen versteckt. Aus den Augen der Engel, die ihn musterten, wurde er nicht schlau. Er war keiner von ihnen. Seine schwarzen Augen gehörten zum Feind. Er war auch kein Hoffnungsschimmer wie Tyron, von dem noch einige dachten, dass er sie alle retten konnte.

Manche Engel um ihn herum sahen in die Leere. Sie dachten nach, doch keiner sagte ein Wort.

»Nein? Niemand?« Yanellas Stimme wurde unnatürlich hoch, als würde sie sich über die Engel lustig machen, was für sie nicht untypisch wäre. Ihr Blick wandte sich an Adelphos, der schelmisch grinste, wodurch sich bei Elaas die Nackenhaare aufstellten.

Nach ihrem kurzen Blickkontakt drehte sich der Urdämon zu seiner auf heißen Kohlen stehenden Gefolgschaft um: »Legen wir los.« Anders als Yanellas Stimme war seine ruhig und eintönig. Die Wirkung jedoch war gewaltig.

Binnen weniger Sekunden rannten die ihnen gegenüberstehenden Dämonen mit gezückten Waffen auf sie zu. Die Engel stürmten dem Feind entgegen. Mitten unter ihnen Elaas, Loras und ihre Verbündeten. Weit kamen sie allerdings nicht.

Elaas war drauf und dran, an die vorderste Front zu rennen und sich für die Zeit in der Schlucht wie auch für das Torturengebiet zu rächen. Für all das Gelächter und die heißen Steine, die auf ihn geworfen wurden. Doch er hielt inne, als er merkte, dass Loras nicht neben ihm herrannte.

Mit einem Blick zurück stellte sich heraus, dass Loras sich keinen Schritt bewegt hatte, genau wie die anderen aus ihrer Gruppe. Sie waren die einzigen Verbliebenen am Rande des Geschehens. Als Elaas ihren Augen folgte, in die Richtung sah, in welche sie alle starrten, erkannte er auch den Grund dafür.

Aus einer Seitenstraße heraus kamen Tyron und Aritana. Bei ihnen waren Ezmon und zwei weitere unbekannte Dämonen. Kein Pirok.

Beide Truppen blieben für einen Moment wie versteinert stehen. Keiner hatte es je ausgesprochen, doch wahrscheinlich war Elaas nicht der Einzige gewesen, der nicht mit einem weiteren Wiedersehen gerechnet hatte. Jemals. Für diesen einen kurzen Augenblick spielte der Krieg um sie herum keine Rolle. Nur begrenzt und verschwommen nahm Elaas die Kämpfe um ihn herum wahr, als er zu den anderen trat.

Aritana rannte voraus und fiel sofort Loras um den Hals, während Tyron auf Elaas zuging, um ihn zu begrüßen. Anschließend tauschten sie kurz. Alle anderen traten näher, nur Larzus blieb etwas abseits stehen, beobachtete das Geschehen aus der Distanz.

»Wo ist Rakaan?« Tyron sah sich um, doch konnte ihn nicht finden.

Sie mussten ihnen dringend den Plan erklären, doch ...

Jemand stürzte sich von hinten auf die unbekannte Engelsfrau aus Elaas' Gruppe, die einzige in weißem Gewand, doch ehe jemand eingreifen konnte, hatte die Frau ihren Kopf mit dem schwarzen Zopf herumgewirbelt, sich geduckt, den Angreifer am Schienbein gepackt und beim Aufstehen über ihren Rücken geworfen. Er war noch nicht tot, als er mit verkrampften, angewinkelten Armen am Boden aufschlug.

Alle starrten sie beeindruckt an. Keiner hatte den Angreifer kommen hören oder gesehen, doch ihre unfassbaren Reflexe hatten sie gerettet.

»Alles in Ordnung, Nadia?« Aritana ging einen Schritt auf sie zu, musterte sie besorgt.

Die Engelsfrau öffnete gerade den Mund, um zu einer Antwort anzusetzen, als Tarik rief: »Er greift nach der Klinge!«

Elaas sah, wie sich der am Boden liegende streckte, um die Waffe neben sich zu greifen, doch noch ehe seine Fingerspitzen den Griff berührten, beugte sich Larzus über ihn und schnitt ihm die Kehle durch.

»Für Maarau«, knurrte der Urengel mit steinernem Blick.

Keiner sagte etwas.

Trauer und Wut mischten sich zu einer einheitlichen Masse in Larzus' blauen Augen, doch er schien vergessen zu haben, wem seine Wut eigentlich galt. Den Erzengeln. Sariel. Die Dämonen mochten Maarau im Ritual geopfert haben, doch Sariel hatte das erst ermöglicht.

Stillschweigend liefen sie in einer Gruppe, die ohne die Schlachten um sie herum aufgrund ihrer Größe so schwer zu verstecken wäre wie der Mount Everest, in die Seitenstraßen, wo etwas weniger los war. Loras setzte als erster an, etwas zu sagen. Vermutlich wollte er erklären, wo Rakaan war und was er vorhatte, doch Aritana funkte ihm dazwischen.

»Was will sie hier?« Ihr Blick fixierte den Engel, welcher sich als Kalija herausgestellt hatte.

»Sie ist auf unserer Seite. Wir können auf keine Hilfe verzichten«, erklärte Larzus nüchtern. Bald konnte er die Rede wohl auswendig.

»Ari, ich habe mich doch entschuldigt. Es tut mir wirklich leid. Ich war noch geblendet von all den Dingen, die man uns hatte glauben lassen. Die Regeln, die uns auferlegt wurden. Ich hatte nie etwas hinterfragt, das war ein Fehler. Aber jetzt bin ich hier und kann dir hoffentlich beweisen, dass ich dieses Mal auf deiner Seite stehe.«

In Aritanas Blick suchte Elaas nach Hinweisen, wie sie reagieren würde, doch er fand nichts und es passierte auch nichts. Alles schwieg, bis Aritana das Thema wechselte, indem sie nach Rakaan fragte. In Kurzversion erklärte Loras den Plan und dass sie sich nicht verstecken, sondern den anderen helfen und durchhalten wollten, bis Rakaan und Altair so weit waren.

Die Neuankömmlinge nickten zustimmend.

»Und wo ist Pirok?« Elaas bereute die Frage, gleich nachdem er sie gestellt hatte. Es war eindeutig, was mit Pirok war. Geknickt senkte er den Blick und gab sein Bestes, all die Gedanken zu verdrängen, die sich sogleich in seinen Kopf zu schleichen versuchten. Die Gespräche, die sie geführt hatten, als er allein in der Schlucht gesessen und niemanden sonst gehabt hatte, kamen ihm nun schmerzlich in den Sinn, denn Piroks Tod ging auf seine Kappe. Elaas hatte den Dämonen die Karte gezeichnet. Seinetwegen waren sie im Wald gewesen. Ein Schauer überkam ihn, den er abzuschütteln versuchte.

Tarik teilte die speziell geschmiedeten Dämonenklingen, welche er mitgebracht hatte, an die zweite Gruppe aus. Sie waren nicht so effektiv wie die Blutklinge, doch deutlich wirkungsvoller als die Engelsklingen, welche sie zuvor genutzt hatten. Bei dem Material handelte es sich um Maurit, was sie besonders robust und im Gefecht gegen Dämonen effizient machte.

Damit war alles Wichtige geklärt. Der Kampf wartete auf sie. Erneut betraten sie das Schlachtfeld, diesmal gemeinsam, als große Gruppe. Sie rannten in das Geschehen hinein, stürzten sich zuallererst auf Dämonen, die im Begriff waren, Engel zu verletzen oder zu töten. Manche von ihnen erkannte Elaas, doch es gab keinen, den er hätte schützen wollen, der nicht auf ihrer Seite kämpfte.

Fäuste, Ausweichmanöver, mehr Fäuste und Schnitte, die gelegentlich Engel zum Aufschreien zwangen, folgten in einem Tempo, dem man kaum mehr folgen konnte. Der auf sie niederprasselnde Regen erschwerte die Sicht.

Elaas suchte in der Menge nach Loras, den er hatte schreien hören, und fand ihn zu seiner Rechten kämpfend vor. Trotz des Regens, welcher minütlich stärker wurde und in Elaas' Augen brannte wie Feuer, sah er sofort die tiefe, blutende Schnittwunde am Arm. Bevor der Feind Loras eine weitere verpassen konnte, rannte Elaas von der Seite auf die beiden zu und stürzte sich auf den Gegner.

Er sprang auf dessen Rücken, wodurch dieser ein paar Schritte zurücktaumelte, weg von Loras. Seine Klinge fuhr an der Kehle des Feindes entlang und ließ ihn langsam zusammensacken. Elaas stieg triumphierend von ihm hinab, doch Zeit für einen Siegestanz blieb keine.

Schon im nächsten Moment war er es, der auf dem Boden lag, mit dem Bauch voraus, wodurch er nicht erkennen konnte, was geschehen war. Er spürte den Druck auf seinem Rücken und versuchte, sich herauszuwinden, doch es blieb keine Chance. Angestrengt streckte er sein Kinn, sodass er wenigstens ein bisschen sehen konnte, doch mehr als Füße und zu Boden fallende Leichen waren nicht herauszuholen. Elaas kniff die Augen feste zu, doch der erwartete Stich durch sein Rückenmark oder in den Nacken hinein erfolgte nicht. Kampfgeräusche ertönten und der Druck ließ nach.

Schnell rappelte Elaas sich wieder auf, um sehen zu können, wie der Dämon, welcher wahrscheinlich gerade auf ihm gesessen hatte, verschwitzt gegen Nadia kämpfte. Mit seiner Waffe am Boden. Elaas machte sich den Moment zunutze und stürzte sich mit seiner eigenen Klinge voraus auf den Feind, während dieser noch auf Nadia fokussiert war. Ein tiefer Stich in den Rücken ließ den Kerl aufschreien, doch er war robuster als erwartet. Er drehte sich mit wutentbrannten Augen und knirschenden Zähnen zu Elaas herum. Gerade, als der Frischling seine übereilte Tat bereuen konnte, kam Nadia zurück und gab dem Dämon den letzten Stich, der ihn endgültig ausschaltete. Dann lief Nadia über den am Boden liegenden hinweg zu Elaas.

»Alles okay?«, fragte sie mit besorgtem Blick. Ihr Zopf hatte sich gelöst, wodurch ihre nassen Haare nun in Wellen über ihr Gesicht fielen. In ihren Augen funkelte Angst. Ein wunderschönes Funkeln und doch so traurig.

»Ja, bei dir?« Elaas bemerkte die vielen Risse in ihrem Gewand, welche von Blut umrahmt wurden.

Sie nickte ihm zu und Elaas atmete erleichtert auf.

»Er ist noch nicht tot«, bemerkte der Frischling mit Blick auf ihren gemeinsamen Feind. Er schritt auf ihn zu und umklammerte seine Klinge fester. Ehe er zustechen konnte, spürte er Nadias Hand an seinem Arm, die ihn zurückhielt.

»Nicht. Er ist keine Gefahr mehr.«

Mit ihren Worten im Ohr ließ er seine Waffe sinken.

»Dahinten.« Sie richtete ihren Zeigefinger auf einen Kampf zwischen einem Feind und dem Dämon mit der Lederweste und den Westernstiefeln, welcher auf ihrer Seite kämpfte. »Lenk ihn ab, ich komme von der Seite.«

Elaas nickte und rannte los. Tatsächlich schien dem Cowboy Hilfe ganz gelegen zu kommen. Er war in einen hitzigen Zweikampf ohne Waffen verwickelt, dennoch hatte ihr Verbündeter überall Schnittwunden, wo keine blauen Flecke oder Blutergüsse zu finden waren. Elaas stellte sich genau vor die beiden.

»Hey, du fetter ... Fetter eben.« *Oh, der war schlecht.* Elaas wollte einen coolen Spruch bringen, der den in der Tat dicklichen Mann zur Weißglut bringen sollte. An der

Coolness musste er noch arbeiten, doch Letzteres zumindest hatte er geschafft.

Der Dicke drehte sich zu ihm um und schnaubte laut. Aus der unmittelbaren Nähe wirkte der Kerl noch kolossaler als vor ein paar Sekunden. Im Kampf würde Elaas kläglich versagen, doch glücklicherweise kam es nicht dazu, denn Nadia hielt Wort. Von der Seite sprang sie auf den korpulenten Herrn und rammte ihm ihre Klinge zwischen die Rippen, bis er aufhörte, mit den Nasenflügeln zu wackeln.

Elaas staunte über ihr Können. Sie vollführte jede Bewegung mit einer Eleganz, die man nicht erlernen konnte. Ihr Kampfstil glich einem Tanz, bei welchem sie jeden Schritt beherrschte. »Wow.« Ohne es zu wollen, überkam das einsilbige Wort Elaas' Lippen.

Nadia drehte sich zu ihm und schmunzelte in sich hinein. Ihre Wangen waren leicht gerötet, doch sie erwiderte nichts.

Kurz darauf war die Engelsfrau wieder aus seinem Sichtfeld verschwunden. Elaas beschloss, wahllos über das Feld zu rennen und zu helfen, wo er konnte. Immer wieder gelangen ihm überraschende Treffer bei Dämonen, die so in ihren Kampf vertieft waren, dass sie ihn nicht registrierten. Ein Adrenalinrausch überkam ihn, der ihn dazu veranlasste, noch schneller zu rennen und noch mehr zu riskieren.

Als er einen noch recht jungen Dämon anvisierte, verfehlte er sein Ziel. Er wollte fliehen, ehe es zu einem Zweikampf kam, doch der Dämon packte ihn blitzschnell am Handgelenk und zog ihn zu Boden, wo sein Gesicht in einer Pfütze landete. Sein Gegner beugte sich über ihn und nahm ihn dabei so fest in den Griff, dass Elaas bewegungsunfähig wurde – obwohl sein Feind diesmal deutlich schmächtiger und unerfahrener war. Er wusste die Kraft, die er hatte, offenbar gut einzusetzen.

Elaas spürte eine heiße Klinge über sein nacktes Schulterblatt fahren. Er versuchte, sich das Aufstöhnen oder gar Schreien zu verkneifen, doch er hatte es offenkundig mit einem Psychopathen zu tun. Dieser Dämon wollte ihn nicht schnell töten. Er wollte, dass er litt. Die Schnitte, die er ihm zufügte, zogen sich an seinem Arm entlang, wo sie tiefer und schmerzhafter wurden. Noch war es aushaltbar, doch Elaas wusste, wie diese Reise enden würde.

Erst als er die helfende Hand vor seinen Augen erblickte, erkannte der Frischling, dass der Schmerz vorbei war und die Klinge sich entfernt hatte. Jemand hatte ihn gerettet. Er sah zu Zuros auf. Gleich neben ihm war Ezmon zu finden, der das Blut von seiner Klinge wischte. Dankend nahm Elaas die Hilfe an und sah zu, wie die beiden Seite an Seite weiterzogen. Elaas tat es ihnen gleich, diesmal weniger adrenalingesteuert.

Sein Ziel war ein unbekannter Engel, der von gleich drei Dämonen in die Mangel genommen wurde. Zielgerichtet rannte er auf den Kampf zu, prallte dabei jedoch gegen ein Wesen, welches in die entgegengesetzte Richtung unterwegs war. Sofort begab sich Elaas in Kampfhaltung, doch es war nur Loras.

»Hier lang!« Aufgrund der Geräuschkulisse musste Loras seine Worte schreien, doch da lag noch mehr in seiner Stimme. Sorge.

Ohne Fragen zu stellen, rannte Elaas ihm nach und sah den Grund für Loras' Hektik: Larzus kämpfte gegen zwei erfahrene Dämonen. Er schlug sich nicht schlecht, doch von links kam ein dritter Angreifer auf ihn zugerannt, welchen er nicht bemerkte.

Elaas und Loras sprinteten quer über das Feld, so schnell sie nur konnten. Auf das, was zwischen ihnen und ihrem Ziel lag, nahmen sie keine Rücksicht mehr. Sie sprangen über Leichen und duckten sich kurz, wenn jemand gerade zum Schlag ausholen wollte. Elaas registrierte, wie Loras auf dem Weg zwei Dämonen kaltmachte, ohne seine Geschwindigkeit zu drosseln. Sie sahen zu, wie der dritte Dämon immer näher an Larzus kam, und schalteten den Turbo ein. Sie waren fast da.

Doch sie waren zu spät.

Gerade als sie ankamen, fiel Larzus zu Boden. Er sah noch zu ihnen hoch, mit müden Augen, während die Dämonen auf ihn einstachen, bis er seine Augen endgültig schloss.

Kapitel 35

~ Aritana ~

Aritana fand sich mitten im Gefecht wieder, umgeben von Leichen, Schreien und Kämpfen. Wenn der Anblick der Mitte zuvor erschreckend gewesen war, dann glich das hier einem Spukhaus des Todes.

Tyron war ein Hauptziel, weshalb Aritana ihn nie aus den Augen ließ. Er konnte kaum fünf Schritte gehen, ohne ins Visier genommen zu werden. Er war oft genug gezwungen, die Flucht zu ergreifen, um nicht in einen aussichtslosen Kampf zu geraten, was es Aritana schwer machte, mitzuhalten. Ein stechender Schmerz zog sich von ihren Füßen bis in ihren Kopf, der sie zunehmend langsamer werden ließ. *Diese verdammten Schuhe!* Alle paar Sekunden fiel ihr Blick zur Seite, wo sie Dorian in seiner auffälligen Uniform zwischen den Scharen fand. Ohne vorherige Absprache hatte er sich ihr angeschlossen und blieb in Tyrons Nähe.

Immer wieder dachte Aritana an ihr letztes Gespräch zurück. Wie er ihr gegenübergestanden, ihr tief in die Augen gesehen und aufmerksam zugehört hatte. Sie hatte geahnt, dass es aussichtslos war, ihn vom Kämpfen abhalten zu wollen, doch sie hätte sich nie vergeben, wenn sie es nicht wenigstens versucht hätte. So hatte sie vorsichtig seine Hand genommen und ihn angefleht, nicht zu gehen.

»Du hast es doch selbst gesagt. Wenn wir schon sterben müssen, dann im Kampf. Aufgeben ist nicht drin. Wir werden es ihnen nicht leicht machen.«

»Das war, bevor ich wusste, dass noch Hoffnung besteht. Wir müssen nicht mehr sterben. Du musst nicht sterben, aber das wird nicht leicht, wenn du da rausgehst.« Sie hatte ihn mit ihren traurigsten Hundewelpenaugen angesehen und mit den Wimpern geklimpert, um ihn zu überzeugen.

Doch er hatte sie nur angelächelt und behutsam mit seiner rauen Hand über ihre Wange gestrichen. »Und wer passt dann auf dich auf?«

Nun befanden sie sich beide mitten im Gemetzel und durch Tyron in ihrer Nähe interessierte sich kaum jemand dafür, sie anzugreifen. Immer wieder versuchte es ein Einzelner, doch die meisten ließen von ihr ab, sobald sie den wohl berüchtigtsten Verräter der Unterwelt entdeckten. Wann immer Aritana den Versuch wagte, zu ihm aufzuschließen, beschleunigte er sein Tempo. Er wollte nicht, dass sie ihm zu nahe kam und dadurch in die Schusslinie geriet.

»Aritana, links!«, hörte sie die raue Stimme von Dorian rufen. Mit einer hastigen Bewegung drehte sie sich um neunzig Grad und erblickte einen dürren Dämon, der einen seltsamen Laufstil hatte. Von seiner Sichtung scheinbar überrascht, erstarrte der Junge, der noch wie Anfang zwanzig aussah, in seiner Bewegung. Sein Blick, der auf sie gerichtet war, erinnerte an den eines Erdmännchens, das Wache stand. Unsicher, ob sie ihn nun angreifen sollte, starrte sie zurück, bis sie hinter ihm in einiger Entfernung Elaas erblickte. Er lag mit dem Bauch auf dem nassen Boden und wurde von einem Dämon, welcher auf seinem Rücken saß, in den Erdboden gedrückt. Sie sah, wie er seine Klinge zückte und anfing, Elaas damit zu quälen. Sie konnte selbst auf die Entfernung sein schmerzverzerrtes Gesicht erkennen. Ohne sich noch einmal umzudrehen, verfiel sie in einen Sprint in Richtung ihres Möchtegern-Angreifers, welcher die Flucht ergriff, sobald sie sich in Bewegung setzte.

Sie rannte, so schnell sie nur konnte. Ihre Augen unablässig auf Elaas gerichtet, doch sie hatte erst etwa die Hälfte des Weges zurückgelegt, als sie innehielt. Zuros und Ezmon kamen wie ein lange eingespieltes Team herbeigeeilt. Ezmon erledigte den Dämon in Windeseile, da dieser nur auf sein Opfer fixiert war, während Zuros Elaas aufhalf. Dort brauchte man sie nicht mehr. Sie konnte umkehren.

»Ducken!«

Aritana tat, wie eine bekannte Frauenstimme ihr befohlen, und konnte damit einem weiteren Angreifer entgehen. Erst als der kurzzeitige Schock nachließ und ihre Retterin neben sie trat, verstand sie, um wen es sich handelte.

»Alles okay?«

Du hast doch gesehen, dass ich mich rechtzeitig bücken konnte. Eine Frage, die eindeutig nur aus Höflichkeit gestellt wurde. Doch Aritana hatte weder Lust noch Zeit für Höflichkeiten. »Alles gut. Danke.« Zu dem letzten Wort musste Aritana sich mit aller Kraft zwingen. Sie wusste, dass sie dankbar zu sein hatte, doch bei Kalija fiel es ihr nicht leicht. Sofort wandte sie sich wieder ab, spürte allerdings den sanften Druck auf ihrer Schulter, durch Kalijas Hand.

»Ari, warte. Du bist noch immer wütend, das ist offensichtlich, doch ich habe mich bereits mehrfach entschuldigt. Was soll ich noch tun? Weshalb kannst du die Sache nicht endlich vergessen?« Ihre Stimme klang flehend, und genauso sah sie auch aus, mit ihren traurig zusammengezogenen Augenbrauen.

Das würde ihr aber nicht helfen. Wieso sie ihr nicht einfach verzeihen konnte? »Weil ich es von dir am wenigsten erwartet hatte.«

Kalija und Aritana waren etwa zur selben Zeit gestorben und in die Oberwelt gestiegen. Sie hatten gemeinsam ihre Ausbildung durchgezogen und anschließend gemeinsame Dienste erhalten. Neben Loras war sie für Ari wohl die wichtigste Person im Reich der Engel gewesen. Sie waren mit Nadia befreundet, doch ihr Duo war seit Beginn etwas Besonderes. Wenn keiner hinsah, machten sie sogar Scherze, auch wenn Kalija deutlich strenger war als Aritana, was das Engelsein anbelangte. Nach all dieser Zeit war es dennoch Nadia, die sie bedingungslos unterstützte und an das Beste in ihrer Freundin glaubte, während Kalija sie nicht einmal hatte ausreden lassen. Sie hatte das Gespräch beendet, bevor es starten konnte. Sie war so schockiert gewesen, dass sie nicht mal annahm, dass Aritana, ihre älteste Freundin, es wert war, erhört zu werden. Das war der Grund, weshalb ihr Verrat so sehr schmerzte. Mehr als der von all ihren anderen engen Freunden.

Damit drehte sie sich von Kalija weg. Sie hatten keine Zeit zu diskutieren. Sie befanden sich mitten im Krieg. Aritana sah sich in der Richtung um, aus der sie gekommen war.

Dorian konnte sie aus der Ferne nicht entdecken, Tyron dafür umso deutlicher. Sofort bereute sie es, sich entfernt zu haben. Sie fand ihn mit drei Dämonen gleichzeitig kämpfend vor. Dafür schlug er sich recht gut, doch es würden bald noch mehr werden, einige Dämonen in der Umgebung hatten sie bereits im Visier. Er brauchte dringend Hilfe!

Aritana wollte keine Zeit verlieren, doch ein plötzlicher Ruck am Rücken und ein brennend heißer Schmerz durchkreuzten ihre Pläne.

Sie schrie auf, spürte, wie Blut an ihrem Hals hinunterlief. Während sie versuchte, die Dämonenfrau auf ihrem Rücken abzuschütteln, ohne dabei das Gleichgewicht zu verlieren, drückte sie ihre Hand gegen die Wunde. Schmerzerfüllt krümmte sie ihren Körper. Der nasse Pferdeschwanz der Dämonin peitschte ihr dabei ins Gesicht. Aritana konnte erst wieder klar sehen, als der Druck endlich von ihr nachließ und ihre Feindin zu Boden fiel. Dort verweilte sie allerdings nicht lange. Ehe sie sich versah, hatte die Frau ihre Klinge mit beiden zierlichen Händen umklammert und nach vorne gerichtet, als sie auf Aritana zurannte. Diese konnte sie nur im letzten Moment abwehren, indem sie die Dämonin an ihren Händen zu fassen bekam, sodass es Ari gelang, den Einstich zu verhindern. Es kam zu einem Machtduell, welches sie zu verlieren drohte. Trotz ihrer so schmalen, fast schon unschuldigen Gestalt hatte die Dämonin enorme Kraft. Sie musste schon länger in der Unterwelt zugange sein.

Aritana spürte die kalten Tropfen auf ihrer Stirn, doch wusste nicht länger, ob sie vom Regen oder von ihrem Schweiß stammten. Sie hielt den Atem an, als würde sie durch den Rhythmus des Luftholens nur Energie verschwenden, welche sie im Kampf dringend benötigte. Sie sah zu, wie die Klinge immer näher in ihre Richtung bewegt wurde. Alles andere verblasste um sie herum. Nur die Spitze der Klinge und ihre zitternden Hände.

Tränen schossen in ihre Augen, ließen ihre Sicht noch blasser und verschwommener erscheinen. Die Klinge rückte näher und näher. Sie berührte ihre Brust, drückte sich langsam in ihren Körper, bis sie plötzlich verschwunden war. Aritana fiel zu Boden.

Während sie sich langsam aufrappelte, versuchte sie zu begreifen, was geschehen war. Der Widerstand war mit einem Mal wie aufgelöst gewesen. Sie hatte nicht sehen können, was der Grund dafür war, doch allmählich erkannte sie es. Einige Meter entfernt fand sie ihre Angreiferin. Sie stürzte sich auf einen anderen Engel. Eine Frau. Kalija.

Diese parierte gekonnt die Angriffe der Dämonin. Ehe Aritana sich aufrappeln und zur Hilfe eilen konnte, fiel die Feindin zu Boden. Kalija trat auf ihre Freundin zu und hielt ihr zögerlich die Hand hin. Aritana starrte eine Weile auf das Hilfsangebot, ehe sie es annahm, Kalijas zierliche Finger umschloss und zuließ, dass sie ihr wieder auf die Beine half. Kalijas Blick fiel auf Aritanas Hals, der noch schmerzte, doch der Schnitt war nicht tief gewesen, sie würde es überstehen.

Für einen Moment standen sie einander gegenüber, Aritana dachte wieder an die alten Zeiten zurück und rief sich all die Fehler in Erinnerung, die sie begangen hatte.

Sie hatte einen Dämon geküsst und diesbezüglich gelogen.

Sie hatte Loras geküsst und so unabsichtlich mit den Gefühlen der beiden gespielt.

Sie trug die Schuld an Elaas' Entführung und an allem, was daraufhin passierte.

So viele Fehlentscheidungen und während sie nicht wollte, dass man sie auf ihre Fehler reduzierte, hatte sie das Gleiche mit Kalija getan. Mit dieser Erkenntnis wurde ihr schwindelig. Sie sah die Engelsfrau entschuldigend an.

»Kalija, ich muss dir –« Aritana brach den Satz ab. Ihre Atmung beschleunigte sich.

Die Augen ihrer Freundin wurden blass und leer, ihr moosgrünes Shirt färbte sich blau. Blau wie das Blut, das aus ihrem Mund über ihre Lippen lief. Sie stürzte nach vorne, in Aritanas Arme. Beide sanken zu Boden. Sie riss ihren Mund auf, wollte aufschreien, doch es kam kein Ton heraus. Der Blick der Gefallenen richtete sich nach oben, wo die Dämonenfrau auf sie herabsah. Grinsend.

Mit einem lauten Schrei sprang Aritana auf und stürzte sich auf ihre Gegnerin, die es schaffte, rechtzeitig auszuweichen. Sie standen sich direkt gegenüber. Schwarze Augen trieften vor Boshaftigkeit, blaue trieften vor Schmerz. Sie rannten aufeinander zu, holten aus und schlugen gleichzeitig aufeinander ein. Ihre Klingen berührten sich. Aritana wich aus, Schlag für Schlag parierte sie jeden Angriff, doch verrichtete selbst nicht mehr als eine kleine Schramme. Es konnte noch Stunden so weitergehen. Die Dämonenfrau sah jeden ihrer Angriffe kommen. Sie musste sie überraschen.

Aritana lockte sie zurück auf die Grasfläche. Sie wartete auf den richtigen Moment. Als er gekommen war, nutzte Aritana aus, dass ihre Feindin noch in ihrer Angriffsbewegung war und recht breitbeinig dastand. Sie ließ sich mit Schwung auf den nassen Boden fallen und rutschte darauf unter der Dämonin hindurch. Ehe diese wusste, wie ihr geschah, rammte Aritana ihr eine Klinge in den Rücken. Sofort zog sie ihre Waffe wieder hinaus, wartete, bis die Dämonin sich zu ihr umgedreht hatte, und vollführte einen zweiten, endgültigen Stich in die Brust. Die Dämonenfrau ging zu Boden und Aritana hatte freie Bahn, um zu Kalija zu rennen.

Sie nahm den Kopf ihrer Freundin in den Arm. Eine Träne löste sich, gefolgt von vielen weiteren. Es war zu spät für letzte Worte. Zu spät für Vergebung und auch für eine Entschuldigung. Es war einfach zu spät.

Aritana wusste, dass der Kampf weitergehen musste. Kalija konnte sie nicht mehr helfen, doch für die Rettung der anderen blieb noch Zeit. Bevor sie sich von ihrer Freundin abwandte und sie allein zurückließ, legte sie ihre Stirn auf Kalijas und flüsterte: »Es tut mir leid, dass ich dir nicht früher vergeben habe. Jetzt tue ich es. Hoffentlich vergibst du auch mir.« Mit einer letzten Träne löste sich Aritana von der Leiche und rannte schweren Herzens in die Richtung, in welche sie zuvor unterwegs gewesen war.

Sie war aufmerksamer denn je. Nichts konnte sie beirren, niemand konnte sie überraschen. Ihr Tunnelblick war vorbei. Sie sah alles und jeden, so scharf wie nie zuvor, doch sie achtete nicht darauf. Sie sah, wie Dämonen Engel töteten und andersherum. Sie sah schnelle Überraschungsangriffe, lange Eins-zu-eins-Kämpfe und Gruppenschlachten. Gerechte wie ungerechte, was die Aufteilung betraf. Sie sah alles, aber rannte weiter, bis sie wieder ankam, wo sie gestartet war. Von Dorian immer noch keine Spur, doch Tyron war noch in seinen Kampf verwickelt. Flankiert wurde er von zwei Dämonen. Zwei weitere lagen Tod an der Seite. Diese musste Tyron erledigt haben, doch seine Kräfte neigten sich dem Ende zu. Er schlug, ohne zu zielen, seine Augen waren nur noch halb offen und er kassierte fünfmal so viel, wie er austeilte. Harmlos gesagt. Von beiden Seiten attackierten sie ihn, bis er zu Boden ging.

Aritana verfiel in einen Sprint. Es dauerte nicht lange, ehe sie den Ersten, der gerade dabei war, Tyron seine Klinge in die Brust zu rammen, angegriffen hatte. Ihre Waffe sorgte für eine tiefe Wunde oberhalb seiner Hüfte. Eine Wunde, tief genug, dass sie ihn ausschaltete. Die Frau, der andere

Dämon, der nun auf sie aufmerksam wurde, kam gleich hinterher, doch sie war keine ebenbürtige Gegnerin. Ein Frischling, der es nur mit Tyron aufnehmen konnte, weil dieser schon lange von den anderen bearbeitet worden war.

Bei der Blondine war nur ein kurzer Schlagaustausch nötig, dann erwischte Aritana die Dämonin. Sie ging sofort zu Boden. Erschöpft drehte sich Ari wieder in Tyrons Richtung. Schwer atmend lief sie auf ihn zu, bis sie nicht weiterkam.

Sie wurde am Kragen ihres Oberteiles zurückgezogen und fiel rückwärts zu Boden. In Windeseile stand sie wieder auf den Beinen und sah ihren Gegner an. Es war der Dämon, von dem sie glaubte, ihn ausgeschaltet zu haben. Blut durchdrang sein nasses Hemd und tropfte an der hellen Hose herunter. Seine Klinge hatte er nicht mehr, genauso wie Aritana, denn diese steckte noch in der Blondine.

Ein Zweikampf.

Mit all der Wut, die sie aufbringen konnte, schlug sie auf den Dämon ein. Ein Schlag für Kalijas Tod. Ein Schlag für Piroks Tod. Ein Schlag für alle, die diesen Tag nicht überlebten, und ein Schlag für ihre Spezies, die ausgelöscht wurde. Die Engel waren, entgegen ihrer Selbsteinschätzung, fernab von perfekt, doch sie gaben ihr Bestes, diesem Ideal zu entsprechen. Sie alle hatten immer nur versucht, das Richtige zu tun, auch wenn es sich später als falsch herausstellte. Während diese Gedanken in ihrem Kopf herumschwirrten, machte Aritana keine Pause, setzte nie ab. Sie hörte nicht auf, wieder und wieder zuzuschlagen, ehe sie den Dämon nicht am Boden liegen sah. Selbst dann verpasste sie ihm noch ein paar Schläge und Tritte, um sicher zu sein, dass er nicht noch einmal von hinten ankommen würde. Die Wut trieb sie an, doch als sie fertig war, war sie verflogen. Was blieb, war nur die Angst.

Sie fiel neben Tyron auf den Boden. Seine Augen waren geschlossen, sein Gesicht sowie sein Körper überströmt von Blut und Blessuren. Schon der erste Blick verriet, dass er viele Stiche abbekommen hatte. Sie saß in der Hocke und legte seinen Kopf auf ihren Schoß. Mit ihren Fingern strich sie ihm die nassen dunkelbraunen Haare aus dem Gesicht.

Wach auf.

Tränen lösten sich erneut aus ihren Augen. Der Versuch, diese zu kontrollieren, war vergeblich. Die meisten liefen an ihrer Wange herunter und tropften schließlich auf Tyrons regloses Gesicht.

»Wach auf«, stammelte sie mit zittriger Stimme, doch er reagierte nicht. Sie streichelte ihm weiter sanft über das Gesicht. Nur eine kleine Bewegung, nur das Zucken eines Augenlids hätte gereicht, aber es passierte nichts.

»Wach bitte auf!« Aritana flehte ihn an, doch er konnte sie nicht hören. Es gelang ihr nicht mehr, das Schluchzen zu unterdrücken. Ihr Kopf schien zu schwer geworden, um ihn weiter aufrechtzuhalten. Er neigte sich zu ihrem Hals hin, wodurch die Tränen noch schneller flossen. Fast so schnell wie das rote Wasser vom Himmel.

Aritana presste ihre Augen zusammen, öffnete sie wieder und sah Tyron direkt an. So hilflos hatte sie ihn nie gesehen. Alles in ihr schrie, doch ihre Stimme war ganz leise.

»Ich liebe dich.«

Kapitel 36
~ Elaas ~

»Loras.«

Keine Reaktion.

»Loras!«

Der Gefallene kniete zwischen Larzus' Leiche und der seines Mörders. Er hatte ihn schneller erwischt, als dieser es hätte realisieren können. Nun zierte sein schwarzes Blut das weiße Gewand des Gefallenen.

»Komm schon, wir müssen weiter.« Elaas stand etwas unbeholfen daneben und ließ seinen Blick immer wieder in alle Richtungen schweifen. Er wusste nicht, ob er Loras am Ärmel zerren oder weiter auf ihn einreden sollte, nur musste dieser aufstehen. Dasitzend, völlig in Gedanken, war er ein viel zu leichtes Ziel. Das würde ihn aber nicht überzeugen. Daher entschied sich Elaas für ein besseres Argument: »Das mit Larzus ist furchtbar, aber die anderen brauchen uns. Wir müssen ihnen helfen!«

Es zeigte seine Wirkung. Loras richtete sich langsam auf und nickte Elaas zu, als Zeichen, dass er sich gefangen hatte und bereit war. Ohne Ziel liefen sie los, mitten in das Getümmel hinein. Loras fuchtelte immer wieder mit seinem Arm herum und brachte mit dieser lächerlich aussehenden Gestik mehrere vorbeilaufende, nichtsahnende Dämonen zum Sturz. Elaas versuchte dies ebenfalls, konnte jedoch keinen Treffer landen. Dafür fügte er ein bis zwei Dämonen – und einem Engel aus Versehen – unangenehme Schnitte zu, die sie aber vermutlich kaum beeinträchtigten.

Gerade als Elaas wieder einmal ausholen wollte, um vielleicht endlich einen ordentlichen Treffer zu erzielen, trat ihm jemand in den Weg.

Es war Tarik, der nun neben ihnen herlief. Anders als Elaas schien er nicht so hektisch in seinen Bewegungen. In Tariks Augen ließ sich keine Angst entdecken und sein Gang war gemächlich, als befände er sich auf einer Shoppingtour. Er machte den Eindruck, als wäre er die Ruhe in Person, während er locker neben ihnen herjoggte, doch als er zu sprechen begann, konnte man seine Unsicherheit laut und deutlich heraushören.

»Wie lange dauert es denn noch?«

Seine Frage blieb in der Kleingruppe ungehört. Elaas hatte seinen Fokus bereits auf einen Kampf gerichtet, bei welchem er eingreifen wollte, nur ein paar Meter entfernt.

»Die sollten sich echt mal beeilen, denn wenn –« Der Satz wurde durch einen unterdrückten Schrei unterbrochen.

Prompt blieb Elaas stehen, zwei Schritte weiter auch Loras. Ein Dämon, weiblich, mit welligem braunem Haar hatte Tarik von hinten die Klinge durch den Hals gestochen. Die Blicke von ihr und Elaas trafen sich, sobald Tarik am Boden lag. Sie lächelte. Offenbar wollte sie ihm vermitteln, er wäre der Nächste, doch sie hatte nicht mit Loras gerechnet, der sofort zurückgerannt war und sich auf sie stürzte. Da Loras alles im Griff zu haben schien, kam Elaas seinem ursprünglichen Ziel nach. Tarik ließ er an Ort und Stelle zurück. Für ihn war nichts mehr zu machen.

Den Kampf erklärte er schnell für beendet. Der Überraschungseffekt war mal wieder auf seiner Seite und verhalf ihm zu dem ersehnten Minisieg. Tarik hatte recht gehabt. Rakaan und Altair mussten sich beeilen. Ewig konnten die Engel diesen Kampf nicht führen. Wenn man sich umschaute, sah man oft einen Engel gegen mehrere Dämonen – drei oder vier Stück gleichzeitig – kämpfen, da Letztere in der Überzahl waren. Der Großteil der Dämonen befand sich auf dem Schlachtfeld, doch gab es einige wenige, die sich nicht beteiligen wollten. In einer Ecke stehend beobachteten sie das Geschehen mit zusammengezogenen Augenbrauen, als hofften sie insgeheim auf ein zügiges Ende.

Allmählich wurde es eng. Elaas überlegte, in einen Kampf einzuschreiten, bei welchem es eins zu vier stand, doch er wusste, dass ihn in einem solchen Kampf keine Überraschung mehr retten konnte. Durch seine geringe Erfahrung und sein junges Todesalter war er fast allen anderen deutlich unterlegen. Vielleicht musste er es dennoch wagen, denn Verstecken und Abwarten war keine Option. Er hatte sich für den Kampf entschieden und dabei würde Elaas bleiben. Er befand sich in einem Dilemma, wie viel er riskieren sollte, um Fremden zu helfen. Bevor er eine Entscheidung treffen konnte, sah er einen Ausweg. Eine Möglichkeit, das Dilemma aufzuschieben und sich nicht gleich in den nächsten Kampf stürzen zu müssen. Doch seine Rettung entpuppte sich als Albtraum. »Loras!«

Der Gefallene kam zu ihm gerannt, nachdem er seinem aktuellen Gegner seine Klinge in den Bauch gerammt hatte. Das sollte ihn eine Weile ausschalten. Erwartungsvoll sah er Elaas an.

»Da vorne!«

Auf der anderen Seite der Wiese war, wann immer es das Blickfeld zuließ, Aritana zu sehen. Sie kniete am Boden und hielt jemanden in ihrem Arm. Es konnte sich nur um Tyron handeln. Sofort rannten beide los. Loras voran und Elaas hinterher.

»Aritana, was –« Loras stockte, als sie nah genug waren, um das Ausmaß der Katastrophe zu sehen.

Aritana saß tränenüberströmt im Schlamm und sah die Männer an. Tyrons Kopf lag in ihrem Schoß.

Mit geschlossenen Augen.

Blutverschmiert.

Reglos.

Ohne Umschweife rannte Loras zu ihnen und ließ sich gegenüber von Aritana in den Dreck fallen, um nach Tyron zu sehen, während Elaas stehenblieb.

Eine Kraft überkam ihn, die ihm nicht erlaubte, sich zu bewegen. Er fühlte sich etwas lächerlich, so abseits, doch seine Muskeln schienen erstarrt zu sein. Zumindest sein Mund gehorchte ihm noch. »Ist er …« Elaas schluckte. Seine Stimme war ganz leise, sodass er nicht sicher sein konnte, ob Loras ihn überhaupt gehört hatte.

Doch dieser drehte sich mit dem Kopf zu ihm herum. »Nein, noch nicht. Aber wir müssen ihn hier wegschaffen.«

Die Worte lösten Elaas aus seiner Starre. Alle Muskeln konnten sich mit einem Mal wieder entspannen. So sehr, dass ihm seine Schultern am liebsten zu Boden gefallen wären. Ihm war klar gewesen, dass sie es vermutlich nicht alle schaffen würden, dass Verluste ein realistisches Risiko waren und dass es jeden treffen konnte. Doch ausgerechnet Tyron in diesem Zustand aufzufinden, erschütterte ihn bis ins Mark. Er zwang sich dazu, diesen Schmerz vorerst zu verdrängen. Tyron war noch nicht fort, seine Seele war noch an Ort und Stelle, doch das würde nicht lange der Fall sein, wenn er hierblieb. Er musste in Sicherheit gebracht werden. »Die Kneipe.«

»Gute Idee. In der Schänke sollte ihm nichts zustoßen, erstmal.«

Was auch immer der Begriff *Schänke* heißen sollte, der Plan stand fest. Loras war der Stärkste von ihnen, daher würde er Tyron tragen, während Elaas und Aritana, die am ganzen Körper sichtbar zitterte, als sie langsam aufstand, ihm Deckung geben sollten. Während Loras den Bewusstlosen behutsam hochhob, dachte Elaas mit einem Schmunzeln daran, wie sehr Tyron diese Situation gehasst hätte. Zum Glück hatte er keine Möglichkeit, sich zu beschweren.

Den Park hatten sie überraschend schnell durchquert. Immer wieder hatten Dämonen sie ins Visier genommen, doch Elaas und Aritana ließen sich durch nichts beirren und blieben stets in Stellung. Kein Risiko gingen sie ein. Sie agierten nur, wenn es notwendig war. Elaas hätte Stolz für seine Abwehrleistung verspürt, wäre er gedanklich nicht so sehr mit Tyrons Überlebenschancen beschäftigt.

Die Seitenstraßen waren nicht mehr so schwer zu überstehen. Zwar gab es hier ebenfalls Kämpfe, jedoch deutlich verteilter. Potentielle Angreifer waren oft allein oder abgelenkt. Waffen blieben hier außen vor. Hierher waren diejenigen geflüchtet, die keine Waffe ergattert oder ihre im Kampf verloren hatten. Die meisten Häuser, welche die Gassen eingrenzten, sahen leer aus. Die Rollläden, Gardinen, Vorhänge, was immer man hatte, bedeckten die Fenster, sodass kein Licht hindurchschien. Nur bei manchen konnte man in der Dunkelheit des Innenlebens neugierige Augenpaare hinausschauen sehen. Dieses Ereignis würde die Welt, wie die Menschen sie kannten, für immer verändern. Ganz gleich, wie es enden sollte. Das Leben nach dem Tod würde nie mehr ein Geheimnis sein.

Die Kneipe lag gleich vor ihnen, doch ein Dämon stellte sich ihnen in den Weg, direkt vor die hölzerne Eingangstür, weshalb sie alle stehenblieben. Der Dämon trat näher. Er war schon älter, hatte allerdings ganz schön Nerven, sich gegen zwei erfahrene Engel und einen Frischling zu stellen, der mit jedem Kampf etwas besser wurde.

»Geh uns aus dem Weg.« Loras' Stimme war monoton und ruhig. Vermutlich hatte er nicht die geringste Angst vor diesem ihm weit unterlegenen Wesen. Doch statt zur Seite zu treten, ging der Dämon noch weiter auf sie zu.

»Ich will Tyron«, sagte er voller Selbstvertrauen.

»Den wirst du aber nicht bekommen. Geh uns aus dem Weg oder wir zwingen dich dazu.«

Elaas fing an, nachdenklich zu werden. Wie konnte dieser Dämon so ruhig dastehen? War er so verblendet, dass er wirklich dachte, er könnte es mit ihnen aufnehmen, oder hatte er vielleicht noch ein Ass im Ärmel, von welchem sie nichts ahnten?

»Dann will ich sie.« Der Blick des Dämons fiel auf Aritana, welche die Augen etwas aufriss, im Schock darüber, Teil der Diskussion geworden zu sein. Seinen nächsten Schritt machte der Dämon in ihre Richtung. »Thore ist tot. Daria ebenso. Das warst du, nicht wahr?« Er trat noch einen Schritt näher.

Einen Schritt zu weit. Sofort bewegte sich Loras ein Stück zur Seite, um sich schräg vor Aritana zu stellen.

»Du bist Markan«, verkündete die Gefallene.

Den Namen hatte Elaas schon einmal gehört.

»Goldrichtig, meine Hübsche.«

An Loras' Gesichtsausdruck war zu erkennen, dass es ihm überhaupt nicht passte, wie dieser Markan mit Aritana sprach. Doch er trug noch immer Tyron in seinen Armen.

Dieser war so instabil, dass nicht einmal sicher war, ob er den Sturz gen Boden überstehen würde. Was also konnte Loras momentan ausrichten?

»Ich dachte, du wärst tot.« Aritana trat neben Loras, um wieder frei stehen zu können.

»Wie kommst du darauf?«, fragte der Dämon.

»Tyron meinte, ihr hättet gekämpft.«

Markan schien Aritana genau zu mustern, als analysierte er sie, um die perfekte Antwort zu finden, bevor er sprach. »Das hat Ty also erzählt? Nun, wir haben gekämpft. Euer Freund hat sich gut geschlagen, aber er hatte nie so viel Erfahrung wie ich. Er hat es versucht, doch ich war ihm überlegen.«

»Wieso hast du ihn dann nicht umgebracht?«

»Wir waren befreundet, lange bevor ihr euch kanntet. Ich wollte ihn nicht umbringen, ich wollte, dass er wieder zur Vernunft kommt. Ich klärte ihn über die Konsequenzen seines Verrates auf und gab ihm Zeit, darüber nachzudenken. Sollte er sich uns wieder anschließen, sollte er auf unserer Seite kämpfen, würde ich ihm alles, was er getan hat, bedingungslos verzeihen und ihm Schutz bieten, doch er entschied sich offensichtlich dagegen. Zeit für die Konsequenzen.«

Während Markan sprach, baute Loras Blickkontakt zu Elaas auf, um ihm still etwas mitzuteilen. Der Frischling nickte ihm zu und versuchte, unauffällig etwas näher heranzukommen. Doch ihnen blieb keine Zeit. Mit einer schnellen Bewegung war Markan hinter Ari gerannt und hielt ihr nun die Engelsklinge an den Hals, an der noch Blutreste vom letzten Kampf klebten.

»Gebt mir Tyron oder ich gebe mich mit dieser Schönheit hier zufrieden.« Der Dämon fuhr ihr langsam mit der Engelsklinge am Dekolleté entlang.

Der Schnitt war kaum so tief wie ein Fingernagel breit, doch man sah, wie sie mit den Schmerzen zu kämpfen hatte. Statt laut aufzuschreien, biss sie sich auf die Lippen. Sie begann ein wenig zu zappeln, doch erreichte nichts. Die Kämpfe hatten sie geschwächt.

»Es hätte deutlich mehr Spaß bereitet, sie vor Tyrons Augen zu töten, aber man muss sich mit dem zufriedengeben, was man hat, nehme ich an.« Markan setzte die Klinge kurz ab, nur um sie gleich darauf wieder an einer anderen Stelle anzusetzen.

Mit zusammengezogenen Augenbrauen sah Elaas zu Loras rüber, in Erwartung, er würde gleich die Beherrschung verlieren und Tyron fallen lassen, um auf den Dämon loszugehen. Doch das passierte nicht.

»Gut, ich gebe dir Tyron. Lass sie gehen.«

Elaas sah ihn von der Seite an. Sein Mund stand ihm ein wenig offen, denn er wusste nicht, ob es eine List war oder ob er Tyron tatsächlich für Aritana eintauschen würde. Sie war ihm seit Jahrhunderten die wichtigste Person, doch was war mit Tyron? Elaas konnte nicht zulassen, dass Loras ihn einfach aufgab. Es musste einen Weg geben, beide zu retten.

Loras nahm Tyron langsam herunter und stellte ihn so vor sich, dass er ihn am Rücken aufrecht halten konnte, obwohl er völlig bewusstlos war. Markan lächelte, doch keiner von beiden rührte sich für einige Sekunden, die sich ewig lang anfühlten.

»Du zuerst. Ich kann ohnehin nicht beide verschleppen. Wen ich umbringe, ist mir gleich.«

Loras nickte und trat einen Schritt nach vorne, Richtung Markan, welcher ihn froher Erwartung ansah. Die Klinge senkte er ein wenig, da sein Fokus nun auf Tyron lag. Ob Elaas die Situation nutzen sollte? Doch dazu erhielt er gar nicht erst die Gelegenheit.

Aus dem Nichts heraus sprintete Loras auf Markan zu – wobei das nur etwa zwei schnellen Schritten entsprach – und warf ihn nieder, während Aritana sich aus seinem Griff befreite. Für Elaas ging das alles so schnell, dass er nicht einmal begriff, wie es ihm gelungen war, Tyron aufzufangen, der nun in seinen Armen lag.

Aritana fasste ihn an der Schulter und rannte zur Kneipe. An der Tür wartete sie, bis Elaas realisierte, was geschehen war und was er zu tun hatte. Mit aller Kraft schleppte er sich selbst und Tyron durch die Tür und legte ihn auf den erstbesten versifften Tisch. Aritana positionierte sich direkt neben ihm, hatte aber nur Augen für Tyron. Sie streichelte dem Bewusstlosen über die Wange, ehe sie sich wieder aufraffte und mit strammer Haltung im Raum stand.

»Ich gehe raus und helfe Loras. Du bleibst hier. Pass auf ihn auf, ja?«

Eilig nickte Elaas, doch auf ihrem Weg hinaus flog die Tür sperrangelweit auf.

»Das wird nicht nötig sein.« Loras trat schnellen Schrittes herein. »Dieser Kerl konnte gut Reden schwingen, aber weniger gut die Fäuste.«

Erneut richteten sich alle Blicke auf Tyron, der reglos dalag. Aritana ging wieder zittrig auf ihn zu und nahm seine Hand mit glasigen Augen. Elaas blickte unterdessen zu Loras.

»Er wird es schon überstehen, er braucht bloß etwas Ruhe«, erklärte der Gefallene sanft. Aritana seufzte erleichtert und Elaas traute sich, wieder zu blinzeln.

»Ari?«

Aritana drehte sich schlagartig zu Loras um, der noch direkt vor der Tür stand und sie nur aus der Ferne heraus ansah. »Ja?«

»Du solltest hier bleiben.«

Definitiv musste einer von ihnen aufpassen, dass Tyron nichts geschah. Ein kleiner feiger Teil von Elaas wünschte sich, dass er es war, doch ein weitaus größerer, mutigerer Teil wusste, dass er es sich nicht verzeihen könnte, hierzubleiben.

»Was ist mit euch beiden?« Aritanas Stirn musste bereits schmerzen von all dem Runzeln und durch die Verspannung ihrer Augenbrauenmuskulatur, doch sie zog den Gesichtsausdruck weiterhin durch. Ihr Blick fiel auf Loras, dem das Gespräch sichtbar unangenehm war.

»Wir müssen wieder da raus. Der Kampf ist noch nicht vorbei.«

»Was, wenn Rakaan es nicht geschafft hat?«

Diesen Gedanken hatte Elaas bislang völlig verdrängt. Es dauerte schon viel zu lange. Wieso war ihm nie in den Sinn gekommen, dass der Urdämon es möglicherweise nicht geschafft haben könnte? Was, wenn er tot war oder es einfach nicht möglich war, alle Dämonen gleichzeitig in einen Zustand der Erinnerung zu schicken?

»Die Engel hinter dieser Tür.« Loras zeigte hinter sich. »Sie sterben. Wir mögen ihnen nicht mehr offiziell angehören, doch wir kämpfen noch immer für die gleiche Sache. Wir können sie nicht einfach im Stich lassen.«

Aritana schienen Loras' Worte keineswegs zu gefallen, doch ein gutes Gegenargument kam ihr auch nicht in den Sinn. Mit Leid in den türkisblauen Augen nickte sie ihnen zu und die beiden Männer verschwanden durch die Tür, durch welche sie gekommen waren.

Wieder vollgepumpt mit Adrenalin, stürzten sie Seite an Seite zurück auf den Platz des Geschehens. Dass Tyron und Aritana erstmal in Sicherheit waren, wirkte sich positiv auf Elaas' Kampfmoral aus. Einen Bruchteil der Angst, die ihn stets begleitete, vor allem auf dem Schlachtfeld, ließ er in der Kneipe zurück, als die Tür hinter ihnen zufiel.

Ohne weiter darüber nachzudenken, ob es sich vielleicht um eine unüberlegte Entscheidung handelte – einen Entschluss, den er bereuen könnte, weil er der Aufgabe doch nicht gewachsen war –, stürzte er sich in einen Kampf, in welchem er in der Unterzahl war. Er und der bereits angeschlagene Engel, der kurz zuvor durch einen lauten Schrei aufgefallen war, hatten es mit drei Dämonen zu tun. Elaas hatte auch nicht daran gedacht, einen von ihnen zuvor mittels Überraschungsangriff auszuschalten. Er stellte sich direkt zwischen sie und ihr Opfer. Der Engel war weiblich und stand nach Elaas' Einschätzung kurz vor dem Zusammenbruch. Sie würde ihm keine große Hilfe sein gegen die beiden Dämonenfrauen und den Kerl, der zwei Köpfe größer war als der Frischling. Dieser schnaubte böse, als er Elaas erkannte. Vermutlich einer seiner Bewunderer in der Unterwelt. Unglücklicherweise war keiner von ihnen so jung wie er.

Elaas war konzentriert. Er scannte seine Gegner sofort nach Schwächen ab. Die kleinere der beiden Frauen, eine der wenigen, welche statt ihrer schwarzen Uniform graue

Alltagsklamotten trug, hatte sich zu ihrem Outfit für ein recht unpassendes Schuhwerk entschieden. Die Schuhe hatten Absätze, was das Risiko für einen Sturz erhöhte. Im Blick der anderen Frau glühte Feuer, doch an ihrem Arm erkannte Elaas eine Verletzung. Dort war sie verwundbar, denn der Schnitt war tief. Die Haut darum war gerötet und angeschwollen. Der Mann besaß keine erkennbare Schwäche, außer seinem viel zu großen Ego. Sein Kinn war angehoben und er knirschte mit den Zähnen. Er sah vermutlich auf einen Frischling wie Elaas hinab, unterschätzte ihn. Das war sein Fehler.

Elaas setzte den ersten Schritt an, direkt auf den großen Kerl zu. Mit einem eleganten Tritt, den er sich bei Aritana abgeguckt hatte, entwaffnete er den Mann und mit einem weiteren in sein Gesicht brachte er ihn zu Boden. Die Frau in Uniform stürzte sich gleich auf ihn, gefolgt von der anderen. Elaas wich ihren Schlägen genau dreimal aus, ehe er ihr einen ordentlichen Schlag auf den verletzten Arm gab, der ihr einen Dämpfer verpasste. Noch während seiner Angriffsbewegung musste er ihrer Freundin ausweichen. Hierbei nutzte er gleich die Chance und trat ihr, indem er sein Bein in einem Halbkreis über den Boden bewegte, die Füße aus den Schuhen. Sie verlor das Gleichgewicht und fiel hin.

Er hatte sich den Vorteil erkämpft. Der Mann rappelte sich wieder auf, doch sein Großmut sollte ihm zum Verhängnis werden. Für seine am Boden liegende Klinge interessierte er sich nicht einmal. Er war ganz auf Elaas fokussiert. Mit einem lauten Brüllen rannte er auf den Frischling zu. Dieser umklammerte mit festem Griff seine eigene Waffe, atmete schwer und wartete ab, bis der richtige Zeitpunkt gekommen war. Dann setzte er zum

Angriff an. Der Mann konnte abwehren und Elaas einen kräftigen Schlag aufs Auge verpassen, doch es gelang ihm nicht, zu verhindern, dass die Klingenspitze direkt in seiner Brust verschwand.

Schweißperlen tropften seine Stirn hinunter. Elaas wischte sie weg, als er etwas hinter sich hörte und schnell herumfuhr, bereit, es erneut mit den Frauen aufzunehmen. Zu seiner Überraschung stellte er fest, dass er seine Kampfposition für einen Augenblick verlassen konnte. Der Engelsfrau war es gelungen, die anderen beiden Gegner auszuschalten.

Er hatte es geschafft. Er hatte gesiegt und überlebt.

Mit einem unbezwingbaren Grinsen sah sich Elaas um und erblickte Loras in der Menge, nicht weit entfernt, der ebenfalls gerade einen Sieg zu feiern hatte. Als hätten sie miteinander gesprochen, sendete Loras ihm mittels eines anerkennenden Lächelns ein stummes Lob, welches Elaas mit unsagbarer Freude erfüllte. Am liebsten hätte er einen Siegestanz aufgeführt.

Er hatte sich lange gefühlt wie ein Klotz am Bein. Jeder in seiner Umgebung war erfahrener, schneller, stärker gewesen. Nie hatte er mithalten können. Er war nur ein Frischling, der zufällig in all das hineingeraten war. Er hatte kaum einen Kampf ohne Hilfe überstanden, nie wirklich etwas beisteuern können. Ohne Ezmon hätte er Tyron nie gefunden, bei dem Versuch, Aritana zu retten, war er selbst entführt worden. Er hatte der Versuchung im Torturengebiet nicht widerstehen können und dadurch alle in Gefahr gebracht. Er war ein Teil der Gruppe, ja, doch er hatte sich nie beweisen können – bis jetzt.

Er sah weiterhin zu Loras hinüber, als dessen Lächeln schlagartig verschwand. Stattdessen starrte er ihn voller

Entsetzen an, doch Elaas verstand nicht, was er ihm sagen wollte. Der Gefallene fing an, etwas zu rufen, was im Geschrei zwischen ihnen verloren ging. Ahnungslos drehte sich Elaas um, auf der Suche nach den Antworten, und er fand sie gleich hinter sich. Er fand sie im Schmerz, der seine Brust durchzog und sich bis in seine Beine ausbreitete, ihnen jedwedes Gefühl aussog. Er fand sie in der Klinge, die ihm die Luft zum Atmen und zum Sprechen raubte, als sie sich durch seinen Oberkörper bohrte. Er fand sie im Gesicht der Frau, welche die Klinge noch in der Hand hielt und diese auf schmerzhafte Weise umdrehte. Elaas spürte jede Bewegung, wie es ihn von innen heraus zerriss. Er blickte ihr direkt in die Augen. Diese schwarzen, düsteren Augen. Alles andere um ihn herum gab sich langsam der Dunkelheit hin, nur diese Augen starrten ihn weiter an, während er in sich zusammensackte, weil seine Beine ihn nicht länger halten konnten.

Er spürte den Regen auf ihn niederprasseln, doch erkennen konnte er nur noch den Ansatz des wolkenbedeckten Himmels und der schwarzen Augen, die sich mit musterndem Blick über ihn beugten.

»Dieses Mal bist du mir nicht entkommen«, hörte er in dem Rauschen seiner Ohren Yanella sagen, bevor alles schwarz wurde und die Welt verstummte.

Kapitel 37

~ Aritana ~

Seit fast hundertachtzig Jahren wusste Aritana, was sie zu tun hatte, worauf zu achten war und wie sie sich verhalten musste. Nun herrschte Ungewissheit, die sie innerlich zerriss. Es bestand die Möglichkeit, dass innerhalb von nur einer Minute – oder gar weniger – alle, die ihr noch etwas bedeuteten, starben, ohne dass sie es verhindern konnte oder auch nur davon wusste. Dämonen konnten die Schänke stürzen, die nicht einmal durch Sigillen geschützt wurde, und Tyron wie auch sie selbst sofort umbringen. Alles konnte einstürzen. Es war nur eine Frage von Sekunden.

Sie spürte, wie ihre Knie weich wie Butter wurden und ihr Fuß auf dem Boden herumtippte, doch sie ließ es geschehen. Sie merkte auch, wie ihre Finger ständig in Bewegung waren, und ließ auch das zu. Gegen die Nervosität anzukämpfen, nützte nichts, damit strengte sich die Engelsfrau nur unnötig an.

»Kannst du mal still halten? Das Gepolter am Boden stört meinen Schlaf.«

Aritana sprang bei dem Klang von Tyrons Stimme auf. Nachdem sie hörbar und schnell eingeatmet und sich reflexartig die Hand vor den offenen Mund gehalten hatte, überkam sie ein Lächeln. Endlich einmal etwas Gutes.

Sie setzte sich wieder auf den beunruhigend laut knackenden Stuhl neben dem Tisch, auf welchem Tyron noch immer mit geschlossenen Augen lag und sah ihn unter ein paar Freudentränen an. Auch er lächelte, vermutlich wegen seines absolut unangemessenen, pseudowitzigen Kommentars.

Langsam öffnete er seine Augen und sah Aritana an. »Bin ich tot? Ich glaube, ich sehe einen Engel.« Er versuchte, sich aufzurappeln, doch wie seine brüchige Stimme bereits verraten hatte, war er noch zu schwach, weswegen er seinen Kopf gleich wieder nach hinten fallen ließ.

»Du bist tot, aber ich bin kein Engel.«

»Du bist ein gefallener Engel, ich glaube, das zählt.«

»Alles eine Sache der Definition.« Aritana zwinkerte ihm zu.

Tyron unternahm währenddessen einen erneuten Versuch, sich zumindest auf die Ellenbogen zu stützen, um sie besser sehen zu können. Diesmal funktionierte es und sein Gesichtsausdruck wurde etwas ernster. »Ist es vorbei?« Aritana schüttelte den Kopf.

»Wer ist …?«

Gestorben. Tyron brauchte es nicht auszusprechen. »Ich weiß es nur sicher von Kalija, doch ich habe die meisten seit Beginn nicht mehr gesehen. Tarik zum Beispiel und den einen Dämon, welchen Ezmon mitgebracht hat. Der mit der Lederweste und den Western-Stiefeln.«

»Savo?«

»Genau. Dorian war die meiste Zeit bei mir gewesen, aber zum Schluss war auch er verschwunden.«

Tyron ließ einen Seufzer von sich, der nichts Gutes bedeuten konnte. »Dorian hat es nicht geschafft.«

Das erklärte, weshalb er Tyron am Ende nicht geholfen hatte.

»Was ist mit Loras und Elaas?«, fragte Tyron mit geweiteten Augen.

»Sie haben mir geholfen, dich hierherzubringen und sind vorhin wieder nach draußen, um den anderen zu helfen.«

Erst als Aritana den Ort angesprochen hatte, schien Tyron aufzufallen, dass er nicht länger im Matsch lag. Etwas irritiert sah er sich um und anschließend wieder zurück zu Aritana. »Eine Kneipe?« Er runzelte für einen Moment die Stirn. Dann setzte er ein Grinsen auf und nickte leicht, während sein Blick noch einmal durch den Raum wanderte. »Ich würde einen Drink nehmen«, erklärte er mit dem Versuch, sich nun vollständig aufzurichten.

Doch Aritana hielt ihn zurück. »Nein, du wirst liegen bleiben und dich ausruhen. In deiner Verfassung reicht ein Schlag, dann bist du wieder bewusstlos.« Wenn sie nicht hier wäre, würde er vermutlich sogar erneut versuchen, zu kämpfen. Ein eindeutiger Fehler, wenn man bedachte, dass drei Finger reichten, um ihn vom Aufstehen abzuhalten und wieder nach hinten zu legen.

»Aber wenn ich bewusstlos wäre, wer würde dir dann Gesellschaft leisten?« Tyron lächelte, kniff dabei allerdings die Augen zusammen, während er sich wieder auf seine Ellenbogen stützte.

Hätte er mal lieber nicht versucht, den taffen Kerl zu spielen. »Du bist angenehmer, wenn du nicht reden kannst«, sagte Aritana schmunzelnd.

Tyron ließ sich vollständig auf den Tisch zurückfallen und schloss seine Augen. »Als ich dich kennenlernte, wusste ich, dass Ärger in der Zukunft wartet, aber hiermit hatte ich nicht gerechnet«, gestand Tyron.

»Der Krieg war aber schon in Aussicht, bevor du mich oder Loras getroffen hast.«

»Ich weiß. Es kam trotzdem unerwartet.«

Das konnte Aritana bestens nachfühlen. Jedes Ereignis war absehbar gewesen und dennoch kam es überraschend. Als hätten sie die Warnsignale alle ignoriert. Egal wie sehr man versuchte, sich auf eine Katastrophe einzustellen, man hoffte doch immer darauf, dass es nicht so weit kommen würde.

Für einen Moment schwiegen die beiden. Jeder in seinen Gedanken. Die Geräusche von draußen blendete Aritana aus, was ihr mit den verstreichenden Minuten recht leichtfiel. Zunächst hatte es nur daran gelegen, dass sich jede Faser ihres Körpers darauf konzentrierte, alle Geräusche der Umwelt auszublenden, um sich nicht ausmalen zu müssen, was vor sich ging, doch bald wurde es so einfach, dass sie stutzig wurde. Sie richtete ihren Kopf auf und lauschte in die Stille. Es war so leicht, weil da nichts mehr war. Keine Geräusche mehr, egal wie sehr sie sich anstrengte. Ein gutes oder ein schlechtes Zeichen?

Aritana stand auf und schlich mit kleinen Schritten in Richtung Tür, wodurch sich auch Tyron wieder aufrichtete. Kurz bevor Aritana bei der Tür angelangt war, wurde diese aufgerissen, dass der Gefallenen ein kurzer Schrei entglitt.

Sie beruhigte sich schnell wieder, als sie bemerkte, dass es nur Samira war, die vor ihr stand. Eine Engelsfrau, wie sie es einst war. Früher eine Rebellin in den Aufständen, heute eine Verbündete.

Doch sie riss ihre Augen weit auf und packte Aritana mit festem Griff an den Schultern. »Du solltest mitkommen!«, rief sie, obwohl Aritana sie durch ihre Nähe auch in normaler Lautstärke bestens hätte verstehen können.

Sie drehte sich zu Tyron, der noch angeschlagen und voller Blut auf dem Tisch lag. Sie wollte anfangen zu stammeln, sie könne nicht weggehen, ihn nicht alleine lassen, so wehrlos, wie er aktuell war, doch als sich ihre Blicke trafen, verstummte sie.

»Geh ruhig.« Auch Tyron schien begriffen zu haben, was offensichtlich war. Irgendetwas war geschehen. Es schien dringend zu sein. Und Tyron war immerhin wieder bei Bewusstsein.

»Okay.« Aritana drehte sich zu Samira und nickte ihr etwas unsicher zu. Sie wusste mal wieder nicht, was sie erwarten würde, doch die Angst sollte sie nicht aufhalten. Wenn es wichtig war, kam sie mit. Samira war eine gute Freundin von Loras gewesen, vielleicht hatte er sie geschickt.

»Ari?«

Gerade als sie die ersten Schritte nach draußen wagten und Samira bereits hinter der Türschwelle verschwunden war, ließ Tyrons leise Stimme sie innehalten.

»Ich habe gehört, was du gesagt hast.«

Sie drehte sich noch einmal zu ihm um. »Was meinst du?«

Er lächelte mit besorgten Augen. »Ich liebe dich auch.«

Ehe Aritana reagieren konnte, wurde sie von Samira fortgezogen. Raus aus der Taverne, in die stillen Gassen, bis hin zum Park. Es dauerte durch den Schock einen kurzen Moment, ehe sie begriff, welche Szene sich gerade vor ihren Augen abspielte. Alles schien stillzustehen. Zumindest die Dämonen. Sie standen mit herunterhängenden Armen und leeren Blicken auf den Straßen, ohne sich zu regen. Manche lagen mit dem Gesicht nach unten am Boden, andere auf dem Rücken und wieder andere mussten scheinbar dabei zusehen, wie sie ermordet wurden, unfähig, sich zu wehren. Das konnte nur eines bedeuten.

»Rakaan?« Aritana drehte sich zu Samira, die neben ihr joggte, wobei das Medaillon um ihren Hals auf und ab sprang. Es war nicht einfach, mit ihren langen Beinen Schritt zu halten.

»Er hat es geschafft. Wurde auch Zeit.«

Alle Dämonen waren gefangen in ihren Erinnerungen. Ein halber Erfolg, denn sie wussten noch nicht, wie viele Dämonen sich dadurch umstimmen ließen. Falls dies überhaupt passierte.

In dem Park, dem Hauptplatz der Schlacht, angekommen, ließ sich plötzlich viel besser überblicken, wie die einzelnen Kämpfe aussahen. Alle Engel, die zuvor ihre Klingen um sich geschlagen hatten, standen nun, überrascht von dieser Wendung, ebenso steif und reglos da wie die Dämonen vor ihnen.

Sie entdeckte Dorians Leiche in der Ecke, in welcher sie ihn zuletzt gesehen hatte. Kalija lag recht mittig im Feld, doch nur ihre Stiefel waren zu erkennen, mehrere Dämonen versperrten die Sicht. Savo war eingefroren, lediglich von Ezmon gab es keine Spur. Er musste in die Gassen geflohen sein. Doch das spielte alles keine Rolle mehr, als sie sah, wie sich rechts von Savo einige Wesen am Boden versammelt hatten. Darauf steuerten sie zu. Bei näherem Hinsehen erkannte sie am Hinterkopf auch den im Gras knienden Loras. Zuros und Nadia hockten neben ihm. Sie saßen in einem kleinen Kreis, verteilt um jemanden, der am Boden lag. Je näher sie kamen, desto klarer wurde das Bild. Es war Elaas.

Sofort rannte Aritana, diesmal schneller als Samira, auf die Gruppe zu und ließ sich neben Loras in den Matsch fallen.

»Was ist passiert?«, fragte sie, mit Tränen in den Augen an Loras gewandt, doch dieser schien noch nicht dazu in der Lage, ihr zu antworten.

»Eine Urdämonin. Ich wollte sie gerade aufhalten, da war es schon zu spät«, erklärte Nadia stattdessen mit gesenktem Blick.

»Macht Platz!«, schrie plötzlich eine vertraute, tiefe Stimme von hinten. Es war Rakaan, der angestürmt kam und sich gleich zwischen Loras und Zuros nach vorne durchschlug und Elaas in den Arm nahm. Es sah behutsam aus, bis Rakaan anfing, dem Bewusstlosen Backpfeifen zu verpassen.

»Aua.«

Der Klang seiner Stimme ließ die Versammelten aufschrecken, doch diese war so leise und schwach, dass es sie alle gleichermaßen ängstigte.

»Gut, du bist noch hier. Dann können wir dich wieder hinkriegen.«

In Rakaans Stimme war keine Emotion klar zu erkennen. Gerade deswegen machte er einen sehr mitgenommenen Eindruck. Keine Träne, kein Zittern, doch Aritana wusste, dass Elaas ihm wichtig war. Was auch immer er gerade fühlte, er brachte viel Energie auf, um es zu verstecken.

»Nein.« Elaas hustete ein wenig und versuchte dann, unter sichtbarer Anstrengung, seine Augen zu öffnen, aber sein Blick konnte nichts fixieren.

»O doch, du wirst jetzt nicht aufgeben!« Die Härte in Rakaans Worten ließ Aritana frösteln und noch mehr Tränen vergießen. Den Grund konnte sie sich selbst noch nicht eingestehen.

»Für mich ist es zu spät«, flüsterte Elaas, während er den Himmel beobachtete. Ob er wirklich etwas sehen konnte, war nicht sicher, so wie seine Augen hin und her tanzten.

»Sag sowas nicht«, befahl Rakaan, doch seine Stimme wurde sanfter, vorsichtiger.

Aritana blickte zu Loras hinüber, der sich ein Schluchzen nicht verkneifen konnte. Er wusste es auch. Er wusste, dass Elaas recht hatte, und mitanzusehen, wie Rakaan versuchte, gegen das Unvermeidbare zu kämpfen, löste eine seltsame Flut von Trauer aus.

»Für einen Frischling habe ich es doch weit gebracht.«

Wenn man genau hinsah, konnte man ein leichtes Lächeln auf Elaas' Lippen erkennen. Ein Lächeln, bei dem ihr warm und kalt zugleich wurde, denn es war wohl das letzte, das sie je von ihm zu Gesicht bekommen würde. Und so schnell, wie es gekommen war, huschte es auch schon wieder fort in den Schatten.

Rakaans Lippen bebten, Tränen glitzerten in seinen Augen, die er nicht befreite. Er schluckte laut, bevor er sich zu seinem nächsten Satz zwang: »Du bist längst kein Frischling mehr. Du bist ein Held.«

»Eine Legende«, pflichtete Loras ihm bei. Niemand würde Elaas jemals wieder vergessen.

»Ich kann mich glücklich schätzen.« Elaas fing an zu husten, doch alle lauschten weiter. »Ich habe genug Gründe, um nicht sterben zu wollen, und ebenso viele, für die es sich zu sterben lohnt.« Er drehte seinen Kopf in Aritanas Richtung und sah sie direkt an. Ein letztes Mal. Er versuchte, noch etwas zu sagen, doch seine Stimme versagte. Seine Augenlider schlossen sich wieder und kurz darauf war er nur noch eine leere Hülle im strömenden Regen.

Aritana wischte sich die Tränen aus dem Gesicht. Elaas war fort. Endgültig. Er hatte ihnen geholfen, ohne sie zu kennen. Er hatte mehrfach alles für sie riskiert, alles hinter sich gelassen, um an ihrer Seite zu kämpfen.

In diesem Moment bereute Aritana, wie sehr sie mit sich selbst beschäftigt gewesen war und dass sie ihre begrenzte Zeit nicht genutzt hatte, um ihn besser kennenzulernen. Wie gerne würde sie noch ein letztes Mal mit ihm sprechen, mit ihm lachen und gemeinsam umherlaufen, nicht auf der Flucht vor Dämonen und Engeln. Zu selten hatte sie den Klang seines Lachens gehört.

Sie war ihren Gedanken und Erinnerungen verfallen, genau wie die Dämonen um sie herum. Und gleichzeitig mit ihnen wurde sie hinausgerissen. Alle Blicke richteten sich auf, als plötzlich wieder Bewegung eintrat. Die Engel begaben sich in Kampfstellung. Alle schauten gebannt zu, wie die Dämonen sich irritiert umsahen und langsam verarbeiteten, was geschehen war. Die Anspannung war spürbar. Keiner, nicht einmal die Engel auf dem Platz, sagten einen Ton. Es herrschte völlige Stille. Da war nur das Geräusch von den ersten Klingen, die auf den Boden fielen. Die Dämonen legten ihre Waffen nieder.

Erst waren es nur vereinzelte, dann dreißig, fünfzig, schließlich hunderte. Wer sich nicht freiwillig dazu entschloss, wurde von dem Gruppenzwang angesteckt. Die Kämpfe hörten auf. Wäre Elaas nicht soeben vor ihren Augen gestorben, hätte sie wohl kaum einen Freudenschrei unterdrücken können. Doch er wäre nicht von langer Dauer gewesen.

Ein lauter Donner mitsamt einem kräftig leuchtenden Blitzschlag erschütterte Himmel und Erde. Alle, auch die Dämonen, schraken auf. Alle sahen in dieselbe Richtung. Alle spürten es. Etwas stimmte nicht.

Wieder ein lauter Donner mit Blitz. So hell und gigantisch, wie ihn keiner je gesehen hatte. Aritana begriff langsam, woran sie dieses Gewitter erinnerte. Es war der

Tag ihres Falles gewesen. Die Auferstehung Luzifers. Und als sie diesen Gedanken fasste, tauchte er plötzlich auf, zwischen den Wolken, die sich für ihn spalteten.

Noch immer schienen alle erstarrt. Schweigen und Reglosigkeit hatten keine Chance zu entfliehen, während der Erzengel der Unterwelt immer näher kam.

Als sich seine Stimme erhob, bebte die ganze Erde.

»Ihr denkt, ihr habt gesiegt?« Seine Frage richtete das mächtigste Wesen aller Welten vermutlich an alle Anwesenden, doch Aritana hatte das Gefühl, als würde er nur mit ihnen sprechen. »Wie erbärmlich.«

Luzifer war nun so nah, dass er genau zu erkennen war, mit seinem langen dunklen Umhang und dem zurückgekämmten pechschwarzen Haar, das dennoch seine Ohren bedeckte. Was jedoch am meisten hervorstach, waren seine Augen. Eines war schwarz wie die Nacht, das andere weiß wie Schnee. Man wusste so viel über Luzifer, Bilder hatte es aber nie gegeben. Niemand – bis auf seine Geschwister – hatte ihn je gesehen. Seine Erscheinung war ein Rätsel, das nun gelüftet wurde.

»Wollt ihr euch wirklich gegen mich stellen?« Dieses Mal war seine Frage eindeutig an seine ehemalige Gefolgschaft gerichtet.

Einige tuschelten und blickten fragend umher, doch keiner rührte sich von der Stelle. Aritana fiel ein Stein vom Herzen.

»Rakaan, mein alter Freund, dich hätte ich fast übersehen.«

Alle Blicke fielen nun auf den Urdämonen. Was hatte das zu bedeuten? Woher kannte Luzifer ihren Freund? In der Gruppe gab es niemanden, dem die Kinnlade nicht bis zum Boden hing.

Rakaan selbst sah weniger überrascht aus. Er konzentrierte sich auf Luzifer, alles Gaffen ignorierend, mit einem steinharten, doch beunruhigten Gesichtsausdruck, den nur die zusammengezogenen Augenbrauen verrieten.

»Deine Spielchen gefallen mir nicht mehr. Wenn du glaubst, du hast mich überlistet, muss ich dich enttäuschen. Dachtest du wirklich, ich hätte nicht für einen Plan B gesorgt?« Luzifer schmunzelte.

Rakaans Nasenflügel weiteten sich.

Ein Plan B? Wie konnte er ihre Pläne erahnen?

»Ich würde dir ja meine neuen Freunde vorstellen, aber ich glaube, du erinnerst dich noch an sie.« Mit einem lauten, bedrohlichen Lachen verschwand Luzifer wieder, als wäre er niemals da gewesen. Das Einzige, was von ihm blieb, war der kalte Schauer am Rücken, der für eine Gänsehaut am gesamten Körper sorgte.

Einen kurzen Moment verblieb die Stille.

»Was hat er damit gemeint?«, fragte Aritana an Rakaan gerichtet, der noch immer allen Blicken auswich und Elaas' Leiche in den armen hielt. »Von wem sprach er?«

Rakaan zog seinen Kiefer nach vorne, dann sah er sie an. Er ließ seinen Blick durch die Runde schweifen. Sein Gesichtsausdruck war so ängstlich wie nie zuvor, doch da lag noch etwas anderes in seinen Augen verborgen. Vielleicht ein Funken Reue.

»Aaronen. Er sprach von Aaronen.« Rakaan schluckte. »Wir müssen Tyron holen und verschwinden.«

»In die Waldhütte?«, fragte Loras, ohne seinen Blick von Elaas abzulassen.

»Dort sind wir nicht länger sicher.«

»Wohin dann?« Nadias Stimme war kaum mehr als ein Flüstern.

»So weit weg wie nur irgend möglich.«

Epilog

Ein Krieg trug immer Konsequenzen mit sich. Konsequenzen, die in ihrer Gewalt mit der Tragweite zusammenhingen. Die Folgen eines Schweigekrieges zweier Freundinnen, die sich zerstritten hatten, war nicht in Relation mit den Folgen eines Krieges zu setzen, welcher sich über Welten ausbreitete. Welten, die den Menschen bislang unbekannt gewesen waren, nun aber offengelegt wurden. Mit der Lüftung eines Geheimnisses tummelten sich meist noch viele weitere. Auch die Engel und Dämonen hatten nicht erahnen können, was ihnen nun bevorstand. Welche Gefahr ihnen auf den Fersen war. Eine Gefahr ohne Gewissen, ohne Reue. Und es gab keinen Weg zurück.

Aaronen.

Neben all den furchterregenden Kreaturen, die in den Welten zugange waren, war keine vergleichbar mit den Aaronen. Sie waren gefährlich, schnell und unbarmherzig. Man konnte nicht mit ihnen verhandeln oder vor ihnen fliehen. Ihre Loyalität gebührte demjenigen, welcher sie befreit hatte. Dem Herrscher der Unterwelt, dem ersten Dämon, dem Teufel selbst, Luzifer. Und er wollte Blut sehen.

Es war schon lange her, seit die Aaronen in der Mitte wandelten. In einer Zeit vor den Menschen. Denn der Homo sapiens war komplex in seinem Denken, Fühlen und Handeln – so etwas konnte nicht auf Anhieb funktionieren. Es war vergleichbar mit dem Zubereiten eines Pfannkuchens oder dem Spielen einer Geige. Das erste Stück würde scheitern. Selbst für denjenigen, welchen die Engel als ›Vater‹ bezeichneten, war es nicht einfach,

Perfektion zu erreichen, ohne die entsprechenden notwendigen Kriterien zu kennen. Vermutlich hatte auch dieses allmächtige Wesen nicht damit gerechnet, dass sich die Menschen entwickeln würden, wie sie es taten. Ihr Denken, Fühlen und Handeln war in der uns bekannten Welt einzigartig.

Aaronen waren zu etwas dergleichen nicht imstande. Sie benötigten lediglich einen Überlebenstrieb, damit sie funktionieren konnten und nicht wie Kartoffelsäcke in einer Ecke lagen, bis sie eines Tages starben. Doch mehr blieb ihnen nicht. Nur das blanke Überleben. Dafür brauchte es einen scharfen Sinn für Gefahr. Vielleicht etwas zu scharf. Was sie wahrnahmen, betrachteten sie als Bedrohung. Um sich zu schützen, mussten sie töten. Darin wurden sie zu Experten. Als die Aaronen erschaffen wurden, existierten die Erzengel bereits und halfen ihrem Vater, seine neuesten Geschöpfe einzusperren. In ihrer Schattenwelt fühlten sie sich wohl. Dort konnten sie keinem mehr Schaden zufügen und die Mitte war sicher für einen neuen Versuch – die nächste Kreation von Lebewesen. Um keinen erneuten Fehlschlag einkassieren zu müssen, fing es diesmal ganz klein an. Harmlose winzige Bakterien, Wassertiere und alles schien zu funktionieren. Die Tiere entwickelten ein Eigenleben, ganz anders als die Aaronen vor ihnen.

Lange Zeit hatte die unwissende Koexistenz in unabhängigen, wenn auch so nahen Welten funktioniert, doch nun waren sie wieder frei und Freiheit verlangte meist einen Preis, den andere bezahlen mussten. Mit einer solchen Gefahr hatte noch kein Lebewesen je zu tun gehabt. Selbst wenn Engel und Dämonen sich zusammentaten und gemeinsam gegen die neue Gefahr kämpften, konnten sie wirklich gewinnen? Oder waren sie zum Scheitern verdammt? Sie standen den Wesen der Finsternis ebenso machtlos gegenüber wie die Menschen, für welche sich alles auf den Kopf gestellt hatte.

Der Kampf war nicht vorbei. Er hatte gerade erst begonnen. Und nun hatten sich die Spielregeln gänzlich verändert.

Würden sie einen Weg finden, die Aaronen zu stoppen, ehe es nichts mehr gab, was sich zu retten lohnte?

Würde es den Engeln und Dämonen gelingen zusammenzuarbeiten, trotz ihrer Differenzen?

Würden die beiden Gefallenen und ihre Freunde herausfinden, wie die Erzengel in all diese Geschehnisse verwickelt waren und woher Rakaan den Teufel kannte?

Es lag viel Arbeit vor ihnen und es verblieben unzählige offene Fragen, die es noch zu lösen galt. Bisher gingen sie zwei Schritte vorwärts und fünf wieder zurück. Nun war es an der Zeit, dass sie eine neue Taktik einschlugen.

Sonst würden sie zu Asche erfrieren.

Zitternd verbrennen.

Sterben, zwischen Feuer und Eis.

Fortsetzung folgt.

Nachwort

Ich werde das Gefühl nie vergessen, als ich den ersten Teil dieser Reihe, mein erstes Buch überhaupt, herausgebracht habe. Als ich das so vertraute Cover im Internet gefunden hatte. Als mich plötzlich etliche Gratulationsnachrichten und Buchkäufe erreichten. Als ich das Gefühl hatte, ich würde an der Aufregung sterben. Als ich dachte, ich hätte einen großen Fehler begangen und würde nie wieder etwas veröffentlichen, weil die Angst, versagt zu haben, andere enttäuscht zu haben, so einnehmend war.

Wenn du das hier liest, weißt du, dass ich nicht aufgegeben habe. Denn es gibt Leute wie *dich*, welche die Fortsetzung lesen wollten. Welche mehr von *mir* lesen wollten.

Darum gilt mein größtes Dank natürlich dir, der Person, die wissen wollte, wie die Geschichte weitergeht. Die Cliffhänger tun mir leid, aber ich muss ja sicherstellen, dass du bis zum dritten Teil auch dran bleibst ;).

Ich danke auch meinen Testleserinnen und meiner Lektorin, die durch ihre Anmerkungen dieses Buch erst lesenswert gemacht haben. **Und meinem Coverdesigner**, der dafür gesorgt hat, dass es auch hübsch anzusehen ist.

Und ein letztes Danke, an alle, die an mich und mein Buch geglaubt haben, mir Mut zugesprochen und mich unterstützt haben. Freunde, Familie, und andere Autoren. Ich weiß nicht, ob ich ohne euch den Mut hätte, den Veröffentlichungswahnsinn erneut durchzustehen.

Dir hat das Buch gefallen?

Dann würde ich mich sehr über eine Bewertung auf Amazon, Thalia und Co. freuen. Gerne auch mit Rezension. Aus diesem Feedback kann ich viel lernen und einen Eindruck bekommen, wie mein Buch ankommt. Gerade für relativ neue Autoren ist so etwas sehr wichtig. Und auch potentielle Leser*innen profitieren davon.

Bei Fragen, Anregungen, oder Sonstigem kannst du mir gerne eine E-Mail schreiben, oder eine Nachricht über Instagram, wo es auch regelmäßige Updates und exklusive Zitate zu den kommenden Büchern gibt.
Instagram: selina_schreibt
E-Mail: autorinselinakissmann@gmx.net

Wie die Geschichte endet, erfährst du im finalen Band 3:
„Between fire and ice".
Hier schonmal ein kleiner Einblick :)

Tyron

Eiseskälte.

Das hatte es in der Unterwelt noch nie gegeben. Von den wärmenden Feuern, welche diese dunkle Welt einst erhellt hatten, fehlte jede Spur. Sie waren ausgebrannt. Nichts war mehr übrig. Weg – wie alles andere.

Tyron blieb abrupt stehen und hielt die Hand hoch, damit seine Gefolgschaft es ihm gleichtat. Alle lauschten in die Stille. Alle zuckten zusammen bei dem Hall von Schritten, die sich auf sie zubewegten. Alle griffen nach ihren Klingen, starrten angespannt in die Finsternis, vertrauten auf ihre Instinkte. Jeder Muskel in Tyrons Körper spannte sich an. Ihm war bewusst, dass es zu einem Kampf kommen könnte, doch er hatte nicht die geringste Ahnung, was sich noch in den verborgenen Höhlen der verlassenen Welt bewegte.

Ein warmer Lichtstrahl erschien an den hohen, steinigen Wänden und zeigte einen Schatten. Eine Silhouette von einst menschlicher Natur.

Kein Aarone.

Brauchst du neuen Lesestoff?

Wie wäre es mit einem spannenden Spielbuch mit mystischen Fantasyelementen und viel Eigeninitiative?

Das Spiel der Schicksalsfäden

Goldenthal. Ein Name mit Prestige, Geschichte und Reichtum. Die Menschen hinter diesem Namen sind nicht wie andere. Während die meisten Familien von Liebe, Gewohnheit oder Pflichtgefühl zusammengehalten werden, sind die Goldenthals beherrscht von Macht. Und im Gegenzug herrschen sie über alles und alle.

Einmal im Jahr, am Tag der Sommersonnenwende, vollziehen sie ein Ritual, um ihre Vormachtstellung zu sichern. Doch was passiert, wenn die Zeremonie sabotiert wird und sich der vermeintliche Segen gegen die Goldenthals wendet? Der junge Lorenz Goldenthal und seine Kindheitsfreundin Thea Fichte ahnen nichts von der Gefahr, die im Schatten gewachsen ist. Können sie innerhalb einer Nacht genug Geheimnisse aufdecken, um einander zu retten?

Das liegt in deiner Hand! In diesem Spielbuch entscheidest du: Wen wird das Netz der Schicksalsfäden auffangen und wen wird es erdrosseln?